KNAUR

*Im Knaur Taschenbuch Verlag sind bereits folgende Bücher der Autorin erschienen:*
Schweig still, mein Kind
Mein wirst du bleiben
Zeig mir den Tod

*Über die Autorin:*
Petra Busch, geboren 1967 in Meersburg, arbeitet als freie Texterin und Journalistin für internationale Kunden aus Wissenschaft, Technik und Kultur. Sie studierte Mathematik, Informatik, Literaturgeschichte und Musikwissenschaften und promovierte in Mediävistik. Für ihren Kriminalroman »Schweig still, mein Kind« erhielt sie den renommierten Friedrich-Glauser-Preis für das beste Debüt des Jahres 2010. Sie lebt im Nordschwarzwald. Mehr Infos zur Autorin unter www.petra-busch.de

Petra Busch

# Das Lächeln des Bösen

Psychothriller

KNAUR

**Besuchen Sie uns im Internet:**
**www.knaur.de**

FSC
www.fsc.org
MIX
Papier aus verantwortungsvollen Quellen
FSC® C083411

Deutsche Erstausgabe März 2015
Knaur Taschenbuch

Redaktion: Ilse Wagner
Umschlaggestaltung: ZERO Werbeagentur, München
Umschlagabbildung: plainpicture/Rolau
Satz: Adobe InDesign im Verlag
Druck und Bindung: CPI books GmbH, Leck
ISBN 978-3-426-51548-8

2 4 5 3 1

# Das Lächeln des Bösen

# Ein Jahr zuvor

Die Grillen waren seit Wochen unruhig. Noch vor dem ersten Schimmer des frühen Morgenlichts begann ihr lautes Zirpen, und es erstarb in diesen warmen Nächten erst weit nach Mitternacht. Jetzt schwoll es an, als wollten die Tiere sie an diesem Spätnachmittag warnen. Ihr einen Schrei entgegenschicken: *Kehr nicht an diesen Ort zurück!*
Später würde man sagen, dass es der heißeste Tag des Sommers gewesen war. Und dass es nicht verwundert, wenn Menschen bei achtunddreißig Grad im Schatten zu solchen Grausamkeiten fähig waren.
Sie blickte den Schienenstrang entlang, der sich durch Stoppelfelder und Wiesen zog. Über dem Metall flirrte grell die Hitze, und die Eichenbohlen lagen schwer in ihrem kohlschwarzen Schotterbett. Letztes Jahr hatten sich noch ein paar zähe Wildkräuter durch den Kies geschoben. Jetzt war alles verbrannt. Kein Windhauch schaffte Erleichterung.
Ein Schmetterling tanzte über vertrocknetes Gestrüpp und setzte sich auf ihre nackte Schulter. Ein Tagpfauenauge. Doch nur einen Moment später flatterte es auf und ließ sich nicht weit entfernt auf einer Holzbohle nieder. Seine purpurfarbenen Flügel mit den vier blau-gelben Kreisen klappten alle paar Atemzüge auf und zu.
Sie sog tief den Geruch nach Teeröl und wildem Salbei ein. Noch vor Sonnenuntergang würde der letzte Güterzug hier vorbeirauschen, ein Waggon wie der andere. Eine Reihe gleichgültiger, staubiger Metallgehäuse.

Heute Morgen hatte sie sich entschieden. Sie würde es tun. So wie in den letzten Monaten konnte sie nicht weiterleben. Kein Streit mehr. Keine Tränen. Kein schreiendes Schweigen.

Schon glaubte sie, unter ihren Füßen das leichte Vibrieren zu spüren und dieses ferne metallische Singen des Zuges zu vernehmen, das es in dieser Intensität nur an diesem Ort gab. Sie wusste nicht, woran das lag. Vielleicht daran, dass hier keine Stimmen der Stadt, keine Verkehrsgeräusche und kein Kindergeschrei ihre Sinne absorbierten, oder dass der nahe gelegene See leichte Erschütterungen und sogar Schall besonders gut leitete. Vielleicht war es auch nur die kaum wahrnehmbare Beschleunigung ihres Herzschlags und der Druck in den Schläfen, was sie an diesem Ort immer begleitete, und das Zittern kam aus ihr selbst.

Langsam ging sie weiter, die Schienen entlang Richtung See. Gelbe Grashalme schoben sich in ihre Sandalen, piksten sie, und wohin sie auch trat, scheuchte sie Heuschrecken auf. Manche hüpften senkrecht in die Luft wie kleine Feuerwerkskörper, andere sprangen hin und her, anscheinend orientierungslos, so wie sie selbst es viel zu lang gewesen war. Als Kind hatten sie die Ferien oft auf Kreta verbracht. Der Sommer hier, nur wenige Kilometer von der tschechischen Grenze entfernt, klang und duftete fast wie der Sommer in den griechischen Bergen. Dort, hoch über dem Meer, stand noch heute das Ferienhaus ihrer Eltern.

Hier aber war kein Ort für Kinder. Nicht mehr.

Hinter der Kurve, den See schon im Blick, sah sie das Haus. Oder das, was einmal ein Haus gewesen war. Sie blieb stehen.

Die letzten Tage hatten sich endlos dahingezogen. Nachts hatte sie wegen des Babys keinen Schlaf gefunden. Und tagsüber stöhnte die Welt unter der Hitze der sengenden Sonne.
Sie ging quer über die Obstbaumwiese auf das Haus zu. Es roch süßlich. Fliegen summten um die kleinen fauligen Äpfel herum, die niemand geerntet hatte und die zu Boden gefallen waren. Von dem alten Birnbaum hingen noch immer die zerfaserten Seile herab. Das Brett der Schaukel lag im hohen Gras, wurmzerfressen und grau wie ihre Seele.
Vor wenigen Tagen erst hatte sie ihren Mann am Telefon flüstern hören: »Seit Leas Geburt ist sie … sie löst sich geradezu auf, verstehst du?« Sie war mit dem Stillen fertig gewesen und hatte den Tag mit ihm besprechen wollen. »Sie hat eine postnatale Depression«, hatte er weitergeflüstert, während sie hinter der angelehnten Tür stehen geblieben war und gelauscht hatte. Ihr Mann hatte sie nicht bemerkt. Statt zu ihm zu gehen und mit ihm zu reden, war sie wieder nach oben gegangen, wo Lea gleichmäßig atmend in ihrem Bettchen lag.
Heute früh hatte sie sich extra schön gemacht. Das zitronengelbe Sommerkleid mit den Spitzenträgern angezogen und die Ohrringe mit den hängenden Tropfen angelegt, die ihre Großmutter ihr auf dem Sterbebett gegeben hatte. Dazu trug sie die weißen Riemchensandalen. Lidstrich, wenig Rouge. Die Handtasche mit den Swarovski-Steinen. Darin die Tabletten. Der Moment sollte perfekt werden.
Die Grillen zirpten lauter.
Sie freute sich. Und glaubte gleichzeitig, sich aus Angst übergeben zu müssen.
Die Fensterscheiben des Hauses waren zerbrochen. Der

Putz an der Fassade bröckelte ab, und im oberen Stockwerk haftete noch immer Ruß um die Fenster. Dem Knacken hinter ihr schenkte sie zunächst keine Beachtung. Erst, als sie nur noch wenige Meter von dem dunklen Rechteck entfernt war, in dem einmal die Haustür gewesen war, drehte sie sich um.

Hatte sie Schritte gehört?

Doch da waren nur die verkrüppelten Apfelbäume, der Waldrand im Osten und links vom Haus der Schuppen, vor dessen winzigen blinden Fenstern dicke Spinnweben klebten.

Sie trat in das Haus.

Auf dem Boden lagen Scherben, die Tapeten mit den beigefarbenen Ovalen lösten sich in Streifen von der Wand. Er hatte nichts weggeräumt, obwohl er es versprochen hatte. Für heute. Für diesen Tag. Sie hätte es wissen müssen.

Tiefe Trauer erfasste sie. Das Leben hätte so schön werden können. Sie ging durch die alten Räume. Ein letztes Mal. In der ehemaligen Küche standen eine einzelne, wackelige Spüle und ein schmutziger Gasherd, der nicht angeschlossen war. Ein Loch klaffte in der Wand, wo jemand eine Armatur herausgerissen hatte. Im Wohnzimmer lagen die Reste einer Schrankwand am Boden, einige Bretter waren auf das grüne Polstersofa gefallen, das aufgedunsen wie ein Frosch in der Ecke hockte. Oben im Schlafzimmer stand noch das große Ehebett, fast unversehrt, darüber hing das Kreuz. Im Badezimmer die rissigen, zum Teil abgeplatzten Fliesen und die rußgeschwärzte Decke. Hier musste das Feuer ausgebrochen sein. Die Feuerwehr war schnell gekommen. Doch nicht schnell genug für alle Bewohner.

Kurz sah sie das Haus vor sich, wie sie es geliebt hätte. Mit einer hübschen himmelblauen Haustür und ebensolchen Fensterrahmen. Leuchtend weiße Fassade. Wie in Kreta. Eine Küche mit sonnengelben Schrankfronten. Taubenblaue Fliesen im Bad und eine riesige Eckbadewanne.

Durch das scheibenlose Fenster zog ein sanfter Luftzug. Wieder knackte es. Und da stand er. Eine Silhouette in der Badezimmertür.

Sie hielt die Luft an. Griff mechanisch nach den Trägern ihres Kleides. Dic weiche Baumwolle spannte über ihren prallen, milchgefüllten Brüsten.

»Da bist du ja.« Die Silhouette löste sich aus dem Türrahmen, er kam in das Badezimmer.

Sofort stellten sich die Härchen auf ihren Armen auf. War das schon der nahende Güterzug, dem die wabernde Luft um Minuten vorauseilte? »Was machst du hier? Du wolltest erst um achtzehn Uhr kommen«, presste sie hervor.

Er umarmte sie flüchtig. »Mir Sorgen um dich?«

Sie nickte, vermutlich mussten sich seine Augen erst an das Halbdunkel gewöhnen. Sie ging zwischen der Wanne und dem Waschbecken hin und her, plötzlich ruhelos, und ihr Herz pochte schneller. Sie blieb stehen, den Rücken ihm zugewandt, und blickte in die flirrende Hitze hinaus. Von hier oben konnte sie das Seeufer hinter den Wiesen sehen. Die Grillen zirpten gleichgültig.

»Du siehst wunderschön aus.«

Sie konnte das Lächeln in seiner Stimme hören. »Du wolltest das Haus aufräumen. Damit ich … damit wir … es schön haben.« Noch konnte sie zurück. Lea zuliebe. Sie musste ihr Leben nicht hier beenden.

»Du hast dich also entschieden?«, fragte er.

*Sag es laut! Er wartet darauf! Er hilft dir!* »Ich … ja«, flüsterte sie, den Blick gesenkt. Die Bodenfliesen bestanden aus braunen und grünen Rauten.

»Und wie?« Er trat hinter sie, sie spürte seinen Atem warm in ihrem Nacken, während seine kühle Hand über ihre Schulter strich. Er hatte immer kühle Hände, sogar im Hochsommer.

Sie wandte sich um und versuchte ein Lächeln. Ihr Kopf schmerzte. »Ich werde es tun. Ich werde hier sterben.«

Sein Kiefer spannte sich an. Lange Zeit sagte er nichts. Dann: »Und das sagst du mit einem Lächeln?«

»Hältst du dich an unsere Abmachung?«

Er nickte.

»Du wirst renovieren und ihn hierherholen?«

»Ich werde es tun.«

»Du hast schon so viel versprochen. Aber du kriegst nicht einmal die einfachsten Dinge hin. Du wolltest hier aufräumen! Für mich.«

Er umarmte sie erneut, fester. »Bitte, lass uns nicht streiten. Nicht in diesem Moment. Ich hatte einfach keine Zeit.«

Sie löste sich aus seiner Umarmung. »Und du wirst jede verbleibende Minute meines Lebens an meiner Seite sein. Du hilfst mir!«

In der eintretenden Stille hätte sie sich am liebsten die Ohren zugehalten. Das Pochen in ihren Schläfen schwoll an, und das Zirpen der Grillen wurde zum Schrei in ihrem Kopf. Sie schloss die Augen. Wusste, dass er sie jetzt mit diesem weinerlichen Blick betrachtete. Wieder legte sich seine Hand auf ihre Schulter. Diese kühle Hand. Sie schob sie beiseite.

»Du liebst ihn sehr, oder?« Seine Stimme war ein leises Krächzen.

»Wie man einen solchen Menschen eben lieben kann.«

»Du bist krank«, flüsterte er schließlich. »Aber … ich bin an deiner Seite, das weißt du. Wir machen alles so, wie wir es besprochen haben.«

»Danke.« Ihr war, als wüchsen ihr zarte Flügel, die sie wie das Tagpfauenauge einfach ausbreitete und dann in den Sommerhimmel schwebte. »Und du wirst Lea ein gutes Leben ermöglichen?«

»Das haben wir doch so besprochen.«

Zweifel schlichen sich in ihr Herz. Sie sollte weglaufen. Ihre Entscheidung verschieben. Doch sie hatte keine Kraft mehr. Keinen Mut. Keine Freude an diesem Leben. »Du versprichst es also?«

Ein Käfer krabbelte aus einer aufgeplatzten Fuge unter der Badewanne hervor.

»Versprochen.« Ruckartig trat er auf das winzige Tier. Es knackte kurz, dann lagen die grünlichen Flügel zersplittert zwischen den Rauten.

»Spinnst du?« Sie stolperte zurück. »Was soll das?« Die Handtasche entglitt ihren Händen und fiel zu Boden.

»Ich übe.«

Sie stolperte weiter zurück. Stieß mit dem Kopf an den Boiler.

Er kam näher.

Sie sah Leas kleines Gesicht vor sich. Erinnerte sich, wie ihr Kind die Augen zum ersten Mal auf sie, die Mutter, richtete, die kleinen Finger um ihren großen Daumen schloss. Wie Lea gluckste, wenn sie sie an ihre Brust legte. Sie sah Leas Lachen und roch die süßliche, weiche Baby-

haut. Und plötzlich bereute sie. Bereute ihre Entscheidung. Dass sie hierhergekommen war. Und dass sie diesen Menschen vor sich jemals in ihr Leben gelassen hatte.
»Durst?« Er zog eine Plastikflasche aus einem Rucksack.
Sie schüttelte den Kopf.
Er seufzte. »Angst? Ich tu dir doch nicht weh. Du tust dir selbst weh.« Er hielt ihr die Flasche hin und zog die Augenbrauen hoch. »Wasser. Brauchst du doch sowieso für deine Tabletten.« Er blickte auf die Handtasche hinab. »Du hast sie doch dabei?«
»Warum hast du den Käfer zertreten?« Weshalb war er so aggressiv?
»Die Hitze. Tut mir leid. Komm, trink jetzt.«
Zögerlich griff sie nach der Flasche. Auch sie war kühl. Er konnte noch nicht lang hier sein. Sie trank. Es schmeckte köstlich. Klar und prickelnd und ein wenig säuerlich.
»Du bist oft hier in letzter Zeit. Ich habe dich beobachtet.«
Sie wischte sich über den Mund. »Du machst Witze.«
»Nein, nie. Das weißt du doch.«
»Stimmt.«
»Ich stehe zu dir und deiner Entscheidung, wenn *du* es willst. Wir haben das hier besprochen, und hier werden wir es zu Ende bringen.«
Ein leichter Schwindel erfasste sie. Er stützte sie am Arm und hielt ihr das Röhrchen mit den Tabletten hin. Sie schüttete ein paar in ihre Hand, schluckte sie, trank die Wasserflasche in einem Zug halb aus. Gleich. Gleich würde die Wirkung einsetzen.
Kurz darauf bewegten sich die Rauten auf dem Boden. Sie spürte seine Finger hart um ihren Oberarm greifen.
»Hey, was ist denn? Du schwankst ja.«

Sie setzte sich auf den Badewannenrand und ließ den Kopf auf die Brust sinken.
»Du musst keine Angst haben. Es wird nicht weh tun.«
Jetzt kam eine dunkelgrüne Raute auf sie zu. Eine hellgrüne flatterte direkt vor ihrem Gesicht. Die Grillen lachten höhnisch.
»Du musst dich an meine Anweisung halten!«, sagte sie, als sie trotz seines Griffes von der Wanne zu Boden glitt und sich das Kleid über ihre Beine und den Hintern bis zum Rücken hochschob. Sie schämte sich nicht. Sie hatte einen frischen Slip angezogen. Oder doch nicht? Die Wände umkreisten sie, und sie versuchte vergeblich, die Bilder des Morgens in ihrem Kopf zu sortieren. Der weiße Schrank, die Frisierkommode, die ihr Mann so altmodisch fand, den Wickeltisch, Lea, die plötzlich ihr zitronengelbes Kleid trug und glucksend lachte. Sie hörte ihn ein »Ja« murmeln und flüsterte »danke«, als die Rauten des Bodens zu weichen Wellen wurden und sich über die Türschwelle hinaus und die Treppe hinunter bis über die Obstbaumwiese ergossen. Sie lächelte, als sie ihre purpurnen Schmetterlingsflügel ausbreitete und durch den Raum schwebte. Neben ihr flog Lea. Sie war winzig und hatte zitronengelbe Seidenflügel, und unter ihnen sah sie seinen Rucksack und die Wasserflasche liegen. Sie glitt darüber hinweg, Seite an Seite mit ihrer Tochter, doch die hellgrüne Raute bildete Arme aus und griff nach ihr, verfolgte sie, wurde immer schneller. Sie fiel hinter Lea zurück, konnte sich dem Griff nicht entwinden, und dann hörte sie unter sich, aus weiter Ferne, seine Stimme: »Ganz ruhig, du hast es bald geschafft«, und gleichzeitig rief Lea im Sonnenlicht »Komm weiter, Mama« und schlug sachte mit den Flügeln.

*Jetzt, jetzt,* dachte sie, und dann bohrte der Schmerz sich in ihren Kopf, die Raute lachte höhnisch und riss ihr ein Augenlid hoch. Sie hob die Hand zu dem Auge, doch im selben Moment entflammte ihre rechte Gesichtshälfte so heiß, dass sie abstürzte, während Feuerzungen über ihre Haut leckten und sich durch die Augenhöhle in ihr Gehirn fraßen. Sie schmeckte Staub und warmes Eisen.
Irgendwann später, als sie noch nicht ganz verbrannt war, kam endlich der gewaltige Luftzug, und das Singen der Schienen trug sie zu Lea in den Himmel. Und als das Singen zum Dröhnen wurde, immer greller und schmerzhafter, als das Vibrieren der Waggons ihren ganzen Körper erbeben ließ, realisierte sie in einem letzten klaren Moment, dass sie auf den Gleisen lag. Das glühende Metall fraß sich in ihren Nacken und vibrierte unter der Last der Eisenräder, die auf sie zurasten, und die Grillen verstummten, und sie wusste, dass sie Lea nie wiedersehen würde.

# I

Beeil dich.«

Der Vorhang blähte sich ins Zimmer wie ein weißes Segel und streifte ihre Schulter. Er hatte dieselbe Farbe wie das Tuch über seinem Gesicht. Nina saß rittlings auf ihm und bewegte sich langsam. Sie war dankbar für die frische Luft und den Duft nach Lindenblüten, die der Wind, zusammen mit einem fernen Donnergrollen, in den kleinen stickigen Raum trug. Das Frühjahr und die ersten Sommerwochen waren kalt gewesen und die Linden um den Rathausplatz spät dran mit ihrer üppigen Blüte. Der Hochsommer hatte im Juli vieles nachzuholen.

Er atmete schwer, wie er es immer tat.

Sie schlief heute zum achten Mal mit ihm. Seit ihrem ersten Besuch wiederholte er diese zwei Wörter ständig. »Beeil dich!« Als ob seine Zeit nicht einmal mehr bis zum Orgasmus reichen würde. Falls er den überhaupt schaffte. Seine Stimme klang dumpf und ein wenig rauh. Mit jedem weiteren Mal, das sie hier war, verstand sie ihn schlechter. Gesehen hatte sie ihn noch nie.

Sie bewegte sich schneller.

Von der Straße drang Motorenlärm durch das offene Fenster, jemand hupte. Freitagabendverkehr. Geschäftsleute auf dem Weg nach Hause. Familienkarossen auf der Fahrt ins Wochenende, zu Verwandten oder Freunden. Dorthin, wo Geborgenheit wartete.

Im Zimmer war es dämmrig. Sie hatten kein Licht angemacht.

Als er fertig war und stoßweise nach Luft rang, stieg sie von ihm herunter, wusch sich an dem Waschbecken mit den Papiertüchern aus dem Spender und zog Slip und Rock an.
Er stöhnte leise. »Danke.«
Sie setzte sich auf den Bettrand und streichelte seine Hand. Das Tuch über seinem Gesicht war aus schwerer Seide, und dort, wo sein Mund war, hatte der feuchte Atem einen dunklen Fleck gemalt. Ansonsten war er nackt. »Ich mach nur meinen Job.« Sie wunderte sich, dass er überhaupt noch vögeln konnte.
Ein Blitz durchschnitt die Dunkelheit, dieses künstliche Schwarz, das sich an diesem Spätnachmittag über die Kleinstadt gestülpt hatte ähnlich einem Taucheranzug. Für wenige Sekunden hob sich sein Körper wie ein weißlich -fahler Leichnam von den Laken ab. Dann versank alles wieder im grauen Halbdunkel.
»Wann wollen Sie mich wiedersehen?«, fragte Nina.
»Sehen!« Sein heiseres Lachen fiel genau mit dem ersten Donner zusammen. Das Gewitter musste sich mit rasender Geschwindigkeit nähern. Ein Fensterflügel schlug scheppernd auf und zu. »Ich mach zu.«
»Nein.« Seine Finger schlossen sich matt um Ninas Hand. Sie blieb sitzen, verschränkte seine Finger mit ihren und zog sie in ihren Schoß. Auf dem meergrünen Stoff ihres Rockes wirkte seine Haut noch dünner und sein Arm zerbrechlich wie ein vertrockneter Ast in dem aufkommenden Sturm draußen. Wenn sie sein Alter nicht gekannt hätte, würde sie glauben, einen Siebzigjährigen zu berühren. Markus Ohmer war neunundvierzig.
»Also, wann sehen wir uns?«, fragte Nina.
»Nie! Du würdest vor mir fliehen.«

»Sie bezahlen mich dafür, hier zu sein.«
»Wann sterbe ich? Sag es mir.« Sein Händedruck wurde fester. »Wie lang noch?«
Wieder zuckte ein Blitz über die Stadt, und innerhalb weniger Augenblicke prasselten dicke Regentropfen herab, spritzten vom Fensterbrett auf das Bett, und die Dächer der umliegenden Häuser glänzten nass.
Nina liebte Gewitter, und in diesen schwülen Julitagen kam sie voll auf ihre Kosten. Die unbändige Gewalt, die die Menschen so klein erscheinen ließ, bestätigte sie in dem Glauben, dass der Mensch ein Nichts im Kosmos war. Und wenn er ihn verließ, würde die Erde nicht einen einzigen Regentropfen um ihn weinen.
Sanft strich sie über seinen Arm. Seine Haut war trocken und rauh. Donner krachte über den Lärm der Autos hinweg. Der Geruch nach nassem Straßenstaub mischte sich unter den der Lindenblüten.
»Noch vierundzwanzig Tage. Sie sterben am fünften August. An Ihrem fünfzigsten Geburtstag.«
»Du begleitest mich!«
»So haben wir's vereinbart. Und ich habe längst alles organisiert, das wissen Sie.« Sie sah auf die kleine silberne Uhr, die sie an einem geflochtenen Lederband um den Hals trug. »Wir haben noch fünfzehn Minuten. Was wünschen Sie sich in der Zeit?« Nina würde auch noch zwanzig oder dreißig Minuten bleiben. Dass es Ohmer an seinen letzten Tagen gutging, war ihr wichtig. Wichtiger als das Geld. Doch sie wollte Markus' Ehefrau nicht begegnen. Der Frau, die eine Fremde dafür bezahlte, dass sie ihren Mann anfasste, weil sie selbst sich ekelte. Dass Nina mit Markus schlief, wusste Silvia Ohmer nicht. Wahrscheinlich wäre es

ihr auch egal. Sie weigerte sich sogar, ihren Ehemann in die Schweiz zu fahren und damit seinen letzten Wunsch zu erfüllen: selbstbestimmt und in Würde das zu beenden, was einmal ein gutes Leben gewesen war.

»Sitz einfach bei mir. Fass mich an. Ich möchte das Leben spüren.«

So saß Nina neben ihm, streichelte seine Schultern und Arme, dann seine Brust, die immer mehr einfiel. Sie ließ ihre Hände über Ohmers Rippen gleiten, über seinen Bauch, das schmale Becken, die Beine und zurück.

Er schwieg, und sie wünschte sich, nur für einen Augenblick das Tuch von seinem Gesicht heben zu dürfen und zu sehen, was für ein Mensch er war.

Dann klingelte ihr Handy. Ozzy Osbournes Stimme schepperte dumpf vor sich hin, *Revolution in their minds*, und Nina fragte Ohmer: »Kann ich?« Sie ärgerte sich, dass sie wieder einmal vergessen hatte, es leise zu stellen. Es war schließlich Ohmers Zeit.

»Mach nur.« Er klang, als lächle er, und Ozzy sang: »The children start to march.«

Sie rutschte vom Bett, riss ihre große Patchworktasche vom Boden und wühlte darin. Als sie das Handy nicht fand, kippte sie den Inhalt auf den Boden. »Against the world in which they have to live.« Das Smartphone fiel auf den Teppich. *Unbekannt* stand auf dem Display – nichts Ungewöhnliches in ihrem Job. »Hey, hier Nina.« Sie nahm das Gespräch an. »Was kann ich für Sie tun?«

Niemand antwortete.

»Hallo?« Sie stand jetzt neben dem Bett und blickte auf Ohmers Körper. Die wenigen dunklen Haare auf der Brust. Die Rippen, die jede wie ein scharfer Grat hervorstanden. Draußen schmatzten Reifen über den nassen Asphalt. Das Gewitter ließ nach.

»Nina? Nina Bach?«

»Klar. Wer ist da?«

Wieder Stille. Dann eine leise Stimme: »Frauke.«

Es war, als sei der Tod in das Zimmer getreten. Doch nicht zu Ohmer, sondern zu ihr. Augenblicklich versteifte sie sich, nur um im nächsten Moment wie ein Gummiseil, das jemand angerissen hatte, zu zittern. Sie wollte Blitze sehen, viele Blitze, jetzt sofort! Sie wollte krachenden Donner hören, in den Regen hinausrennen und schreien, bis jemand sie packte oder schlug oder umarmte. Irgendetwas, was sie in die Realität zurückholte. Doch der Regen fiel monoton, und Markus Ohmer, erschöpft und vollgepumpt mit Morphium, atmete gleichmäßig und schwer.

»Frauke«, flüsterte Nina.

»Ich muss dich sehen.«

Sehen.

Sie blickte auf das Tuch über Ohmers Gesicht. Der dunkle Fleck war größer geworden. Sie wollte das Tuch herunterreißen. Ihm ins Gesicht schreien, dass Frauke kein Recht hatte anzurufen. Doch sie wusste, dass da kein Gesicht mehr war.

Stattdessen lachte sie auf. »Willst du mich verarschen?« War ja klar. Da rief sie nach fast dreizehn Jahren an, als sei nie etwas passiert, und bestimmte wie eh und je, wo es langging.

»Willst du nicht wissen, warum ich dich anrufe?« Die Verbindung war so klar und Fraukes Stimme so nah, dass Nina unwillkürlich die Schultern ein wenig nach vorn zog – wie zum Schutz. »Lass mich in Ruhe«, zischte sie, und jetzt roch sie den Tumor. Den Eiter. Das Blut. Den Krebs, der von einem menschlichen Gesicht nichts als ein zerfressenes Loch statt einer Nase und zwei zugewucherte Augen übrig gelassen hatte. Markus hatte ihr das so gesagt, und Nina hatte nicht nachgehakt. Das Leben ihrer Kunden war nicht ihres.

»Bitte, Nina! Komm mich besuchen! Ich muss dir etwas erzählen. Du wirst dich freuen.«

Nina drückte auf das *Gespräch-Beenden*-Symbol, so fest, so angewidert, als wolle sie ein Ungeziefer zerquetschen, warf das Handy in ihre Tasche, bückte sich und raffte Bürste, Shampoo, Tampons, zwei Packungen Kondome, Tabak, Feuerzeuge, ihr Notizbuch und das Ledersäckchen mit ihrem Geld zusammen. Dann rannte sie aus dem Zimmer, durch den Flur, hinaus aus der Wohnung. Sie eilte die Treppe hinunter, stolperte auf dem ersten Absatz über den Saum ihres knöchellangen Rocks, rappelte sich auf und nickte unten bei den Briefkästen Markus Ohmers Frau zu, die mit ihren langen roten Fingernägeln gerade einen Briefumschlag aufschlitzte.

Keuchend trat Nina auf den Gehsteig hinaus. Ihr linkes Knie schmerzte von dem Sturz. Mit zitternden Händen drehte sie sich eine Zigarette, während ihr Haar sich nass und kalt auf ihre Wangen legte. »Geh an, du Scheißding«, fluchte sie, als die winzige Flamme des Feuerzeugs mehrmals vom Sturm ausgeblasen wurde. Als die Zigarette endlich brannte, zog sie den Rauch tief in ihre Lunge.

»Verdammte Hacke!« Sie trat gegen die nächstbeste Mülltonne.

# 2

Ich versteh's nicht.« Kriminalhauptkommissar Stefan Wenner wandte sich vom Fenster ab und sah Emil Koswig über die aufgebahrte Frau hinweg an. Seine etwas zu sonnengebräunten Hände hielten sich am Revers seines etwas zu eng sitzenden Jacketts fest.

Der Rechtsmediziner hob die Schultern. »Wir haben schon Skurrileres gesehen.«

»Aber ihr Arm und … und das genau ein Jahr, nachdem …«

»Lass es gut sein, Stefan.« Emil Koswig blickte auf die Tote. In der Nacht von Samstag auf Sonntag war er von Stefan Wenner in deren Wohnung gerufen worden. Fünf Stunden später hatte der Bestatter die Frau ins Kühlfach des Instituts geschoben und den transparenten Plastikbeutel mit dem blutumrandeten Stück Haut zu dem Leichnam gelegt. Das Skalpell hatten die Kriminaltechniker sichergestellt. Genauso wie das Gestell aus Metallstangen mit den zwei eingeschraubten Federn und der Zange. Es hatte mit den Gummifüßchen auf dem Rand der Badewanne gestanden. Offenbar extra dafür abgemessen und selbst zusammengelötet. Koswig sah noch jetzt den Leichenfundort vor sich. Von dem Anblick hatte er sich nicht losreißen können: Ein zierlicher Körper, der sich verschwommen unter dem roten Wasser abzeichnet; ein weißes Gesicht mit leicht geöffneten, trüben Augen; helles langes Haar, das auf der Oberfläche schwimmt. Sie scheint zu lächeln. Fast lebendig. Fast glücklich. Fast so wie die Frau, die mit

sturmzerzausten Haaren über dem Meer vor dem Leuchtturm steht und lacht. Die Frau auf dem Foto, das noch immer auf Koswigs Nachttisch stand.
Nachdem die Kriminaltechniker alles dokumentiert und fotografiert hatten, ließen sie das Wasser ab. *Hände und Füße weißlich verdickt, Livores nur schwach ausgebildet,* hatte er in Gedanken bereits diktiert, als das Blutwasser gurgelnd im Abfluss verschwand. *Grünliche Hautverfärbung und Ablösen der Haut an Fingern, Zehen und den Füßen durch frühzeitige Fäulnisveränderungen. Linke Unterarmbeugeseite mit fast rechteckig geformtem Hautdefekt mit glattrandigen Wundrändern … Schnittverletzungen in der linken Handgelenksbeuge …* Das endgültige Obduktionsprotokoll würde seine Sekretärin nach der Sektion abtippen. Sachliche Formulierungen für einen gewaltsamen Tod mit Verstümmelungen.
Für eine letzte Stunde waren die Entstellungen jetzt verborgen: Hier, im Abschiedsraum des Institutes für Rechtsmedizin, hatte die Präparatorin das Gesicht von Frauke Bach gewaschen und gepudert und ihr Haar gekämmt. Ihr Körper war mit einem hellen Leinentuch bedeckt, das bis zum Boden reichte und das Stahlgestell des Leichenkarrens verdeckte. Ein paar Klappstühle für Angehörige, ein Tisch mit einer Bibel und einem schlichten Stand-Holzkreuz darauf. Die weißen Wände waren mit farbenfrohen Landschaftsbildern behängt. Wiesen, Bäche mit Brücken darüber, Hügel, die vor Grün nur so strotzten. Ein paar gelbe Rosen standen neben der Toten. Der klägliche Versuch, der Situation ein wenig das Grauen zu nehmen.
Es war Montag früh, halb neun Uhr, und die innere Leichenschau hätte vor fünfzehn Minuten beginnen sollen.

»Frauen.« Wenner seufzte, und sah im selben Moment schuldbewusst zu Emil Koswig. Zumindest interpretierte Koswig den kurzen Blick des Polizisten als Scham wegen seiner unüberlegten Bemerkung. Koswig war es gewohnt. Es machte ihm nichts mehr aus.

»Ich meine ja nur ... Die Schwester wollte um acht Uhr hier sein!« Wenner kam um die Tote herum zu Koswig und berührte eine der Rosen. »Weich wie Frauenhaar«, murmelte er und sah zum bestimmt fünften Mal auf seine klobige Armbanduhr. »Frau Bach wird nicht mehr viel Zeit haben zum Abschiednehmen.«

»Hör mal, wenn es dir zu lang dauert, dann ...«

Die Tür flog auf, und ohne ein Klopfen oder einen Gruß stand eine junge Frau vor den beiden Männern. Sie keuchte laut. Direkt aus der Hölle, schoss es Koswig durch den Kopf, als er ihre kirschroten, kinnlangen Haare, die schwarz geschminkten Augen und die vor Wut verzerrten Lippen musterte. Ihr dunkelgrüner Rock und die maigrünen Handstulpen bissen sich mit ihrer Haarfarbe.

»Haben Sie mich angerufen?« Sie warf einen bunten Sack neben die Tür und stellte einen großen Rucksack, den sie schwungvoll von ihren Schultern hievte, daneben. Die Träger ihres Tops rutschten dabei herunter. Mit einer harten Bewegung zog sie sie wieder hoch und verschränkte die Arme vor der Brust. Die Schwester einer so gepflegten Toten hatte Koswig sich anders vorgestellt. Er selbst trug eine feine Stoffhose und ein helles Hemd.

Der Kommissar zog die Augenbrauen hoch. »Wenn Sie Nina Bach sind, dann habe ich Sie angerufen, ja.«

»Hey, ich habe nichts ...« Jetzt erst schien sie die Tote hinter den Männern zu registrieren. Sie ließ die Arme sinken, stand einen Moment reglos da und kam dann näher. Emil Koswig trat beiseite und überließ Wenner das Gespräch. Wenner war ein Macho. Mitte fünfzig, verheiratet, drei Kinder, zwei Geliebte. Vermutlich konnte er deshalb bestens taktieren und verharmlosen.

»Ich bin Stefan Wenner.« Er streckte ihr die kräftige Hand hin. »Und das da« – er nickte in Richtung seines Kollegen – »ist Professor Koswig vom Institut für Rechtsmedizin.« Statt seine Hand zu nehmen, schob sich Nina Bach eine Haarsträhne hinters Ohr. Ihr silbernes Ohrgehänge klimperte dabei.

»Mein ehrliches Mitgefühl, Frau Bach«, sagte Wenner. »Wollen Sie einen Moment allein sein mit Ihrer Schwester?«

Die Frau sog hörbar Luft ein. »Machen Sie sich nicht die Mühe. Ich bin sofort wieder weg.«

Koswig trat näher. Nina Bach roch nach Seife und dem typischen Staub der U-Bahn. Sie war knapp zwei Köpfe kleiner als er mit seinen eins neunzig. »Lassen Sie sich Zeit.«

Sie sah auf. Ihre Augen waren fast so schwarz wie der Kajalstift, mit dem sie diese umrandet hatte, und im rechten Auge hatte sie einen bernsteinfarbenen Fleck am Rand der Iris. »Warum ist sie in diesem ... Institut? Und was habe ich damit zu tun?«

»Ihre Schwester starb unter ungeklärten Umständen.« Wenner fuhr sich durch das graue Bürstenhaar.

Nina Bach lachte auf. »Unter ungeklärten Umständen? Frauke? Da hat sie sich ja tatsächlich mal was Neues einfallen lassen.«

Die Mühe mit den Rosen und dem Schminken der Toten hätten sie sich offenbar sparen können.

Wenner verzog keine Miene. »Frau Bach, es ist möglich, dass Ihre Schwester Opfer eines Verbrechens geworden ist. Oder aber« – er zögerte – »dass sie sich das Leben genommen hat.«

»Selbstmord? Vergessen Sie's.« Sie trat direkt an die Bahre heran und kaute auf ihrer Oberlippe.

»Was macht Sie da so sicher?«, fragte Koswig.

Als er in den Plastiküberschuhen über die Bluse und Unterwäsche gestiegen war, die vor dem Badezimmer gelegen hatten, wusste er bereits, dass ihn hier etwas anderes erwartete. Dabei war es ein Leichenfundort wie so viele, die er in seinen vierzehn Berufsjahren als Facharzt schon gesehen hatte. Auf dem Badewannenrand hatte das exakt ausgeschnittene Stück Haut gelegen. Bittere Galle war ihm in die Kehle gestiegen. Emil Koswig hatte hart geschluckt und sich sofort wieder in der Gewalt gehabt. Die Polizisten begrüßt. Sich die Sachlage erklären lassen. Seinen Koffer geöffnet und das Thermometer in den Anus der Toten eingeführt.

Nina Bach streckte die Hand aus, und Koswig glaubte, sie wolle der Schwester durchs Haar streichen. Sofort zog sie sie zurück. Streckte sie wieder aus, ließ sie sinken. Dann drehte sie sich um und hob sich den Rucksack, auf dem eine zusammengerollte Isomatte festgeschnallt war, auf den Rücken. »Eine Frauke Bach bringt sich nicht um, ganz einfach.« Sie griff nach dem Sack, der aus Hunderten bunter Stoffflicken bestand.

Es war eine große Schultertasche, wie Koswig jetzt erkannte.

»Geht das auch etwas konkreter?« Wenner stellte sich breitbeinig vor Nina Bach.

»Nein!«
»Das wird die Obduktion hoffentlich klären«, versuchte Koswig einzulenken.
»Und was sollte ich dann hier?« Sie funkelte ihn an. »Ich war die gesamte Nacht unterwegs für diese zwei Minuten ... Show!«
»Abschied nehmen.«
»Abschied«, sagte sie sarkastisch, »tolle Idee.« Und schon polterte sie hinaus.
»Frau Bach, Sie kommen bitte heute Nachmittag ins Präsidium«, rief Wenner ihr nach, »Punkt sechzehn Uhr.«
»Leck mich am Ärmel«, kam es durch die offene Tür zurück, und weg war sie.
Die Männer sahen sich kurz an. Wenner schüttelte den Kopf. »Was war das denn? Unverschämtes Weibsbild. Sie ist schon am Telefon so zickig gewesen. Interessiert sich null für das, was ihrer Schwester zugestoßen ist.«
»Vielleicht mit Recht. Vielleicht war unsere Tote ja ein Ekel?«
»Jaja, ich weiß. Geschwisterneid, Hass, Liebe, Erbschaften, ach, zum Teufel. Ein Sumpf wahrscheinlich. Und ich darf darin herumwühlen.«
»Lass uns erst mal schauen, was wir da überhaupt haben.« Koswig löste die Bremse des Leichenkarrens und zog das Leinentuch über Bachs Gesicht. »Auch wenn du lieber andere Dinge tun würdest ... da musst du jetzt durch. Und falls wir hier ein spektakuläres Tötungsdelikt haben, müssen deine Frauen warten.«
Wenner grinste kurz, presste dann aber die Lippen aufeinander.
Koswig konnte nicht leugnen, dass es ihm eine gewisse

Freude bereitete, Wenner zu verunsichern. Der Macho fragte sich garantiert, wie viele seiner Frauengeschichten bekannt waren. Oder ob Koswig nur Wenners Ehefrau und Töchter gemeint hatte. Da jeder im Team Koswigs Geschichte kannte, wehrten sie sich nicht gegen seine Scherze und Ironie, die oft an Sarkasmus grenzten, sondern hielten den Mund.

Koswig schob Frauke Bach Richtung Tür.

»Was macht eigentlich Morrell?«, fragte Wenner.

»Der Chef ist krank.«

Der Karren schepperte über den Fliesenboden des neonbeleuchteten Flurs. Es roch nach Desinfektionsmittel.

»Immer noch? Was ist denn mit ihm?«

»Vertraust du meinen Fähigkeiten nicht?« Koswig drehte sich kurz um und zwinkerte, doch der Stich hatte gesessen.

»Ach was! Du bist der beste Oberarzt und eine echte Koryphäe.« Wenner grinste schon wieder. »Das Institut könnte sich keinen besseren stellvertretenden Direktor wünschen.«

»Das wollte ich hören.« Noch während sie durch den Flur und die schweren Metalltüren gingen, rief Koswig im Büro seines Assistenzarztes an. »Wir sind so weit, Julius. Kommst du bitte in Saal drei? Und bring die Damen Weinmann und Fischer mit.«

Emil Koswig bewegte vorsichtig den verletzten Arm der Toten. Durch die Chirurgenhandschuhe fühlte er sich weich und fast warm an. Die Totenstarre hatte sich in den kleinen Gelenken bereits wieder gelöst, Ellbogen und Schultern waren noch nicht voll beweglich. Das weiße

Licht der OP-Lampe zeigte die moosgrünen, etwa handtellergroßen Verwesungsflecke und jeden der vielen Schnitte überdeutlich und grell.
Er blickte auf die Verletzung, die er so gern ignoriert hätte: Dort, wo am Unterarm die Haut fehlte, lag das Fettgewebe offen da – doppelt so groß und genauso gelb wie ein Pfund Butter. Die Einblutungen zeigten ihm schon jetzt, dass Frauke Bach zum Zeitpunkt der Verstümmelung noch gelebt hatte.
Koswig nickte Julius Tamm – dem Assistenzarzt – und den beiden Präparatorinnen zu und nahm sein Diktiergerät. Das Team stand in grüner OP-Kleidung und transparenten Schürzen um den Obduktionstisch, umgeben von Materialschränken, Glasvitrinen, Tafeln und Waagen, weiß gekachelten Wänden und dem Geruch des toten, sich selbst verdauenden Fleisches. Der Geruch, den Koswig nur noch dann wahrnahm, wenn er sich bewusst darauf konzentrierte. Würgen ließ der Gestank höchstens noch seine Studenten – heute waren drei anwesend – oder unerfahrene Polizeibeamte.
Sie würden mit dem sichersten Anzeichen für einen Suizid beginnen: dem tiefen Schnitt im Handgelenk, der direkt an das Ende der großen Hautläsion grenzte.
»Linker Arm knöchern stabil«, sprach Koswig in das Aufnahmegerät, während Charlotte Fischer das Skalpell tief von Schulter zu Schulter der Toten zog. Nicht ein Blutstropfen quoll mehr heraus. Die Schnittkante blieb glatt und weiß. »Am linken Unterarm und an der linken Hand teils blutige Antragungen. In der Handgelenksbeuge eine vier Zentimeter lange, quer verlaufende und maximal zwei bis drei Zentimeter klaffende Weichteildurchtrennung.«

Julius Tamm legte während des Diktierens ein Lineal neben die Wunde und fotografierte alles. Doris Weinmann, die zweite Präparatorin, ließ mit lautem Rauschen Wasser in das Becken am Fußende des Seziertisches ein. Die Füße der Toten sahen – genau wie die Hände – wie grobe weiße Wachskerzen aus und lagen fast neben dem Schlaucheinlass des Beckens. Quer über den Unterschenkeln der Toten stand der Organschneidetisch. Auf seiner ausgezogenen Instrumentenablage glänzten Skalpelle, die Knorpel- und Organmesser, Rachiotom, Schädelspalter, Muskelhaken, Darmscheren und Autopsiesäge.
Fischer führte in einem zweiten Schnitt das Skalpell mittig vom Brust- zum Schambein hinab und legte dann mit raschen, geübten Schnitten Rippen und Brustbein unter der Fettschicht frei.
»Die glatten Wundränder geringgradig eingeblutet«, dokumentierte Koswig die Handgelenksverletzung weiter und beobachtete gleichzeitig jedes Detail von Fischers Arbeit. »Ellenseitiges Wundende seicht auslaufend.«
Tamm zog mit zwei Pinzetten den Schnitt in der Handgelenksbeuge auseinander. Koswig beugte sich vor. »Im Verlauf des Handgelenkschnittes wurden Fettgewebe, Muskulatur und Sehnen durchdrungen und die linke Speichenschlagader unvollständig durchtrennt.« Das Gerät knackte, sobald er den Aufnahmemodus stoppte oder weiterlaufen ließ.
»Hat sie gut hinbekommen.« Charlotte Fischer griff nach der Knochenschere. Die Frau war groß und mollig und hatte ihr pechschwarzes Haar stets zu einem Knoten gebunden, aus dem ein paar Strähnen frech hervorlugten. »Hätte ja auch eine Invagination werden können.« Mit

lautem Knacken durchtrennte sie die ersten Rippen. Das Wasser rauschte monoton.
»Was heißt das?« Kommissar Wenner wirkte gequält.
»Hätte sie die Arterie komplett durchtrennt« – die nächsten Rippen knackten –, »hätten sich wahrscheinlich die Gefäßstümpfe eingestülpt. Und dann wird das nichts mit der tödlichen Blutung. Und die haben wir hier ja wohl.«
»Frauke Bach war Ärztin.« Wenner schob die Hände in die Taschen seiner Jeans. »Sie wusste sicher, wie …«
»Immer langsam, Frau Fischer!« Koswig hasste voreilige Schlüsse. Auch wenn die Präparatorin vermutlich recht hatte.
»Das ist doch ein Lehrbuchsuizid!«, sagte einer der Studenten und lächelte. »Darf ich auch mal?« Er deutete auf die Knochenschere. Koswig nickte, und Charlotte Fischer reichte sie ihm. Der Student spannte die Kiefermuskeln an und drückte die Schere fest zu – jetzt war auch das Brustbein durchtrennt. Er hob Rippen und Brustbein aus der Toten. »Sieht aus wie ein Tannenzweig aus Knochen«, sagte der junge Mann und legte das Knochengebilde mit den anhaftenden Fettresten neben die Tote. Die glitschigen Gedärme und Organe lagen jetzt offen in der Bauchhöhle.
Wenner trat zurück und lockerte seinen Krawattenknoten. »Ist es das? Ein Lehrbuchsuizid?« Er und ein Kollege von der Kriminaltechnik waren die einzigen Anwesenden in Zivilkleidung.
»Aber natürlich, wir …«
»Darauf wette ich jedes meiner Pfunde! Alles voller Probierschnitte.« Charlotte Fischer warf dem lächelnden Studenten einen bösen Blick zu und deutete dann mit der Schere auf den Arm der Toten. Von der herausgeschnitte-

nen Haut hatte noch immer niemand gesprochen. Eine stille Übereinkunft des Teams. Rücksichtnahme. Sprachlosigkeit. Koswig wusste, was in ihnen vorging. Es berührte ihn nicht. Er nickte. Die Blicke der Präparatorin spürte er fast körperlich auf seinem Gesicht. Auch Tamm und Wenner musterten ihn. Stur blickte er auf den Arm der Toten. Diktierte weiter, während Julius Tamm das Lineal an einen Schnitt nach dem anderen legte: »Schulter- und handwärts der genannten Weichteildurchtrennung je zwei parallel dazu verlaufende, sehr oberflächliche und glattrandige Hautläsionen mit einer maximalen Eindringtiefe von ein bis zwei Millimetern. Die Längen der Läsionen betragen …« Da war es wieder. Das leichte Zittern seiner Hand und der Schmerz in den Fingergelenken, der ihn nie vergessen lassen würde. *Reiß dich zusammen!* Sie dürfen es nicht sehen. Nicht dein Unbehagen. Nicht deine Zweifel. Er schaute auf. Kühl. Sachlich. Entschlossen. »Und das da? Gehört das auch zu einem Lehrbuchsuizid?« Er legte die Hand neben das riesige, butterfarbene Rechteck. Fleisch, Sehnen und Fett. Es zeigte scharfe Wundränder. Unmöglich, sich solch eine Verletzung selbst beizubringen. Haut ließ sich nicht einschneiden und abreißen. Sie musste abpräpariert werden. Unter Spannung. Dazu brauchte man zwei Hände. Normalerweise.

Niemand sagte ein Wort, nur das Rauschen des Wassers war zu hören.

»Diese Apparatur«, wandte Koswig sich schließlich an den Kriminaltechniker. »Habt ihr die schon genauer untersucht?«

Der dünne, schwarzhaarige Mann, der bisher nur beobachtet hatte, bejahte. »Noch Samstagnacht. Die Zange, die mit den Stäben verlötet war, ist eine Chirurgenzange. Es gibt Hautpartikel daran. Sie stammen von der Toten. Das ganze Ding ist sehr stabil gebaut. Vier Füße mit gummierten Standflächen.« Er zeigte auf den Organschneidetisch. »Fast dieselben. Plus Querstäbe mit einem Federmechanismus, der die Zange unter Druck zusammenpresst.«

»Und das Skalpell?«

»Frauke Bachs Blut, Bachs DNA, Bachs Fingerabdrücke. Nichts sonst.«

Koswig holte tief Luft. Schon in Bachs Badezimmer war er sicher gewesen, keine Hinweise auf Fremdeinwirkung zu finden. »Sie hätte also die Haut selbst einschneiden, in diese Apparatur klemmen, und mit der rechten Hand abpräparieren können?«

»Sieht ganz so aus. Und als Chirurgin …« Der Kriminaltechniker hob die Schultern.

»Passt zur Suizidthese. Also auf zur Routine.«

Sie entnahmen Organe, spülten sie ab, wogen sie und stückelten sie. Danach schnitten sie die Kopfhaut von Ohr zu Ohr auf und zogen das Gesicht über den Schädel bis auf die Brust. Sägten dann den blanken Schädel auf, entnahmen das Gehirn und zerteilten es in Scheiben. Sie lagerten Gewebeproben ein und beschrifteten das braune Halblitergefäß mit der Sektionsnummer *2014-46-1507, Frauke Bach*.

Neues kam nicht ans Licht. Die Fakten standen fest: Alle Verletzungen waren umblutet, also prämortal entstanden. Und alle hatte sich Frauke Bach selbst beibringen können. Abwehr- und Deckungsverletzungen, die für eine Fremdbeibringung oder ein Kampfgeschehen gesprochen hätten, fehlten. Der Arm war voller Probierschnitte – typisch für

Suizidenten, die noch zögerten. In der Wohnung gab es keinerlei Einbruchsspuren. Blieben noch die toxikologischen Analysen, die Emil Koswig sofort veranlassen musste. Kein Mensch präparierte sich bei vollem Schmerzempfinden Haut ab, demzufolge erwartete er Spuren starker Schmerzmittel.

Als Doris Weinmann Organe, Gehirn und die abpräparierte Haut in den Bauchraum gab und der Student schon den Spezialfaden in das dicke Nadelöhr schob, legte Charlotte Fischer eine Hand auf Koswigs Schulter. »Chef?«

Erst jetzt bemerkte Koswig, dass er wie paralysiert neben der Leiche stand und in den blutgefüllten Bauchraum starrte. Dass die Bilder in seinem Innern durcheinanderwirbelten. Gedärme. Knochensplitter. Ein aufklaffender Hinterkopf, ein Unterkiefer, nur noch über Weichteile mit dem Kopf verbunden und in drei Teile geborsten. Die Hirnhautlappen. Die Haut auf der Badewanne. Das Auge im Waschbecken. Zerstörte Leben.

»Es tut mir leid«, sagte Charlotte leise.

Weinmann stopfte Frauke Bachs Schädel mit Papiertüchern aus und zog das Gesicht wieder über die Knochen. Der Student begann unter ihrer Anleitung mit der groben Naht.

»Selbstmord? Vergessen Sie's. Oder was sagte die Schwester?« Stefan Wenners Stimme durchbrach unangemessen laut die Stille.

Koswig drehte sich zu ihm. »Du kannst das Offensichtliche ruhig aussprechen. Es ist schließlich meine Arbeit. Und auch eure. Also erledigt sie und hört mit diesem beschissenen Mitleid auf! Ich hasse es!«

Der Student grinste, und Koswig wurde zornig.

»Hey, es ist nicht unsere Schuld. Wir geben uns hier alle Mühe! Du musst nicht auf *uns* wütend sein.«
Wieder trat Stille ein. Koswigs Herz schlug hart gegen seine Rippen. Er wollte etwas sagen, schluckte es aber hinunter.
»Okay«, fuhr Wenner zögerlich fort, »Frau Doktor Bach hat sich, wie es aussieht, umgebracht und vorher verstümmelt. Aber das ergibt keinen Sinn!«
»Hat der Tod denn einen Sinn?«, stieß Koswig hervor. Vergebens versuchte er zu verhindern, dass seine Hand sich zur Faust ballte. Rasch schob er sie unter die OP-Schürze und schaute auf die weißen Wandfliesen. Sein Blick glitt die klaren Fugen entlang. Waagrecht, senkrecht, waagrecht, senkrecht. Kachel für Kachel. Das hatte ihn schon ein Mal gerettet. Dann hielt er es nicht mehr aus. »Macht das ohne mich fertig.« Jeder würde es verstehen.
Draußen schloss er sich in der Toilette ein, riss die Latex-Handschuhe von den Händen, beugte sich über das Waschbecken und würgte. Er keuchte und widerstand dem Impuls, aus dem Institut zu laufen, zu rennen, immer weiter, hinaus aus der Stadt, bis sein Körper brannte und seine Seele an ihrem Grab gefror. Er nahm die randlose Brille ab und spritzte sich Wasser ins Gesicht. *Du bist Oberarzt! Du bist für das Institut verantwortlich, solange Morrell krank ist!* Er hob den Kopf. *Dein Team vertraut dir! Fachlich und menschlich!* In den Spiegel wollte er nicht blicken. Er wusste auch so, was die anderen sahen: einen großen, attraktiven Mann mit müden blauen Augen und hohlen Wangen. Einen, der mit der schweren Last nicht zurechtkam. Einen Profi, der Dinge zu übersehen drohte und Fehler machte. Der älter aussah, als er es mit

seinen zweiundvierzig Jahren war. Ungerecht. Aggressiv. Ein Arschloch.
»Willst du das, ja? Willst du das sein?«, schrie er und schlug mit der Faust auf das Waschbecken. Der Schmerz schoss von den Fingern bis in die Schulter. Als er sich beruhigt hatte, blickte er doch in den Spiegel und flüsterte: »Was ist nur aus dir geworden, Emil.«

# 3

*Suizid!* Nina stapfte die vierspurige Straße entlang, in der einen Hand den Plastikbeutel mit dem Zettel, in der anderen eine Zigarette.

Die Luft war feucht und der Himmel stahlblau und von weißen Fädchen durchzogen. Noch immer brannte die Sonne. Links über den Fabrikgebäuden bildeten sich Gewittertürme. Der Rucksack drückte. Auf Ninas Rücken sammelte sich Schweiß.

»Ein paar hundert Meter weiter ist ein Park. Rechte Seite«, hatte Kommissar Wenner zum Abschied gesagt und sie durch die Sicherheitsschleuse bis vor das weitläufige Polizeipräsidium begleitet. Dabei war sein Blick an ihren Ohrhängern mit den zahllosen maigrünen Strasssteinchen hängengeblieben, über ihr moosgrünes Top und den Rock bis zu den Bikerstiefeln und zurück gewandert. »Fahren Sie Motorrad?«

»Sehe ich aus wie ein lebender Organtransport?«, hatte sie geantwortet und gedacht: Aber mit meinen Schuhen kann ich deine wichtigsten Organe zu Omelett machen. Du hältst mich also für eine Schlampe und schiebst mich gleich in die Schublade »Lebt im Park«. Ich kenne Typen wie dich. Die mit diesem geheuchelten Mitleidstonfall und dem angewiderten Blick. Schon klar, kein Wunder, dass *ich* zu der eleganten, gebildeten Frau Doktor kein gutes, oder besser: gar kein Verhältnis hatte.

»Wie gesagt: Sobald der Fall abgeschlossen ist, können Sie in die Wohnung Ihrer Schwester.«

Nina wurde schon bei dem Gedanken daran schlecht. Suizid! Die hatten doch irgendetwas übersehen bei der Obduktion! Und Abschiedsbrief gab es auch keinen. Nur diesen verfluchten Zettel. Sie ballte die Hand zur Faust, es raschelte. Der Zettel enthielt eine Zeichnung: einen Hasen, dessen Körper die Form eines Herzens hatte. In dem Herz stand das Wort *Schwester*. Daneben ihre, Ninas, Handynummer.

Sie ging einige hundert Meter weiter und ignorierte die Abgase der Autos und Busse. Weit konnte es nicht mehr sein.

Über eine Stunde hatte sie vorhin mit dem Kommissar geredet. Pragmatisch war er gewesen, fast frostig. Wenner hatte hinter seinem ausladenden Schreibtisch gesessen, die Hände flach auf ein paar Blätter Papier gelegt. Er trug noch immer das graue Jackett und die ziegelrote Krawatte vom Morgen, als habe er sich passend zur Backstein-Optik seines Büros gekleidet. Kein Muskel bewegte sich in seinem ledrigen Gesicht, das Nina an schlecht gemachte Solariumswerbung erinnerte. Obwohl er sie aus kleinen, stahlgrauen Augen direkt ansah, fühlte sie sich wie ein weißer Fleck. Als sei Wenner ein Nachrichtensprecher und sie eine unbeteiligte Zuschauerin vor irgendeinem Fernsehgerät.

Sie saß ihm gegenüber, die Beine übereinandergeschlagen, ihre Tasche lag unter dem dünn gepolsterten Besucherstuhl. Wenner tippte auf die Papiere, das vorläufige Obduktionsprotokoll, wie er sagte, und erklärte ihr dessen Inhalt: Selbsttötung. Das stimme mit den Ergebnissen der Spurensicherung überein. Der Tod sei am Freitagabend zwischen neunzehn und dreiundzwanzig Uhr eingetreten.

Die Todesursache war ein Verbluten infolge eines tiefen Schnittes im Handgelenk. Hypovolämischer Schock.
»Dauert so was lang?«, fragte sie betont cool. Sie kannte die Antwort.
»Das müssen Sie einen Mediziner fragen.« Wenner beugte sich vor und schob die Papiere, in die er gar nicht hineingesehen hatte, sauber zusammen. »Die Putzfrau hat sie gefunden.«
»Ich hätte wetten können, dass es ein reicher Ehemann war.«
»Ihre Schwester war nicht verheiratet.«
Sie biss sich auf die Oberlippe. »So?«
»Kein Mann, keine Kinder.«
»Dann gibt's wenigstens keine kleinen Würmchen, die ich jetzt an der Backe hätte.« Das hätte ihr gerade noch gefehlt. »Oder wären die zu meinen Eltern gekommen?«
Wenner sah sie nachdenklich an. »Sie wissen es nicht?«
»Was?«
Der Kriminalhauptkommissar holte tief Luft. »Können Sie sich vorstellen, weshalb Ihre Schwester nicht mehr leben wollte?«
»Keine Ahnung, wir haben uns mehr als zwölf Jahre nicht gesehen.« Sie griff nach ihrer Tasche. Sie musste hier raus.
»Und gehört?«
»Auch nicht.«
»Wir haben die Wohnung noch in der Nacht nach dem Auffinden, also spät am Samstag, durchsucht. Keine Einbruchspuren, kein Hinweis auf Abwehrverletzungen oder einen Kampf. Nicht ein einziger Anhaltspunkt dafür, dass sich eine zweite Person in der Wohnung aufgehalten hat. Kein Abschiedsbrief.« Wenner stand auf. Der Stuhl ächzte,

als die Federung entlastet wurde. Aus einem Metallregal nahm er eine transparente, etwa handtellergroße Tüte. Als er zu ihr kam, quietschten seine Schuhsohlen auf dem Boden.

»Das gehört Ihnen.« Er legte einen durchsichtigen Plastikbeutel vor Nina und setzte sich wieder.

Sie starrte auf den Inhalt. Ein vergilbter Zettel. *Nina* stand mit Bleistift darauf, dahinter ihre Handynummer. In Ninas Handschrift. Auf einem Papier, herausgerissen aus einem der Notizblöcke, die Nina seit ihrer Kindheit verwendete. »Fuck.« War ja klar gewesen. Wie sonst hätten die Bullen ihre Nummer herausfinden sollen außer über Fraukes Wohnung. Und sie hatte ihre Handynummer immer behalten, bei jedem neuen Gerät. Geschäftlich war das wichtig. Denn sie war in keinem Telefonbuch zu finden. Nirgendwo im Internet. Alles lief über Mundpropaganda oder fürsorgliche Live-Akquise, wie sie es selbst gern nannte.

Sie berührte den Plastikbeutel mit den Fingerspitzen. Wie lang war es her, dass sie ihre Nummer für Frauke aufgeschrieben hatte? Zwölf Jahre? Dreizehn? Es musste bei einer ihrer letzten Begegnungen gewesen sein. Im September 2002. Neben die Telefonnummer hatte jemand – offenbar Frauke – mit blauem Kuli den Hasen gekritzelt. Und *Schwester* in seinen Herzkörper geschrieben. Alle Striche waren mehrmals nachgezogen, als habe Frauke den Hasen während des Telefonierens gezeichnet. Ihre Schwester hatte den Zettel all die Jahre aufbewahrt!

»Sie hat sich mündlich verabschiedet. Per Telefon. Nicht wahr, Frau Bach?« Wenner riss sie aus der Erinnerung.

Nina schwieg.

»Hat Ihre Schwester nichts erwähnt? Nach all den langen, langen Jahren?« Nina roch Wenners Atem. Kaffee und Zahnpasta. »Frauke und Sie sprechen miteinander – und noch am selben Abend nimmt sie sich das Leben. Sie müssen doch etwas gemerkt haben!«

»Spionieren Sie mir nach? Haben Sie Fraukes Anrufe überprüft? Und was spielt das überhaupt noch für eine Rolle?«

»Ihre Schwester hat sich vor dem Suizid verstümmelt. Absichtlich.« Er klopfte auf die Papiere. »Sie hat sich aus dem Unterarm ein großes Stück Haut herausgeschnitten. Fachlich perfekt gemacht. Wollen Sie es lesen?« Er schob das Obduktionsprotokoll über den Tisch.

»Wozu?« Sie sprach zu laut. Zu aggressiv.

»Sie lag in einer Badewanne voller Blutwasser«, sagte Wenner und erzählte etwas von einem Apparat zum Einspannen und Abpräparieren von Haut. Als er erwähnte, dass Frauke als promovierte Chirurgin genau wusste, wie sie wo zu schneiden hatte, lachte Nina kurz auf. *Chirurgin!* Sie schluckte und sah ihren geliebten Plüschhasen mit der roten Latzhose vor sich, der fast so groß wie Nina selbst gewesen war und den Frauke beim Spielen mit dem Tranchiermesser ihrer Mutter aufgeschlitzt hatte. Es war immer Fraukes Traum gewesen, Chirurgin zu werden. Sie hatte es also tatsächlich geschafft.

»Auch wenn Sie sich kaum für Ihre Schwester interessieren: Sie müssen sich jetzt um alles kümmern.« Wenner stand auf. Der Stuhl ächzte erneut. »Ich rufe Sie an, wenn Sie Ihre Schwester beerdigen können. Wir haben übrigens noch nicht mit Ihren Eltern gesprochen. Möchten Sie das übernehmen?«

»Ich hab keine Ahnung, wo sie sind. Und es ist *ihr* Job,

sich um Fraukes Beerdigung zu kümmern, nicht meiner. Sie sind die nächsten Angehörigen.«

»Sie wissen es also wirklich nicht?«

»Was, zum Teufel? Haben Sie noch mehr frohe Botschaften? Nur zu.«

»Seniorenstift Gorbitzer Berg ist die Adresse. Ich habe dort angerufen. Ihre Eltern sind ... nicht mehr ganz in der Gegenwart. Geistig.«

»Seniorenstift? Sie meinen wohl Altenheim!« Geistig verwirrt? Na toll. Aber was sollte sie auch erwarten. Ihr Vater war schon leicht dement gewesen, als er Nina, die schweigend und mit nassem Gesicht auf dem Rücksitz des alten Fords gesessen hatte, durch das graue Tor gefahren und den fremden Leuten übergeben hatte. Und ihre Mutter tat immer alles, was Vater tat. Inklusive krank werden. Tote Schwester, weggetretene Eltern. Typisch. Nina zog Niederlagen geradezu an.

»Seniorenstift«, wiederholte Wenner und zeigte ein freundliches Lachen. »Dort dürfen die Bewohner ihre Betten noch selbst machen.«

»Scherzkeks.«

Der Polizist wurde ernst. »Gehen Sie hin.« Er öffnete die Bürotür. Auf dem Flur liefen Leute eilig hin und her. »Ihre Eltern können sich nicht um Fraukes Begräbnis kümmern. Reden Sie wenigstens mit ihnen, wenn es geht. Und nichts für ungut wegen der Befragung. Es ist eine ungewöhnliche Selbsttötung. Fraukes Papiere müssen wir vorläufig behalten. Wir haben Kontoauszüge, ihre Arbeits- und einen Immobilienvertrag gesichert. Nur bis alles offiziell abgeschlossen ist. Wir müssen die toxikologischen Ergebnisse noch abwarten. Eine Formsache. Danach können Sie ...«

»Fraukes Krempel interessiert mich nicht.«
Er blickte kurz auf seine polierten Schuhe und schürzte die Lippen. Dann hob er den Kopf. »Es gibt auch ein Testament.«
»Und?« Nina musterte demonstrativ desinteressiert die Regale im Büro. Bücher, ein paar Edelsteine und silbergerahmte Fotos einer Frau mit schwarzem Pagenschnitt, mehrere Kinder. Was hätte sie auch sagen sollen? Dass Frauke schon seit Ninas dreizehntem Lebensjahr tot für sie war? Dass Geld für Nina keine Bedeutung hatte? Sie nie viel besessen und noch weniger gebraucht hatte? Seit sich damals das schwere graue Tor nach über einem Jahr wieder geöffnet hatte und Nina frei gewesen war, wollte sie einfach nur leben. Und mit ihrem Dasein die Welt ein kleines Stückchen besser machen. Gelungen war es ihr nur zum Teil. Sie hatte sich eine große Portion Sarkasmus zugelegt. Manchmal schoss sie damit über das Ziel hinaus. Viele schreckte das ab. Doch alles war besser als die Wirklichkeit. Dieser verdammte, aussichtslose Kampf um ein wenig echte Liebe.
»Die Wohnung gehört Ihrer Schwester.«
»Das müssen Sie den Erben sagen. Ich zähle garantiert nicht dazu.«
Wenner legte die Hand auf die Türklinke. »Wir haben einen Hinterlegungsschein gefunden. Das heißt, das Testament liegt beim Amtsgericht. Sie werden dann informiert. Wo sind Sie zu erreichen?«
»Handy.« In fremden Häusern, dachte sie. In fremden Betten. In Heimen. Leeren Fabrikhallen. Büros. Im Park.
»Ich rufe Sie an, wenn Sie Fraukes Wohnungsschlüssel abholen können. Die Papiere legen wir in die Wohnung zu-

rück. Einiges davon werden Sie für den Bestatter brauchen.« Er räusperte sich, und sein Zahnpasta-Kaffee-Geruch hüllte sie ein. »Nehmen Sie dann besser eine Freundin mit in die Wohnung. Die Reinigung ist Sache der Angehörigen. Falls Sie die Adresse einer Spezialfirma brauchen …«
Sie hatte nicht mehr zugehört. Hatte wie mechanisch den Stuhl nach hinten geschoben, war aufgestanden und an Wenner vorbei durch den Flur und die Treppen hinab bis zur Sicherheitsschleuse geeilt. Unten hatte Wenner sie eingeholt.
Für die Polizei war der Fall offenbar so gut wie abgeschlossen. Für Nina dagegen begann jetzt die Drecksarbeit. Sie musste ihre Eltern aufsuchen, vermutlich die Wohnung putzen und den ganzen Mist mit der Beerdigung organisieren. Sie hatte mal wieder die Arschkarte gezogen.

Ihre Schritte knirschten dumpf auf dem Kies, als sie durch das schmiedeeiserne Tor trat. Der Park war weitläufig und voller Menschen. Erschöpft ließ sie sich unter einem Baum ins Gras sinken. Wie Feuerzungen krochen die Strahlen der Abendsonne über die Baumstämme. Ein paar Jogger liefen keuchend an Nina vorbei, Leute mit Hunden, Frauen mit Kinderwägen, Männer mit Aktentaschen und starren Gesichtern. Auf einer Bank, nur wenige Schritte entfernt, saß ein Mann mit grauem Vollbart. Er war barfuß und hielt einen Tetrapak in der Hand. Neben ihm lag eine getigerte Katze. Etwas weiter weg spielten ein paar Kinder Frisbee. Nina lehnte sich an den Stamm, schloss die Augen und lauschte den Abendgeräuschen. Schritte. Hundegebell. Stimmen, Rufe, Vogelgezwitscher. Das monotone

Rauschen der Autos. Dazwischen fröhliches Kinderlachen. Auch hier, viele hundert Kilometer von Markus Ohmers Zimmer über dem Rathausplatz entfernt, duftete es nach Lindenblüten.
Die Rinde drückte hart gegen ihren Rücken.
Nina hatte Großstädte nie gemocht. Zu viele Menschen, zu viel Gewalt, zu wenig Grün. Und zu wenige Leuchtkäfer im Sommer. Unter dem Himmel zu sitzen und ihr Blinken oder Dauerleuchten zu sehen, schenkte Nina kleine Glücksmomente. Es waren Signale. *Du machst alles richtig. Deine Fürsorge ist gut für die Welt. Auch wenn dein Leben hart ist.* Menschen, die ihre Fürsorge brauchten, fand Nina auch außerhalb der Zentren. In kleinen Städten oder ländlichen Gegenden. Dort, wo sie sich orientieren konnte und nachts, falls sie kein Dach über dem Kopf fand, keine Angst haben musste, an jeder Ecke angemacht, überfallen oder sogar vergewaltigt zu werden. Hier und heute war sie fremd. Hatte weder Stammkunden noch Bekannte. Wo sollte sie in den nächsten Tagen hin? Sie musste wohl unter irgendeinem Gebüsch schlafen. Und morgen erst einmal Kohle auftreiben. Ihre Kleidung und Haare waschen. In Städten war man ständig schmutzig. Und bei aller Not waren Nina Sauberkeit und Selbstachtung heilig.
Das Kinderlachen näherte sich, und als sie die Augen öffnete, kam ein Junge auf sie zugelaufen. Ruckartig blieb er stehen, der Mund war zu einem Lachen geöffnet. Er hatte zwei große Zahnlücken. Dann bückte er sich rasch nach dem roten Frisbee, das zu ihr geflogen war, und rannte davon. Die andern johlten, und schon warf er das Frisbee zu seinen Freunden.

Hatte sie mit Frauke jemals so ausgelassen gespielt und gelacht?
Der Mann auf der Bank sah zu ihr herüber. Er reckte einen Daumen in die Luft. »Kinder!« Die Katze hob den Kopf.
Frauke hatte so anders ausgesehen heute früh in diesem Abschiedsraum. Weich, freundlich. Und nicht so dünn, wie Nina sie in Erinnerung hatte. Nina hatte sie berühren wollen. Doch ihr Gehirn hatte sich geweigert, den Arm diesen Befehl vollständig ausführen zu lassen. Nina wollte wissen, wie Frauke sich anfühlte. Ob sie im Tod noch kühler war als im Leben. Ob ihre Haut so zart war, wie ihr Freund Peter es immer behauptet hatte. Ob die Narbe an der Schläfe wirklich hart geblieben war, wie Frauke es ihr vorgeworfen hatte.
Fast hatte Nina sich geschämt. Nicht vor Wenner und dem Leichenarzt, sondern vor sich selbst. Tagtäglich berührte sie fremde Menschen. Alte, Kranke, Behinderte. Sie tauschten Intimitäten aus, wenn sie es wünschten. Meistens tat sie es gern. Und sie mochte den Großteil ihrer Kunden. Markus Ohmer gehörte dazu. Und Ines Klein, die vom Hals abwärts gelähmte, ältere Frau, der sie erotische Geschichten vorlas und dabei ihren Nacken kraulte. Auf Ines Kleins Sofa konnte Nina jeden Montag übernachten und zudem die Waschmaschine benutzen. Auch Smoothie mochte sie gern. Den dicken Koch mit der Glatze und dem kleinen Penis, dessen richtigen Namen sie nicht kannte. Smoothie verzauberte andere mit seinen Köstlichkeiten und strahlte die Restaurantbesucher an. Doch nachts, wenn die Welt satt und zufrieden im Bett lag und vögelte, saß er mit seinem Hund allein vor dem Fernseher und verzehrte sich nach den Zärtlichkeiten einer

Frau. Nina gab sie ihm. Ausgeschlossen waren einzig Zungenküsse und ungeschützter Sex. Ansonsten kannte Nina keine Tabus. Doch der Gedanke, Frauke auch nur mit dem kleinen Finger zu berühren, hatte ihr ein kaltes Kribbeln über den ganzen Körper gejagt.

*Ines Klein!* Sie musste sie anrufen. Heute war Montag! Verflixt! Nina legte die Tüte mit dem Zettel ins Gras, kramte das Handy aus der Tasche und wählte die Nummer. Niemand hob ab. Wie auch. Frau Klein konnte ja nicht einmal die Arme bewegen. Und Nina hätte längst bei ihr sein sollen.

Tränen sammelten sich unter ihren Lidern. Rasch steckte sie eine Zigarette an. Das salzige Wasser lief über ihre erhitzten Wangen.

Und da spürte sie die Wut. Heiß und ätzend stieg sie ihr in die Kehle. Die Wut auf Fraukes volles, weizenblondes Naturhaar und ihre eigenen, durchschnittsbraunen Fusseln, die sie immer kirschrot färbte. Auf Fraukes schlanke Figur. Auf ihre eigenen, breiten Hüften und kleinen Brüste. Auf das Messer, mit dem Frauke ihren Plüschhasen aufgeschlitzt hatte. Auf Fraukes Lachen dabei. Auf ihre Eltern, auf Peter, sich selbst und das Leben. Frauke hatte so viel zerstört und nie auch nur einen Funken Reue gezeigt. Berechnend, eiskalt und bigott. So hatte sie sich in Ninas Erinnerung eingebrannt. »Du Miststück!«, sagte Nina und riss den Zettel aus der Tüte. »Du hast dich doch gar nicht umgebracht. Du bist doch viel zu wichtig für diese Welt.« Sie zerriss den Zettel, mitten durch das Hasenkörperherz und das Wort *Schwester*. »Frauke die Unersetzliche. Die Vollkommene. Das Genie!«

Der Mann auf der Bank stand auf. Die Sonne war nur

noch ein halber, feuerroter Ball hinter einer Hochhaussilhouette.
Wahrscheinlich hatte irgendein Lover Frauke umgelegt. Einer, den sie ausgenutzt hatte. Daran dürfte ja kein Mangel bestanden haben. Und dieser Koswig, oder wie auch immer er hieß, hatte es übersehen. Frauke war alles zuzutrauen gewesen. Mit einer Luxuskarosse gegen die Wand zu rasen. Einen Mann bis zum Austicken zu provozieren. Mit Highheels umzuknicken und vor die Straßenbahn zu fallen, weil sie gerade einem Schönling zuzwinkerte. Aber kein Selbstmord. Und schon gleich gar nicht, ihren Luxusbody vorher zu verschandeln.
Mit der Zigarette brannte Nina ein Loch in eine Hälfte des Herzens. »Das war's mit uns beiden. Du wirst mich nicht länger beschäftigen. *Du* nicht! Sobald die letzte Schaufel Erde auf deinen Sarg fällt, bin ich weg. Und es hat dich nie gegeben. Nie!«
»Traurig?« Zwei nackte, dreckige Füße standen im Gras. Sie hob den Kopf. Der Mann von der Bank hielt ihr den Tetrapak hin. »'sch hab noch zwee Liter.« Er schwenkte eine zerfetzte Plastiktüte vor ihrer Nase und deutete mit dem Kinn gleichzeitig zu ihrer Tabakpackung. »Drehste mir eene?«
Sie trank. Der Rotwein war süß und warm. Tendenz Amaretto, das war okay. Sie zog die Nase hoch und klopfte neben sich auf den Boden. Der Mann setzte sich zu ihr. Als sie den Tabak auf dem Zigarettenblättchen verteilte, kam die Katze und rieb ihren Kopf am Bein des Mannes. Später rollte sie sich zwischen den beiden ein.

# 4

Als sie aufwachte, war Nina allein. Es musste fast Mittag sein. Das Gras war feucht und dampfte in der Sonne, die senkrecht stand. Offenbar hatte sie im Regen geschlafen, erschöpft und voll von dem zuckrigen Wein. Ihr Mund war trocken und ihre Haut klebrig vom Schweiß des Vortags und dem Staub der Stadt. Am Horizont bauten sich schon wieder hohe weiße Wolkentürme auf, und Nina hatte das Gefühl, dass glühende Nadeln in ihrem Gehirn steckten.

Sie raffte Tasche und Rucksack zusammen, stopfte den Zettel in die Rocktasche und ging los.

Eine Dusche. Frische Klamotten. Etwas Warmes zu trinken und ein Brötchen. Das brauchte sie jetzt. Und Kleingeld. Oder auch etwas mehr. Sie musste einen Kunden finden, bis Frauke begraben war.

In der Fußgängerzone herrschte Hochbetrieb. Imbissbuden, Cafés und Restaurants hatten die Stühle bis in die Straßenmitte gestellt. Nina schlängelte sich zwischen Männern in dunklen Hosen und hellen Hemden hindurch, die Espresso tranken, Pasta aßen und sich mit Frauen unterhielten, die Mineralwasser tranken und in Salaten herumstocherten. In der Toilette eines Starbucks tauschte sie ihr Top gegen ein tief ausgeschnittenes Shirt im Tigerlook und ihren meergrünen Rock gegen einen grasgrünen. Die Pulswärmer behielt sie an. Dann wusch sie sich notdürftig, putzte sich die Zähne und zog den Lidstrich nach. So wie gestern konnte sie unmöglich noch einmal bei diesem Professor aufkreuzen. Zum Schluss bürstete sie ihr Haar. Sie betrachtete sich. »Muss gehen«, murmelte sie, und eine junge asiatische Frau mit Laptoptasche sagte mit gerümpfter Nase: »Ja, gehen!«

Nina lächelte. »Einen schönen Tag noch.«

Die Asiatin schüttelte verständnislos den Kopf.

Von ihren letzten Euros kaufte Nina sich einen Kakao im Pappbecher und einen Frühstücks-Bagel. Unter einem Arkadengang saß ein blinder Mann, auf einem Stück Karton vor ihm lagen wenige Münzen. Nina gab ihm einen halben Bagel.

Sie trank einen Schluck. Der Kakao war lauwarm, aber lecker.

Dass es zahlreiche Menschen wie sie gab, die ausgespuckt vom Leben waren, aber dennoch Hoffnung und Liebe spürten, wusste Nina seit ihrer Kindheit. Einmal hatte sie eines ihrer Bonbons einer Bettlerin vor einem Friseursalon geschenkt. Ninas Mutter bewunderte im Schaufenster die Fotos der Models und forderte Nina auf, doch auch diese wundervollen Frisuren anzusehen. Nina hatte die arme Frau angeschaut. Und das Bonbon. Es war rot, Kirsche, und es klebte an ihren kleinen Fingern, weil sie es seit Tagen in der Rocktasche herumtrug. Als die Bettlerin es nahm, lächelte sie, den Kopf seltsam schief zur Seite geneigt, und sagte: »Du bist eine G-G-G-Gute.« Nina hopste vor Freude auf einem Bein und rief: »J-J-J-Jaaaa!« Den Sprachfehler der Frau hielt Nina für ein Spiel. Erst, als ein paar umstehende Kinder »G-G-Guuute, J-J-Jaaa« schrien, ihr eine lange Nase drehten und ihre Mutter sie wütend wegriss, hatte Nina begriffen, dass die anderen sie und die Obdachlose auslachten. »Mach das nicht noch einmal«,

hatte ihre Mutter gezischt. »Man kennt uns schließlich in der Stadt!«
Doch Nina hatte es immer wieder getan. Von ihrem Taschengeld kaufte sie Schokolade für den Bettler auf ihrem Schulweg und schenkte ihr Pausenbrot ärmeren Kindern. Die meisten Mitschüler lachten darüber. Doch schon damals wollte sie nie anders sein. Heute dachte sie oft, dass sie mit ihrer Fürsorge vieles ausglich, was sie selbst nie bekommen hatte.
Nina erreichte das Ende der Fußgängerzone, warf den leeren Pappbecher in einen Mülleimer und fragte einen Mann in orangefarbener Arbeitskleidung neben einem Tankfahrzeug nach dem Weg zur Uni. »Zum Institut für Rechtsmedizin«, ergänzte sie.
»Was willst du denn bei den Leichen? In deinem Alter?«
»Ich such 'nen Job. Und ich wüsste nicht, dass wir uns duzen.«
Er deutete auf einen Schlauch, der im Kanal verschwand wie ein riesiger Rüssel. »Drecksjobs gibt's auch hier.«
»Also wo ist das Institut?«
»Keine Ahnung.«
»Leck mich am Ärmel.«
»Später, Madam. Ich hab zu tun.« Der Kanalarbeiter grinste.

Eine Stunde später saß Nina Emil Koswig gegenüber. Der Professor hatte sie sofort empfangen und war mit ihr in die Cafeteria der medizinischen Fakultät gegangen. »Hier ist es gemütlicher als in meinem Büro.« Er umfasste ein hohes Glas mit geeistem Pfefferminztee. Obenauf schwammen eine halbe Zitronenscheibe und ein grünes Etwas, das wohl ein Pfefferminzblatt sein sollte. Koswigs Finger waren kräftig und schlank und die Nägel kurz und gepflegt. Nur drei junge Menschen, wahrscheinlich Studenten, saßen an einem Tisch am andern Ende des Raumes. Sie unterhielten sich ungeniert über nässende Hautkrankheiten. Nina verstand kein Wort. Und von Haut wollte sie sowieso nichts hören. »Ist hier immer so wenig los? Es ist doch Kaffeezeit.« Sie blickte auf die lange Selbstbedienungstheke mit den wenigen Kuchenstücken. Die Wärme hatte die Schnittflächen trocken und rissig werden lassen. Es roch süßlich, aber nicht unangenehm. Die Luft war feucht und schwer, fast so drückend wie draußen.

»Es sind Semesterferien.«

Sie nippte an ihrem Pfefferminz-Eistee, den Koswig auch ihr geholt hatte. »Gut für den Kreislauf. Obwohl Sie heute schon besser aussehen als gestern.« Der Tee war ungesüßt und bitter. Ein Amaretto wäre ihr lieber gewesen. »Hat … hat es lang gedauert, bis Frauke tot war? Also ich meine, von dem Schnitt bis …?«

»Mehrere Minuten bis zum Bewusstseinsverlust, nehme ich an.«

Nina starrte auf die Zitrone in ihrem Glas. »Und … was hat sie dabei empfunden?«

»Mal abgesehen von der vorausgehenden Verstümmelung? Ihrer Schwester wurde schwindelig, dann hat sie das Bewusstsein verloren. Vermutlich war es ein sanftes Wegdämmern.«

»Und dann?«

»Ist sie verblutet. Also der Blutdruck ist gesunken, und die Atmung ist flach und schnell geworden. Dann ist der Tod eingetreten.«

»Hm.«
»Wollten Sie das wissen? Sind Sie deswegen hergekommen?«
Sie sah auf. Seine Augen schienen verwaschen und matt. Die Trauer, die auffallende Stille, die sie gestern darin zu sehen geglaubt hatte, war verschwunden, doch die Sanftheit war unverändert. »Sie müssen mir helfen. Ich muss wissen, was mit Frauke passiert ist.« Und ich brauch dich als Kunden, dachte sie. Du bist der einzige potenzielle Kandidat hier.
»Sagten Sie nicht, dass Kommissar Wenner Ihnen schon alles erklärt hat? Ich habe Ihnen soeben den Rest erzählt. Mehr wissen wir nicht.«
»Schneiden Sie heute keine Toten auf?«
»Wieso?«
»Sie sind so« – sie betrachtete sein türkisfarbenes T-Shirt und die schwarze Jeans – »anders angezogen.«
»Wenn Angehörige kommen, so wie Sie gestern, tragen wir ungern Alltagskleidung. Das ist eine Frage des Respekts.«
»Die Mühe hätten Sie sich sparen können.«
Er streifte mit einem kurzen Blick ihren tiefen Ausschnitt, und Nina wartete schon auf ein »Sie auch«. Doch er sagte nichts.
»Was ist mit Frauke passiert? Das mit dem Hautstück ist doch … verrückt!« Sie beugte sich nach vorn. Der Mann war wirklich ziemlich reserviert. Aber sie würde schon herausfinden, was ihn bedrückte. Sein T-Shirt passte zwar zu den hellblauen Augen, doch sein Gesicht war viel zu schmal für seine kräftigen Wangenknochen. Gut ging es ihm sicher nicht.

»Frau Bach, ich kenne die Lebensumstände Ihrer Schwester nicht. Ich weiß nicht, weshalb sie nicht mehr leben wollte. Und warum sie sich vorher auf diese Art … verletzt hat. Tut mir leid.«
»Sie müssen etwas übersehen haben. Frauke hat sich nicht umgebracht!«
»Das sagten Sie bereits.« Er schob das Glas von sich weg. Noch immer schwappte die gelbgrüne Flüssigkeit bis an den oberen Rand. »Warum tragen Sie Mitte Juli Pulswärmer?«
»Gedenken an meine Schwester.«
»Dann hat Kommissar Wenner Ihnen bereits beim ersten Anruf von dem Schnitt im Handgelenk erzählt? Sie haben die Dinger schon gestern angehabt.« Der Leichendoc trank, und seine Augen blitzten sie fast amüsiert über den Glasrand hinweg an.
»Sie hat sich nicht getötet! Und erst recht hat Frauke sich nicht verletzt«, erwiderte sie ausweichend.
»Ich bin die falsche Adresse für Ihre Vermutungen, glauben Sie mir.«
»Ich verstehe ja, dass Sie nichts sagen dürfen. Aber« – sie wurde lauter – »sie war meine Schwester! Ich habe sie geliebt. Mit geht's nicht gut.«
Die drei Studenten sahen herüber. Koswig nickte ihnen zu, und einer hob die Hand zum Gruß. »Hey, Herr Professor.«
»Hallo«, grüßte Koswig laut zurück und erklärte Nina leise: »Achtes Semester Humanmedizin. Interessiert sich sehr für unseren Fachbereich. Assistiert auch schon ganz gut beim Obduzieren. Wir könnten guten Nachwuchs brauchen.« Koswig blickte noch einmal zu dem Studen-

ten. »Er ist gut. Und er bringt die nötige Nüchternheit mit.« Nach einer kurzen Pause fuhr er in normalem Tonfall fort: »Nach Schwesternliebe hat mir das im Abschiedsraum aber nicht ausgesehen.«

»Moment.« Nina öffnete den Rucksack, kramte den schmutzigen Rock hervor und holte die Zettelstücke aus dessen Tasche.

Koswig räusperte sich leise. »Muss das hier mitten in der Cafeteria …«

»Sehen Sie?« Sie legte die Hälften auf den Tisch und strich sie glatt. »Ich stand unter Schock gestern. Ja, es war schwierig zwischen uns. Wir waren einfach … grundverschieden. Da gab es oft Reibereien.«

»Entzweiungen.« Koswig deutete mit dem Kinn auf die Zettelhälften. Die halben Herzen. Das *Schw* und das es*ter*.

»Wissen Sie, wie Trauer sich anfühlt?«

Er schwieg.

»Sie wissen es, oder?« Nina schob die Zettelhälften zusammen.

»Herzen brechen, Herzen heilen.«

»O wie theatralisch.«

Er hob die Schultern. »Realistisch.«

»Haben Sie Geschwister?« Sie war viel zu aggressiv. Ging viel zu wenig auf ihn ein. So würde das nichts werden. Was war los mit ihr?

Er sah sie an. Mit diesem sanften Blick. »Warum fragen Sie mich das?«, hörte sie ihn sagen und dachte, Frauke und dieser Koswig hätten mit ihrem bleichen, nordischen Aussehen ein hübsches Paar abgegeben. Schöner, als der dunkle, breit gebaute Peter und Frauke es gewesen waren. Da grub sich die Erkenntnis in ihr Herz, dass sie sich darum nie wieder sorgen musste. Dass da keine Frauke mehr war. Kein kreischendes Mädchen, mit dem sie Gummihüpfen spielte. Kein Teenager, dessen Wimperntusche und Lippenstift Frauke in eine Mona Lisa und Nina in ein Bauerngemälde verwandelten. Keine verhasste Frau, deren Modelmaße ebenso perfekt wie ihr Egoismus maßlos waren. Da war eine leere Stelle. Ein Nichts. Alles, was Nina von achtundzwanzig Jahren Achterbahngefühlen geblieben war, war der Verlust. Wenn sie den irgendwann vergessen hätte, wäre nichts mehr übrig von Frauke.

»Frau Bach? Alles in Ordnung? Ich hatte Sie etwas gefragt.«

Sie schob die Zettelhälften hin und her. »Wenn Sie Geschwister haben, können Sie mich besser verstehen.«

»Ich verstehe Sie.«

»Dann helfen Sie mir!« Nina war nicht mehr sicher, ob sie den Rechtsmediziner nur als Kunden gewinnen oder wirklich seine Hilfe wollte. »Frauke war Ärztin! Wenn sie sich hätte umbringen wollen, hätte sie ein paar Pillen einwerfen können. Schnell und schmerzlos!«

»Ja.«

»Ja?«

»Aber sie hat es anders getan. Warum auch immer.«

»Sie haben etwas übersehen. Ich weiß es! Wie wäre es, wenn wir …«

»Nein!«

»Bitte!«

»Wissen Sie, oft kann man erst sehr spät seinen Frieden mit dem Tod machen. Erst recht, wenn es ein gewaltsamer Tod war.«

»Sorry, aber das ist doch nichts Neues.«

»Und manchmal schließen wir erst dort« – er hob den Blick Richtung Himmel – »Frieden mit uns und der irdischen Welt. Da drüben sieht's nämlich schon ganz anders aus.«

»Sie glauben an Gott? Wie können Sie tagtäglich Menschen aufschneiden und in ihnen herumwühlen, wenn Sie sie als Gottes vollkommene Schöpfung betrachten?«

»An irgendetwas muss ich glauben.«

Ninas Mund wurde trocken. Sie sehnte sich nach einer Zigarette. Nach einem Schluck Amaretto. Süß und klebrig. Stattdessen trank sie das Glas Eistee in einem Zug halb aus. Das alles war ein riesiger Irrtum. Warum hatte Frauke, wenn sie sich schon um die Ecke bringen musste, nicht wenigstens einen Abschiedsbrief geschrieben und Schlaftabletten genommen? So dass alles eindeutig war? Warum musste sie Nina diesen ganzen Mist und diese Zweifel hinterlassen? Mit einem Poltern fiel das Glas um, und ihr restlicher Eistee ergoss sich über den Zettel und Koswigs Hose.

»Verdammt«, rief Nina, und Koswig sprang auf.

Die Studenten blickten wieder herüber.

Sie wühlte in ihrer Tasche nach Papiertaschentüchern. »Tut mir echt leid, ich hab nicht aufgepasst, ich war so fahrig, ich habe …«

»Nichts passiert.« Koswig hob abwehrend die Hände.

»Doch, es ist etwas passiert! Meine Schwester ist tot, und Sie, Sie sitzen da und tun so, als ob …«

»Als ob was?«

»Sie haben doch keine Ahnung!«

»Wahrscheinlich nicht.«

»Belastet Sie das denn nicht? Jeden Tag nur Tod und Ge-

walt?« Endlich. Ein Päckchen Taschentücher. Sie reichte es ihm.
»Das soll nicht Ihr Problem sein, Frau Bach. Aber wenn es Sie beruhigt: Ohne emotionale Distanz könnte ich den Job nicht machen.«
»Frauke ist Ihnen also egal.«
Seine Mundwinkel zuckten. »Ihre Schwester ist eine Fremde für mich, Frau Bach, eine *Fremde*.« Er wischte über seine Hose. »Was, bitte, erwarten Sie von mir?« Dann wurde er ruhiger. »Versuchen Sie, Ihren Frieden mit Fraukes Tod zu machen.«
»Das kann ich nicht! Frauke hat … sie war …«
Koswig legte seine Hand auf ihren Unterarm. Die Geste passte nicht zu seinen scharfen Worten: »Ich kann Ihnen nicht helfen. Bitte gehen Sie. Das ist hier nicht der Ort …«
»Für mich ist nirgends der Ort. Verstehen Sie? Und für Sie auch nicht. Machen Sie mir doch nichts vor. Sie tragen ebenfalls etwas mit sich herum! Schauen Sie sich nur mal an, Sie …«
»Das reicht.« Er zog seine Hand zurück. »Verlassen Sie das Institut.«
Nina schnaubte. Arroganter Typ! »Leihen Sie mir zehn Euro?«
»Der Eintritt ins Schwimmbad kostet nur fünf. Dort gibt's auch Duschen.« Er zog einen Geldschein aus seinem Portemonnaie.
»Aber keinen Amaretto.« Sie stopfte das Geld in ihren Ausschnitt und ging in den Abend und die drückende Hitze hinaus.

# 5

*Der Mann hat in den letzten Nächten kaum geschlafen. Heute Morgen hat er sich auf das schmale Bett mit dem Metallgestell gelegt. Aber er hat keine Ruhe gefunden. Er will es in die Welt hinausschreien. Doch das kann er nicht. Also hat er mit den Fingerknöcheln gegen das Kopfteil geschlagen.* Kurz, kurz, kurz, kurz. *Zweiter Buchstabe:* kurz, lang. *Der dritte:* kurz, kurz, lang. *Und:* lang. Haut! *Immer wieder.* Kurz, kurz, kurz, kurz … *Bis der Schmerz ihn beruhigt hat und er in einen schweren Schlaf gefallen ist. Am Nachmittag ist er aufgestanden. Mit dem Messer hat er sich rasiert.*

*Um ihn ist es dunkel. Er streicht über das weiche, zarte Stück Haut. Einmal. Zweimal. Ein drittes Mal. Seine Trophäe.*

*Es war nicht leicht gewesen, es zu erbeuten. Alles um ihn hatte sich gedreht, als er es schließlich in Händen hielt, und fast ist er in dem Strudel seiner Gefühle ertrunken. Er hatte so lang warten müssen, bis er es seiner Sammlung hinzufügen konnte.*

*Ihr Bild sieht er Tag und Nacht vor sich. Sie beherrscht seine Gedanken. Er riecht ihren Duft. See und Tang. Manchmal Nuss. Wenn sie gebadet hat, Wasserlilie. Er hört ihre Stimme, dumpf wie unter Wasser, doch wenn er seine Hand an ihren Hals legt, erkennt er jede Silbe am Vibrieren ihres Kehlkopfes. Sie hat sich nie gewehrt, wenn er sie berührte.*

*Er hebt das Hautstück sachte an seine Wange, langsam und unendlich zart reibt er sich an ihm, und eine Welle*

*überbordender Hitze durchströmt seine Brust und seinen Bauch. Dann schnuppert er an der Haut. Saugt tief die tote Süße ein, die trotz der widerlichen Flüssigkeit erhalten geblieben ist. Seine Lippen gleiten über den neuen Schatz.*
*Gern würde er seinen Kopf jetzt in ihrem Schoß bergen. Einfach daliegen und sie riechen. Ihre seidigen Haare, den Hals, die Schulter und ihre Scham. Er hat ihr nie gesagt, dass er ihr Geschlecht sogar durch ihre Kleider hindurch riechen kann. Und was dann mit ihm passiert. Sie hätte ihn ausgelacht. Er sehnt sich nach ihr. Er will zu ihr. Doch das geht natürlich nicht.*
*Die Silhouette des kleinen Tisches ist alles, was er erkennen kann. Langsam schiebt er eine Hand über die glatte Tischplatte, Zentimeter für Zentimeter, tastet nach den Einmachgläsern. Es sind zwei. In das offene legt er behutsam seine Trophäe. Seine Finger werden nass, angeekelt wischt er sie an dem rauhen Kissen trocken, das auf seinem Stuhl liegt.*
*Die Flüssigkeit ist böse. Sie zerstört ihren Duft. Er weiß es vom Inhalt des ersten Glases. Das Auge darin riecht nur noch nach der Flüssigkeit. Formalin. Aber es gibt keine andere Möglichkeit, die Schätze zu bewahren. Vier Gläser müssen es werden. Dann kann er ein neues Leben beginnen.*
*Er schließt den Glasdeckel und drückt den Schnappverschluss nach unten. Zum Abschied streichelt er das Glas. Es ist glatt, dick und kühl.*
*Er stellt die Gläser zurück in das U-Boot. Man kann den Laderaum öffnen, aber die Luke klemmt. Man muss den Trick kennen. Er kennt viele Tricks. Genauso, wie er das U-Boot kennt, seit er ein Kind ist.*

*Deswegen nennen sie ihn Skipper.*
*Er lacht. Klopft leise gegen das Metall.* Dreimal kurz. Lang, kurz, lang. Zweimal kurz … Skipper!
*Skipper muss die Augen nicht schließen, um den Duft der Haut noch jetzt mit allen Sinnen einsaugen zu können. Es ist auch so dunkel um ihn. Sein Leben ist schwarz mit grauen Nebelschwaden darin.*
*Das Boot hat seine Mutter ihm geschenkt. Es ist ein Modell der* USS-Scorpion.
*Manchmal stellt er sich vor, dass er der Kommandant ist und in dem Boot bis auf den Grund des Meeres taucht. Er wird nie zurückkommen, so wie die echte* Scorpion *auch nie zurückgekommen ist. Er wird ewig in der Finsternis bleiben. Skipper liebt Wasser.*
*Wenn er mit dem U-Boot taucht, stampft es um ihn, dumpf und monoton, und er steuert das Schiff ganz allein, weil die Mannschaft längst geflohen ist. Sie fürchten ihn.*
*In der* Scorpion *bewahrt er alles auf. Das Glas mit dem Auge, das neue Glas mit der Haut und die beiden leeren Gläser, die noch gefüllt werden müssen. Die* Scorpion *birgt alles, was er hat: seine Trophäen, seine Geschenke und das Messer, das er aus der Küche seiner Mutter gestohlen hat und mit dem er die stumm blubbernden Fische aufschlitzen wird.*
*Der Skipper verriegelt die Ladeklappe und trägt die* Scorpion *zum Regal neben seinem Bett.*

# 6

Der Geruch war das Schlimmste. Blutsuppe – das schoss Nina durch den Kopf, als sie die Tür zu Fraukes Wohnung öffnete. Metallisch. Süßlich. Stickig.
Das Haus lag in einem eleganten Stadtviertel, in einer Straße mit gepflegten Jugendstil-Villen. Die Fassade leuchtete knochenweiß im Abendlicht. So weiß, wie Fraukes blutleeres Gesicht gewesen war und wie Markus Ohmers Körper stets vor ihr lag. Um große, zweiflügelige Sprossenfenster spielten die Schatten von Pappelblättern. Fünf Stockwerke. Eine massive Eingangstür aus hellem Holz. Ein Treppenhaus mit breiten, honigfarbenen Holzstufen, die Wohnungstür weiß mit hübschen Holzzargen. In ihrer Mitte ein kleines Fensterchen mit buntem Ornamentglas.
Zehn Minuten, dachte sie und trat zögernd einen Schritt in die Diele, dann bin ich wieder draußen. Frauke hat ihre Papiere garantiert akribisch sortiert, und die Polizei hat sie hoffentlich genauso wieder hier deponiert. Schon in der ersten Klasse hatte Frauke aus den Modezeitschriften ihrer Mutter Seiten herausgetrennt, nach Farbe, Schnitt und Anlass sortiert und in Schulhefte geklebt.
Als sie in der Diele die blutschwangere Luft atmete, wollte Nina weglaufen. So, wie sie es mit fünf Jahren getan hatte, wenn der Bauer im Dorf Schlachttag gehabt und ihr die Todesschreie der Schweine die Tränen in die Augen getrieben hatten. So, wie sie es mit dreizehn Jahren getan hatte, als die Schreie aus dem Schlafzimmer ihrer Schwester gedrungen waren. Der Geruch von Blut war unverwechselbar.

Nina schloss die Wohnungstür mit einem leisen *Klack*, und fast gleichzeitig ertönte laut der hohle Gong einer Uhr. Sie erstarrte. Die weiße Standuhr! Es war die ihres Vaters. Automatisch zählte sie die Schläge mit. Neun. Jeder wie eine Faust, die ihr in den Magen fährt.
Kommissar Wenner hatte sie am Nachmittag angerufen, nachdem Nina eine weitere Nacht im Park und den Tag mit der Gewissheit verbracht hatte, dass Frauke unmöglich Selbstmord begangen haben konnte. Und dass dieser Koswig ein verkorkster Einzelgänger war, den sie als Kunden gar nicht haben wollte. Der alte Mann mit der Katze war nicht im Park gewesen.
»Der Fall Frauke Bach ist abgeschlossen«, begann Wenner ohne Umschweife und erklärte, dass die Wohnung entsiegelt und Fraukes Papiere zurückgebracht worden waren. Die Staatsanwaltschaft hatte den Leichnam zur Bestattung freigegeben. Die Toxikologie hatte ein Lokalanästhetikum nachgewiesen. »Ohne Betäubung verletzt man sich höchstens in einer Psychose so massiv«, redete der Kommissar weiter, »medizinische und polizeiliche Ermittlungsergebnisse stimmen überein. Ihre Schwester wollte sterben, und das ohne große Schmerzen.«
»Sterben ohne Schmerzen wollte sie?«, blaffte Nina sarkastisch in ihr Handy. »Deswegen hat sie sich garantiert davor noch Haut rausgeschnitten. Was für ein Schwachsinn!«
»Es sind die Fakten. Fraukes Wohnungsschlüssel habe ich unten an der Pforte bei der Sicherheitsschleuse hinterlegt, die kennen Sie ja. Ich bin heute leider nicht mehr im Haus und kann Sie nicht persönlich empfangen.«
»Sie haben keinen Bock auf eine anständige Ermittlung, stimmt's?«

»Ich muss los, Frau Bach. Die Staatsanwaltschaft hat das Verfahren eingestellt. Es gibt keinerlei Hinweise auf ein Verbrechen. Einen schönen Tag noch.«
Jetzt starrte Nina die Standuhr genauso fassungslos an, wie sie am Nachmittag ihr Handy angestarrt hatte, als Wenner einfach aufgelegt hatte. »Verdammter Mist!« Weiß lasiert, goldene Verzierungen, fragile schwarze Zeiger. Um das Ziffernblatt wand sich ein geschnitztes Band aus goldenen und silbernen Strängen. Die Uhr stand auf einem dicken, hellen Teppich. Das schwere Pendel schwang mit einem leisen *Klack, Klack* hin und her.
Nina stellte den Rucksack ab und legte die Stofftasche daneben.
Von der Diele führten drei Türen in die anderen Räume. Alle waren geöffnet. Rechts lag die Küche, ein futuristisches Gebilde aus weißen Schränken und einer großen Kochinsel in der Mitte, das so gar nicht zum Jugendstil des Hauses passen wollte. Nina ging hinein und öffnete das Doppelfenster. Der Blick fiel auf einen Innenhof mit großen Blumenkübeln und gepflegten Balkonen. Links der Diele lag eine fensterlose Kammer mit Vorräten, Putzutensilien, einer Waschmaschine und einem Trockner. Nina ging geradeaus weiter. Der Blutsuppengeruch wurde intensiver. Sie presste sich ein Taschentuch vor Mund und Nase.
Im Wohnzimmer, oder besser: Salon mit Galerie, wurde sie von einer ausladenden Gruppe cremefarbener Polstermöbel empfangen. Die zwei Sofas und zwei Sessel standen auf einem riesigen flauschigen Teppich, in der Mitte ein niedriger Tisch aus Mahagoni und Glas. Darauf lagen einige Hochglanzmagazine und Bildbände. Auf einem Sofa saß ein hellbrauner Stoffhase, so groß wie ein Kleinkind,

mit roter Latzhose und roten Stiefeln. Sie starrte auf das Plüschtier. Was sollte das?
Hinter der Sitzgruppe war ein Kaminofen in die Wand eingelassen. Darauf Metallskulpturen. An den Wänden abstrakte Bilder. Ein grünes Quadrat auf Rot, ein roter Kreis auf Blau, ein gelbes Rechteck auf Grün. Frauke hatte tatsächlich nichts ausgelassen, ihr Elternhaus zu kopieren. Der gesamte Raum besaß Oberlichter und Glasfronten bis zum Boden. Alles war hell und sonnig. Wäre da dieser Geruch nicht gewesen …
Sie riss alle Fenster und die Balkontür auf. Fraukes Papiere konnte sie nirgends entdecken.
Links im Raum führte eine Treppe auf die Galerie.
Das Badezimmer musste oben sein. Okay, zwei Minuten, dann gehe ich rauf, dachte sie und drehte sich eine Zigarette. Ihre Finger zitterten, als sie nach oben blickte. Das Feuerzeug klickte, und als sie sich, die Zigarette im Mund, nach vorn beugte, fiel eine Haarsträhne in die Flamme. Wenigstens überdeckte der Kokelgeruch die Blutsuppe.
Rauchend ging sie nach oben. Stufe für Stufe, immer langsamer. Der Handlauf aus Edelstahl war mit weißem Staub bedeckt, und erst oben, als sie sich umdrehte und in das geöffnete Bad blickte, begriff sie, dass das Hinterlassenschaften der Spurensicherung waren. Mit einer Mischung aus Ehrfurcht und Neugier trat sie auf die Tür zu, den Blick auf Badewanne und Boden gerichtet, doch es war zu dunkel, um etwas erkennen zu können. In der Tür blieb sie stehen. Zog mehrmals an der Zigarette. Stieß den Rauch durch Mund und Nase aus. Inhalierte erneut. »Du verdammtes Luder«, stieß sie leise hervor. Dann schaltete sie das Licht ein. Unzählige Halogenlämpchen beleuchteten

das Bad. Es war groß und bis unter die Decke eisblau gekachelt, die Badewanne riesig und die halbrunde Duschkabine aus Glas.
Boden und Badewannenrand waren voller dunkler Flecke, und die Wandfliesen um die Wanne herum wiesen rotschwarze Spritzer auf. Das Innere der Badewanne sah aus, als habe jemand mit roter Farbe und einem weichen Pinsel alles besudelt. Um den Abfluss herum konzentrierte sich die rote Farbe. Am Kopfende der Wanne zeichneten sich vier runde Flecke ab, groß wie 20-Cent-Stücke. Da musste etwas gestanden haben. Ein Wäscheständer sicher nicht. Frauke *ließ* waschen und bügeln. Auswärts. Garantiert.
Die Blutflecke zogen sich bis unter den Heizkörper. An einigen Stellen waren sie verschmiert, andere Flecke wiesen Kratzspuren auf. Klar! Da waren die Polizisten und Koswig herumgetrampelt. Irgendwie mussten sie Frauke ja aus der Wanne herausgehoben haben.
Nina trat in das Bad, vermied es, in die Flecke zu treten, löschte die Zigarette unter dem Wasserhahn und legte sie auf die Ablage zwischen unzählige Flakons, Töpfchen, Tuben und Dosen. »Die Antifaltencreme hättest du dir sparen können«, murmelte sie, als sie das Etikett eines blauen Tiegels las. Sie klackerte mit den Fingernägeln gegen die Flakons. *Shiseido Crème Revitalisante*, *UVA-Schutz mit Coenzym-Q-10-Komplex*, *Lancôme Rénergie*. Bekloppter ging's nicht! Antifaltencremes mit einunddreißig Jahren! Dann sah sie die Wasserlilien-Badeessenz. Eine Flasche in Form eines Frauenkörpers. Die gleiche, die schon ihre Mutter benutzt hatte. Beim Gedanken an ihre Mutter wurde ihr trotz der Hitze kalt. Und für Sekunden schien die Luft angefüllt mit stummen Vorwürfen.

Neben dem Bad lag Fraukes Arbeitszimmer. Das Deckenlicht war warm, und Ninas Blick streifte über den ausladenden Sekretär mit gedrechselten Füßen, eine Kommode mit Blumenintarsien und einen Perserteppich, auf dem bewaffnete Reiter mit Turban sich gegenseitig niederstachen. Die Wandregale quollen fast über vor medizinischen Fachbüchern. Auch hier im Büro gab es afrikanische Statuen aus Holz und Metall, und die Vorhänge besaßen Goldbordüren. Fast schon kitschig im Vergleich zum Wohnzimmer. Aber genau so, wie Nina es aus dem verhassten Sprechzimmer des verhassten Docs kannte. Diese Weißkittel waren doch alle gleich.
Wie die Handläufe waren auch der Sekretär sowie der Rechner samt großem Monitor, der darauf stand, mit weißem Pulver bestäubt. Neben der Rechnertastatur lagen zwei Ordner und eine Klarsichthülle. Nina setzte sich und blätterte darin. Dokumente von Ämtern, Versicherungspolicen, zwei Notarschreiben, Kontoauszüge. Fraukes Wohnung war ein Geschenk ihres Vaters gewesen. War ja klar. Erfolgstochter braucht Statussymbol. Versagertochter braucht Ignoranz. Sie hätte es sich denken können. Mit Anfang dreißig verdiente eine Ärztin kaum Hunderttausende.
Sie lehnte sich zurück. Fraukes Personalausweis, wo war der? Auch den würde sie brauchen. Und ihre Geburtsurkunde. Später den Krankenversicherungsnachweis. Rentenunterlagen. Sie zog die Schubladen des Sekretärs auf, und bereits in den beiden obersten lagen der Ausweis und die restlichen Papiere. Außerdem eine Geldbörse mit Kreditkarten, Führerschein, Briefmarken und knapp fünfzig Euro Bargeld. Na bitte.

Wenner hatte gesagt, dass Frauke ledig gewesen war. Nach einer Heiratsurkunde musste sie also nicht suchen. Nina hatte dem Kommissar zuerst nicht geglaubt. Frauke hatte immer von Kindern geträumt. Aber andererseits – die Allüren einer Frauke Bach musste erst mal einer aushalten.
Sie zog die nächste Schublade auf. Und da lagen sie: Fotos der Schwestern. Sie nahm das oberste Bild. Frauke und Nina mit langen Zöpfen und Pippi-Langstrumpf-Lachen, Arm in Arm vor dem Kindergarten mit den buntbemalten Scheiben. Das nächste. Frauke mit blumenbesetzter Schultüte, aus der eine riesige Toblerone und ein Spielstethoskop lugten. Mit zitternden Händen nahm Nina den kompletten Fotostapel heraus. Nina mit dunkelblauer Schultüte, oben mit einer Schnur zugebunden. Sie erinnerte sich nicht, was darin gewesen war. Schulsachen vermutlich. Aber sicher kein Spielzeug. Und keine Schokolade. »Du wirst pummelig«, hörte sie ihre Mutter sagen und sah ihre knochige Hand die Diätmarmelade über den Frühstückstisch schieben. »Frauke kann sich das leisten. Aber du …«
Auf dem nächsten Foto hatte ihr Vater den Arm um Frauke gelegt. Sie strahlte, und um den Hals trug sie die Goldmedaille des Jugend-Leichtathletikverbands. Frauke musste um die vierzehn Jahre alt gewesen sein. Nina, drei Jahre jünger, war während des Wettkampfes und in der Nacht darauf bei einem Klassenkameraden gewesen, dessen Mutter gestorben war. Ihre Eltern hatten Ninas Fehlen nicht einmal bemerkt.
Sie legte die Fotos zurück. Sie wollte den Rest nicht sehen. Wozu sich das antun. Vorbei ist vorbei. Sie schnappte die Papiere, als die Standuhr zehn Mal schlug. Das Geräusch der Wohnungstür hätte sie beinahe überhört.

# 7

Nina erstarrte. Schaltete das Licht aus und streifte lautlos die Stiefel ab.

»Hey, wow, du kommst mit? Wie geil ist das denn!«, rief unten eine Männerstimme. »Ich hab mir schon Sorgen gemacht!«

Nina verstand nicht, was der Mann meinte. Auf Zehenspitzen schlich sie zur Tür des Arbeitszimmers und spähte über die Brüstung der Galerie in das Wohnzimmer hinab. Ein breiter Lichtstreifen fiel von der Diele auf den Teppich und ein Stück des Sofas. Zu sehen war niemand.

In der Küche öffnete jemand den Kühlschrank, Flaschen klapperten, die Kühlschranktür wurde geschlossen, eine Schublade aufgezogen. *Plopp*. »Auch 'n Bier?« Kurze Pause. »Ganz schön muffig bei dir.« Wieder Pause. »Frauke?«

Im Wohnzimmer ging wie von Zauberhand eine Pendelleuchte an. Ein dunkler Haarschopf erschien in der Tür. Der Mann hielt in jeder Hand eine Bierflasche. Der linke Arm war vom Handgelenk bis unter den Ärmel des Hemdes tätowiert. »Frauke?« Er stellte die Flaschen auf den Sofatisch. »Bist du oben?« Er blickte herauf, und rasch trat Nina zurück. »Was ist 'n mit deiner Putze? Hast du deine Wohnung gepudert oder was?«

Nina beugte sich wieder vor und blickte hinunter.

Der Mann fuhr mit den Fingern über den Handlauf. »Verrücktes Huhn, du!« Kurz hob er den Kopf. »Frauke? Jetzt komm schon runter, ich seh doch das Licht. Wir müssen etwas besprechen. Es gibt ein Problem mit …«

»Raus!« Nina trat auf die Galerie hinaus, mit beiden Händen umklammerte sie eine riesige Giraffe aus Metall.
Der Mann sah herauf. Er konnte kaum älter als zwanzig sein. »Frauke? Was ist denn in dich gefahren!« Offenbar erkannte er nicht viel, weil er im Licht und Nina im Halbdunkel stand.
»Frauke ist tot!« Die Giraffe war schwer, Ninas Armmuskeln schmerzten.
Der Mann rieb sich über die Augen.
»Raus!« Sie trat bis an die Brüstung vor.
Er stolperte zurück. »Hey, hey, schon gut.« Er hob die Arme. »Ich tu Ihnen nichts.«
»Wer sind Sie?«
»Timo.«
Nina schluckte, die Worte wollten nicht aus ihrer Kehle. »Und weiter?«
»Ich … ich bin ein Freund von Frauke.« Er ließ die Hände ein Stück sinken. »Hören Sie, ich …«
»Pfoten oben lassen. Oder ich schmeiß das Ding runter.«
Sofort schossen seine Arme wieder nach oben. »Was soll 'n das? Und wo ist Frauke?« Seine ohnehin hohe, fast mädchenhafte Stimme wurde noch höher.
»Tot. Sagte ich doch.«
Sein Mund ging auf und zu. Dann lachte er. »Jetzt legen Sie endlich das Ding weg, und kommen Sie runter. Es sei denn, *Sie* haben sie damit erschlagen, dann, ähm … gehe ich wohl besser.«
Ninas Arme brannten immer heftiger. Sie zitterte. Sie hatte Angst. Andererseits wirkte der Typ nicht bedrohlich. »Wer sagt mir, dass Sie *mich* nicht erschlagen?«
»Solange Sie das Ding da schwingen?«

Sie ließ die Arme sinken, und ein Stechen fuhr von ihrer Schulter bis in die Fingerspitzen. »Shitkram.« Sie stellte die Giraffe auf den Boden.

Auch der Typ ließ die Arme sinken.

Nina ging die Treppe hinunter, langsam, damit sie in den Socken nicht rutschte. Timo war kaum größer als sie, schlaksig, und den Armen nach zu urteilen, die aus kurzen, orangefarbenen Hemdsärmeln ragten, war er nicht besonders durchtrainiert. Nina stellte sich so, dass ein Sofa zwischen ihnen war. Sicher war sicher.

»Ich bin Nina.«

»Das ist ein Scherz.«

»Nein, ein Name.«

»Ich meine das mit Frauke. Wo ist sie?«

»Im Kühlfach.«

Timos Unterkiefer bewegte sich langsam hin und her, dann wurde aus der Bewegung ein Zittern. »Nein!«

Nina zögerte. »Sind Sie wirklich ein Freund?«

»Warum siezen wir uns? Du bist ihre Schwester, wir können ...«

»Sie *kennen* mich?« Das Tattoo auf seinem Arm zeigte eine Landschaft, ein Kreuz und ein paar Mäuse oder Ratten.

»Was ist 'n das für 'ne Frage? Natürlich kenn ich dich. Oder was heißt kennen. Frauke hat mir erzählt, dass du kommst. Sie hat mir Fotos gezeigt. Hätte mir ja denken können, dass das dein Rucksack ist. Ich Idiot. Frauke besitzt wahrscheinlich nicht mal so ein Ding.« Er nickte Richtung Diele, ohne sie aus dem Blick zu lassen. »Sie hat sich so gefreut. Und jetzt ... ihr habt wirklich dieselbe süße Nase und coolen Augen. Und diese sexy Hände mit ...«

»Frauke hat dir erzählt, dass es *mich* gibt?«

»Ja klar! Frauke und ich erzählen uns viel. Ich habe versucht, sie zu einem ersten Wochenendausflug zu überreden …« Dann begann er zu weinen.
Nina setzte sich. Frauke hatte diesem Timo erzählt, dass sie eine Schwester hatte. Und das offenbar ganz selbstverständlich. Wie normale Geschwister es tun würden. Sie griff nach einer Bierflasche. Timo setzte sich neben sie. Stumm stießen sie miteinander an.
»Wie ist der Unfall passiert? Und wo?«, fragte er nach einer Ewigkeit.
»Unfall?«
Er sah sie an, als sei sie schwer von Begriff. Seine Augen waren hellbraun und klein, und die Haare fielen ihm bis über die Wimpern.
»Sie war gesund. Sie war jung. Warum sonst sollte sie plötzlich tot sein.«
»Suizid.«
Er stieß ein heiseres Lachen hervor. »Quatsch.«
»Frag die Polizei. Oder die Leute von der Rechtsmedizin.«
»Rechtsmedizin, Bullen! Was wissen die schon.«
»Und vorher hat sie sich verstümmelt. Sich die Haut vom Arm geschnippelt.«
»Was erzählst du da für einen Scheiß?« Er fuhr hoch. »Gib mir sofort die Namen der Ermittler.«
»Stefan Wenner und Emil Koswig.« Nina wischte sich mit dem Handrücken über den Mund. Sie hatte keine Ahnung, wer Timo war und was ihn mit Frauke verband. Aber offenbar zweifelte auch er an der Selbstmordtheorie. »Hat Frauke echt gesagt, dass ich komme? Ich hatte das nie vor.«

»Glaubst du mir nicht oder was?«
»Ich wollte nie kommen. Und mich gibt es auch nicht.« Nicht für diejenigen, dachte sie, die eigentlich wichtig sein sollten im Leben: die Familie.
»Aha.« Timo presste die Lippen aufeinander. Dann nickte er. »Aber ... du bist ganz sicher, dass es diesen Selbstmord gegeben hat? Und diese Sache mit der ... Verstümmelung?«
Sofort legte sich das Band um ihre Brust. Kühl. Fest. »Ah ja. Frauke hat dir natürlich erzählt, dass ich ein wenig« – sie machte mit dem Zeigefinger eine kreisende Bewegung neben ihrer Schläfe –, »ja?«
Er drehte sich ihr zu. Trank und sah sie dabei an. Nina zog die Beine hoch und rutschte in die Sofaecke. »Frauke sagte, sie hätte dich eingeladen und dass du wohl bald da sein würdest. Dass du anders lebst als sie und sehr sozial bist. Sie hat nicht gesagt, *wie* du lebst oder *wo*. Da war nichts Negatives. Im Gegenteil.«
Nina biss sich so fest auf die Oberlippe, dass es schmerzte.
»Frauke war so lebenslustig. So positiv.« Er schüttelte den Kopf und starrte ins Leere. »So glücklich. Sie hat so viel Gutes getan und wusste das auch.«
»Gutes getan«, flüsterte Nina.
»Sie hatte keinen Grund, sich umzubringen. Das ist ein Irrtum!«
»Sehe ich auch so. Aber du kannst gern nach oben ins Bad gehen. Die Bullen haben nicht geputzt.«
Timo starrte erst sie, dann die Treppe und das eingestaubte Geländer an. »Sie hat es hier getan! Der Dreck ist von der Polizei! Der Geruch ...« Er würgte und hastete zu der geöffneten Balkontür, ging aber nicht hinaus. Draußen war

es mittlerweile dunkel, nur die Straßenlaternen warfen einen fast bläulichen Schein auf die Bäume, die die Straße säumten.
»Gut erkannt.«
Timo stand still an der Tür, mehrere Minuten vergingen. »Jemand hat sie umgebracht«, flüsterte er dann und setzte sich wieder neben sie.
Beide schwiegen. »Den da hab ich letzte Woche gekauft«, durchbrach er schließlich die Stille und deutete mit der Bierflasche auf den Plüschhasen. »Frauke hat gesagt, der ist dein Willkommensgeschenk. Ich bin einen halben Tag durch jedes beschissene Kaufhaus und jeden dämlichen Spielwarenladen gelaufen und hab trotzdem keinen mit roten Stiefeln und roter Hose gefunden. Aber das wollte Frauke unbedingt. Schließlich hab ich einen nackten Hasen genommen, bin mit dem in einen Babyladen gegangen und hab Klamotten gekauft. Die Verkäuferin hat mir gratuliert.« Er lachte auf und musterte sie von oben bis unten. »Einen grünen Rock sollte ich auch noch kaufen. Knöchellang. Aus Taft. Aber wir wussten deine Größe nicht.« Ein Lächeln huschte über sein Gesicht, als er ihre Füße betrachtete. »Diese Ringelsocken … die sehen echt scheiße aus. Sorry.« Timo sprach immer schneller und lauter, schnappte zwischen den Sätzen nach Luft. »Und es ist viel zu warm dafür. Und dann noch Pulswärmer? Bist du … krank? Ach Mist, entschuldige.« Er sprang auf, warf die Bierflasche gegen die Wand und schrie: »Scheiße!«
Die Flasche landete unversehrt auf dem Teppich. Dunkle Rinnsale liefen die weiße Wand hinab.
»Warst du ihr Liebhaber?«, fragte Nina.

Timo fuhr herum. »Nein! Verdammt, Frauke war zehn Jahre älter und genauso viele Zentimeter größer als ich!«
»Und?« Timo musste offenbar noch so manches über Neigungen lernen, die aus dem Rahmen des Üblichen fielen. »Eine junge attraktive Ärztin mit Traumkarriere, wer kann da schon nein sagen?«
»Frauke hat nicht mehr gearbeitet.«
»Bitte?«
»Nicht als Ärztin. Sie hat sich um Behinderte gekümmert. Texte für Selbsthilfegruppen verfasst. Für wohltätige Zwecke gespendet. Solche Sachen. Frauke war echt stark!«
»Willst du mich verarschen? Oder redest du von einer anderen Frauke?«
»Doktor Frauke Bach, deine Schwester! Tochter von Sigrid und Holger Bach. Weizenblondes Haar, an der linken Schläfe eine Narbe.«
Nina nickte. Die Beschreibung entsprach dem Äußeren von Frauke. Nicht aber ihrem Charakter.
»Frauke hat sich auch liebevoll um eure Eltern gekümmert. Sie ...«
Die Narbe.
Nina hörte nicht mehr zu. Das Sofa, der Plüschhase, die Pendelleuchte – alles begann, sich zu bewegen. Timos Stimme kam aus einer dumpfen Ferne, während sie Fraukes triumphierendes Lachen und später ihr entsetztes Gesicht, als das Blut in ihr Auge und über die Wange lief, klar vor Augen hatte. Es war das erste und einzige Mal gewesen, dass sie absichtlich jemandem weh getan hatte. Vollkommen ausgerastet war. Eine Folge dessen, was sich über viele Monate angebahnt hatte. Nina war dreizehn Jahre alt gewesen und suchte nach Liebe. Nach Zuneigung, die sie

von ihren Eltern nicht bekam. Gute Noten, immer ein Strahlen im Gesicht und überall Freunde, die sich unter ihrem Sonnenschein wärmen wollten: All das konnte Nina nicht vorweisen. Auch keinen Freund so wie Frauke, die schon seit Jahren mit wechselnden Schulkameraden herummachte. Mit keinem blieb Frauke länger als ein paar Wochen zusammen. Auch nicht mit Peter.

Nina hatte Peter geliebt. Sein strubbliges schwarzes Haar und sein schiefes Grinsen. Er hatte Humor. Angesprochen hatte sie ihn nie, aus Furcht, er würde – so wie alle – ihre Schwester lieber mögen. Dann kam der Tag auf dem Schulhof, an dem Nina zuerst nicht begriff, was passierte.

Jetzt flogen die Erinnerungen zu ihr zurück wie die Krähen, die auf den Mülleimern im Schulhof gesessen und auf die Reste der Pausenbrote gewartet hatten.

Es war still gewesen auf dem Schulhof, obwohl die große Pause schon begonnen hatte, und der Frühlingshimmel sah aus, als habe er dunkelblaue Flecken. Auf den Bänken saßen ihre Mitschüler, die Arme an die Seiten gepresst. An die hundert Augenpaare sahen sie an, dann sprang ein Junge auf, ein paar Krähen flatterten davon, und in Sekunden war Nina umringt von kreischenden Kindern und Jugendlichen. Sie hüpften um sie herum, bewegten die Arme auf und ab, und aus den Bünden ihrer Hosen wehten die grünen Papierhandtücher aus der Schultoilette wie Ballettröckchen. Tränen schossen ihr in die Augen. Sie stieß alle beiseite, und als sie auf die Straße rannte, sah sie aus den Augenwinkeln Peter bei den Fahrrädern stehen. Kurz vor dem Bungalow ihrer Eltern surrten Reifen neben ihr, und Peter sagte: »Tut mir leid, wir sind nicht alle so. Ich mag deine grünen Röcke.« Seit diesem Tag lernte Nina wochenlang alles über Baureihen der McLaren-Rennwägen auswendig, paukte Mercedes-Hubräume und jubelte, als das Ferrari-Team erneut die Konstrukteursweltmeisterschaft gewann. Zu beweisen, dass einem etwas an einem anderen Menschen lag, konnte die idiotischsten Dinge in ein Hobby verwandeln. Nina war glücklich in dieser Zeit. Sie erfuhr Liebe, und diese war tief und echt. Ein paar Wochen später nahm sie Peter zum ersten Mal mit nach Hause. Frauke strahlte ihn an. Ein knappes halbes Jahr danach drangen die Schreie durch die Nacht. Ihre Eltern waren verreist, und Nina stürmte voller Panik in Fraukes Zimmer. Sie knipste das Licht an. Peter murmelte etwas und zog verschämt die Decke über seinen erigierten Penis. Frauke grinste. »Guter Rennstall. Von null auf hundert in drei Sekunden. Geh du mal Ente fahren.« Da hatte Nina zugeschlagen. Zuerst mit der Faust, dann mit dem hochhackigen Schuh, der neben Fraukes Bett lag. Das Laken war in Sekunden rot durchtränkt gewesen.

»Nina?« Timo stieß sie mit der Schulter an, sie erschrak. »Bist du okay?«

Sie zog die Nase hoch. Sie weinte. Und Timo auch. Ihr Kopf fühlte sich viel zu groß für sie an. So als wachse er jede Sekunde, damit das, was an Erinnerungen auf sie einstürmte und was sie jetzt von Timo gehört hatte, auch hineinpasste. Nur die Zeit, die in ihrem Kopf fehlte, die Zeit nach dem blutigen Laken und hinter dem schweren grauen Tor, die brauchte keinen Platz. Wenigstens die quälte sie nicht.

# 8

Lea saß auf Emil Koswigs Schoß und gluckste vergnügt, als er mit den Beinen wippte. Auf dem Küchentisch lag das aufgeschlagene Bilderbuch. Koswig zeigte auf ein Känguru mit schlafendem Jungtier im Beutel. »Und dich« – er stupste seine Tochter sanft in den Babybauch und lachte – »steck ich jetzt auch in den Beutel. Nämlich unter die Decke in deinem Bettchen.«
Lea gluckste erneut. Ihr Gesicht war ein einziges Strahlen. Koswig hob sie hoch, setzte sie auf seine Hüfte und räumte das leere Breiglas, seinen Pastateller und die Pistazienschalen vom Küchentisch. Das Kochfeld war über und über mit Tomatensoße vollgespritzt, weil Lea ihn beim Kochen als Klettergerüst benützt und sich ein ums andere Mal an seinem Hosenbein hochgezogen hatte. Wie sollte man da mit ruhiger Hand in einem Topf rühren? Auch die Fliesen hatten rote Spritzer abbekommen. Koswig wandte sich ab. Das Badezimmer von Frauke Bach und ihre Obduktion verfolgten ihn, und darüber ärgerte er sich. Was hatte er noch gleich zu dieser abgedrehten Schwester gesagt? »Ohne emotionale Distanz könnte ich diesen Job nicht machen.«? Emotionale Distanz! Sie war Koswig eigen. Er musste sie sich nicht erarbeiten wie viele seiner Kollegen. Das war gut. Aber jetzt konnte er sein wachsendes Unbehagen nicht ablegen. Und auch nicht den Ärger darüber, dass er, als die innere Leichenschau fast schon geschafft war, vor aller Augen versagt und den Saal verlassen hatte.

Koswig schlug das Bilderbuch zu und legte es in das Regal über der weißen Eckbank. Die Polster zeigten ein rotviolettes Muster. Tereza, das Kindermädchen, hatte sie genäht. Aus dem Stoff, den Alexandra während ihres letzten gemeinsamen Urlaubs auf Kreta gekauft hatte.

Abend für Abend, wenn Koswig aus dem Institut nach Hause kam, wünschte er sich, dass er nicht allein wäre. Dass da seine Frau, Leas Mutter, wäre, wenn die Kleine ihre ersten Worte brabbelte und Gehversuche unternahm. Dass sie zu dritt in der Küche mit den sonnengelben Schrankfronten säßen, lachten, eine Flasche *Tsantali Kanenas* tränken und sich von ihrem Tag erzählten. Dass er nicht dauernd Spaghetti essen oder sich Spiegeleier braten müsste.

Heute war Mittwoch, und Tereza hatte ihren freien Abend. Manchmal übernachtete sie in der Kammer unterm Dach. Und manchmal bereitete sie etwas zu essen für ihn vor, bevor sie nach ihrem Dienst das Haus verließ. Meistens aber sagte sie in ihrem resoluten Ton, er müsse endlich lernen, allein zurechtzukommen, und verschwand durch die blaue Haustür. Koswig hörte den Motor ihres Škoda 105 L stottern, bevor der alte Wagen über den Feldweg Richtung Osten davonrumpelte.

Wohin Tereza nach der Arbeit ging, hatte er sie noch nie gefragt. Vermutlich fuhr sie die paar Kilometer bis zur Grenze und fütterte von ihrem Lohn einen tschechischen Clan durch. Es war ihm egal. Sie war ein gutes Kindermädchen. Sauber. Diskret. Bescheiden. Lea entwickelte sich prima. Und er hatte seinen Frieden. Das genügte.

Niemand hatte diesen mühsam erarbeiteten Frieden bisher gestört. Sein Leben war in Ordnung gewesen. Die Erinnerungen hatte er schon lang verbannt. Alles hatte funktioniert. Bis Frauke Bach auf seinem Tisch gelandet war – und ihre Schwester ihn aufgesucht und beleidigt hatte. Koswig räumte seine Tasse und die Teekanne vom Tisch. Nina Bach! Er stellte die Tasse so hart auf die Spüle, dass der Henkel abbrach. »Ich will die Frau nicht hier haben«, presste er hervor, und Leas vergnügtes Glucksen schlug augenblicklich in ein Weinen um.

»Entschuldige.« Er küsste seine Tochter auf das helle, seidige Haar. »Alles wird gut, Maus.« Er kitzelte sie, und ihre blauen Augen strahlten sofort wieder. Sanft wirbelte er sie durch die Luft und trug sie dann die alte Holztreppe hinauf ins Bad. Dort legte er sie auf den Wickeltisch und wusch und puderte sie. Die ganze Zeit über sprach er mit dem Kind, blickte in sein rundes Gesicht und plapperte drauflos – nur, um nicht nach links sehen zu müssen. Dort, wo noch immer dasselbe Waschbecken hing wie vor über vierzig Jahren.

Er hatte es nicht fertiggebracht, es gegen ein neues zu tauschen. Das Haus war im letzten Herbst von Grund auf saniert worden, und seine Bekannten und Kollegen hatten ihn für verrückt erklärt, als Koswig im Frühjahr dann dort eingezogen war. Er hatte alles so umbauen und einrichten lassen, wie Alexandra es geliebt hätte. Nur das Badezimmer war unverändert geblieben. Dieses Zimmer, in dem ihn schon seine eigene Mutter gewickelt hatte. Der Raum, den er gehasst und geliebt hatte. Und in dem er innerlich gestorben war.

Koswig schob eine frische Windel unter Leas Po, klappte sie mit geübten Griffen über den Bauch und klebte sie seitlich zu. Ein letzter Kuss auf den nackten Babybauch, dann

steckte er Lea in einen Baumwollstrampler und legte sie in ihr Bettchen, das neben seinem eigenen Bett stand. Anschließend kippte er ein Fenster und zog die Vorhänge zu. Bis Lea eingeschlafen war, saß er neben ihr, betrachtete ihre zarten Wimpern und den Schmollmund und lauschte ihrem Atem, der in dem grellen Zirpen der Grillen weich und fast traurig klang. Der Duft von Heu und Blüten wehte durch das gekippte Fenster. Im nächsten Sommer würde Koswig die Schaukel an dem Birnbaum erneuern. Starke Seile. Ein Sitzbrett aus Tannenholz.
Gern hätte er mehr Zeit mit Lea verbracht. Zumindest glaubte er das. Dass er sie liebte und achtete und seine Bindung zu ihr das war, was nur Eltern einem Kind schenken konnten. Sicher war Koswig sich nicht. Sicher war er sich nur, dass Lea Alexandra ähnelte, schon jetzt, mit nur einem Jahr. Und dass er das manchmal nicht ertrug. Dann war er dankbar für die langen Arbeitstage und dafür, dass Morrell krank war und er, Professor Koswig, so lange die Verantwortung für Personal, Abläufe und Finanzen trug. Das befreite. »Du hast keine Mama«, sagte er leise zu Lea und zog ihre Sommerdecke sorgfältig bis zu ihrem Kinn hoch. »Ich hatte auch keine. Und keinen Papa. Ich weiß nicht, wie Elternliebe sich anfühlt und wie man ein richtiger Vater ist.« Er steckte die Decke um Leas Schultern herum fest. »Aber du hast nichts falsch gemacht. Wir beide haben nichts falsch gemacht. Vorbei ist vorbei. Das Leben geht weiter. Es gibt immer Rettung.«
Seine Rettung war die Arbeit. Gutachten schreiben, beraten, obduzieren und Kremationsleichenschauen durchführen. Lebende Opfer untersuchen, Tatorte begehen. Vor Gericht aussagen, Vorlesungen halten, manchmal in Kata-

strophengebieten helfen, forschen: Mit alldem konnte er sein Gehirn vierundzwanzig Stunden am Tag beschäftigen. Aber seine Arbeit war noch mehr. Sie versprach, vor allem unter den jetzigen Vorzeichen, eine steile Karriere. Einen Direktorenposten. Klaus Morrells Krankheit war Koswigs große Chance. Endlich konnte er beweisen, wer er war: einer der Besten! Experte für forensische Radiologie mit hervorragender Lehr- und Führungsqualifikation. Klaus Morrell würde vielleicht zurückkehren, ja. Doch seine AL-Amyloidose würde er nicht besiegen. Schon jetzt zeigten die Nieren nephrotische Symptome, und Morrells Frau, mit der Koswig vorige Woche telefoniert hatte, sprach von drei Dialyseterminen pro Woche und davon, dass Klaus' Herz bei Belastung eine Dyspnoe zeigte. Als Koswig sie fragte, ob er etwas für Klaus tun könne, redete sie immer schneller und weinerlicher, so dass er nur noch die Begriffe Palpitation und Ruhetachykardie herauszuhören glaubte. Mehr hatte er gar nicht wissen wollen. Zwei Jahre. Maximal. Dann wäre Morrells Stelle frei. Helfen hatte Koswig ihm ohnehin nicht wollen. Sie waren Kollegen. Keine Freunde.

Seine Hand ballte sich zur Faust.

Morrells Stelle war seine! Und er hatte nicht vor, sich durch irgendjemanden seine Zukunft vermasseln zu lassen. Schon gar nicht durch eine Nina Bach, die wie ein Trampel in sein Leben brach und ihm auch noch Vorhaltungen machte, er arbeite schlampig! Doch was konnte sie schon ausrichten. Wenn sie noch einmal auftauchte, würde er sie kurzerhand vor die Tür setzen. Keine Diskussion. Kein freundliches Beantworten von Fragen.

Lea seufzte im Schlaf und stieß die kleine Faust in die Luft.

Koswig lächelte. Er brauchte jetzt eine Dusche und eine frische Hose. Auf seiner Jeans war noch immer der Fleck des Eistees zu erkennen. Er zog sich aus und ging ins Bad. Wenn Lea schlief und Tereza nicht da war, lief er gern nackt herum. Er stellte sich in die Badewanne, zog den Plastikvorhang zu und drehte den rostigen Heißwasserhahn fast ganz auf, den kalten nur wenig. Dann schloss er die Augen und hob den Kopf. Strich sich über den Hals und die Schultern, die Brust. Die rissigen Fliesen wollte er nicht sehen, auch nicht die rußschwarze Badezimmerdecke, zu der jetzt der dichte Dampf aufstieg. Koswig wollte das heiße Prickeln auf seinem Gesicht und Körper spüren. Pur. Duschgel verabscheute er. Es laugte die Haut aus. Wenn er das Wasser heiß genug stellte, roch er hinterher besser als die gesamte Körperhygieneabteilung im Drogeriemarkt. Und sein Kopf wurde frei.

Doch heute ließen sich seine Gedanken nicht wegwaschen. Je heißer er das Wasser stellte, desto tiefer bohrten sich die Bilder in seine Erinnerung: Frauke Bach. Alexandra. Die geschundenen Frauenkörper. Das Blut. Gehirnhautfetzen. Buttergelbes Unterhautfettgewebe. Knochensplitter. Mit der Faust schlug er gegen die Wand. Es half nicht. Er nahm beide Fäuste. Auch das verschaffte ihm keine Erleichterung, nur die verfluchten Schmerzen in den Fingern der rechten Hand. Schließlich drehte er den Kaltwasserhahn ganz auf und den Hahn für heißes Wasser zu. Sein Herz schlug schneller, und seine Muskeln verkrampften sich.

Er riss den Duschvorhang zur Seite, sprang aus der Wanne und öffnete schwer atmend den Schrank unter dem Waschbecken. Keuchend griff er nach einer der vielen Plastikflaschen und einem Lappen, sprühte Reiniger darauf und begann zu schrubben. Jede der zerkratzten, rissigen Fliesen. Jede Fuge, jedes abgeplatzte Stück Wand. Waagrecht, senkrecht, waagrecht ... Die Kratzer schienen ihm heute tiefer als sonst. Alexandra hatte sie gehasst. Sie hatte nie in diesem Haus leben wollen. Und jetzt ... Koswig sprühte, wischte, sprühte, während das Wasser von seinem Körper auf den Steinboden tropfte und der Wasserdampf sich mit dem scharfen Geruch des Essigreinigers mischte. Senkrecht, waagrecht, senkrecht ... Dann das Waschbecken. Die Badewanne. Den Rand. Das vergilbte Innere.

Es half nichts.

Koswig warf Lappen und Badreiniger auf den Boden und öffnete den Spiegelschrank. Die Packung lag hinter dem Rasierschaum. Er drückte eine Tablette aus der Blisterpackung und spülte sie in der Küche mit dem Rest Grüntee aus der Kanne hinunter. Aß die letzten Pistazien, die Lea aus der raschelnden Packung gefingert und über dem gesamten Küchentisch verteilt hatte.

Zum Schluss rief er Tereza an: »Ich muss zu einem Notfall. Kommen Sie her.«

»Ja.« Mehr antwortete sie nicht.

Koswig zog sich an.

Tereza lächelte, als sie eine Dreiviertelstunde später durch die blaue Haustür trat, doch Koswig ging wortlos an ihr vorbei. Draußen umfing ihn die Wärme des Sommerabends wie eine weiche Hülle. Es dämmerte, und er konnte den See riechen. Die Grillen zirpten seit Wochen bis in die frühen Morgenstunden. Genau wie im letzten Sommer. »Sie lachen uns aus«, hatte Alexandra vor Jahren schon gesagt, als er sie zu einem Picknick eingeladen und ihr sein Elternhaus gezeigt hatte. Alex!

Rasch zog er die Inliner an, stakste die hundert Meter vorsichtig über den Feldweg und fuhr auf dem Teerweg los. Die Blisterpackung hatte er in der Hosentasche. Er musste die Angst besiegen. Die Phobie vor den Lebenden. Die Furcht vor neuen Toten.

Er schoss den Weg entlang, vorbei an den Obstbaumwiesen und der Pferdekoppel. Der Asphalt war uneben. Es störte ihn nicht. Er war ein geübter Inline-Skater. Auch bei anbrechender Nacht. Koswig fuhr so sicher, wie er bei den Toten kompetent war. Mit Toten konnte er gut! Sie waren still. Sie beobachteten ihn nicht auf Schritt und Tritt. Sie machten ihm keine Vorwürfe. Koswig mochte die Toten. Nur die tote Frauke Bach, die mochte er nicht. Sie war eine Ausnahme. Weil sie wie Alexandra war. Eine schöne Frau. Wahrscheinlich eine liebende Frau. Eine Suizidantin mit vorheriger Selbstverstümmelung. Er wollte nicht weiterdenken.

Das Häuserensemble kurz vor der Abzweigung zum See war in feuerrotes Abendlicht getaucht, als brannten Gebäude und Gärten lichterloh. Nur wenige Momente später, als er nach links und weg vom See fuhr, war das Schauspiel vorbei, und die Sonne versank in der Ferne hinter dem Wald.

Was, wenn eine dritte Selbstmörderin mit Selbstverletzungen auf seinem Tisch landen würde? Ein Auge, Haut, was kam als Nächstes? Und was, wenn jemand gesehen hatte, dass er manchmal die Fliesen im Keller des Institutes abtastete? Diese geordnete Struktur betrachtete, so, wie er es schon als Kind in dem alten Badezimmer getan hatte?

Koswig drosselte das Tempo, als rechter Hand die Backsteinmauer auftauchte. Sie warf ein paar letzte, lange Schatten auf die schmale Straße. Efeu überwucherte die roten Mauersteine, die jetzt grau aussahen. Dahinter erhoben sich die Baumwipfel.

Vor dem Tor zog er die Inliner aus, stopfte die Socken hinein und stellte sie in ein Gebüsch. Sein Herz schlug noch immer schnell, sein Körper war angespannt. Als er den ausgetretenen Pfad entlanglief und die warme Erde des Friedwaldes unter seinen nackten Füßen spürte, wurde er ruhiger.

An ihrem Grab setzte er sich auf das Laub vom Vorjahr, das braun zwischen den Bäumen lag. »Ich habe es versucht«, flüsterte er und tastete nach dem Stein, der flach auf dem Boden lag wie ein Kissen und den Namen seiner Frau trug. »Ich habe gekämpft. Für dich. Für mich. Für Lea. Ich habe versagt.« Er dachte an die Villa, in der sie gelebt, und an den gleißend hellen Augustmorgen, als sie sich voneinander verabschiedet hatten. Alexandra war vor ihm die Marmortreppe geradezu hinuntergeschwebt, um ihm die Haustür zu öffnen. »Bis heute Abend, Schatz.« Viel zu fröhlich. Viel zu hübsch angezogen in dem zitronengelben Kleid und mit den tropfenförmigen Ohrringen. Viel zu viel Rouge. Viel zu viel Unechtes. Lea war damals siebenundzwanzig Tage alt gewesen, und Alexandras Brüste waren wunderbar rund unter dem dünnen Stoff. Er hatte erst nach ihrem Tod begriffen, dass er mit Alexandra so etwas wie ein richtiges Leben gehabt hatte. Anfangs mit einem alten Hund, den sie in die Beziehung mitgebracht hatte und der dann gestorben war. Mit gemeinsamem Frühstück. Einem gemeinsamen Weg zur Arbeit. Mit Abenden, an denen man reden oder ins Kino gehen konnte. Dann mit einem Kind. All das, von dem die Welt um

ihn immer sagte, dass es wunderschön und tief erfüllend sei. Koswig spürte nur Leere.
Er zog die Blisterpackung aus der Hosentasche. Das T-Shirt klebte auf seiner Haut. Nicht wegen der Schwüle. Auch nicht durch die körperliche Anstrengung. Er zog es aus und legte es über den Stein. Mit trockenem Mund würgte er eine weitere Tablette hinunter und legte sich auf den Waldboden, den Kopf auf Alexandras Grabstein gebettet.

# 9

Hier beginnt die Baumgrabanlage für die Urnen.« Gisela Naumann ging mit ruhigen Schritten neben Nina her. Alles wirkte wie ein ganz normaler, vielleicht etwas zu gepflegter Wald mit kniehohen Holzzäunen an den Wegrändern. Vögel zwitscherten, es roch ein wenig nach Bärlauch. Nur die Steine, die auf dem Waldboden lagen, keiner größer als ein Blatt Briefpapier, zeugten davon, dass unter den Laub- und Nadelbäumen Menschen begraben waren. »Eine schöne Ruhestätte hat Ihre Schwester sich gewünscht«, sagte die Bestatterin. »Nicht viele wollen hier liegen. Die Friedhöfe in der Stadt sind begehrter.«

Nina war nicht nach Reden zumute. Nachdem Timo kurz nach Mitternacht gegangen war, hatte sie noch lang auf Fraukes Sofa gesessen und nachgedacht. Das alles war so absurd. Sie wusste nicht, was sie noch glauben sollte. Was sie richtig erinnerte, und was sie sich einbildete. Dass Timo nicht log, hatte sie in dem Moment gewusst, als sie die Bücher in Fraukes Regal angesehen hatte. *Arbeit mit geistig Behinderten: Eine entwicklungspsychologische Einführung. Traumata heilen – Körper und Seele trainieren. Wenn alle Sinne fehlen: Betreuungshilfen für Angehörige.* Themen, von denen Nina schon als Jugendliche gern gesprochen und wegen denen Frauke sie ausgelacht hatte. Daneben stand ein zerfledderter Band: *Mein Freund braucht meine Hilfe.* Es war ein Sachbuch für Jugendliche. Und es gehörte Nina. Es war ein Buch aus einem anderen Leben. Einem Leben vor Peter und vor dem Jahr hinter dem grauen Tor. Nina hatte das Buch, zusammen mit all ihren Sachen, in ihrem Elternhaus zurückgelassen, als sie vor fast genau zwölf Jahren ohne Abschied aus dem Leben ihrer Familie verschwunden war.

»Es ist gut, dass die Verstorbene ihre Wünsche aufgeschrieben hat. So haben Sie es leichter.« Gisela Naumann lächelte. Nina schätzte sie auf Mitte vierzig, und trotz des strahlenden Tages wirkte sie blass in ihrem dunklen Kostüm. »Hier drüben könnte ich Ihnen einen Platz für Ihre Schwester anbieten.« Die Bestatterin deutete auf eine Lichtung, an deren Rand fünf große Eschen ihre Kronen in den Himmel reckten. Die Sonne fiel durch das Blättermeer und malte Millionen goldener Kleckse auf den von Laub bedeckten Boden.

Zwei Stunden hatte Nina in dem Beerdigungsinstitut verbracht, Sarg, Leichentuch und die weiße Urne mit den blauvioletten Wasserlilien darauf ausgesucht, einen konfessionslosen Trauerredner und eine kleine Anzeige in der Tageszeitung gebucht und Lilien als Schmuck für die Trauerfeier bestellt. Und an den Plüschhasen auf Fraukes Sofa gedacht. Nach fast dreißig Minuten Autofahrt hatten die Bestatterin und Nina vor dem Friedwald geparkt, um eine Grabstelle auszusuchen.

Nina nickte. »Hm, schön.« Die Bücher über die Arbeit mit Behinderten hatte Frauke mit handschriftlichen Bemerkungen versehen, als habe sie auf eine Prüfung gelernt und wollte perfekt sein. Typisch. Nina hatte die Bücher zurückgestellt und die Papiere für die Bestattung bereitgelegt. Bei den Unterlagen fand sie eine Patientenverfügung. Und in der war Nina als Bevollmächtigte sowohl für Gesundheits- als auch finanzielle Fragen eingetragen. Sie,

Nina, hätte die Dokumente nur noch unterschreiben müssen. Datum war keines eingetragen, so dass Nina nicht wusste, wann Frauke die Formulare ausgefüllt hatte. War das der Grund ihres Anrufes gewesen? Hatte Frauke etwa geglaubt, Nina würde sich über diese Verpflichtung freuen und unterschreiben? Niemals! Am Ende der Patientenverfügung hatte Frauke notiert, wie sie sich ihre Beerdigung wünschte. Dass sie verbrannt und hier, in dem kleinen Friedwald weit außerhalb der Stadt, begraben werden wollte. Ein Bestattungsvorsorgevertrag mit dem Beerdigungsinstitut Naumann lag auch bei den Papieren. Alles war bereits in voller Höhe bezahlt. Vor nicht einmal einem halben Jahr.

Die Frauen gingen zu den fünf Eschen. Das Laub raschelte unter Ninas Stiefeln und den flachen Pumps der Bestatterin. »Weltenbäume«, sagte diese.

»Ja, ich weiß.« Ines Klein hatte Nina davon erzählt. Die Esche Yggdrasil aus der nordischen Mythologie. Sie verkörperte den gesamten Kosmos und war aus dem Leichnam irgendeines Ur-Riesen geschaffen worden. Den Namen des Riesen hatte Nina vergessen, aber die Äste dieser Esche umfassten angeblich neun Welten und den Himmel, und sie hatte drei gigantische Wurzeln, die zu verschiedenen Quellen und einem Drachen führten. Götter, drei Nornen, einen Adler, Schlangen und Eichhörnchen gab es auch. Doch Ninas Kopf war voller ziellos umherschwebender Gedankenfetzen, so dass sie weder etwas Vernünftiges zu den Eschen antworten konnte noch dazu imstande war, ein sachliches Gespräch zu führen.

Gisela Naumann schien das nicht ungewöhnlich zu finden. Menschen in Trauer waren wohl oft schweigsam.

»Unter jeden Baum dürfen vier Urnen. Der zweite von rechts könnte Ihre Schwester noch beherbergen.«
»Beherbergen. Das klingt wie Übernachtung mit Frühstück für ein Wochenende.«
»Ja, Sie haben recht. Aber mir gefällt der Gedanke, auch im Tod noch umsorgt zu werden. Beschützt zu sein.«
»Okay, Frauke soll hierher, unter diese Esche.«
»Gern. Fahren Sie wieder mit zurück in mein Büro? Dann machen wir gleich alles fertig. Die Papiere habe ich ja schon, Sie müssen sich um nichts mehr kümmern. Ich gehe auf alle Ämter und lasse Ihre Schwester von der Rechtsmedizin ins Krematorium bringen. Die Asche hole ich dort wieder ab.«
»Danke.«
Sie gingen schweigend zurück Richtung Tor, nur das Vogelzwitschern begleitete sie. Nina war froh um die pragmatische Art der Frau. Wenn sie etwas nicht mochte, dann übertriebene Pathetik und Mitleid. Sie selbst war durchaus empathisch – doch das funktionierte nur in eine Richtung. Wer hingegen Nina sein Mitgefühl zeigte, konnte mit allem, nicht aber ihrer Dankbarkeit rechnen.
Als der Parkplatz schon in Sichtweite war, blieb die Bestatterin stehen. »Was ist denn das!« Sie hob ihren knielangen, schmalen Rock ein wenig an und stieg über den Holzzaun. Neben einer Eiche bückte sie sich. »Also wirklich! Überall Gesindel!« Mit spitzen Fingern hielt sie ein türkisfarbenes T-Shirt hoch, in der anderen Hand hielt sie eine silbrige Packung Tabletten ohne Schachtel.

# 10

*Er ist mit dem Messer ausgerutscht. Blut rinnt warm über seine Wange. Er presst den Kopf fest auf das Kopfkissen, um die Blutung zu stoppen.*
*Es dauert lang. Eine Ewigkeit. Viel zu lang, bis es trocknet und das Pulsieren aufhört.*
*Skipper steht vom Bett auf. Stellt die* Scoripon *auf den Tisch, hakt den Mechanismus der Ladeklappe aus, dreht das Metallblatt um, drückt auf die Seitenwand. Die Klappe springt auf.*
*Es ist gut, dass nur er den Trick kennt. Wenn sie sein Zimmer sauber machen, könnten sie sonst sein Geheimnis entdecken. Seine Zukunft zerstören.*
*Er umfasst das zweite Glas. Streichelt es und lässt den Schnappverschluss aufspringen. Er mag das Geräusch. Es klingt wie früher, als seine Mutter die Erdbeermarmelade aus dem Einmachglas auf sein Butterbrot gelöffelt hat. Nur viel dumpfer.*
*Voller Zärtlichkeit hebt er das Hautstück aus dem Glas, hält es einige Sekunden über der Öffnung und lässt es abtropfen. Dann spürt er die Wut in seinem Bauch und die Verzweiflung. Heiß nistet sie sich in seinem Magen ein. Panik ergreift ihn. Er springt auf, und der Stuhl kippt mit einem Poltern um, das er mehr an der Vibration des Bodens erkennt als hört.*
*Die Haut hat den Duft verloren!*
*Er will schreien, doch es dringt nur ein Röcheln aus seinem Mund.*

Still, Skipper!, *sagt er sich. Sie dürfen dich nicht hören!*

*Er drückt die Nase auf das kalte Stück Haut in seiner Hand. Nichts! Er reibt es an seinem Gesicht, die Schnittwunde brennt, und schon quillt wieder Blut heraus. Skipper legt den Kopf schief, damit das Blut in seinen Mundwinkel rinnen kann. Er küsst die Haut und schmiert sie so mit Blut ein. Er muss ihr Leben spenden! Er braucht sie noch! Sie hat ihm ihre Haut geschenkt, nur* ihm! *Dann saugt er das Blut aus dem Mundwinkel ein, indem er scharf die Luft einzieht. Das Geräusch des Soges füllt seinen Kopf mit einem Rauschen. Er schluckt das Blut. Dann nimmt er die Haut zwischen seine Lippen, schiebt sie hin und her. Kein Wasserlilienduft, kein Nussaroma. Weder Tang noch See. Nur Metall und Formalin!*

*Er atmet schneller, geht zwischen Bett, Spind und Tisch auf und ab, bis er mit den Beinen an die Möbel oder mit dem Kopf an das Regal stößt, dreht um, geht zurück und hält ihre Haut dabei ganz fest an sein Gesicht gepresst.* Lebe, Haut! Dufte!

*Er schnuppert erneut. Blut, Formalin.*

*Er stampft auf. Schleudert das Hautstück zornig von sich. Dann erfasst ihn Panik, er fällt auf die Knie.*

*Er weiß nicht, wie lang er auf dem Teppichboden nach ihrer Haut sucht, die jetzt seine Haut ist. Er tastet umher und hofft, dass Mathilde nicht hereinkommt. Sie glaubt, dass sein Gehirn nicht richtig arbeitet und er nichts von der Außenwelt mitbekommt. Darüber hat sie mit den anderen gesprochen. Sie hat unter seinem Fenster im Garten gestanden. Das macht sie oft. Wenn die Sonne scheint, erkennt er ihre mächtigen Umrisse und bemerkt, dass sie hin und her geht und sich an den Pflanzen zu schaffen macht. Mathilde*

*hat mit der Frau gesprochen, die im Zimmer neben Skipper wohnt und für sie alle kocht. Sie heißt Janine. Mathilde hat hochgeschaut, zu dem Fenster neben seinem. Sie hat sicher gedacht, der Skipper verstehe es nicht, weil er fast taub ist. Aber der Skipper ist klug! Er kann Vibrationen erkennen, wenn er andere Menschen oder Gegenstände berührt. Und im richtigen Licht sieht er, wie Lippen Worte formen. Aber das weiß niemand.*
*Mathilde wohnt im selben Haus wie der Skipper und die Köchin und andere Leute, die er immer trifft, aber kaum kennt.*
*Seine Hand tastet über struppige Teppichwolle und glattes Laminat, jeden Zentimeter sucht er ab, ertastet fein gewobene Bettwäsche und rauhe, hölzerne Stuhlbeine. Neben dem Spind findet er seinen Schatz.*
Nicht sterben.
*Er steht auf. Böse Flüssigkeit! Sie hat den Duft zerstört.*
*Er muss zu ihr! Es ist ohnehin Zeit! Warum wird er nicht mehr abgeholt? Gestern hat er den ganzen Tag vergebens gewartet.*
*Der Skipper bückt sich und stellt den Stuhl wieder an den Tisch. Setzt sich und legt die Haut zurück in das Glas. Dann schließt er den Deckel, stellt das Glas in den U-Boot-Bauch und verriegelt die Luke der* Scorpion.
*Noch immer läuft Blut aus der Schnittwunde in seinem Gesicht. Aufgeschlitzte Haut!*
*Die* Scorpion *gehört zu den Booten der Skipjack-Klasse. Die sind atomgetrieben und gehörten zur US Navy. Das hat er schon als Kind gewusst. Skipjack. Er hätte gern gelacht, wie als Kind, aber er kann es nicht mehr. Lachen ist für die Welt da draußen. Genauso wie sehen. Und weinen.*

*Mathilde erklärt ihm immer, was im Haus und außen herum los ist. Sie ahnt nicht, dass er auch so alles weiß.*
*Skipjack und Skipper. Alles passt zusammen.*
*Er vermisst die Stunden mit Frauke. Vor ihr hat er nur eine Freundin gehabt. Von ihr ist der Schatz im ersten Glas. Das Auge. Aber Frauke mag er lieber.*
*Er versteht nicht, warum er noch hier ist. Warum er nicht bei Frauke liegen darf. Natürlich hat er keine Chance. Und Mathilde darf nichts davon wissen. Nicht, wohin er geht, nicht, was er da draußen wirklich tut. Sie würde ihn aufhalten und womöglich einsperren. Er muss ihr zuvorkommen!*
*Mit den Fingerknöcheln klopft er leise auf den Metallbauch der* Scorpion. Kurz, kurz, lang, kurz. Kurz, lang, kurz … Frauke.
*Dann stellt er die* Scorpion *zurück ins Regal, öffnet das Zimmerfenster und lässt sich hinuntergleiten auf die weiche Erde. Mathilde wäre traurig. Aber das ist ihm egal. Er muss zu Frauke!*
*Der Skipper geht los, setzt einen Fuß vor den anderen. Am Ende des Hauses stößt er hart gegen die Regentonne, und sofort stinkt es nach Tod und Fäulnis, und ein Schwarm Mücken hüllt ihn ein und zersticht sein Gesicht und seinen Hals. Er schlägt um sich, klatscht sich auf die blutige Wange und ans Kinn, läuft schneller, einfach in irgendeine Richtung, zerkratzt sich die Arme in einem Gestrüpp und stolpert. Dann erreicht er die Bordsteinkante der langen Zufahrt und ist erleichtert. Jetzt weiß er wieder, wo er ist. Jetzt kann er sich nicht mehr verlaufen. Jetzt geht es weiter.*

# 11

Nina sprang über den niedrigen Zaun und blickte zuerst die Bestatterin und dann den Grabstein an, über den das T-Shirt gebreitet gewesen war. Sie wusste nicht, ob es das Türkis des Kleidungsstückes oder einfach Zufall war – doch die Inschrift bestätigte ihre Assoziation mit dem Rechtsmediziner.

*Alexandra Koswig. 1974–2013.*

»Verdammt«, murmelte sie und wandte sich an Gisela Naumann: »Haben Sie die Frau hier beerdigt? Kannten Sie sie?«

»Hier liegen Hunderte Menschen, und es gibt ebenso viele Bestatter in der Gegend. Keine Ahnung, welcher Kollege Frau Koswig bestattet hat. Aber die Geschichte hat letztes Jahr die Runde gemacht.«

Nina versuchte, einen Blick auf die Tabletten zu werfen, die grün unter den transparenten Kunststoffhäubchen schimmerten, doch sie konnte nichts erkennen. Das T-Shirt war von dem Leichendoc, da war sie sicher. Er hatte seine Frau verloren! Das erklärte vieles.

»Welche Geschichte?«

»Ihr Ehemann ist Arzt an der Uni. In der Rechtsmedizin. Dort, wo Ihre Schwester …«

»Sie kennen ihn?«

»Als Bestatter liefern wir öfter Tote dort an und holen sie auch wieder ab. So wie jetzt Frauke. In der Branche kennt man sich flüchtig, wenn Sie so wollen.« Sie nahm eine Plastiktüte aus ihrer Handtasche. »Hier liegt oft Müll herum. Aber dank meines Labbies bin ich bestens gerüstet.«

»Labbie? Gerüstet?«
Die Bestatterin wedelte mit der Tüte, damit sie sich aufblähte, und steckte das T-Shirt hinein. »Mein Hund. Ein Labrador. Wenn der sein Geschäft wo erledigt, wo er nicht soll …«
»Ach so.« Ein Kackbeutel also. Sie schielte nach der Blisterpackung, die jetzt in der Tüte verschwand. »Haben Sie Frauke auch in der Wohnung abgeholt und in die Pathologie gefahren? Macht das nicht ein Krankenwagen?« Waren die Tabletten auch von Koswig? Nahm er Beruhigungsmittel?
»Rechtsmedizin. Nicht Pathologie. Da reagieren die Ärzte manchmal sehr empfindlich, wenn das verwechselt wird.« Naumann schmunzelte kurz und wurde dann ernst. »Tote dürfen nur vom Bestatter transportiert werden. Ich habe Frauke aber nicht abgeholt, das hat ein Kollege gemacht.«
»Und die Geschichte? Was war da los?«
Gisela Naumann deutete auf den ovalen Stein. Er war rötlich und die Gravur golden. »Alexandra Koswig hat kurz vor ihrem Tod ein Kind bekommen.« Zwei Amseln flogen laut zwitschernd an ihnen vorbei. »Es war wirklich tragisch.«
»Woran ist sie gestorben?«
Die Bestatterin antwortete nicht.
»Und wann genau?«
Naumann knotete den Plastikbeutel zu und ging zum Weg zurück. Nina folgte ihr. »Ziemlich genau vor einem Jahr, im Sommer.«
»Wie gut kennen Sie den Ehemann?«
»Professor Koswig?«
»Mhm.«

Sie blieb stehen und sah Nina an. »Warum interessieren Sie sich so dafür? Hat *er* Ihre Schwester obduziert?«
»Ja.«
»Ich bin ihm ein- oder zweimal flüchtig begegnet.« Sie gingen durch das Tor hinaus auf den Parkplatz, wo nur zwei Autos standen. »Die Fahrten zur Rechtsmedizin machen in der Regel unsere Angestellten oder Aushilfsfahrer. Koswig ist freundlich, hat einen guten Ruf.«
»Und das Kind? Was ist aus dem geworden?«
Naumann drückte auf den Schlüsselanhänger, und mit einem lauten Klacken öffnete sich die Verriegelung des schwarzen Mercedes. Die Scheinwerfer blinkten auf. »Keine Ahnung, ich habe das nicht weiter verfolgt.«
Sie stiegen ein, fuhren los, und Nina sank in das weiche Lederpolster. Die Klimaanlage füllte den Wagen mit dem Geruch nach Kunststoff. Draußen zogen Wiesen und Mischwald vorbei, sie passierten einen See, an dessen Ufer Menschen in der Sonne lagen. Ein langer Steg ragte bis fast in die Mitte, an ihm waren ein paar Boote vertäut. Die Straßen waren voller Schlaglöcher, und die Bestatterin musste langsam fahren. Als sie nach rund zehn Minuten auf die Schnellstraße Richtung Stadt kamen, zog Nina ihr Smartphone aus der Tasche und googelte nach Emil Koswigs Frau. Das war der Beginn eines neuen Jobs! Denn den würde sie nun brauchen. Nach allem, was sie wusste, konnte sie nicht mehr einfach so abreisen. Irgendetwas hatte sich in Fraukes Leben verändert, etwas, das auch Nina betraf. Vielleicht würde ihr dieses Etwas ja ein bisschen Frieden zurückgeben. Einen Versuch war es wert.
Nach wenigen Klicks hatte sie gefunden, was sie suchte: Alexandra Koswig, Mikrobiologin. Sie war an der Uni an-

gestellt gewesen. Vermutlich hatte sie den Leichendoc dort kennengelernt. Nina fand einen kurzen Nachruf der Universität, in dem von Alexandras Engagement, dem großen Verlust und den tragischen Umständen die Rede war. Todesursache wurde keine genannt. Gestorben war Alexandra Koswig am 6. Juli 2013. Vor genau einem Jahr und einer Woche.

Nina sah aus dem Fenster, wo bereits die Hochhäuser der östlichen Vorstadt aufragten. Die Einfallstraße war gesäumt von Sexshops, türkischen und arabischen Imbissbuden, Tankstellen und zwei, drei schmutzig aussehenden Motels. Anonym. Billig. Ein sozialer Brennpunkt. Nina war dankbar, dass sie nicht ganz unten gelandet war, sondern sich ihren Stolz bewahrt und noch nie Sozialhilfe gebraucht hatte. Geld musste sie dennoch auftreiben. Die paar Euro aus Fraukes Geldbörse würden nicht lang reichen.

Tote Schwester, tote Ehefrau. Einen besseren Ansatzpunkt, um Koswig als Kunden zu gewinnen, hätte Nina sich nicht wünschen können. Als Gisela Naumann sich in den dichten Stadtverkehr einfädelte, schob Nina den Arm zwischen den Vordersitzen hindurch Richtung Rücksitz. Sie hatte Glück. Ihr Arm war gerade lang genug.

Als sie in die Diele trat, atmete Nina erleichtert auf. Der Blutsuppengeruch hatte deutlich nachgelassen. Dennoch zögerte sie. Sie wollte duschen. Sie wollte sauber sein. Wollte ein paar Stunden für sich bleiben und sich nicht im Schwimmbad unter Tausenden halbnackten, genervten Eltern und kreischenden Gören tummeln. Doch da oben wartete ein blutbesudeltes Badezimmer auf sie. Sie ging in die Küche, setzte sich an den Tisch und rauchte zwei Zigaretten. Das Fenster war noch immer vom Vortag geöffnet. Patientenverfügung. Bestattungsvorsorge. Alles vor wenigen Monaten erstellt. Hatte Frauke doch sterben wollen? Aber warum hatte sie dann kurz vorher noch aufgeräumt? Oder war das die Putzfrau gewesen? Und wenn sie sich tatsächlich umgebracht hatte, warum hatte sie dann nicht gewartet, bis Nina die Patientenverfügung, zumindest den Finanzteil, unterschrieben hatte? Warum dann überhaupt noch einen Teil mit Gesundheits- und Betreuungsfragen ausfüllen? Ninas Gedanken wirbelten durcheinander. Das alles passte nicht zusammen. Und vor allem nicht die Haut, die Frauke an ihrem Arm entfernt hatte. Ein Zeichen? Für was? An wen gerichtet? Oder hatte Frauke psychische Probleme gehabt? Fast ausgeschlossen. Andererseits hatte sie ja auch ihren Job geschmissen. Zumindest behauptete Timo das.

Über den Innenhof drangen Geschirrklappern und Hiphop-Musik aus einem Fenster. Es hätte ein so idyllischer Sommertag sein können.

Nina holte den Hundekotbeutel aus ihrer Tasche und las den Aufdruck auf der silbernen Folie der Blisterpackung. Dann googelte sie nach dem Namen der Tabletten. »Beim bekifften Glühwurm«, murmelte sie, als die Symptome auf ihrem Smartphone-Display erschienen, die damit behandelt wurden.

Sie war frustriert, nachdenklich und gleichzeitig euphorisch. Endlich wusste sie, wie sie Koswig knacken konnte. In der Kammer gegenüber der Küche inspizierte sie Fraukes Konserven. Erst essen, dann Bad putzen. Morgen würde sie zu dem Rechtsmediziner gehen. Heute brauchte

sie eine Pause. Später vielleicht ein Bier und einen Amaretto. Sie wärmte sich eine Dose Erbsen mit Karotten auf und aß direkt aus dem Topf.
Dann rauchte sie zwei weitere Zigaretten.
Anschließend holte sie das Putzzeug aus dem Regal über der Waschmaschine, schlüpfte aus ihrem Rock und legte die Pulswärmer ab. Sie zog ein Paar von Fraukes Halbschuhen an, die sie später wegwerfen würde, füllte einen Eimer mit heißem Wasser, gab Scheuermilch hinein und streifte sich Gummihandschuhe über.
Nina putzte fast fünf Stunden. Ihr Kopf war leer. Sie versuchte, sich einzureden, dass das hier einfach irgendein Schmutz war. Hartnäckige Farbe oder Reste von Henna. Verschütteter Kirschsaft. Aber kein Blut. Trotzdem musste sie sich übergeben, als sie mit dem Lappen über den Wannenrand fuhr. Das Putzwasser roch stark nach Zitrone, und ein paar Sonnenstrahlen fielen genau auf die Stelle, wo angeblich die Haut gelegen hatte. Erbsen und Möhren waren noch nicht verdaut, als sie sich in die WC-Schüssel erbrach.
Später duschte sie ausgiebig. Die Glaskabine war zum Glück nicht blutbespritzt gewesen, so dass das Gefühl nicht allzu schlimm war. Nina seifte sich mit ihrer eigenen Seife ein, genoss den Geruch nach Gras und herben Kräutern, wusch sich die Haare und zog den letzten sauberen Rock an, den sie hatte. Dazu eine leichte, meerblaue Bluse in Knitteroptik. Der Rock war dunkelgrün und hatte, genau wie ihre Lieblings-Pulswärmer, kleine grellgrüne Punkte. Wie ihre geliebten Glühwürmchen.
Unten in der Diele schlug die Standuhr sieben Mal. Fast konnte Nina die viel zu hohe Stimme ihres stämmigen Va-

ters hören: »Frauke, Nina, zu Tisch!«, und gleich darauf Fraukes Antwort: »Ja, Vater, ich wasche mir nur eben noch die Hände.« Nina hatte nie geantwortet. Auch nie die Hände gewaschen. Sie war einfach nur im Esszimmer erschienen, hatte sich gesetzt und gehofft, nicht wegen ihrer rundlichen Hüften zurechtgewiesen zu werden. Und war ihren eigenen Gedanken nachgehangen, wenn ihr Vater seine Vorträge über Bergbau und Gesteinsformationen an sein Publikum Familie gerichtet hatte und wenn ihre Mutter und Frauke interessiert genickt und in artigen Abständen laute Ahs und Ohs und »Wie interessant« von sich gegeben hatten. Mutter, Vater, Frauke. Die mit dem durchkalkulierten Leben. Da gab es keine Euphorie, kein lautes Wort. Nie Verzweiflung. Nirgends herzliche Freude. Alles war anständig. Alles perfekt. Und unerträglich monoton. Manchmal war sie wütend darüber geworden, doch sie hatte Enttäuschung und Zorn unterdrückt, so gut wie möglich.

Nina ging ins Arbeitszimmer und nahm die beiden Zwanzig-Euro-Scheine und Münzen aus Fraukes Geldbörse. Die Tür zum Schlafzimmer, das neben dem Arbeitszimmer lag, war angelehnt. Sie hatte es noch immer nicht betreten. Nur ein Mal einen flüchtigen Blick hineingeworfen. Zu intim. Zu erinnerungsschwer.

Sie stieg die Treppe ins Wohnzimmer hinunter.

Bei Koswig herrschte tiefe Verzweiflung. Da war Nina sicher. Er litt unter dem Verlust seiner Frau. Er litt viel mehr, als Nina wegen Frauke litt – wenn sie dieses Durcheinander als Leiden bezeichnen konnte. Sie würde ihm Trost spenden und gleichzeitig Geld verdienen.

»Hast du einen Namen?«, fragte sie den Plüschhasen, als

sie unten war. Der Hase, den Frauke damals aufgeschlitzt hatte, hieß einfach Hase. Also würde der hier auch Hase heißen. Sie stopfte das Geld in ihren kleinen Lederbeutel.
»Ich geh was trinken, bis später.«
Etwa dreißig Minuten schlenderte sie ziellos umher, die bunte Tasche über die Schulter gehängt. Alleen, Jugendstilhäuser, ein Café und Bistro mit weißer Markise, dessen Terrasse voller Gäste war.
An einem weitläufigen Platz setzte sie sich auf die Treppenstufen vor einem massiven, dreiflügeligen Museumsbau und wählte die Mobilnummer des Hauptkommissars. Am anderen Ende des Platzes spielte jemand Geige, einige Leute blieben stehen und hörten zu.
»Wenner.«
»Hey, hier Nina Bach. Entschuldigen Sie, aber wo lagen die Papiere von Frauke?«, fragte sie bewusst freundlich.
»Wie bitte?«
»Wissen Sie es noch?«
»Ja.« Mehr nicht.
Der Geiger beendete sein Stück. Es war schnell und virtuos gewesen. Applaus drang herüber.
»Dann sagen Sie mir's bitte.«
»In ihrem Büro.«
»Wo genau dort? War irgendetwas sortiert? Und wenn ja, wie?«
Wenner seufzte laut. »Ich habe Feierabend.«
»Bitte!«
Der Geiger stimmte ein neues Stück an, getragen und melancholisch.
»In den Schubladen unterm Schreibtisch war alles, was man immer mal braucht. Personalausweis. Versicherungs-

kärtchen. Kontoauszüge. Der Rest war in dem Aktenschrank. Sortiert nach Job, Versicherungen und so weiter. Reicht das jetzt?«

»Also nichts nach Bestatter und so sortiert?«

»Haben Sie schon einen Termin für die Beerdigung?«

»Nächste Woche am Freitag.«

»Es war nichts für den Todesfall sortiert. Alles ganz normal.« Er zog das letzte Wort etwas zu sehr in die Länge und fuhr fort: »Falls Sie wissen, was ich meine. Das gibt's aber oft bei Suizid. Also lassen Sie es einfach gut sein. Wir ermitteln sorgfältig. Auch wenn das für eine wie … für Sie nicht so scheinen mag. Schönen Abend noch.« Die Leitung war tot.

»Arschloch«, murmelte Nina.

Der Geiger wechselte in eine fröhlichere Melodie, gerade so, als wolle er mit seiner Musik eine Geschichte erzählen. Vielleicht war das ja tatsächlich seine Absicht? Die Menschenmenge um ihn wurde größer. Eine riesige Stadt. So viele Leute. Alles Fremde.

Nina spürte, wie die Trauer sie langsam umfing. Die Trauer um das, was sie mit Frauke nie wieder würde klären können. Die Trauer um eine Aussprache mit ihren Eltern. Die Trauer um ihre Fähigkeit, jemandem wirklich vertrauen zu können. Wann hatte sie sie verloren? In dem Jahr hinter dem grauen Tor? Schon davor, als sie Peter und Frauke zusammen im Bett erwischt hatte? Noch früher?

Sie sehnte sich plötzlich nach Gesellschaft. Wollte nicht allein hier sitzen und wieder abtauchen in das Dunkel der Seele. In dieses Schwarz, das ihre Gedanken stahl und sie an dem zweifeln ließ, was Wirklichkeit war und was nur in ihrem Kopf stattfand.

Der Geiger spielte und spielte irgendeine Tanzmelodie, die Leute lachten und klatschten, ein kleines Mädchen hüpfte im Rhythmus um ein Pärchen herum, das Arm in Arm dem Spiel lauschte.
Nina saß abseits auf den Stufen und weinte.

# 12

Als der Geiger gegangen und ihre Tränen versiegt waren, rief Nina Timo an. Er war der Einzige, der ihr jetzt Gesellschaft leisten konnte und der auf ihrer Seite stand. Der ihr noch Infos geben konnte. Doch er hatte keine Zeit für ein Bier.

»Sorry, ich muss arbeiten.«

»Was arbeitest du denn?«

Es war halb zehn Uhr abends.

»Dies und das. Wo's eben Kohle gibt.«

»Sag mal, wegen Frauke ... Warum hat sie ihren Job geschmissen? War sie krank? Hatte sie vielleicht einen Tumor am Arm und wollte ... rein sterben?«

»Nee.«

»Sicher?«

»Sie war fit.« Nina hörte ein Motorengeräusch im Hintergrund, Timo schien im Auto zu sitzen.

»Woher kanntest du sie eigentlich?«

»Vom Krankenhaus.«

»Ich denke, sie hat nicht mehr gearbeitet?« Sie presste das Handy fest ans Ohr, misstrauisch und angespannt. In Fraukes Ordnern im Schrank hatte sie nur einen Arbeitsvertrag und die Gehaltsabrechnungen einer Chirurgischen Privatklinik in der Südvorstadt gefunden, aber keinerlei Hinweis auf eine Kündigung. Die Klinik lag nur wenige Straßen von Fraukes Wohnung entfernt. Exklusive Gegend. Auf das Datum der letzten Abrechnung hatte Nina nicht geachtet. Vielleicht hatte Frauke die Kündigung ja

nur in einfacher Ausfertigung ausgedruckt, abgeschickt und für sich selbst elektronisch gespeichert?
»Damals hat sie noch gearbeitet.«
»Warst du bei ihr in Behandlung?« Der Motor ging aus, gleich darauf hörte sie seltsame Rufe und Stimmen im Hintergrund. Sie hielt sich das freie Ohr zu, um Timo besser verstehen zu können.
»Nee, ein Kumpel.«
»Aha.«
»Du, ich muss jetzt, bin gerade angekommen.«
»In welchem Krankenhaus hat sie denn gearbeitet?«
»Im Klinikum Südvorstadt. Ist privat.«
Timo sagte also die Wahrheit. Sie wurde langsam paranoid. Mist. »Und bis wann?«
»Frühjahr. Hör mal, wir können ja ein anderes Mal was trinken gehen. Ist echt grad ganz schlecht zum Quatschen.« Ein langgezogener, stöhnender Laut begleitete Timos Satz.
Die Härchen auf Ninas Arm stellten sich auf, obwohl es noch immer über zwanzig Grad haben musste. »Okay«, sagte sie leise.
»Also dann.«
»Ja, dann. Ciao.«
»Ciao.«
Nina suchte über ihr Handy die Nummer der Klinik und bat die Dame an der Zentrale, mit jemandem sprechen zu können, der Frauke Bach kenne. Dort würde sie sicher mehr erfahren als von Timo. Wer weiß, was Frauke ihm alles *nicht* erzählt hatte.
Sie beschloss, auf Risiko zu gehen. Sicher wussten die noch gar nichts von Fraukes Tod. »Nina Bach mein Name«, be-

grüßte sie die Stationsschwester, als sie durchgestellt worden war. Sie hieß Sandy. »Ich bin die Schwester von Doktor Frauke Bach.«
»Ja?«
»Meine Schwester hat bei Ihnen gearbeitet. Ich soll Sie ganz herzlich grüßen.«
»Ach, das ist ja nett, wie geht es Frauke?« Sandys sehr junge Stimme klang warm und ein wenig zu freundlich. Helfersyndrom, schoss es Nina sofort durch den Kopf. Wenigstens wussten die in der Klinik noch nichts von Fraukes Tod. Sonst hätte Nina jetzt schlechte Karten. Nur selten redete jemand negativ über Tote.
»Mein Schwesterherz hat ein schlechtes Gewissen, weil sie oft so herrisch war und alles besser wusste. Nehmen Sie's ihr nicht übel, sie war schon immer so.«
Die junge Frau lachte laut los. »Sie haben denselben Humor wie Frauke. Man merkt, dass Sie Schwestern sind.«
»Wie bitte?« Nina stand auf. Ihre Beine waren eingeschlafen.
»Wir haben Fraukes Ironie sehr gemocht. Sie fehlt uns, vor allem dem ärztlichen Direktor. Sie war eine tolle Assistentin. Der neue Assi ist etwas, nun ja, übellaunig.«
Ironie. Frauke. Aha.
»Ja, so ist sie«, brachte Nina hervor und schüttelte abwechselnd das linke und rechte Bein. »Und jetzt schiebt sie mich vor, weil sie ihr Arbeitszeugnis nicht mehr findet. Schwester Sandy zerreißt mich in der Luft wegen meiner Fahrigkeit, hat Frauke gesagt. Aber Fraukes Lächeln hat mir gleich verraten, dass das ein Scherz war.«
»Ganz sicher.« Die Stationsschwester kicherte.
Das lief ja prima, die Frau war echt gesprächig.

»Frauke ist so überordentlich – und jetzt das. Findet das Ding nicht mehr. Es ist ihr total peinlich. Könnten Sie mal herausfinden, wie wir ein neues Zeugnis bekommen?«
Das Kichern verstummte. »Sind Sie wirklich Fraukes Schwester?«
»Klar. Die mit der Ironie.« Hatte sie etwas Falsches gesagt?
»Normalerweise wüsste ich nicht, wie ich Ihnen zu einem neuen Arbeitszeugnis verhelfen könnte. Das macht alles der ärztliche Direktor. Und der ist im Urlaub. Aber Frauke wollte kein Zeugnis.«
»Diese Schniepträte. Dann macht Frauke sich auch über mich lustig! Lässt mich bei Ihnen anrufen und … na, der werd ich's zeigen!«
Erneutes Kichern. »So war sie dauernd in den Monaten vor ihrer Kündigung. Immer zu einem Scherz aufgelegt.«
»Ja.«
»Wirklich schade, dass sie gegangen ist. Aber Liebende soll man nicht aufhalten. Ich hoffe nur, sie macht sich nicht von einem Mann abhängig und …«
»Liebende?«
»Ich denke mir das. Stimmt's nicht?« Schwester Sandy klang enttäuscht. »Gesagt hat sie natürlich nichts, nichts Privates. Das hat sie nie gemacht. Aber sie schien so glücklich. Sie ist doch glücklich? Hat sie vielleicht sogar geheiratet?«
Ninas linkes Bein kribbelte, als sei es von Ameisen ummantelt. »Nein, sie hat nicht geheiratet.« Sie wippte auf den Füßen, um die Durchblutung anzukurbeln. »Hat sie Ihnen echt nicht gesagt, warum sie aufgehört hat? Sie ist wirklich ein« – wie hatte Timo sie genannt, als er gestern

Abend in der Wohnung aufkreuzte und dachte, Frauke sei oben im Bad – »verrücktes Huhn.«
»Ja, das ist sie.«
»Mir hatte sie nicht einmal verraten, wann ihr letzter Arbeitstag war. Weil sie nicht wollte, dass ich sie mit Blumen oder Sekt überrasche.«
Sandy kicherte wieder. »Na, da hatte ich Ihnen ja etwas voraus. Und der fünfzehnte Februar war ideal zum Blumen kaufen. Alles herabgesetzt, was am Valentinstag nicht verkauft worden war.« Sie verstummte abrupt. »Oh, das sollte natürlich … Nicht, dass Sie denken, sie wäre uns einen teuren Strauß nicht wert gewesen, aber …«
»Keine Sorge. Ich verstehe das besser, als Sie denken.«
»Ehrlich?«
»Ehrlich!« Fünf Monate also seit Fraukes Kündigung. Was hatte sie in der Zeit getan?
»Richten Sie Frauke ganz herzliche Grüße aus.«
»Mach ich, Sandy! Und tausend Dank, dass Sie ihr nicht böse sind.«
»Wie könnte ich!«
Nina starrte zum gefühlt einhundertsten Mal in sechs Tagen fassungslos auf ihr Smartphone. *Fraukes Ironie. Frauke war echt stark. Frauke hat sich um Behinderte gekümmert. Für wohltätige Zwecke gespendet. Verrücktes Huhn. Schalk im Nacken. Tolle Assistentin.*
Sie wusste nicht, ob sie lachen oder heulen sollte. Ob sie wach war oder träumte – oder wieder auf dem Weg hinter das graue Tor. Nur eines war sicher: Sie brauchte etwas zu trinken. Hochprozentig. Sofort.
Als sie später auf Fraukes Sofa lag, Hase fest im Arm und nur noch mit ihrem Slip bekleidet, fühlte Nina sich schwer

und dumpf. Die dröhnende Musik in der Kneipe, das Bier, ein Schnaps und dann der Amaretto hatten ihre Wirkung getan. Nina musste heute nicht mehr denken.
Vorhin auf dem Platz, da hatte sie begriffen, dass es kein Zurück mehr gab. Frauke hatte ihr etwas sagen wollen vor ihrem Tod. Sie hatte, wie Nina selbst, ihr bürgerliches Leben aufgegeben und sich einem Leben für Schwächere zugewandt. Und offenbar war es ihr dabei sehr gutgegangen.
Warum hatte Frauke das getan? Aus Fürsorge – so wie Nina? Hatte Frauke begriffen, dass es in dieser Gesellschaft mehr als Eigennutz gab? Dass jeder Mensch, egal, ob mit dem Rennrad oder dem Rollstuhl unterwegs, ob mit Sonnen- oder Blindenbrille, den gleichen Wert hatte? Hatte sie tatsächlich kapiert, dass Normen und äußere Schönheit Selbstbetrug waren?
Nina drehte sich auf den Rücken und starrte ins Dunkel. »Ich werde die Wahrheit herausfinden. Ich *muss* sie herausfinden.« Sie presste Hase fest auf ihren Bauch, als Ozzy Osbourne sie aus dem Beinaheschlaf riss: *Revolution in their minds.*
»Fuck the revolution«, murmelte sie und tastete nach dem Handy. »Hey, hier Nina.« Ihr Kopf schien wie mit Blei gefüllt.
»Du, ich hab mich gerade gefragt … Warst du schon beim Bestatter?«
»Timo? Bist du das?«
»Jepp.«
Sie stöhnte auf. »Wie viel Uhr ist es?«
»Halb drei.«
Schon wieder drang dieses gequälte Jaulen an ihr Ohr.

Kurz verkrampfte sich ihr ganzer Körper. Dann ließ sie sich zurückfallen. »Ich hab quasi schon geschlafen.«
»Tut mir leid.«
»Bist du in einem Sadomaso-Studio?«
Er lachte. »So was Ähnliches. Was ist mit dem Bestatter?«
»Das willst du *jetzt* wissen? Arbeitest du immer noch?«
Er zögerte. »Eigentlich wollte ich hören, wie es dir geht. Der Bestatter war ein Vorwand.«
»Idiot.«
»Sag's trotzdem.«
»Was?« Ihr war schwindelig. Ihre Gedanken schienen nicht aus dem Blei herauszufinden. Sie klebten irgendwo zwischen Bier, Amaretto und den Erinnerungen an ein anderes, vergangenes und qualvolles Rufen und Stöhnen.
»Bestatter. Du bist betrunken.«
»Mhm. Die Beerdigung ist morgen in einer Woche. Obwohl« – sie dachte angestrengt nach –, »nein, heute in einer Woche. Es ist ja schon Freitag. Du kommst doch? Zur Beerdigung, meine ich?«
»Ja.«
»Sie wird im Friedwald bestattet.«
Er schluckte hörbar. Die Geräusche waren jetzt verstummt. Hatte er den Raum mit den gequälten Lauten verlassen? Alles, was Nina noch hörte, war das monotone Ticken der Standuhr in der Diele. Und ein leises Rauschen in der Leitung. Nina glaubte schon, Timo weine wieder. Doch dann sagte er: »Bleibst du bis dahin in der Stadt?«
»Hab ich eine Wahl?«
»Gehen wir dann mal was trinken, ja?«
»Klar.«
»Wo bist du gerade?«

»In Fraukes Wohnung. Mit Hase. Wo sonst.«
»Das hältst du aus? Ich finde, das ist …«
»Ich habe geputzt.«
»Das Bad?«
»Ja.«
»Nina, ich …«
»Ich halte es aus, keine Sorge. Ich muss. Ich werde nämlich länger bleiben.«
»Heißt?« Seine Stimme klang ein wenig schrill.
»Ich muss herausfinden, was mit Frauke passiert ist. Eure Frauke, von der ihr alle redet, war nicht meine Frauke. Meine Schwester war ein Arschloch, eure Frauke ein Gutmensch.«
»Leute ändern sich.« Er klang plötzlich aggressiv.
»Offenbar.« Sie versuchte, sich zu konzentrieren. »Hast du eigentlich nie mit Frauke gestritten? Gab es nie irgendetwas, das dich an ihr gestört oder geärgert hat?«
Timo atmete laut ein und aus. »Du solltest nicht in der Wohnung bleiben.«
»Was soll das, Timo?«
»Es ist nicht gut für dich!«
»Ich kann für mich selbst entscheiden.«
»Geh ins Hotel.«
»Sehr witzig.« Sie drehte sich auf die Seite, und Hase fiel zu Boden.
»Oder fahr nach Hause.«
»Nach Hause. Wo ist das?« Bei Markus Ohmer? Ines Klein? Smoothie dem Koch? Frau Klein hatte sie noch immer nicht telefonisch erreicht. Sie musste auch Ohmer anrufen. Den nächsten Termin würde sie nicht einhalten können.

»Nina!« Sein eindringlicher Tonfall drang wie Nadeln in ihr Gehirn. »Die Stadt ist nichts für dich!«

»Wie schön, dass du das so genau weißt!« Sie beendete das Gespräch und warf das Telefon zum Hasen. »Greenhorn«, murmelte sie und war schon fast wieder eingeschlafen, »was willst du mir schon erzählen.«

# 13

Abwesend schob Emil Koswig die Pistazie von einer Backentasche in die andere, als sei sie ein Bonbon. Der Monitor war etwas zu hell eingestellt, und die Buchstaben flimmerten vor seinen Augen. Schon mehrmals hatte er die Helligkeit reguliert, doch das Ding schien sich wie von selbst immer wieder hochzupushen. Das Institut war erst vor zwei Jahren komplett umgebaut worden, und ein IT-Fachmann wartete regelmäßig alle Geräte. Aber auch der wusste keinen Rat. Koswig musste wohl einen neuen Bildschirm beantragen.

Er zerkaute die süßlich würzige Pistazie, setzte die Brille ab und rieb sich die Augen. Das Gutachten für den Mord an dem Jungen hätte schon am Mittwoch bei der Staatsanwaltschaft sein müssen. Bereits vor Monaten hatte Koswig den kleinen geschundenen Körper obduziert – voller Abscheu dem Mann gegenüber, der dem eigenen Kind die bestialischen Verletzungen zugefügt hatte. Der Prozess zog sich hin, und bis zum Montag, an dem Koswig als Gutachter vor Gericht erscheinen musste, waren es nur noch drei Tage. Je näher der Termin kam, desto schwerer fiel ihm die Vorbereitung seiner Aussage. Seine Gedanken kreisten zu sehr um den Tod von Frauke Bach und Alexandra.

Er versuchte, den Text weiterzuschreiben, glich seine Ausführungen für das Gericht mit dem Obduktionsprotokoll ab. In allen Details enthielt dieses die Folgen der absichtlichen Pkw-Überrollung. Koswig fügte seine mögliche Interpretation dazu und speicherte das Gutachten. Zufrieden war er damit nicht. Nervös ging er in seinem Büro auf und ab. Er musste besser argumentieren. Den Vater hinter Gitter bringen. Für immer. Er ging aus dem Büro, über den Flur zu Morrells Sekretärin, die vorübergehend seine war, und bat um eine Tasse grünen Tee. Sie lächelte. »Drei Minuten, Herr Koswig.«

»Danke.« Er musste das Gutachten vor dem Wochenende fertigmachen. Und zwar so, dass es keine Fragen offenließ. Sollte der Staatsanwalt doch an die Decke gehen, weil er die Expertise erst an seinen freien Tagen zur Vorbereitung bekam. Dafür wäre sie dann perfekt! Und nur das zählte.

Emil Koswig selbst wollte den Samstag und Sonntag genießen. Mit Lea spielen. Sie in den Kindertragerucksack stecken und mit den Inlinern um den See fahren, so wie gute Väter das taten. Julius Tamm hatte Notdienst, so hatte Koswig Zeit, und Tereza würde das Wochenende wohl in Tschechien verbringen. Er hätte zwei Tage ganz für sich.

Kaum war er in seinem Büro zurück und schrieb weiter, klopfte es an der Tür. »Ja, herein.« Er sah auf. Der Student, der bei Frauke Bachs Obduktion dabei gewesen war und auch in den Semesterferien beinahe jeden Tag in der Institutsbibliothek und der Cafeteria saß, streckte den Kopf herein. »Ihr Tee, Herr Professor.«

»Sie?« Er überlegte, wie der junge Mann hieß. So viele Namen in jedem Semester – doch diesen Streber müsste er kennen.

»Störe ich?« Schon stellte er die Tasse auf seinen Schreibtisch. »Ich muss im nächsten Semester meine Abschlussarbeit schreiben. Und ich bin ein Fan der Rechtsmedizin.«

»Das weiß ich.« Koswig rührte braunen Zucker in den Tee. Müller? Maier? Irgendein Allerweltsname war es gewesen. Passend zum Allerweltsaussehen des jungen Mannes. Mittelgroß, mittelbraunes, akkurat geschnittenes Haar, mittelgroße Nase, schmaler Mund. Bluejeans und weißes Polohemd. Von seiner Sorte gab es Hunderte im Hörsaal. Mittelmaß. »Und Sie wollen mich fragen, ob Sie die Arbeit bei mir schreiben können.« Koswig nippte an seinem Tee.
Der Student setzte sich unaufgefordert in den Besucherstuhl. »Genau. Ich dachte da an das …«
Wieder klopfte es. Die Tür ging auf, bevor Koswig reagieren konnte. Nina Bach. »Ihre Sekretärin sagte … Oh, ich wusste nicht, dass Sie Besuch haben. Ich warte draußen.« Und schon war sie wieder weg.
Na, das war ja ein toller Einstieg ins Wochenende. Ausgerechnet die schon wieder! Koswig nahm sich raschelnd ein paar Pistazien aus der Tüte. »Sie dachten also an was?« Es knackte, als er die Kerne von der Schale befreite.
»Ich komme besser nächste Woche wieder. Ich dachte nur, ich hätte übers Wochenende schon einmal die passenden Bücher …« Er zwinkerte und nickte zur Tür. »Aber es gibt natürlich Dringlicheres. Ich freue mich für Sie, dass es Ihnen bessergeht und Sie wieder …«
»Kommen Sie am besten in meine Sprechstunde. Dienstags von neun bis zehn Uhr. Da können Sie sicher sein, dass ich auch Zeit habe, Herr …«
»… Schmitt mit zwei T.« Er ging, und Nina kam herein.
»Der Herr aus der Cafeteria.« Sie war heute nur dezent geschminkt und duftete nach irgendeiner orientalischen Essenz.

»Wenn Sie sich beeilen, erwischen Sie ihn noch für ein Date. Ich weiß allerdings nicht, ob er Amaretto mag.«
»Es tut mir leid wegen neulich. Ich entschuldige mich hiermit offiziell für meinen rüden Auftritt.«
»Rüder Auftritt?« Er winkte ab. »Schon vergessen. Aber ich habe heute leider keine Zeit.« Demonstrativ hob er die Teetasse zum Mund und sah auf den Monitor. Der Bildschirmschoner malte bunte Schlieren auf einen schwarzen Hintergrund. Er drückte auf eine Taste. Das Textdokument erschien. »Ein schönes Wochenende, Frau Bach. Sie werden ja sicher viel zu tun haben. Ich hoffe, Sie haben einen guten Bestatter gefunden.«
»O ja! Apropos ...« Aus dem Augenwinkel sah er, wie sie etwas aus ihrer bunten Stofftasche hervorzerrte und hochhielt. »Ich glaube, das gehört Ihnen.«
Er sah auf. In einer durchsichtigen Tüte steckte türkisfarbener Stoff. »Was ist das?« Er setzte die Tasse wieder ab, etwas zu fest, und ein kleiner hellgrüner See bildete sich auf der Untertasse.
»Ein T-Shirt.«
Seine Hand ballte sich zur Faust. »Wo haben Sie das her?«
»Vom Autorücksitz der Bestatterin.«
Sofort hatte er sich wieder in der Gewalt. »Und warum bringen Sie *mir* das?« Sie war auf *seinem* Friedhof gewesen! Und er hatte in seinem Selbstmitleid und dem Versuch, diesem schnell zu entfliehen, das T-Shirt dort liegen lassen. Und das Risperidon.
»Ich bin sicher, es ist Ihres.«
»Frau Bach, ich sagte bereits ...«
»Es lag auf dem Grab Ihrer Frau. Es ist Ihre Farbe. Es riecht nach Ihnen.«

Koswig holte tief Luft. Er hätte es wissen müssen! Diese Frau ließ nicht locker, brach in sein Leben ein und … Bemüht lachte er. »Ach ja? Wie rieche ich denn?«
»Nach dem leichten, salzigen Schweiß eines langen Arbeitstages, einem Hauch von Oregano und Babybrei.« Sie grinste. »Das trauen Sie mir nicht zu, nicht wahr? Wir Obdachlosen sind doch alle verkommen und unsere Sinne sogar am helllichten Tag komplett alkoholvernebelt.«
Unwillkürlich musste auch er grinsen. Ihre Selbstironie war gar nicht schlecht. »Ich traue Ihnen eine ganze Menge zu, Frau Bach.« Unverfrorenheit, dachte er. Mut. Jede Menge Lebenslust. Und einen hervorragenden Geruchssinn. »Ich mag kein Duschgel. Heißes Wasser ist effizienter. Türkis trage ich häufig. So wie Sie offenbar Grün. Der Oregano muss wohl immanent sein.«
Jetzt lachte sie offen. Insgeheim zollte er ihr Anerkennung. Sie hatte sich nicht einschüchtern lassen von ihm. Sie kuschte nicht wie so viele andere. Doris Weinmann, zum Beispiel, die ältere seiner Präparatorinnen. Oder Tereza, die zwar resolut redete, ihm aber aufs Wort gehorchte, sobald er ihr zulächelte.
»Haben Sie einen Moment Zeit? Bitte!«
Er deutete auf den Stuhl gegenüber von seinem Schreibtisch.
»Vielleicht haben Sie auch nur einen Kräutergarten, in dem Sie in diesem T-Shirt gearbeitet haben?« Sie ging zielstrebig durch sein Büro zu dem kleinen runden Besuchertisch mit den gepolsterten Freischwingern. »Können wir nicht hier sitzen? Ich mag diese Schreibtisch-Barrieren zwischen Leuten nicht. Das hat so was Hierarchisches.« Sie legte die Tüte mit seinem T-Shirt auf den Tisch.

Mit dem Tee ging er hinüber. »Ich habe keinen Kräutergarten.«
»Dann kochen Sie gern mit Oregano.«
»Außer Spiegelei und Spaghetti können Sie meine Kochkünste in die Biotonne kloppen.« Er setzte sich und sah sie an. Der Bernsteinfleck in ihren dunklen Augen schien heute größer. »Sie wissen es also.«
Nina nickte. »Ihre Frau liegt im Friedwald. Meine Schwester wird auch dort bestattet. Sie wollte es so.«
Koswig presste die Lippen aufeinander. Gleich würde sie fragen, weshalb sein T-Shirt dort gelegen hatte. Warum er sich auf dem Grab seiner Ehefrau halb auszog. Doch sie sagte nichts dergleichen. Sah ihn nur an. Schließlich brach er das Schweigen.
»Konnten Sie sich mit dem Tod Ihrer Schwester etwas aussöhnen?«
»Im Gegenteil. Jeder Tag wirft neue Fragen auf. Frauke hat sich in den letzten Monaten anscheinend komplett verändert. Sie war nicht mehr die, die ich gehasst habe.«
Er nickte. »So ist das fast immer, bevor sich jemand suizidiert.«
»Suizidiert.« Sie klang traurig.
»Medizinsprech. ›Umbringen‹ klingt auch nicht besser.«
»Nein. Und Sie? Haben Sie sich mit dem Tod Ihrer Frau ausgesöhnt?«
»Wie ich schon sagte, manchmal geht das erst da oben.« Koswig hob den Kopf zur Zimmerdecke.
»Der Geruch nach Babybrei …«
»Lea. Meine Tochter ist ein Jahr und einen Monat alt.«
»Gisela Naumann hat es erzählt. Die Bestatterin.«
Jeder wusste es. Jeder. »Hat sie auch diesen Mitleidston an

den Tag gelegt wie der Rest der Welt? Hat sie Ihnen erzählt, was mit meiner Frau passiert ist?«
»Weder noch.«
Er glaubte es nicht. Aber es war auch egal. »Meine Frau hatte sich vor ihrem Tod auch verändert.«
»Inwiefern?«
»Postnatale Depression. Sagt Ihnen das was? Alexandra war wie in Watte gepackt. Schwarze Watte, hat sie gesagt. Sie hat sich an allem schuldig gefühlt. Daran, dass Lea gespuckt hat, dass die Nachbarkatze ins Rosenbeet kackte, dass der Joghurt im Kühlschrank abgelaufen war. Sie hat stundenlang in ihrem Lieblingssessel neben dem kalten Kamin gesessen und leise vor sich hin geweint. Wenn sie eine halbe Scheibe Brot aß, war ich schon dankbar. Sie hat mich um Hilfe angefleht. Dann wieder hat sie mich ohne Grund angebrüllt. Lag dennoch die ganze Nacht wach. Sie wollte mir einreden, Lea sei schwer krank. Wollte, dass ich die Kleine mehrmals am Tag untersuche und ihr aufbauende Medikamente gebe. Am nächsten Tag behauptete sie, Lea sei ein fremdes Kind, denn sie sähe ihr nicht ähnlich, und wenn sie sie nur anschaue, würde Lea schon schreien.«
»Das tut mir leid.«
»Alexandra ließ Lea oft weinend in ihrem Bettchen liegen, ohne sie zu stillen. Sie saß einfach nur daneben. Wie eine lebende Tote. Dann hat sie sich vor den Zug geworfen.«
»Was?«
»An einer Güterbahnstrecke, fast bei meinem Elternhaus. Das Haus stand damals leer. Wir wollten es zusammen renovieren und dort Lea und ein oder zwei weitere Kinder großziehen.«

Nina biss sich auf die Oberlippe, verwirrt durch die plötzliche Offenheit des Mannes und die Tatsache, dass seine Frau sich selbst getötet hatte.

»Ein Spaziergänger hat Leichenteile gefunden. Oder genauer gesagt: sein Hund. Der ist kläffend und wie verrückt losgerannt. Sein Besitzer ist ihm nachgegangen. Im Bad des leeren Hauses lag Alexandras Auge.« Er fixierte sie. »Auf dem Rand der Badewanne.«

»Fuck.« Nina Bach sprang auf. Starrte ihn an. »Sie verarschen mich!«

»Nein.« Er schlug die Beine übereinander und lehnte sich zurück.

»Sie haben etwas übersehen! Ich wusste es!«

Koswig überlegte, ob sein Team dasselbe dachte wie Nina Bach jetzt: dass das kein Zufall war. Dass er aufgebracht sein müsste. Toben, schreien, nach einem Mörder suchen oder irgendetwas, was diese beiden Selbsttötungen miteinander verband. Doch wozu? Die beiden Frauen hatten sich getötet. Er hatte jeden Millimeter ihrer Knochen und ihrer Haut, jede Zelle, jeden Tropfen Körperflüssigkeit untersucht. Absolut nichts sprach für Fremdeinwirkung. »Die Polizei hat mich gerufen, ohne zu ahnen, dass da meine Frau in Einzelteilen herumlag. An den Fetzen des zitronengelben Kleides habe ich sie sofort erkannt. Und dann am Kopf. Hinten war er aufgerissen, einige Hautteile hingen wie Lappen neben dem Gehirn heraus. Die Gesichtsweichteile, die kein blutiger Brei waren, waren schwarz und ölig. Aber diese Frau war Alexandra. Eindeutig.«

»Und das erzählen Sie einfach so? Sie sind …« Nina lief hin und her. Direkt vor ihm blieb sie stehen und stemmte die Hände in die Hüften.

»Nicht normal?«, fragte er.
»Komplett durchgeknallt.«
»Mit dieser Meinung sind Sie wahrscheinlich nicht allein. Aber Sie sind die Einzige, die sie mir ins Gesicht sagt.«
»Das ist echt … pervers. Sind alle Leichenschnippler so?«
»Kaum. Die meisten ihrer Ehefrauen leben noch. Und das recht gut.«
»Leck mich am Ärmel. Darf ich rauchen?«
»Nur am offenen Fenster. Und weil Freitag ist.«
Sie drehte sich eine Zigarette und riss das Fenster auf. Tabakkrümel fielen zu Boden. Den Rücken ihm zugewandt, beugte sie sich hinaus. Der Himmel im Hintergrund war blau, doch hinter den hohen Betongebäuden des Universitätsklinikums bauten sich Gewittertürme aus weißen Wolken auf. Drückende Wärme und Kantinengeruch quollen ins Büro. Schweigend sah Koswig ihr beim Rauchen zu. Sie trug denselben grasgrünen Rock wie neulich in der Cafeteria. Die gleiche Farbe wie die Sommerwiese, in der Alexandras Körperteile gelegen hatten. Ein Fuß war bis zum See mitgeschleift worden. Die Sandale hing noch daran. Der andere Fuß und der Unterschenkel waren nie gefunden worden. Vermutlich hatte ein Tier ihn verschleppt. Nina drehte sich zu ihm um, blieb aber am Fenster stehen und streckte die Hand mit der brennenden Zigarette hinaus. »Was haben Sie … empfunden, als Sie Ihre Frau … also ich meine …«
Nichts, dachte er, nur ein professionelles Interesse, aber das kann ich niemandem erzählen. »Was haben *Sie* empfunden, als Sie Frauke da unten im Abschiedsraum gesehen haben?«
Sie nahm ein paar Züge, ohne zu sprechen. Dann warf sie

den glühenden Zigarettenstummel zum Fenster hinaus. »Sorry, ist nur ein leerer Hof da unten, ich hab extra geschaut. Empfunden? Wut. Ungläubigkeit. Aber das können Sie nicht vergleichen. Frauke und ich waren so etwas wie Feindinnen. Ihre Frau und Sie waren ein liebendes Paar.«

Koswig nahm das T-Shirt aus der Tüte. Die Tabletten fielen zu Boden. Er hob sie auf, als seien sie ein Stift. Belanglos. Alltag.

»Wir haben viel gemeinsam«, sagte Nina Bach.

Das Risperidon beruhigte ihn. Wenn die Arbeit nicht mehr half, auch nicht die Aussicht, endlich Chef zu werden, nahm er die Tabletten. Höchste Dosis. Sie dämpften ganz gut und stoppten den Verlust der Realität. »Sie meinen das ernst.«

»Ja.« Sie lächelte, und auf ihren Wangen erschienen zwei kleine Grübchen. Genau wie bei Alexandra, als er ihr damals auf der Konferenz in Stockholm den Heiratsantrag gemacht hatte.

Er schüttelte den Kopf.

»Herr Koswig, wir haben beide auf eine grausame Art einen Menschen verloren. Und auch wenn ich mich wiederhole: Das ist kein Zufall. Da gibt's einen Zusammenhang. Wir sollten gemeinsam …«

»Ich bitte Sie! Es gibt so viele Suizide. Und zwischen Ihrer Schwester und meiner Frau besteht keinerlei Verbindung!«

»Woher wollen Sie das wissen? Und ist die Selbstverstümmelung – wenn es denn eine *Selbst*verstümmelung war – etwa keine Verbindung? Und dass die Haut und das Auge auf dem Rand der Badewanne und des Waschbeckens …«

»Hören Sie auf mit diesem Blödsinn!«

»Blödsinn? Vielleicht wurden die beiden ja ermordet und … ach, verdammt. Haben Sie Alkohol hier?«

»Nur Tee. Damit können Sie sich schwerlich zudröhnen.«

»Verflucht!« Sie verschränkte die Arme vor der Brust. »Trotzdem bin ich sicher, dass …«

»Nein!« Er wurde wütend. »Ich habe so gründlich gearbeitet wie nie. Das können Sie mir glauben! Bei der Sektion meiner Frau habe ich …«

»Sie haben Ihre *eigene* Frau obduziert?« Sie trat einen Schritt auf ihn zu.

»Ihre Reste.« Sein Drang nach Provokation kehrte zurück. Das konnte leicht in Aggression umschlagen. Er musste aufpassen. »Mein Chef war dagegen.« Er spielte mit der Tablettenpackung. Nur drei kleine grüne Retter waren noch darin.

Nina Bach stapfte auf ihn zu. »Und was haben Sie nachgewiesen? Hat Ihre Frau sich das Auge rausgeschnitten, so wie Frauke die Haut an ihrem Arm? Sie war Chirurgin! Und Alexandra war Mikrobiologin! Sie wusste sicher auch, wie man so etwas macht! *Freiwillig!*« Sie schnaubte. Ihr Gesicht war wieder wutverzerrt wie bei ihrer ersten Begegnung. Es machte sie nicht attraktiver. Doch ihre Energie tat ihm gut. Endlich jemand, der nicht betroffen wegsah. Ihn nicht mit verlogenen Mitleidsbekundungen zuschüttete. Und jemand, der offenbar auch recherchierte, bevor er sprach. Woher sonst wusste diese rothaarige kleine Teufelin, dass Alexandra Mikrobiologin gewesen war?

»Sie hat sich das Auge herausgerissen. Schneiden geht nicht. Es sei denn, Sie wollen das Auge dabei zerstören. Für eine richtige Enukleation müssen Sie den Bulbus mit der Hand aus der Höhle pulen und dann die Verbindungen abreißen oder durchschneiden, also den Sehnerv und das Gewebe. Alexandra hat kein Messer und keine Schere verwendet. Nur ihre eigenen Hände.«

Nina wurde blass um die Nase. »Herausge…?«

»Ich glaube, Sie brauchen jetzt wirklich etwas zu trinken. Soll ich Ihnen noch einmal zehn Euro leihen? Für einen Amaretto?« Er ging hinter seinen Schreibtisch und öffnete eine Schublade. Ließ dabei die Blisterpackung zwischen Kleingeld, Büroklammern und Post-its gleiten und hielt ihr einen Geldschein entgegen.

»Ich habe Kohle. Aber Sie haben fast keine Tabletten mehr.«

Eine Sekunde zögerte Koswig. Sie hatte es also gesehen. Sicher auch den Aufdruck gelesen und auch da ihre Hausaufgaben gemacht. Er schloss die Schublade. »Ich bin Arzt. Die nächste Apotheke ist nur drei Minuten zu Fuß entfernt.«

»Und da können Sie sich alles holen, was Sie brauchen, um sich – wie sagten Sie vorher? – zuzudröhnen.«

»So ist es. Und bitte erwarten Sie jetzt kein Eingeständnis einer emotionalen oder psychischen Störung.«

»Sie aber auch nicht.« Sie griff nun doch nach dem Geldschein.

»Okay, quitt.«

»Helfen die Dinger denn?«

»Ich bilde es mir zumindest ein. Und der Alkohol?«

»Manchmal. Wenn es zu schlimm wird mit dem Leben.«

»Tragen Sie die immer?« Er deutete auf ihre Pulswärmer. »Das ist ja auch etwas, hm, durchgeknallt im Hochsommer, oder?«

»Ja und ja.«
Koswig überlegte kurz. Musterte seine Notizen zu dem Gutachten, die um den Rechner verstreut lagen. Es war nach achtzehn Uhr. Tereza wollte um diese Zeit bereits unterwegs ins Wochenende sein. Sollte sie warten. Der Staatsanwalt auch. Er schaltete den Rechner aus. »Nicht, dass Sie glauben, ich hätte mir über Frauke und Alexandra keine Gedanken gemacht. Ich zerbreche mir den Kopf darüber. Aber ich finde einfach nichts, was irgendeine Erklärung liefert. Und vielleicht … ist es ja besser so.« Er verstaute die Pistazientüte in einem Sideboard, wischte mit der Hand die Schalen von der Tischplatte und warf sie in den Papierkorb. »Die Putzfrau wird mich lynchen. Biomüll im Papier!«
»Warum tun Sie das dann? Sie hat auch Respekt verdient.«
Er ignorierte ihre Bemerkung. »Je mehr ich darüber nachdenke, desto schlimmer wird es. Alles kommt zurück. Die Zeit vor Alexandras Tod. Die Zeit danach. Vor allem Lea und das halb verfallene Haus meiner Eltern, für das ich bereits die Handwerker bestellt hatte, und dann der Umzug, den ich allein stemmen musste. Im alten Haus stand ich hilflos vor einem Berg Schuhe und Kleider und Tonnen von Büchern, alles von Alex. Ich wusste nicht, ob behalten oder weggeben.« Er kam zu Nina. Weil sie so klein war, konnte er ihren hellbraunen Haaransatz zwischen dem Rot erkennen. Das war ihm am Montag nicht aufgefallen. »Geht es Ihnen nicht genauso? Kommen da nicht die Erinnerungen angeflogen wie Laub in einem Herbststurm?«
»Sie können ja richtig poetisch sein.« Sie sah auf.
Er musterte den Fleck in ihrem Auge. »Ich bin nicht nur ein Leichenschnippler. Mir geht das nahe.«

»Haben Sie nie daran gezweifelt, dass Ihre Frau sich selbst getötet hat?«

»Nein. Nie.« Er sah weg. »Ihre Depression hätte mir eine Warnung sein müssen. Ich dachte, sie nimmt ihre Tabletten regelmäßig. Nach ihrem Tod habe ich die Packungen in ihrem Nachttisch gefunden. Keine einzige war geöffnet.« Er machte eine kurze Pause. »An ihrem Todestag war Alex so fröhlich. Ich hätte es bemerken müssen!« Tränen sammelten sich in seinen Augen. »Sie trug das Kleid, das ich ihr zu unserem dritten Hochzeitstag geschenkt hatte.«

»Das zitronengelbe.«

»Ich habe sie manchmal Zitronenfalter genannt. Sie hat Schmetterlinge sehr geliebt. Aber statt etwas zu ahnen, war ich so voller Hoffnung, dass es an diesem Tag eine Wende zum Guten gäbe. Sie ging mit mir die Treppe vom Kinderzimmer in die Küche hinunter. Hat mich geküsst. Ich bin ins Institut gefahren. Glücklich. Hab mich mit Toten beschäftigt, während ...« Eine Träne löste sich. Er spürte Ninas Hand auf seinem Rücken. Genau zwischen den Schulterblättern. Dort streichelte er immer Lea, wenn sie weinte. »Ich habe Angst!«

»Vor was?«

»Dass ich zum Arschloch werde.« Er neigte den Kopf zu ihr. Warum erzählte er das alles? Weil sie die Schwester von Frauke Bach war? Weil sie ihm Kontra gab? »Ich provoziere gern.«

»Das müssen Sie nicht betonen. Ist Ihre Arschlochangst die einzige Angst?«

Er verneinte.

»Ich habe Hunger!« Sie packte ihre Tasche.

»Wie bitte?«

»Wir könnten was essen gehen.«

»Damit der heulende Professor mal was anderes als Spiegelei und Spaghetti bekommt?«

»Damit Sie auf andere Gedanken kommen.«

Sofort kam der Zorn zurück. Sein Herz schlug schneller, ihm wurde heiß. »Das ist nett, Frau Bach, aber es gibt genug Trösterinnen. Sie glauben gar nicht, wie viele Angebote ich seit Alexandras Tod erhalten habe. Mitleidige Frauen, die meinen, mich ablenken zu müssen. Gebildete Frauen. Frauen, die eher vulgär sind. Die auf einen gut verdienenden, angesehenen Witwer hoffen. Keine, der es um mich ging. Keine, die liebt.«

Sie legte amüsiert den Kopf schief, und ihre Lippen formten einen Schmollmund. »Etwas Ablenkung könnten Sie schon vertragen. Wenngleich Mitgefühl besser wäre als Mitleid.«

»Wie alt sind Sie?«

»Achtundzwanzig.«

»Und wovon leben Sie?«

»Ich tröste trauernde Witwer. Unter anderem. Gegen Geld.«

»Sie machen sich über mich lustig.«

»Für andere da sein ist mein Job.«

»Wie sähe Ihr Trost für die zwanzig Euro denn aus, die Sie mir schulden?«

»Für Sex reicht's nicht.«

»Sie sind wirklich unglaublich.«

»Reden wäre drin. Vielleicht in den Arm nehmen. Sie mit einer Pille intus, ich mit einem Amaretto? Das lockert. Wir könnten auf dem Weg zur Imbissbude an der Apotheke vorbeigehen.«

Koswig lachte auf. Klang eigentlich nicht schlecht. Dann fiel sein Blick auf das gerahmte Foto zwischen seinen Fortbildungsurkunden. Alexandra im Wochenbett mit Lea auf der Brust. Es war nur wenige Stunden nach der Geburt aufgenommen worden, und Koswigs Hand hatte gezittert vor Aufregung. Alex' Gesicht war etwas verschwommen, weil er so gewackelt hatte. Damals ging er los, der ganze unkontrollierbare Mechanismus. Er sah Nina, und er sah das Leben, das es einmal gegeben hatte. Das normal gewesen war. Ehefrau. Haus. Kind. Er hatte geglaubt, mit Alexandra seiner dunklen Seele ein bisschen Licht verschaffen und so etwas wie ein alltägliches Leben haben zu können. Auf dem Land hatten sie sich wieder einen Hund anschaffen wollen. Doch mit Alex' Tod hatte er alles verloren. Endgültig. Tränen rannen ihm über die Wangen. Tränen der Leere. Es war ihm egal. Nur sein Ehrgeiz war ihm geblieben. Die Hoffnung auf Morrells Direktorenstelle. Diverse Bettgeschichten. Seine Runden um den See und zum Friedhof. Sechzehn Gramm Risperidon jeden Tag. Alles, was diese innere Leere irgendwie füllte.
»Ich habe sie so geliebt«, schluchzte er immer wieder wie ein Mantra.

# 14

Der Mond kroch als fast volle silbrige Scheibe hinter den Wolken hervor und warf ein fahles Licht auf den kleinen Balkontisch. Die Balkontür zum Wohnzimmer stand weit offen. Unten auf der Straße parkten die Autos dicht an dicht zwischen den Bäumen, und nur in zwei Fenstern der gegenüberliegenden Häuser brannte noch Licht. Die Straßenlaternen waren in der Sekunde ausgegangen, als die Standuhr drinnen zwei Mal geschlagen hatte. Nina saß auf dem Bistrostuhl, eine Decke um die Schultern gelegt, und ließ die letzten Tabakkrümel der Packung auf ein Zigarettenblättchen rieseln.

Ob Koswig gut nach Hause gekommen war? Sie drückte den Tabak mit den Zeigefingern auf das Blättchen. Wolken schoben sich vor den Mond. Hinter den Dächern der Südvorstadt, wenn sie Richtung Stadtzentrum und in den Norden blickte, schimmerte der Himmel rötlich. Reklametafeln, Stadtautobahn, die nie ruhenden Fabriken und Kliniken, dachte Nina und rollte den Tabak locker ein. Mit der Zunge befeuchtete sie den Rand des Blättchens.

Koswig tat ihr leid. Er arbeitete tagein, tagaus mit Toten und war wohl auch ganz gut darin. Doch mit dem Tod seiner Frau Alexandra konnte er nicht leben.

Sie klebte die Zigarette zu und zündete sie an. Die Flamme des Feuerzeuges erinnerte sie an ihre geliebten Glühwürmchen. Sie hatte lang keines mehr gesehen. Auf dem Balkon im vierten Stock eines Stadthauses würde sie kaum welche antreffen.

Neben dem Unterteller, der von Zigarettenkippen überquoll, stand eine Flasche Amaretto. »Vier neunundzwanzig. Noch ’ne Aspirin dazu?«, hatte der Mann hinter der Tankstellenkasse gesagt, und als Nina ablehnte, ergänzt: »Der Billige macht Kopfweh.« Bis jetzt bemerkte Nina nichts davon. Aber sie hatte auch nur wenige Schlucke getrunken. Nicht einmal der kirschsüße Alkohol schmeckte ihr heute.

Für den Rückweg vom Institut hatte sie genau eine Stunde und acht Minuten zu Fuß gebraucht. Ihr Hunger war bereits verflogen gewesen, als sie Emil Koswig vom Boden aufgeholfen und er sie als Dank aus seinem Büro geworfen hatte, mit den Worten: »Verschwinden Sie aus meinem Leben.«

In puncto Kundenakquise war sie genau da, wo sie vor dem Besuch im Institut schon gewesen war. In puncto Zweifel an Fraukes Selbstmord hatte sie Rückschritte gemacht. Nina wusste nicht, was sie denken sollte. Das alles wurde immer grotesker.

Grausamer.

Verwirrender.

Der Mond kam für einige Sekunden hinter den Wolken hervor. Sie trank einen Schluck aus der Amaretto-Flasche. Die Wolken, die Wärme der Sommernacht, die klebrige Süße … all das schien fast ein Abbild ihrer Gedanken zu sein. Auch die waren unklar und träge, klebten in ihrem Kopf fest. Vermutlich ging es Koswig nicht anders. Und wahrscheinlich hatte auch er sich auf dem Nachhauseweg mit Stoff versorgt. Mit Risperidon. Nahm er es gegen irgendwelche Psychosen? Gegen Halluzinationen oder gar Schizophrenie? Oder einfach zur Dämpfung von Aggres-

sionen? Sie hatte gelesen, dass es auch bei ADHS und Angstzuständen eingesetzt wurde.
Gern hätte Nina den Rechtsmediziner begleitet. Oder wäre mit ihm noch irgendwo draußen gesessen. Hätte geredet. Über das Leben und den Tod und das, was die beiden Selbstmörderinnen hinterlassen hatten: Wut, Trauer, inneres Chaos. Eine Halbwaise und einen verzweifelten Ehemann. Vielleicht verzweifelte Eltern? Nina war noch immer nicht in dem Altenheim – oder Seniorenstift, wie dieser wohlstandsüberfressene Wenner mit dem kalten Blick es nannte – gewesen. Dort, wo Fraukes und ihre Eltern in Unwissenheit vor sich hin dämmerten, sofern sie den Kommissar richtig verstanden hatte. Sie würde es morgen, am Samstag, oder am Sonntag tun. Rechtzeitig vor der Beerdigung. Dann konnte ihr niemand vorwerfen, sie kümmere sich nicht. Auch wenn ihr die Meinung anderer egal war.
Sie holte eine neue Packung Tabak aus der Wohnung und rauchte weiter. Sie sollte versuchen zu schlafen. Ihr war übel. Ihr Magen schmerzte vom Nikotin.
Das Mondlicht ließ die bizarren Wolkengebilde, die über den Himmel jagten, leuchten. Blau-weiß, zerrissen, beinahe irre.
Nina zog die Decke enger um ihre Schultern, legte den Kopf in den Nacken und beobachtete das Schauspiel. Blies Zigarettenrauch in die Luft. Irgendwann wusste sie nicht mehr, was Wolken, was Übermüdung, was Zigarettengift und was Nebel in ihrem Kopf war. Sie sah silberne Fetzen, sah Blutspritzer, sah das graue Tor und die weißen Kittel und konnte nichts davon greifen. Und zwischendrin sah sie die Trauer in Koswigs Augen.

Als sie das Scharren wahrnahm, schreckte sie auf. Finsternis umhüllte sie. Sie musste eingenickt sein. Ihr Nacken schmerzte höllisch. Es scharrte erneut. Was, zum Teufel, war das?

Sie rieb ihren Nacken, stöhnte kurz auf. Das Geräusch kam aus der Wohnung. Sie griff nach ihrem Handy und ging ins Wohnzimmer. Mit dem Display leuchtete sie sich den Weg über den Flauschteppich in die Diele, von wo das Scharren zu kommen schien. Eine Waffe brauchte sie dieses Mal wohl kaum, denn sie hatte die Eingangstür zweimal verschlossen und den Schlüssel von innen stecken lassen. Außerdem die Sicherheitskette vorgelegt. Von dort kam auch das Schaben. Dann ein metallisches Klappern. Jemand machte sich von außen an der Tür zu schaffen!

Nina schluckte. Sie stand direkt neben der Standuhr, ihr Arm berührte das kühle Holz.

»Timo?«, flüsterte sie. Aber der hatte doch einen Schlüssel! »Timo?« Sie rief lauter. »Bist du das?« Sofort hörte das Schaben auf. Dann klopfte es gegen die Tür, und ein unverständlicher Laut, einem Glucksen ähnlich, drang herein. Sie schloss auf, ließ aber die Sicherheitskette vorgelegt. Im selben Moment klatschte ihr etwas ins Gesicht, nass und kalt, und sie schrie auf. Wieder gurgelte es draußen, sie warf sich gegen die Tür und hörte gleich darauf Schritte das Treppenhaus hinuntereilen, immer leiser, bis unten die Haustür ins Schloss fiel.

Schwer atmend stand sie da. Ihr Herz schlug schnell und laut. »Fuck«, sagte sie ins Dunkel, atmete bald ruhiger, und nach einigen Minuten bückte sie sich und tastete nach ihren nackten Füßen. Sie waren nass, genauso wie der Boden neben der Tür. Zögerlich roch sie an ihren Fingern, doch der Geruch war neutral. Wasser? Hatte sie sich das alles nur eingebildet? Träumte sie? Drehte sie langsam durch? Sie strich sich die Haare aus dem Gesicht. »Bitte nicht«, flüsterte sie und tastete sich an der Wand entlang ins Wohnzimmer. »Ich will das nicht! Lasst mich in Ruhe, bitte! Ich will nicht zurück in diese Hölle ohne Zeit und eigene Gedanken.«

Auf dem Sofa rollte sie sich zusammen, zog die Knie bis an das Kinn hoch und weinte sich in einen unruhigen Schlaf.

Am nächsten Morgen war nichts mehr zu sehen. Der Boden war trocken, das Schloss unbeschädigt, und der Schuhabstreifer im Treppenhaus lag an seinem Platz.

# 15

Mathilde Kleefeld drehte die vertrockneten Rhododendron-Blüten am Astgelenk heraus. Die sengende Mittagssonne trieb ihr den Schweiß auf die faltige Stirn. Sie liebte die Pracht dieser violetten und rosafarbenen Laubgehölze, und sie pflegte sie und den Garten mit Hingabe. Damit die Pflanzen keine Samen bildeten und ihre Kraft in die neuen Blütentriebe fürs kommende Frühjahr stecken konnten, entfernte sie jedes welke Blatt. Als der Eimer voll war, ging sie auf dem Plattenweg zwischen den Beeten Richtung Schuppen, wo sich der Komposthaufen befand. Die Regentonne an der Ecke des Wohnhauses war nicht richtig abgedeckt. Sicher einer ihrer Schützlinge, der nach dem Gießen heute früh nicht alles nach ihren Anweisungen erledigt hatte. Mathilde schob den runden Deckel wieder über das brackige Wasser und lächelte. Sie konnte nicht böse auf sie sein. Es waren gute Menschen hier im Sternenheim, und sie alle gaben, was sie konnten. Zweimal die Woche war eines ihrer »Sternchen«, wie sie die Männer und Frauen gern nannte, mit Gießen dran. »Viel, viel Wasser«, hatte sie ihnen eingebleut. »Die Erde muss bis zu den Wurzeln durchfeuchtet werden.«

Mathilde kippte den Eimer aus und ging zurück zu den Rhododendren. Da sah sie es. Große Fußabdrücke mitten im Tomatenbeet. Und gegossen war es auch nicht. Sie schaute sich um. Die Erde war überall hell und rissig. Es war überhaupt kein einziges Beet gegossen worden! Samstagvormittag! Skipper wäre an der Reihe gewesen! Und

unter seinem Fenster begannen die Spuren. Sie blickte nach oben. Das Fenster stand offen. Verwirrt sah sie sich um. Im letzten Jahr war Skipper schon einmal aus dem Fenster gesprungen. Bei dem Versuch, wieder unbemerkt ins Haus zu kommen, war er wohl am Fenstersims abgerutscht und hatte sich einen offenen Bruch am Knöchel und eine lebensgefährliche Bauchwunde zugezogen, als er in einen Rechen unter seinem Fenster gestürzt war. Vom Boden bis zur Brüstung waren es nur einen Meter zwanzig, aber für einen behinderten Tollpatsch war selbst das eine fast tödliche Höhe. Seither überwachten sie die Gartenarbeit noch strenger, und wenn alle im Haus waren, schlossen sie Spaten, Harken und sogar Wasserschläuche und Gießkannen sicher im Schuppen ein.
»Skipper!«, rief sie laut. Natürlich würde er nicht antworten. Er hörte ja so gut wie nichts! Sie stellte den Eimer ab und folgte den Spuren. Sie führten zur Regentonne. Für eine Sekunde erstarrte sie, und ihr wurde übel. Er war doch nicht etwa … Mit zitternder Hand schob sie den Deckel beiseite und blickte in die riesige schwarze Tonne. Stinkendes Wasser. Mücken. Algen an der Innenwand.
»Mach dich nicht verrückt«, sagte sie laut. »Hier gibt's genug Irre.«
Die Fußabdrücke führten mitten in das Zucchinibeet, drei pralle Früchte lagen zermatscht zwischen den zerklüfteten Erdschollen. Die Abdrücke endeten etwas entfernt am Plattenweg. Die Schuhspitzen zeigten Richtung Zufahrt.
»Mist, Mist, Mist!« Sie rannte ins Haus. Skippers Zimmertür war verschlossen. »Das darf doch nicht wahr sein.« Sie hämmerte dagegen. »Skipper!«
Mathilde lief zu der Gemeinschaftsküche. Hier war es

trotz eines brodelnden großen Topfes auf dem Herd kühler als draußen. »Janine!«
Ihre Mitarbeiterin drehte sich um. Neben Janine stand Sarah, den Blick durch ihre dicke Brille auf das Schneidebrett geheftet. Sarah schnitt mit langsamen Bewegungen Karotten klein und legte jedes einzelne Stück so sorgsam in den Topf, als wolle sie es zur Nacht betten.
»Wo ist Skipper?«
»In seinem Zimmer, nehme ich an.«
»Komm mit.« Mathilde lächelte Sarah zu. »Janine ist gleich wieder da, mein Schatz. Pass gut mit dem Messer auf!«
Sarah nickte und schnitt weiter, Karottenviertel um Karottenviertel.
»Seine Zimmertür ist abgeschlossen! Und das Fenster zum Garten steht offen«, presste Mathilde hervor, als sie in der fast lichtlosen Eingangshalle standen, von der aus kurze Flure zu den Zimmern führten. »Im Garten sind Fußspuren. Du hattest Dienst seit Donnerstag!«
Janine blickte zu Boden.
»Verdammt, Janine! Schließ auf!« Sie würde sich die junge Frau später vorknöpfen. Zuerst mussten sie Skipper finden. Wenn ihm nur nichts zugestoßen war!
Kurz darauf standen sie in Skippers Zimmer. Alles sah aus wie immer. Das Bett war ordentlich gemacht, der Spind verschlossen, und auf dem Tisch lagen die Bücher über Boote und das Meer, alle in Blindenschrift. Skippers braune Lederstiefel, die bis über den Knöchel reichten und in die er, ohne sie schnüren zu müssen, schlüpfen konnte, standen mit den Spitzen an der Wand. Parallel daneben die Filzhausschuhe und seine Sandalen, ebenfalls mit den Spitzen direkt an der Wand. Seine Gummistiefel, die er zum Gießen

trug, fehlten. Im Regal über dem Bett stand dieses Metallmonster von U-Boot. Mathilde öffnete den Spind. Vier Pullover, drei Cordhosen, zwei Jeans, ein Stapel T-Shirts, Socken und Unterwäsche. »Er hat nichts mitgenommen.«

»Er ist nur … spazieren gegangen«, flüsterte Janine.

Mathilde fuhr herum. »Wo, zum Teufel, warst du heute Nacht und heute früh?« Und warum, fragte sie sich selbst, hast du nicht selbst nach Skipper gesehen in den letzten Tagen? Weil er so zuverlässig ist? Seine eigenen Rituale hat? Mit Ausnahme dieses Sturzes vor bald einem Jahr nie auch nur das kleinste Problem gemacht hat? Oder weil du dich vor dem fürchtest, was du in diesem hilflosen Riesen noch alles zu erkennen glaubst?

»Mein Freund war da«, sagte Janine und fügte fast lautlos hinzu: »Fast die ganze Woche.«

»Hier? Im Sternenheim?« Mathilde glaubte, sich verhört zu haben.

Janine nickte. Ihr schwarzes, dünnes Haar fiel ihr ins Gesicht.

»Wie alt bist du jetzt? Dreiundzwanzig? Vierundzwanzig? Du hast keinen Schulabschluss. Keine Ausbildung. Du hattest kein Geld. Du hast hier deine erste große Chance bekommen!« Ihre Stimme wurde lauter, obwohl sie es nicht wollte. »Und was machst du? Amüsierst dich mit deinem Freund und überlässt unsere Sternchen ihrem Schicksal. Das hier heißt betreutes Wohnen, Janine! *Betreut!* Das bedeutet, dass jemand *da* ist. Aufpasst. Sich kümmert! Und zwar mit Leib und Seele! Ich habe dir in den letzten zwei Tagen einen Zuschlag bezahlt! Weil ich selbst … Mist, Mist, Mist!«

Janine fing an zu heulen.

Mathilde verdrehte die Augen. Sie hätte es wissen müssen! Sie war einfach zu gutgläubig. Sie hätte sehen müssen, dass mit Skipper etwas nicht stimmt. Aber sie war so mit den Vorbereitungen für ihren fünfundsechzigsten Geburtstag beschäftigt gewesen, dass sie es vertagt hatte. Und weil sie so blöd gewesen war, Janine für verantwortungsvoll genug zu halten, wenigstens Bescheid zu sagen, falls es ein Problem gab.

Fünf Bewohner. Das war geradezu albern! Nicht einmal eine Handvoll Menschen konnten sie zu zweit betreuen. Und jetzt fehlte ausgerechnet Skipper, der kaum sehen, nichts hören und nicht sprechen konnte. Er war verloren da draußen! Mathilde blickte auf das U-Boot. Wenn das noch hier war, war Skipper vermutlich nicht weit weg.

»Los!« Sie zog Janine am Ärmel. »Zieh die Schürze aus und komm mit!«

Janine schluchzte auf und rührte sich nicht von der Stelle.

»Mach schon!« Sie wurde wütend wie selten.

Seit Tagen hatte Mathilde mit einem schlechten Gewissen gekämpft und sich fest vorgenommen, sich nach ihrem Geburtstag kommenden Sonntag wieder mehr um Skipper zu kümmern. Er war so unruhig gewesen in letzter Zeit. Mal reglos, mal wütend. Seine Morserei hatte ihr in manchen Nächten den letzten Nerv geraubt. Skipper hatte stundenlang gegen das Bettgestell geklopft. Monoton war das Wummern durch die dünnen Wände bis hinauf in Mathildes Zimmer gelangt. Sie war wach gelegen und hatte den Signalen gelauscht. Frauke. Frauke. Immer nur Frauke.

Sie lief mit Janine in den Garten. Sie suchten hinter den Sträuchern, im Schuppen, in der Garage. Nichts.

In den letzten Monaten war sie so erleichtert gewesen, dass die junge Ärztin ihr bei Skippers Betreuung geholfen hatte. Doch seit Skipper wieder den ganzen Tag hier in seinem Zimmer gesessen hatte, allein, ohne Besuch und ohne seine täglichen Ausflüge in Fraukes Begleitung, war es wieder schlimmer geworden mit ihm. Eine Zeitlang hatte Mathilde geglaubt, er würde erneut in diese Starre verfallen, in der er als Kind hier angekommen war. Damals war Mathilde zweiunddreißig Jahre alt gewesen und Skipper drei. Doch gelitten hatte er bereits so viel wie andere in hundert Jahren. Heute liebte sie ihn wie ein eigenes Kind. Und dennoch ... wenn sie Skipper ansah, glaubte sie manchmal, ein Monster vor sich zu haben. Andererseits hatte sie Skipper nie anders als sanft erlebt.
Die Mittagssonne brannte mittlerweile erbarmungslos, und als die beiden Frauen die Straße entlangeilten, geriet Mathilde ins Stocken. Sie war zu alt und zu schwerfällig, ihr Kreislauf war zu schwach für diese Hetze. Schon damals, als sie Skipper aus dem Tomatenbeet hochheben wollte und dann den Rechen in seinem Bauch hatte stecken sehen, hatte sie beinahe einen Kollaps erlitten. Timo hatte Skipper und Mathilde ins Krankenhaus gefahren. Frauke Bach hatte beide versorgt. Skipper und seine Betreuerin.
Wo Frau Bach nur steckte? War sie im Urlaub? Warum hatte sie nichts gesagt?
Mathilde Kleefeld blieb stehen. »Janine«, japste sie, »ich kann nicht mehr. Und wo wollen wir überhaupt suchen? Wo kann er nur sein?«
»Weiß nicht.« Janine heulte noch immer. »Werfen Sie mich jetzt raus?«

Mathilde wusste nicht, was sie antworten sollte. Sobald Skipper wieder da wäre, wäre ohnehin alles vergeben und vergessen. So war sie nun mal. »Lass uns Hilfe holen«, sagte sie nur.

Seit dem Unfall, bei dem er Frauke Bach begegnet war, war Skipper stiller geworden. Früher hatte er sein U-Boot oft mit ins Bad genommen und in die Badewanne gesetzt. Manchmal hatte es auf dem Boden gestanden, und er hatte damit gespielt. Jetzt stand es unangetastet im Regal.

Zurück im Haus, rief Mathilde Timo an. Timo, die gute Seele! Der konnte gut mit Skipper umgehen. Er hatte auch immer Zeit. Timo würde Skipper suchen und zurückbringen. Außer ihm und Janine würde sie niemandem von Skippers Verschwinden erzählen. Ärger mit Behörden konnte sie nicht brauchen. Und sie durfte weder ihre noch die Existenz ihrer Sternchen gefährden.

# 16

Koswig speicherte das Dokument. Fast sechs Stunden hatte er gebraucht, um die Greueltaten des Vaters so niederzuschreiben, dass auch der Staatsanwalt und die Richterin das Ausmaß der Qualen verstehen konnten und dieses Monster in die engste Zelle hinter die dicksten Gitter sperren mussten. Am besten zusammen mit Kakerlaken und bei verschimmeltem Brot. Selbst das wäre noch zu gut – doch das durfte er nicht offen sagen. Aber ein wenig dramatisieren, das durfte er. Er schrieb eine zusammenfassende E-Mail an den Staatsanwalt, hängte das Textdokument und Fotos der Verletzungen und der Obduktion an. Als er seine Post checkte, fand er eine E-Mail von Klaus Morrells Ehefrau. Ihrem Mann ging es schlechter. Koswig nickte.

Er war zufrieden. Niemand hatte ihn an diesem Samstag im Institut gestört. Der Direktorenposten rückte näher. Der Vater würde hoffentlich lebenslang büßen. Und Tereza war entgegen ihrem Dienstplan über Nacht geblieben, damit er heute früh gleich zur Arbeit fahren und das Gutachten beenden konnte. Das Arrangement hatten sie ziemlich schnell nach Alexandras Tod getroffen. Sie verdiente in diesen Nächten zweihundert Euro zusätzlich, die nicht auf dem offiziellen Lohnzettel auftauchten. Er befriedigte seinen körperlichen Trieb, und das ohne Verpflichtungen. Nachdem Lea eingeschlafen gewesen war und das Risperidon seine Wut auf Nina Bach und sich selbst gedämpft hatte, war er mit dem Kindermädchen die schmale, knar-

zende Treppe in die Kammer hinaufgestiegen. Gesprochen hatten sie kein Wort. Erst danach, als er schon fast zur Tür draußen und auf dem Weg ins Badezimmer war, hatte sie mit diesem typischen, sanft rollenden r gesagt: »Kommen Sie allein klar?« Er hatte nicht geantwortet. Später, als er schon im Bett lag und Lea gleichmäßig neben ihm atmete, hatte er das leise Weinen aus der Kammer gehört. In solchen Momenten war er dankbar für die Leere in sich.
Koswig beendete das Word- und das E-Mail-Programm und schaltete den Rechner aus.
Es war wie so oft in seinem Leben. Die anderen erzählten von tiefen Gefühlen, von Sehnsucht und sogar körperlichen Schmerzen, wenn ein Verwandter oder Freund starb oder sie Liebeskummer hatten. Für ihn blieb das Theorie. Fast. Nur bei einem Menschen hatte er anders empfunden. Aber der hatte nur wenige Jahre leben dürfen.
Draußen klapperte eine Tür. Die Putzfrau wahrscheinlich. Er nahm Alexandras gerahmtes Foto von dem Sideboard. Trotz des verwackelten Bildes glaubte er, ihren stets wachen Blick zu erkennen. War das, was er für sie gefühlt hatte, echt gewesen? Das, was andere Liebe nannten? Er strich über ihr Gesicht und die winzige, in Tücher gehüllte Lea, von der nur das Köpfchen zu sehen war. Alexandra hatte ihn ins Leben zurückgeholt. Damals jedenfalls hatte es sich so angefühlt. Aber was nannte er Leben?
Es war drei Jahre vor Leas Geburt gewesen. Alex hatte gerade im DNA-Labor des Institutes angefangen zu arbeiten. »Dringlichkeitsstufe eins« war das Erste, was er zu ihr sagte, als er ihr eine Pipette überreichte. Ihre Finger berührten sich kurz. Und Koswig spürte eine Wärme, die er seit dem Tag seines Studiums nicht mehr für möglich ge-

halten hatte, an dem in seinem Rechtsmedizinpraktikum diese *eine*, verfluchte Leiche auf seinem Tisch gelegen hatte. Als ihm klargeworden war, dass er anders war als die Welt da draußen. Und was er wirklich wollte. An seinem Ehrgeiz hatte sich bis heute nichts geändert.
In den Nächten, in denen er seinen Kopf schläfrig an Alexandras Halsbeuge gelegt hatte, war das Glück für ihn perfekt. Doch schon nach wenigen Monaten warf sie ihm Gefühlskälte und Lieblosigkeit vor, oft auch Desinteresse für andere. Ihr Umfeld nannte seine Frau warmherzig, fürsorglich, durch und durch klug. Er hatte ihre Vorwürfe nicht verstanden. Er war so sicher gewesen, wieder zu lieben. Dann kam sie mit diesen verrückten Ideen an. Und schenkte ihre Liebe schließlich einem anderen. Nicht, dass sie ihn verlassen hätte. Sie schlief sogar weiterhin mit ihm. Sagte ihm, dass sie seinen Körper, nicht aber seine Seele berühren könne. Dass das nie möglich gewesen sei. »Du bist wie ein Quecksilbertropfen. Du entgleitest mir immer.« Der Druck auf Koswig wuchs. Er wollte sie nicht verlieren! Dann war Alex schwanger geworden. Alles schien plötzlich gut.
Koswig hoffte, Lea würde wie Alexandra werden. Nicht so wie er.
Schritte näherten sich seinem Büro. Er sah auf die Wanduhr, deren Zeiger die Form von Knochen hatten. Ein Geschenk von Charlotte Fischer, der Präparatorin, zu seinem vierzigsten Geburtstag vor gut zwei Jahren. Sie hatte es offenbar lustig gefunden. Auch Morrell hatte darüber gelacht, als sie in dem kleinen Umkleidezimmer vor den Sektionssälen eine spontane Feier veranstaltet hatten. Charlotte hatte Sekt mitgebracht, und ihre OP-Schürze war

von dem Alkohol verklebt, als sie kurz danach das Skalpell durch die Brust der alten Frau gezogen hatte. Vierundneunzig Jahre alt, im Heim verstorben. Die Heimleiterin hatte die Angehörigen des Mordes verdächtigt, denn die Frau war zäh gewesen. Und wenn auch nicht reich, so doch wohlhabend. Der Verdacht hatte sich bestätigt. Erstickungstod, vermutlich mit einem Kissen. Ein Klassiker und meist unentdeckt, weil kaum jemand das Ableben kränkelnder Heimbewohner genauer hinterfragte. Die Knochenzeiger standen auf kurz vor vierzehn Uhr. Die Schritte wurden lauter.

Nach Alex' Tod herrschte Sprachlosigkeit. Bei Koswig und bei allen, die sie gekannt hatten. Jeder glaubte, seine Trauer sei der Grund für seinen Rückzug in das alte Haus seiner Eltern gewesen. Doch das war es nicht allein.

Und jetzt war da auch noch diese Nina Bach, bei der er gestern Abend ein Déjà-vu-Erlebnis gehabt hatte. In dieser seltsamen Frau fand er erschreckend viele Charakterzüge von Alexandra wieder. Allen voran, dass sie nicht heuchelte. Sie war sie selbst. Offen, voller Energie, voller Leben. Schon viel zu viel hatte er ihr anvertraut. Er durfte sich nicht auf sie einlassen! Sich nicht wieder in diesen Kreislauf von Gewalt und Schrecken begeben. Es gab genügend Tragödien in seinem Leben, dem Leben eines Quecksilbertropfens. Nina Bach würde versuchen, den Tropfen zu fangen, da war er sicher. Und sie würde den Tropfen mit ihrem Temperament und ihren Worten zerschlagen. Genau wie Alexandra. Und exakt wie bei seiner Frau würde sich der Tropfen wieder zusammensetzen – und ihr entgleiten.

Es klopfte an der Tür. Koswig atmete tief durch und stellte

das Foto zurück. Hoffentlich nicht diese Nina Bach! Er musste zuerst seine Gedanken sortieren. Die Tragödien ausblenden. Frauke Bach. Alexandra. Und diese Nacht, in der sein Elternhaus in Flammen gestanden hatte und Emil an seinen eigenen und den Schreien der anderen fast erstickt wäre.

»Hallo, Herr Professor!«

Koswig drehte sich um. Timo Reichel stand in der geöffneten Tür. Sofort ballte sich Koswigs Hand zur Faust.

# 17

Das braune Linoleum schluckte ihre Schritte. Es roch nach Putzmittel und Bratensoße. Ihr Mund war trocken, und ihre Oberlippe schmerzte, so fest hatte sie in den letzten Stunden darauf herumgekaut. Nicht wegen des Geräusches an Fraukes Wohnungstür in der Nacht. Nicht wegen des nassen Lappens, den ihr jemand durch den Türspalt hindurch ins Gesicht geschlagen hatte. Sondern wegen der Möglichkeit, dass all das nicht wirklich passiert war. Und dass sie hier, Haus C, im dritten Stock, Flur zwei, unweigerlich und direkt mit ihren Ängsten konfrontiert würde. Und damit, dass die Zeit hinter dem grauen Tor vorbei, aber niemals vergessen war.

Nina las die Namensschilder an den Türen. Eine Pflegerin mit pinkfarbenen Haaren und gepiercter Unterlippe kam ihr entgegen. Sie hatte einen grauhaarigen, verkrümmt gehenden Mann untergehakt, der winzige Trippelschritte machte. Die Pflegerin lächelte. Sie war Nina sofort sympathisch, und sie grüßte zurück. Dennoch war die Atmosphäre fast künstlich still und bedrückend. Kein Geräusch, das an ein fröhliches Leben erinnerte. Nichts, was das ohnehin triste Leben der Bewohner vermeintlich störte.

*Sigrid und Holger Bach*. Da war es. Braune Tür, dahinter lief ein Fernseher, eine gedämpfte Männerstimme und Geschrei. Ein anspruchsvolleres Appartement für Ehepaare, hatte die Dame an der Rezeption erklärt. Klang toll. Aber es war ja auch ein Seniorenstift und kein Heim. Vermutlich null Unterschied, dafür dreimal so teuer.

Die Männerstimme im Fernsehen schrie etwas, und fast im selben Augenblick ging die Stimme in tosendem Applaus unter.
Nina legte die Hand auf die Klinke. Sie war aus Messing, glatt und kühl. Hätte sie etwas mitbringen sollen? Blumen? Pralinen? Aus taktischen Gründen, damit es keinen Streit gab. Nicht, weil sie auch nur den Hauch eines Bedürfnisses verspürte, ihren Eltern etwas zu schenken.
Nein, alles war richtig so. Ein Geschenk hätte wie eine Schwäche gewirkt, eine Entschuldigung oder das Eingeständnis einer Schuld, die nicht auf ihrer Seite lag. Ihr Vater würde vermutlich maulend vor einer Sportsendung sitzen, sie des Zimmers verweisen, und ihre Mutter würde dazu nicken. Das konnte er nicht verlernt haben. Demenz hin oder her. So etwas blieb!
Zaghaft drückte sie die Klinke nach unten.
Schon in der ersten Sekunde wurde sie zurückkatapultiert. Um vierzehn Jahre. Ihre Eltern saßen auf dem Sofa, den Rücken ihr zugewandt, und sahen fern. Sie registrierte den Kopf ihres Vaters und die eckigen Schultern, die rechte immer etwas nach oben gezogen. Die beige Trachtenstrickjacke. Der einzige Unterschied zu früher: Sein Haarkranz war nun silbern und schmaler. Das Sofa stammte aus ihrem Elternhaus, genauso wie das übrige Mobiliar. Sie blickte auf die schwarze, lederne Sofalehne und die fleckige Hand ihres Vaters, die die Fernbedienung umklammerte und gerade wie in Zeitlupe hochhob. Sofort kam der Flashback: das Auto, Nina auf der Rückbank, auf dem ledernen Fahrersitz der Vater, seine Hand auf dem Lenkrad. Das monotone Knacken der Scheibenwischer und die verschmierte Windschutzscheibe, durch die sie, als sie sich

angstvoll aufrichtet, sieht, wie das graue Tor, wie von Geisterhand geschoben, zur Seite gleitet und sich öffnet. Sie weint, als sie anhalten. Niemand beachtet es. Sie ziehen sie aus dem Auto, sie tritt um sich, schreit verzweifelt, als die Männer ihr die Arme auf den Rücken drehen. Schließlich macht sie sich ganz schwer wie ein Sack, und die Fremden packen sie links und rechts unter den Achseln und schleifen sie in das schlossähnliche Haus. Nina wirft den Kopf hin und her und schreit den kleiner werdenden Rücklichtern des Fords nach: »Das kannst du nicht machen, du Arschloch! Du kannst mich nicht diesen Psychos zum Fraß hinwerfen wie ein Stück Müll!« Sie beißt den einen Mann in die Hand, er schlägt sie hart ins Gesicht, sie ignoriert es und brüllt mit letzter Kraft: »Komm zurück, Papa! Ich hasse dich, hasse dich, hasse dich …« Doch die Rücklichter sind schon als winzige rote Punkte im Regen verschwunden, und das graue Tor schiebt sich geräuschlos hinter ihnen zu. Gleich darauf schließt sich auch die Eisentür des kleinen Zimmers hinter ihr. Bei dem Geräusch des Schlüssels hämmert sie gegen das Metall, irgendwann sind ihre Fäuste rot und blutig, und die frischen Narben an den Handgelenken pulsieren schmerzhaft. Später sinkt sie erschöpft zu Boden.

Nina musste einen Laut von sich gegeben haben, denn ihr Vater schaltete den Fernseher leiser und drehte sich halb um. »Setz dich!«

Nina starrte auf die Köpfe ihrer Eltern, auf den Fernsehbildschirm. Ein Stabhochspringer nahm gerade Anlauf, stieß sich keuchend ab, flog hoch und streifte die Latte, die auf die Matte fiel. Von ihrer Mutter sah Nina nur weißes Haar, durch das rosa Kopfhaut schimmerte. Sie ging um

das Sofa herum. *Zeit*, dachte sie. Und dass die nur manchmal Wunden heilte.
»Du warst beim Frisör.« Ihr Vater nickte ihr zu. Seine Augen sahen verwaschen aus, die Tränensäcke hingen tief. Sein Hals wirkte faltig wie der eines Truthahnes. Er trug tatsächlich eine Strickjacke. Eine mit Hirschhornknöpfen. Im Juli!
Kurz tastete Nina nach ihren Pulswärmern.
»Unsere Tochter ist da, Sigi.«
Ihre Mutter kauerte neben dem Vater. Ein Häufchen zerknittertes Papier, in ein nachtblaues Stück Seidenstoff gehüllt, schoss es Nina durch den Kopf. Sie trug Unmengen Halsketten. Nina erkannte ihre Bernsteinkette und die Perlenkette, die ihre Mutter sich zu Fraukes Abiturfeier gekauft hatte. Dazwischen baumelten mehrere Perlmuttanhänger, silberne Kugeln, Korallen und ein goldenes Herz. Sie trug offenbar alles, was sie besaß, und es schien, als drücke der Schmuck sie tief in das Sofa. Sie lächelte Nina an, sobald der Vater etwas sagte, doch sofort danach verwandelte sich ihr Gesicht in eine Maske der Apathie. Alles an ihr hing herab. Augenlider, Wangen, Mundwinkel.
»Warum sagst du nichts?«, fragte der Vater Nina. »Bedrückt dich etwas?« Ein zweiter Stabhochspringer startete, die Latte fiel wieder zu Boden. »Dir wäre das nie passiert. Du warst schon immer die Beste.«
Ihr Vater hielt sie für Frauke! Sie setzte sich in einen Sessel schräg gegenüber dem Sofa, obwohl ihr nicht nach Sitzen war. Doch sie wollte wenigstens auf Augenhöhe mit diesen alten Leuten sein, wenn sie sie über den Tod der Lieblingstochter informierte.

»Ich bin's, Vater. Nina.« Erst jetzt bemerkte sie, dass die Luft in dem Zimmer angenehm war, nicht zu warm, nicht zu kalt.
Er nickte. »Geht es dir besser?«
Die Mundwinkel der Mutter hoben sich wie auf Knopfdruck – und sanken herab. Wieder nahm ein Stabhochspringer Anlauf. Und Ninas innerer Film lief parallel dazu ab. Bild für Bild. *Geht es dir besser?* Das Sprechzimmer nahm in ihrer Erinnerung Gestalt an, an das sie schon beim Anblick von Fraukes Büro hatte denken müssen.
Es war drei Tage nach ihrer Einlieferung gewesen. Nina wird aus ihrem kleinen Zimmer zu ihm geführt. Wände voller Regale, darin Psychiatrie- und Neurologiebücher. Afrikanische Statuen. Helle Vorhänge. Goldbordüren. Und diese viel zu weißen, geraden Zähne des Arztes. »Guten Tag, Nina, geht es dir besser?« – »Fick dich!« – »Du hast dich also etwas beruhigt.« – »Leck mich.« – »Alles wird gut werden, schon bald. Du wirst wieder richtig denken können. Wenn wir erst den Grund für dein inneres Chaos und die Aggression erkannt haben, dann …« – »Arschloch!« Der Mann mit den weißen Zähnen und dem kahlrasierten Schädel lächelt erneut. »Du kannst mir vertrauen.« Doch das tut sie nicht. Genauso wenig wie klarer denken. Was für ein Quatsch! Sie hat schon damals nie anders als klar gedacht! Und vor allem gefühlt! Sie liebte! Und sie hatte ein Recht darauf, frei zu sein. Eindeutiger ging's nicht!
Und jetzt saß sie den beiden Menschen gegenüber, die sie vor vierzehn Jahren hatten wegsperren lassen. Nina hatte ihre ganze Liebe, oder besser: die wenigen, klebrigen Reste, die von einer irgendwann einmal existierenden, kindlichen

Liebe zu den Eltern noch übrig geblieben waren, zusammengekratzt und hatte sich auf den Weg hierher gemacht. Sie hatte sich sogar geschminkt, mit Fraukes Lidschatten und Kajal. Es war ihr halbwegs gelungen. Sie hatte alle Voraussetzungen dafür geschaffen, keinen Streit zu provozieren. Erwartet hatte sie den ewig maulenden Vater mit seinen alleingültigen Theorien zu jedem Thema der Welt. Und eine Mutter, die sie wegen ihrer runden Hüften und dem gefärbten Haar noch immer zurechtwies.

Nichts von alldem fand sie vor. Denn für Holger und Sigrid Bach existierte sie nicht mehr. Sogar ihre Fehler waren ausgerottet. Es gab tatsächlich nur noch Frauke in der Welt ihrer Eltern.

»Jetzt sag doch was, Frauke.«

»Ich bin Nina. *Ni-na!*«

Wieder nickte ihr Vater. »Frau Hartung ist so stolz auf dich!«

Die Mutter lächelte, legte eine knochige Hand auf ihre Brust und fing an, mit den Ketten zu spielen. Es klimperte und klirrte.

»Wer ist Frau Hartung?«

»Aber, Mädchen!« Er kicherte. »Du musst doch den Namen deiner Sportlehrerin kennen!« Dann wurde er ernst. »Was bedrückt dich? Du siehst unglücklich aus.«

Nina war ratlos. Im Kopf des Vaters ging offenbar alles durcheinander. Kommissar Wenner hatte recht. Sie hätten sich nie und nimmer um die Beerdigung kümmern können. Und sie würden Nina nicht erkennen. Jedenfalls nicht an diesem Tag. Sie würden nicht realisieren, dass Frauke tot war und jetzt Nina ihnen gegenübersaß. Vielleicht war das gar nicht so schlecht? Sie änderte ihre Taktik.

»Ich weiß schon gar nicht mehr, was ich euch zuletzt erzählt habe, Papa. Es ist so vieles passiert.«
Ihr Vater drehte den Kopf zur Mutter. »Siehst du, Sigi, ich habe es dir gleich gesagt. Liebe macht unglücklich.«
Die Mutter lächelte. Die Ketten klimperten monoton weiter.
Liebe! Auch Schwester Sandy von Fraukes Klinik hatte von einer neuen Liebe gesprochen. Zumindest hatte sie das gemutmaßt. Schien also etwas dran zu sein. Augenblicklich kam ihr Timo in den Sinn. »Ich bin glücklich mit ihm!«
»Papperlapapp!« Er warf die Fernbedienung auf den Sofatisch. Sie schlitterte über den Rand und fiel scheppernd vor dem Fernseher zu Boden. »Er ist nichts für dich!«
»Wie kannst du da so sicher sein?«
»Du versteckst ihn vor uns!«
Nina musterte seine hängenden Mundwinkel.
»Ist er hässlich? Alt? Arm?«
»Nein, nein.« Warum sagten alle, Frauke sei so glücklich gewesen, wenn sie ihren Eltern offensichtlich das Gegenteil erzählt hatte? »Wir wollten euch besuchen. Alle zusammen. Mein Freund, ich und … Nina. Ich habe euch doch erzählt, dass sie mich besucht?«
Die Augen ihrer Mutter weiteten sich kurz, ihre Hände hörten auf, mit den Ketten zu spielen. Der Vater schüttelte den Kopf. »Warum hast du die Haare gefärbt? Rot steht dir nicht! Frau Hartung wird das auch nicht gefallen.«
Wut und Trauer setzten sich heiß in Ninas Magen fest. Frauke, Frauke, Frauke. Nina – ein Nichts. Frauke, der Sonnenschein, im Sommer geboren. Und Nina, die sich an einem nebligen Novembertag aus dem Bauch ihrer Mutter

gequält hatte, fast vier Wochen zu früh, als habe sie schon damals die Nähe zur Mutter als Gefangenschaft betrachtet, aus der es nur einen Ausweg gab: Flucht. Vielleicht wäre ihre Mutter eine andere geworden, wenn sie Holger Bach nicht getroffen hätte. Den unfehlbaren Geologen, gefragten Vortragsexperten und Wanderfanatiker, der keine Zeile der Zeitung, keinen Meter eines Weges unkommentiert lassen konnte und jeden aufkeimenden Widerspruch schon mit Blicken in den Boden stampfte. Warum er zu Frauke freundlich gewesen war, manchmal sogar liebevoll, wusste Nina bis heute nicht. Sie selbst hatte ihn nie anders als hart und humorlos erlebt. Dass er Gefühle zeigte, gar weinte, so wie Koswig, war unvorstellbar. Fraukes Tod, selbst wenn ihr Vater ihn realisierte, würde ihn fraglos treffen. Er würde ihn vermutlich zerstören. Aber weinen? Toben? Nein.

Die Wut wandelte sich in Angst. Oder war auch das nur ein Hirngespinst? Waren ihre Eltern gar nicht kalt gewesen? Sondern doch gefühlvoll? Und hatte sie, Nina, das nur abgelehnt? Die Angst wurde zu Panik, kroch wie ein Ungeziefer durch ihren Unterleib und hinauf bis in den Mund. Sie schmeckte bitter.

»Hast du deine Hausaufgaben schon gemacht, mein Schatz?« Es war die Stimme der Mutter. Höher und leiser als früher.

»Hausaufgaben.« Nina flüsterte vor sich hin.

»Bildung ist wichtig, Fraukemaus!«

Fraukemaus! Den Kosenamen hatte Nina zum ersten Mal gehört, als sie Zimmerarrest hatte und Frauke draußen im Garten vor Wut tobte, weil sie Nina nicht länger mit ihrem »Armenluder« foppen konnte. Der Vater hatte ihr erklärt, dass sie dafür, im Tafelladen ohne Zustimmung der Eltern geholfen zu haben, nun vierundzwanzig Stunden büßen müsse. Es gehe schließlich um den Ruf der Familie. Kontakt zu den sozialen Unterschichten könne er sich nicht leisten. Auch als Vorsitzender des Vereins der Mineralien- und Bergbaufreunde und Mitglied des Gemeinderates habe er einen Ruf zu verlieren. »Ja, ich habe die Aufgaben schon gemacht«, sagte sie leise. »Es war nur ein bisschen Mathe und Englisch.«

»Brav.«

»Habe ich euch wirklich nicht erzählt, dass Nina zu mir kommt?«

»Nina?« Der Vater hob die Hand und drückte mit dem Daumen in der Luft herum, als wollte er die Fernbedienung benutzen.

Nina stand auf, hob die Fernbedienung auf und reichte sie ihm. »Ich muss gehen.« Sie würde nie wiederkommen. »Macht's gut.« Sie ließ ihren Blick einige Sekunden auf den faltigen Gesichtern und den verwaschenen Augen ruhen.

Der Ton im Fernsehen wurde lauter, inzwischen drehten Kugelstoßer sich im Abschirmnetz und stießen brunftartige Schreie aus. Schreie, wie sie sie hinter den verschlossenen Türen des langen Psychiatrieflurs viel zu oft gehört hatte. Und die sie daran erinnerten, dass das graue Tor sich jeden Tag wieder öffnen konnte.

# 18

Schließen Sie die Tür«, zischte Koswig.

Timo Reichel rührte sich nicht. »Angst, dass uns jemand sieht?«

Koswig starrte auf Reichels orangefarbenes Hemd. Müllabfuhr, schoss es ihm durch den Kopf. Passt prima zu den tätowierten Ratten auf seinem Arm.

»Oder hört?« Reichels Mundwinkel zogen sich von einem Ohr zum anderen. Schmutz. Viele dachten über Reichels Job so. »Keine Freundin? Es ist Wochenende, und ein junger Mann wie Sie …«

»Sie wissen doch, wie es ist.« Reichel lehnte sich betont lässig in den Türrahmen und schob eine Hand in die Tasche seiner Bluejeans. »Da hat man endlich einen gutbezahlten Job, doch dann schlägt die Realität der Hoffnung voll eins in die Fresse, und peng … muss man wieder arbeiten wie jeder gewöhnliche Vollpfosten.«

Eins in die Fresse schlagen … genau das hätte auch Koswig am liebsten mit diesem Kerl gemacht. Er blickte so freundlich wie möglich. »Was wollen Sie?«

»Ich hab Ihnen einen Kunden vom Kretzschmar gebracht. Fahrdienst. Da hab ich Ihr Auto auf dem Parkplatz gesehen und dachte, wir zwei könnten mal wieder ein bisschen plaudern.«

»Wer ist der Tote?« Kretzschmar war einer der größten Bestatter der Stadt.

Reichel zog die Hand aus der Hosentasche und kratzte sich am Kopf. »Kretzschmar hat's mir gesagt. Aber ich war in Gedanken so mit meinem Leben und meiner Existenz beschäftigt.« Er sah ihn aus diesen kleinen, hellbraunen Augen an. »Tut mir echt voll leid, ich …«

Koswig schloss die Tür und packte ihn vorn am Hemd. »Kleiner Scheißer«, zischte er.

»Immer sachte, Herr Professor.«

Er ließ ihn los. »Was wollen Sie?«

Reichel strich sein Hemd glatt. »Sie enttäuschen mich.«

»Das ist mein Spezialgebiet.«

Ein Surren erklang. Reichel ging an sein Handy.

Koswig hörte eine Frauenstimme, sie redete schnell und aufgeregt auf Reichel ein. Der trat einen Schritt in den Flur hinaus, und Koswig hörte nur noch die Antworten: »Wer?« – »Keine Ahnung« – »Das darf doch nicht wahr sein!« Pause. Dann: »Sie wissen es nicht?« Reichel drehte sich zu Emil Koswig um, und eine Sekunde glaubte der Rechtsmediziner, dass dieser schmächtige Aushilfsfahrer all das Wissen hatte, Leichen zu verstümmeln. Dann nickte Reichel und sagte: »Ich bin gleich da.«

»Sie müssen schon weg?« Koswig legte Bedauern in seine Stimme. »Die Freundin? Hoffentlich nichts Schlimmes!« Meine derartigen Bemerkungen, dachte er, sind das beste Mittel, mein Arschlochdasein zu festigen. Was bei Reichel belanglos war. Bei dem war er sowieso unten durch. Und seine Meinung war Koswig so egal wie Terezas Weinen, wenn er nach dem Sex in sein Zimmer zurückging. »Oder haben Sie noch andere illegale Sachen am Laufen?«

Reichel steckte sein Handy ein. »Keine Sorge, Widerwärtiges behalte ich mir für Sie vor. Ich kann nämlich auch ein Guter sein.«

»Ein guter Lügner, *das* können Sie sein!«

»Keine Freundin. Nichts Illegales. Es ist Skipper.«
»Skipper?«
»So nennen wir einen Behinderten aus dem Sternenheim.« Grinsend lehnte sich Reichel gegen die Wand und verschränkte lässig die Arme vor der Brust.
»Ach so. Lustiger Name. Und was ist mit ihm?«
»Er liebt sein Modell-U-Boot. Deswegen ist Frauke auch öfter zu einem der umliegenden Seen mit ihm gefahren. Er ist offenbar ausgebüxt.«
»Frauke?« Koswig zog die Augenbrauen hoch.
»Sie enttäuschen mich schon wieder.«
»Sie erwarten hoffentlich kein Mitleid deswegen.«
»Ich rede von Frauke Bach.« Reichel sah ihn an, als erwarte er irgendein Geständnis von Koswig. »Doktor Frauke Bach? Die, die ich obduziert habe? Was haben *Sie* mit Frauke Bach zu tun?«
»Kommen Sie zur Beisetzung? Nächsten Freitag?«
»Wieso sollte ich?« Er schlenderte hinter seinen Schreibtisch. Unter seinen Rippen setzte Schmerz ein.
»Liegt sie noch im Kühlfach? Sind Sie schon fertig mit ihr? So schnell? Traurig, wirklich.« Reichel schüttelte den Kopf und legte die Stirn in Falten. »Irgendetwas wollte ich noch ... Ach ja, und vergessen Sie die roten Rosen für Fraukes Grab nicht.«
»Sie mieser Drecksack!« Der Schmerz erfasste Koswigs ganzen Körper, er zitterte bis in die Zehen und Finger, und die Knöchel seiner rechten Hand fühlten sich augenblicklich wieder an wie zerschmettert. *Nicht die Faust ballen!*
»Über diese Rolle hätte ich mich gern länger mit Ihnen unterhalten. Aber ich muss jetzt den Leichenwagen zurückbringen und dann Skipper suchen. Wir sehen uns. Ich

muss ja von was leben, nicht wahr? Und jetzt, wo Frauke tot ist …« Reichel verließ das Büro, ohne die Tür hinter sich zu schließen.

Koswig hörte seine Schritte verklingen. Voller Zorn schlug er die Bürotür zu und ließ seine rechte Faust gegen die Wand krachen. Einmal. Zweimal. Immer wieder, bis der Schmerz ihn zur Besinnung brachte. Er nahm zwei Risperidon.

Er musste handeln. Sofort. Danach würde er sich um Timo Reichel kümmern.

# 19

*Er hat einen wichtigen Schritt geschafft!*
*Skipper steht an der langen Zufahrt zum Sternenheim, die Beine breit und die Füße fest auf dem Bordstein. So verharrt er, schwer und unbeugsam. So muss auch die* Scorpion *im Wasser liegen. Unerschütterlich.*
*Endlich hat er Fraukes Haus gefunden, doch er ist nicht in ihre Wohnung hineingekommen. Schritt für Schritt ist er durch die Stadt gelaufen, hat die Hand immer an einem Geländer, an Gestrüpp oder einer Häuserwand entlanggleiten lassen. Ab und zu ist er stehen geblieben und hat die Vibrationen des Asphalts in sich aufgenommen und geschnuppert. Er trägt die Gummistiefel. Die sind gut, denn sie haben dünne Sohlen und übertragen die Vibration viel besser als seine Halbschuhe mit dem dicken Profil unten dran. Wenn er still und breitbeinig am Fahrbahnrand steht und sich konzentriert, kann er genau sagen, an welcher Straße er sich befindet. Er spürt an den kleinsten Erschütterungen und am Luftzug des Fahrtwindes, wie schnell die Autos fahren. Er kennt das aus seiner Kindheit. Da hat er es gelernt. An der Bahnstrecke.*
*Große Straßen und Kreuzungen erkennt er am schnellsten, vor allem, wenn es Ampeln gibt. Dann zählt er die Sekunden zwischen der Bewegungslosigkeit der Fahrzeuge und ihrem Anfahren. Das dumpfe Brummen kann er auch orten, er kann es dem Norden, Süden, Westen und Osten zuordnen.*
*Jetzt rast ein Lkw an ihm vorbei. Viel zu schnell. Hier fah-*

*ren immer alle viel zu schnell. Fast kitzelt es seine Fußsohlen, so hoch ist die Frequenz, wenn der Bordstein von den Lastern vibriert. Er sieht auch einen verwaschenen Punkt an sich vorbeiziehen, es muss hell sein draußen, wahrscheinlich sehr früh am Morgen. Auch die Luft ist noch kühl, er spürt sie auf den nackten Unterarmen. Er trägt keine Jacke.*

*Skipper dreht sich Richtung Sternenheim und geht die Zufahrt entlang zur Rückseite des Gartens. Mathilde würde schreien, das weiß er, obwohl er dann nur dieses Unterwasser-Blubbern hört. Und dann würde sie ihn in den Arm nehmen, weil sie so froh war, dass er zurückgekommen war.*

*Skipper hasst es, wenn sie ihn anfasst. Doch er wehrt sich nie.*

*Bei der Regenwassertonne mit dem stinkenden Wasser bleibt er stehen. Er sollte sich waschen, denkt er. Bestimmt ist er völlig verdreckt.*

*Er stapft durch die Beete, und bei jedem Schritt sinkt er ein. Sicher hat jemand das Grünzeug gegossen, so dass der harte, ausgetrocknete Boden jetzt weich ist. Bald hat er das Haus erreicht. Er streckt die Hand aus und ertastet den rauhen Putz, geht weiter bis zu dem Wasseranschluss. Der ist fast unter dem Fenster von Janine. Er dreht den Metallhahn auf und lässt das kalte Wasser über seine Hände rinnen. Er will lachen, weil er das Wasser so sehr liebt. Aber Skipper kann nicht lachen. Noch nicht. Er kann erst dann wieder lachen, wenn alle vier Gläser im Bauch der* Scorpion *gefüllt sind. Das dritte wartet schon.*

*Skipper bückt sich und hält den Kopf unter den Wasserstrahl, kühl rinnt das Wasser durch seine Haare. Als er sich*

*aufrichtet, läuft es über seine Stirn, die Schläfen und in den Nacken. Sein Hemd klebt an seinem Rücken. Das Blubbern hält er zuerst für das des Wassers. Erst als er den Kopf schüttelt, damit das Wasser aus seinen Haaren fliegt, merkt er, dass es Mathildes Geschrei ist. Ruckartig dreht er den Kopf hin und her. Sie muss ganz in der Nähe sein. Sie schreit alle zusammen, er hört noch eine zweite und eine dritte Stimme. Mathilde wird gleich ihre dicken Arme um ihn legen und ihren fetten Körper an seinen pressen. Ausgerechnet jetzt, wo er sich gerade sauber gemacht hat mit dem schönen Wasser! Und dann … dann wird sie ihn wahrscheinlich einsperren! Er würde nie wieder losziehen können. Skipper atmet schneller. Schon geht die Wirkung des kühlen Wassers verloren und ihm wird heiß. Aber ihm darf nicht heiß werden! Heiß tut weh! Heiß bedeutet Schmerzen!*
*Er kauert sich hinter ein Gestrüpp und wartet. Mathilde würde gleich herauskommen. Aber sie würde ihn nicht umarmen. Nie wieder würde sie ihn anfassen. Und sie würde Skipper nie wieder einsperren!*

# 20

Sie können dort warten.« Die Frau mit dem breiten Gesicht und den schwarzen Haaren wies auf die Sitzgruppe, die Nina schon kannte. »Professor Koswig muss jede Minute vom Gericht zurück sein.«
Nina setzte sich. Die Frau saß an Koswigs Schreibtisch, als sei es ihr eigener, und blätterte in einigen Papieren. Nina schätzte sie auf Mitte fünfzig.
»Sind Sie eine Kollegin?«
Die Frau blätterte weiter und stand dann auf. Sie war riesig und wirkte in ihrem schwarzen Kleid und mit dem pechschwarzen Haar wie eine gemütliche Bärin. »So etwas Ähnliches. Ich bin Präparatorin.« Sie musterte Nina. »Und falls Sie jetzt fragen: Nein, ich stopfe keine Tiere aus. Erst recht keine Menschen. Ich betreue nur die Leichen.«
Nina schluckte. »Aha.«
»Sie kennen sich nicht aus mit der Rechtsmedizin?«
»Nein. Ich habe Herrn Koswig durch, hm, familiäre Umstände kennengelernt.«
»Familiäre Umstände.« Sie legte den Kopf fast unmerklich etwas schief. »Klingt interessant. Sind Sie verwandt mit dem Professor?«
»Nein, nein. Meine Schwester hat sich das Leben genommen, und Herr Koswig hat sie obduziert.«
»Verstehe. Darf ich nach Ihrem Namen fragen?«
»Nina Bach.«
Die Frau stieß leise die Luft aus. »Puh, ja.« Dann setzte sie

sich zu Nina und streckte ihr die Hand entgegen. »Charlotte Fischer.« Sie duftete nach einem herben Parfum mit einer Note Moschus. Um den Hals trug sie ein großes, elfenbeinfarbenes Medaillon in Form eines Totenkopfes. Charlotte Fischer schien einen makaberen Humor zu besitzen. »Tut mir leid wegen Ihrer Schwester. Ich war bei der Sektion dabei. Der Fall hat uns alle sehr beschäftigt.«
Nina überlegte rasch, was die Präparatorin wohl über Koswigs Ehefrau wusste. Alles vermutlich, wenn er sie hier im Institut selbst obduziert hatte. »Wegen der Ähnlichkeit mit dem Tod von Alexandra Koswig?«
»Sie wissen es?«
»Herr Koswig hat es mir erzählt.«
»Tatsächlich?« Sie hob die Augenbrauen.
»Der Professor ist gut, oder? Ich meine … seine Ergebnisse sind zuverlässig?«
»Hundert Prozent!«
»Was haben Sie bei Fraukes Obduktion genau gemacht?« Vielleicht war *ihr* ja etwas aufgefallen? Etwas, das Koswig wegen seiner privaten Probleme übersehen hatte?
»Das, was ich immer mache. Zusammen mit meiner Kollegin. Wir haben Ihre Schwester aus dem Kühlfach geholt, auf den Seziertisch gelegt, dann geöffnet und ihre Organe entnommen. Ich schaue mir bei jedem Toten alles genau an. Die feinen Nerven, die Muskulatur und auch Skelettteile. Die Organe wiege ich zuerst, dann schneide ich sie in Scheiben oder Stücke, damit die Ärzte sie untersuchen können. Das Ganze wird gleichzeitig protokolliert. Organteile, die wir aufheben, konserviere ich. Zum Schluss nähe ich die Toten zu, wasche sie und bringe sie zurück in den Kühlraum. Dann putze und desinfiziere ich den Sek-

tionssaal und sterilisiere die Instrumente. Und ich dokumentiere das Ganze samt Datenerfassung.«
»Ganz schön viel.«
Sie zuckte mit den Schultern. »Das ist noch lang nicht alles. Manchmal muss ich auch spezielle anatomische Präparate für Lehrzwecke anfertigen, zum Beispiel Mazerationspräparate zur Knochendarstellung. Wenn Sie Gefäße oder Hohlräume darstellen wollen, brauchen Sie dazu bestimmte Injektions- und Korrosionstechniken. Sie müssen Einguss- und Abformtechniken beherrschen, Plastination, Paraffinierung, Methoden zur Gewebeaufhellung und …«
»Ah, ich glaube, das genügt.« Nina schluckte. »Ich verstehe eh kein Wort.«
»… und ab und zu müssen Sie einen Toten einbalsamieren.«
»Ja, aber …« Nina musterte die Frau. Sie hatte rotvioletten Lidschatten aufgelegt, und ihre Lippen glänzten in einem passenden Rot. Sie sah nicht aus wie eine, die Metzgerswerkzeuge schrubbte und in blutigen Eingeweiden wühlte.
»Was?«
»Ich dachte nur, das macht Herr Koswig. Also, das Aufschneiden und Organe herausnehmen und so.«
Charlotte Fischer blickte rasch zur Tür und beugte sich dann zu Nina vor. »Der Herr Professor schaut sich an, was wir ihm vorlegen, und diktiert die Befunde.«
»Machen Sie diesen Job schon lang?«
»Achtunddreißig Jahre. Ich war im ersten Jahrgang, der die staatlich anerkannte Ausbildung absolvieren konnte. Neunzehnhundertsechsundsiebzig war das. Es arbeiten auch viele Ungelernte in dem Job.«

»Ist Ihnen bei Frauke irgendetwas Ungewöhnliches aufgefallen?«
Charlotte Fischer fixierte Nina mit einem intensiven Blick. »Dass Professor Koswig nicht so cool ist, wie er es gern sein möchte. Aber das haben Sie ja sicher schon selbst bemerkt. Immerhin hat er Ihnen ja« – sie betonte die nächsten Worte – »von seiner Frau erzählt.«
Nina war irritiert. Was sollte dieser sarkastische Tonfall? Und was machte diese Fischer überhaupt allein in Koswigs Büro? War das so üblich? »Ich meinte: Ist Ihnen aus medizinischer Sicht etwas aufgefallen?«
Fischer lachte auf. »Ich bin nur ein Werkzeug der großen Herren. Assistenz. Mir fällt nichts auf.«
»Aber Sie sehen doch vieles! Sie haben eine irre lange Erfahrung. Als Sie mit den Leichen angefangen haben, saß Koswig gerade mal plärrend im Kindergarten!«
Fischer grinste. »Genau deswegen.«
»Was meinen Sie?« Nina schaute zu der Wanduhr. Die Zeiger sahen aus wie Knochen. »Hässliches Teil«, murmelte sie.
Charlotte Fischer richtete sich abrupt auf. »Der Professor hat sie geschenkt bekommen.«
»Die Uhr?«
Fischer nickte steif.
Themenwechsel, dachte Nina. Ich betrete offenbar ein explosives Terrain. Sie setzte ihre freundlichste Miene auf. »Sie sind eine kluge Frau und wissen vermutlich mehr über den menschlichen Körper als mancher Arzt.«
»Schmeicheln Sie mir nicht.«
»Ich meine das ernst.«
Charlotte Fischer stieß Luft aus. »Sie kennen mich doch

überhaupt nicht!« Nach einer Pause fuhr sie fort: »Koswig ist nicht immer der nette Kerl, als den er sich ausgibt. Er kann böse werden. Richtig böse. Mögen Sie ihn?«
Die direkte Frage überraschte Nina, und sie musste überlegen. »Er ist … interessant«, sagte sie ausweichend.
»Interessant, ja. Charmant ist er obendrein. Und kompetent. Er ist ein hervorragender Rechtsmediziner.« Charlotte Fischers Tonfall veränderte sich nicht, und Nina dachte, sie wolle weitersprechen, ein »Aber« hinterherschieben und Koswigs positive Eigenschaften um ein paar negative ergänzen. Aber es kam nichts mehr. Stattdessen stand Charlotte Fischer auf. »Nochmals mein Beileid. Ich hoffe, ich konnte Ihre Schwester so gut aufbahren und schminken, dass Sie bei ihrem Anblick nicht zu schockiert waren. Ich habe mich jedenfalls bemüht.«
Fischer musste Ninas Verwirrung bemerkt haben, denn sie ergänzte: »Ich spreche von dem Abschiedsraum, wo Sie sie … besucht haben. Vor der Obduktion. Ich habe auch ein paar Blumen hingestellt. Ich finde, das gehört dazu.«
Nina war plötzlich gerührt von der riesigen Frau, die da neben ihr stand und wie ein kleines Mädchen auf Lob wartete. Sie blickte zu ihr hoch. Keine vorteilhafte Perspektive. Bauch und Brüste pressten sich gegen das enge Kleid, und unter Charlotte Fischers Kinn sah Nina die Linie, an der das Make-up aufhörte. »Sie haben das wunderbar gemacht. Danke, dass Sie sich so viel Mühe gegeben haben.«
Die Präparatorin nickte und ging um den Tisch herum zur Tür. »Ich mache jetzt Mittagspause.« Bevor sie das Büro verließ, drehte sie sich noch einmal um. »Kennen Sie Tereza?«
»Tereza? Wer ist das?«

»Vergessen Sie's. Der Professor wird Ihnen sicher einen Tee anbieten, wenn er kommt.«
Sie verließ das Büro.
Nina öffnete das Fenster und rauchte. Seltsame Frau. So sprunghaft. Und offenbar hatte sie bereits einige Schattenseiten von Koswig erlebt. Kein Wunder, sie kannte ihn sicher schon, seit er hier arbeitete.
Nina ließ ihren Blick über den tristen Teil der Stadt schweifen, der ihr auch bei ihrem ersten Besuch im Institut Beklemmungen bereitet hatte. Zwischen Betonklötzen eilten Leute hin und her, vor der Einfahrt eines langgestreckten Gebäudes mit viel Glas parkten zwei Krankenwagen. Klinikatmosphäre. Sie assoziierte damit Schmerzen und Siechtum. Schrecken. Gewalt. Und Eingesperrtsein. Sie inhalierte tief, wie sie es immer tat, und spürte den Rauch in ihrer Lunge.
An Fraukes Tod hatte Charlotte Fischer nichts ungewöhnlich gefunden. Nichts, was sie an einem Selbstmord hätte zweifeln lassen.
Sie zog fest an der Zigarette, und die Glut näherte sich gefährlich ihren Fingern. Gerade wollte sie die Zigarettenkippe auf den Hof werfen, als eine Gruppe Leute aus dem Haus trat und plaudernd unterhalb von ihr stehen blieb. Sie drückte die Zigarette auf dem Sims aus und ließ sie dort liegen. Drehte sich eine neue und rauchte weiter.
»Sie werden eines Tages qualvoll ersticken«, sagte hinter ihr jemand. Erschrocken fuhr sie herum. Koswig. Über einem altrosafarbenen Hemd trug er einen hellgrauen Anzug, der seine Figur weich umfloss. Sein blondes Haar war mit Gel nach hinten gekämmt. Er hielt einen silbernen Aktenkoffer in der Hand. Sein Gesicht war gerötet. »Sieht

scheiße aus«, entfuhr es ihr. »Wie der Anwalt eines Kinderschänders.«
»Ich bin schon freundlicher empfangen worden.« Koswig stellte den Aktenkoffer auf den Schreibtisch. »Vor allem in meinem eigenen Büro.« Er lockerte seine Krawatte und schlüpfte aus dem Jackett. »Raus!«
Verdammte Hacke! Sie war so eine Idiotin. So viel zu Fischers Theorie, er würde ihr sicher einen Tee anbieten. »Sorry, Sie sehen einfach … erschöpft aus. Und ich mag kein Haargel. War's denn so schlimm im Gericht?«
»Wer, zum Teufel, hat Sie hier hereingelassen?« Er hängte das Jackett über den Bürostuhl.
»Die Präparatorin.« Sie drückte die angerauchte Zigarette aus und legte die Kippe zu der anderen auf den Außensims.
»Charlotte Fischer, nehme ich an? Hat sie Ihnen auch erlaubt zu rauchen?«
»Nein.«
»Tee?«
Nina atmete auf. »Klar.«
Er setzte sich an den Schreibtisch, bestellte per Telefon zwei Tassen Tee und lehnte sich zurück. »Es war furchtbar im Gericht. Und meine Haare sind nass. Nicht gegelt.«
»Geht es Ihnen sonst gut?«
»Danke, solange Sie mich nicht wieder beschuldigen, ich hätte einen Mord übersehen, kann ich ganz gut weiterleben.«
Sie lachte. »Wollen wir uns nicht hierhersetzen? Wie letztes Mal?« Sie klopfte auf einen Stuhl bei der Sitzgruppe.
Er schüttelte den Kopf. »Ich habe zu tun. Eine Tasse Tee, dann muss ich weitermachen. Was führt Sie denn her?«
»Nun ja …«

»Also doch!« Er stand auf. Sein Hemd war zerknittert. Sein Gesicht wurde noch röter. »Lassen Sie mich in Ruhe!«
»Ich bin überfallen worden!«
»Wie bitte?« Er band die Krawatte ab und legte sie zum Jackett über die Stuhllehne.
»Jemand wollte in die Wohnung eindringen, also in Fraukes Wohnung. Ich hab die Tür ein Stück aufgemacht und …« Nina ging auf und ab. Ihr Rock raschelte.
»Sie haben selbst aufgemacht? Und das nennen Sie eindringen?«
»Nein! Es hat an der Tür gescharrt, und ich wollte nachsehen, und dann hat mir jemand etwas ins Gesicht geklatscht, ich glaube, es war ein nasser Lappen oder so.«
»Aha.«
Vor seinem Schreibtisch blieb sie stehen und sah ihn an. »Der Typ hat komische Geräusche von sich gegeben. Es war wie ein Gurgeln.« Koswig roch heute nur nach Oregano. Kein Babybrei, kein Schweiß.
Er blickte auch sie an, und für ein paar Sekunden sagte keiner etwas. Seine Augen schienen ihr weder traurig noch wütend, sie blitzten eher belustigt. Aber das konnte auch ein Reflex in den Brillengläsern sein. Er fuhr sich mit der Hand durch das feuchte Haar. Links trug er zwei Eheringe. »Haben Sie die Polizei angerufen?«
»Nein.«
»Warum nicht?«
Die Tür zum Büro ging auf, und eine schlanke Frau brachte ein Tablett mit zwei dampfenden Tassen herein. Sie stellte es neben den Aktenkoffer auf den Schreibtisch. »Danke, Frau Kepp.« Zarter Jasminduft durchzog sofort das Büro. Sie nickte den beiden zu und ging.

Nina hob die Schultern. Wie viel konnte und sollte sie Koswig anvertrauen? »Weil ich crazy bin?« Sie versuchte ein Grinsen und blickte auf ihre Pulswärmer.
»Sind Sie das?« Er trank im Stehen einen Schluck Tee. Ein wenig gelbliche Flüssigkeit schwappte über den Tassenrand, und Nina bemerkte, dass Koswigs Hand zitterte.
»Viele glauben es.« Nina griff nach der zweiten Tasse. Die Papiere, in denen Charlotte Fischer geblättert hatte, lagen noch immer offen auf dem Schreibtisch. Nina konnte nicht erkennen, was darin stand. »Wollen Sie mir vom Gericht erzählen?« Es musste ihn ziemlich mitgenommen haben.
»Nein.«
»Okay.«
Sie schwiegen. Tranken.
»Ich war bei meinen Eltern«, sagte Nina endlich und berichtete in wenigen Sätzen von ihrem dementen Vater und der Mutter. Und dass sie sie nie wieder sehen wollte.
»Tragisch. Ich muss jetzt los.«
In dem Moment gab die Knochenuhr ein lautes Knirschen von sich.
Nina widerstand dem Impuls zu fragen, wer ihm die Uhr geschenkt hatte. Charlotte Fischer vermutlich. Sie gab auch dem Drang nicht nach zu fragen, wer Tereza war. Und warum der Rechtsmediziner mit klatschnassen Haaren aus dem Gericht kam.
Sie brauchte seine Hilfe, durfte ihn nicht provozieren. Aber sie musste wissen, ob ihre Überlegung, die Timo verworfen hatte, haltbar war. »Kann es sein, dass Frauke Krebs hatte?«
»Was?« Er strich sein Hemd glatt.
»Die Haut! Vielleicht saß ein Tumor darunter. Und Frauke

wollte unversehrt sterben. Sie hat so viel Wert auf ihren Körper gelegt und ...«

»So ein Quatsch! Hören Sie endlich auf damit.« Seine Stimme war fast schrill.

»Können Sie die Haut nicht noch einmal untersuchen? Ich muss irgendwie ... Frieden finden.«

Schwer atmend kam er um den Schreibtisch herum und packte sie an den Schultern. Er betonte jedes Wort: »Die Haut liegt samt Ihrer Schwester im Kühlfach. Sie ist eingenäht! Im Brustraum. Zusammen mit dem Gehirn und den Organen. Fertig! Aus! Ende! Es gibt nichts mehr zu untersuchen!«

Nina wand sich unter seinem harten Griff. »Sie tun mir weh!«

»Sie mir auch!« Er schob sie von sich weg. »Meiner Seele! Lassen Sie mich endlich in Frieden!«

Nina fühlte sich mit einem Mal elend. Sie war zu weit gegangen. Sie, sonst so einfühlsam und fürsorglich, verletzte den Mann, der seine Frau verloren hatte. Sie blickte zu Boden auf das Parkett, auf Koswigs glänzende Schnürschuhe, auf ihre klobigen Stiefel, die grau vom Staub waren, und auf den winzigen Wassertropfen, der dazwischenfiel. Es war eine Träne. Ihre Träne. Mir dem Ärmel wischte sie sich über die Augen. Vermutlich war jetzt ihr Make-up verschmiert. Egal. Blamiert war sie so oder so.

»Wenn Sie mir dermaßen misstrauen, fragen Sie doch meine Kollegen. Die werden Ihnen bestätigen, dass *Sie* unter Hirngespinsten leiden.« Sein Blick war kalt, seine Hand zur Faust geballt. War es das, was Charlotte Fischer mit »böse« gemeint hatte? Auf eine so schnelle Demonstration hätte Nina gern verzichtet. Gleichzeitig wurde sie zornig.

*Hirngespinste!* Nun fing auch Koswig damit an. Das war's dann wohl.

»Wir haben beide einen geliebten Menschen verloren«, stieß sie hervor und hängte sich ihre bunte Tasche um, die auf dem Boden gelegen hatte. »Wir hätten zusammenhalten sollen. Wir hätten uns vielleicht auf irgendeine crazy Art helfen können. Ich dachte nach unserem letzten Treffen, dass wir uns trotz unseres beschissenen Standesunterschiedes etwas zu sagen hätten. Sie sind auch nur ein Mensch, verdammt. Verstehen Sie denn gar nicht, dass ich Klarheit haben muss?« Sie unterdrückte ein Schluchzen. »Gerade Sie müssen doch wissen, wie sich das alles anfühlt! Sie hocken allein mit Ihrem Baby in einem Haus. Ich sitze allein in Fraukes Wohnung. Ich trauere, auch wenn Sie das nicht glauben. Ich sehe meine verrottenden Eltern, die mich nie akzeptiert haben. Jemand überfällt mich. Und jetzt kommen *Sie* daher und behaupten, ich hätte Hirngespinste! Ausgerechnet! *Sie* sind es doch, der sich mit Psychopillen vollstopft und die Nacht halb ausgezogen auf dem Grab seiner Frau verbringt!« Sie stiefelte zur Tür, und bevor sie sie öffnen konnte, spürte sie Koswigs Hände auf ihren Schultern. Sogar durch die Ärmel des Shirts fühlten sie sich eisig an.

Wie erstarrt blieb sie stehen, doch Emil Koswig drehte sie zu sich herum und nahm sie in die Arme. Sie spürte seine angespannten Muskeln und seinen schnellen, warmen Atem auf ihrer Kopfhaut. »Es tut mir leid«, flüsterte er.

Sie bewegte sich nicht, erwiderte die Umarmung nicht, sagte nichts. Sie fühlte sich unsicher, weil Koswig, trotz der für einen Fremden fast schon intimen Geste, so verkrampft war.

»Wollen wir heute Abend zusammen essen?« Sie hörte seine Stimme, so leise, dass sie erst glaubte, ihn falsch verstanden zu haben.

»Spiegelei und Spaghetti?« Eigentlich war ihr nicht zum Scherzen zumute, doch sie schienen wieder einen Weg gefunden zu haben, miteinander reden zu können. Und das bei einem privaten Treffen!

»Tereza kocht.«

»Sie haben eine Köchin?«

»Lea hat ein Kindermädchen.« Er öffnete ihr die Tür. »Sie kocht gern, obwohl das nicht zu ihren Aufgaben gehört. Ich kann sie nicht davon abhalten. Also: neunzehn Uhr?«

»Wo?«

Er nannte ihr seine Privatadresse.

Verwirrt über den raschen Wechsel von Aggression und Sanftheit, lief Nina in den warmen Sommer hinaus. Sofort ging es ihr besser als in dem weißen Institut mit den vielen Toten. Unter dem blauen Himmel fühlte sie sich geborgen und frei. Und sie freute sich auf den Abend.

# 21

Glühwürmchen beim Sex fotografieren. Eine Schneiderei für grüne Röcke gründen, in der nur Arbeitslose einen Job bekommen. So viel Kohle auftreiben, dass ich auch den Kranken, Alten und Behinderten ohne Geld Zärtlichkeit und Zuwendung geben kann.« Nina hob das dünne, bauchige Glas. Sie trank nur selten aus solch edlen Gläsern. Der Rotwein schmeckte schwer und würzig, und als sie das Glas wieder auf dem weißen Tischtuch abstellte, spiegelte sich das Kerzenlicht im Purpur des Bordeaux. Koswig saß über Eck von Nina auf der Küchenbank seines Hauses. Die Ellbogen hatte er auf den Tisch gestützt und den Kopf in die Hände gelegt. Seit Minuten blickte er Nina stumm an. Sein Gesichtsausdruck schien weich und entspannt, doch weder lächelte er, noch wirkte er erstaunt.

»Jetzt schauen Sie doch nicht dauernd so«, sagte Nina. »Sie haben gefragt, was ich im Leben noch erwarte. Also. Jetzt Sie.«

Koswig schwieg.

»Noch Wein? Oder soll ich einen Tee machen? Ich könnte auch …«

»Alles, was ich brauche, ist da.«

Nina schluckte. Rasch trank sie einen weiteren Schluck Bordeaux. »Also das sind alles nur so Gedanken. Ich kann natürlich auch genauso weiterleben wie bisher. Und das wird wohl auch passieren. Mein Leben ist ja nicht schlecht. Ich habe meine Kunden, ich mache meine Arbeit gern, und ich bin eigentlich ganz zufrieden.«

»Und uneigentlich?« Seine Augen schimmerten im Kerzenlicht. Er trug ein fliederfarbenes Hemd mit kurzen Ärmeln und Jeans, war frisch rasiert und roch nach Oregano.
»Uneigentlich rede ich gerade zu viel und weiß nicht recht, warum ich keinen Punkt finde, warum Sie immer nur fragen und nie antworten, und warum ich so viel Wein trinke.«
»Ich habe auch Amaretto hier.«
»Sie trinken Amaretto?«
»Tereza hat ihn heute Nachmittag gekauft. Ich habe sie darum gebeten.«
Nina schluckte. Unter seinem Blick, den er nicht von ihr abwandte, und angesichts des romantisch gedeckten Tisches wurde sie immer nervöser. Alles war wie bei einem Candlelight-Dinner arrangiert. Die dicken Kerzen in den schweren Leuchtern, das Silberbesteck, die Weinkaraffe und die garantiert schweineteuren Weingläser. Ganz zu schweigen von der Lachssuppe, dem Paprikagulasch und dem Nachtisch in Form göttlicher Marzipan-Pflaumen-Stückchen. »Wollen Sie mich betrunken machen?«
»Ganz und gar nicht. Ich will nur, dass Sie sich wohl fühlen.«
»Bisher haben Sie mich immer rausgeworfen.«
Koswig stand auf und öffnete ein Fenster. »Heute Nachmittag nicht.« Sofort drang kühle Abendluft in die Küche und umschloss Nina. Draußen zirpten die Grillen, und es roch nach Wiesenblumen und Äpfeln. Schon als sie den Feldweg von der Bushaltestelle bis zum Haus gelaufen war, hatte sie den Duft und die weiche Luft, die die Haut fast streichelte, genossen. Koswig schenkte ihnen beiden Wein nach. »Sie waren mir zu aufdringlich.«
»Ich musste doch wissen, was mit Frauke …«

»Schon gut!« Er hob das Glas und lächelte sie an. Endlich. »Also, was ist mit Ihnen? Was erwarten Sie noch vom Leben?«

Er zuckte die Schultern. »Nichts.«

»Ach was, niemand erwartet nichts! Jeder ...«

Ein lautes Babyweinen drang herein. Aus der Diele, die Nina als unglaublich heimelig empfunden hatte, näherten sich Schritte, und schon stand eine kleine Frau mit dunklen, kurzen Haaren in der Küche, auf dem Arm ein schreiendes Kind. »Ich kann nicht beruhigen Lea«, sagte sie mit starkem Akzent, während ihr Blick rasch die Szene umfasste. Nina glaubte, ein Zucken um ihre Mundwinkel zu erkennen, doch schon sprang Koswig auf und nahm ihr vorsichtig das Kind aus dem Arm.

»Hey, Maus«, flüsterte er und küsste das Baby auf das dünne Haar.

Die Kleine weinte lauter, doch als Emil Koswig leise auf sie einredete, summte, ihren Bauch streichelte und sie dann an der Seite kitzelte, beruhigte sie sich rasch und fing an zu glucksen.

»Sie müssen Tereza sein«, sagte Nina zu der Frau, während Koswig mit seiner Tochter redete, stand auf und streckte ihr die Hand hin. Nur zögerlich nahm Tereza sie. Ihr Händedruck war weich. »Ich bin Nina. Das Essen war großartig! Wo haben Sie so wunderbar kochen gelernt?«

»Bei Oma in Heimat.« Tereza zog die Hand zurück. Sie war etwa gleich groß wie Nina.

»Wo ist Ihre Heimat?«

»Hinter tschechische Grenze in kleine Dorf.« Ihre Augen waren schwarz wie Teiche. »Professor hat gesagt, er möchte heute besondere Essen für zwei.« Etwas zu schnell und

offensichtlich nervös, wandte sie sich Koswig zu und nahm ihm Lea ab. »Gute Nacht, kleine Lea wird schlafen jetzt, ich hoffe.«
Koswig sah ihr hinterher, und gleich darauf hörten sie Stufen knarren und Terezas Schritte sich entfernen.
»Sie ist in Sie verliebt«, sagte Nina.
»Wie bitte?«
»Tereza. Sie mag Sie mehr als normal.«
»Das sehen Sie in drei Minuten?« Er verzog zweifelnd den Mund. »Wie auch immer« – Koswig winkte ab, setzte sich wieder auf die Bank und trank Wein –, »sie wird bezahlt und kümmert sich um Lea. Mehr hat sie nicht zu wollen.«
»Sie können ziemlich eisig sein.« Mit einem Mal war all ihre Sympathie für Koswig verflogen.
»Sie wollten wissen, was ich vom Leben erwarte. Ich sagte ›nichts‹. Ich korrigiere mich: Ich will Frieden.«
»Und den stört die Liebe einer Frau?«
»Tereza ist Leas Kindermädchen. Ich will nichts von ihr.« Seine Stimme wurde weicher. »Wenn ich ihr irgendwie … entgegenkäme, würde ich weder ihr noch mir einen Gefallen tun.«
Nina musste Koswig recht geben. Gleichzeitig keimten immer mehr Zweifel in ihr: Koswig war kein Kunde für sie. Er musste nicht getröstet werden. Er hatte genügend Möglichkeiten, Frauen für sich zu gewinnen. Offenbar wollte er sie nicht nutzen. Oder er war nach Alexandras Tod noch nicht so weit. »Unser beider Frieden scheint noch ziemlich fragil zu sein«, sagte sie.
Der Rechtsmediziner beugte sich vor und blickte in sein Weinglas. »Wissen Sie, was seltsam ist?«, sagte er wie zu sich selbst. »Ich habe schon Tausende von Toten gesehen.

Entblößt, verstümmelt, verkohlt und verkrampft durch Feuer, aufgedunsen bis zum Platzen, Wasserleichen mit abgelöster Haut, grün verweste Körper, nur noch von der Haut überzogene Kinderskelette, wenn die Eltern ihre Kinder verhungern ließen. Aber ich habe noch nie einen Menschen sterben sehen.« Er hob seinen Blick, und Nina fielen seine langen Wimpern auf, die im Gegensatz zu seinen Haaren dunkel waren. »Wenn ich dabei gewesen wäre, als Alex ... wenn sie körperlich krank gewesen wäre und ich bis zuletzt an ihrem Bett hätte sitzen und sie begleiten können ... das hätte vieles einfacher gemacht.«

»Stimmt. Aber ...«

»Kommen Sie mir jetzt ja nicht mit der Mord-Theorie! Ich habe nichts übersehen.«

»Vielleicht hat Frauke ja einen Kunstfehler begangen, irgendetwas mit einem Unterarm, und als Selbstbestrafung hat sie sich dann die Haut abgezogen und sich ... suizidiert.« Noch während sie es aussprach, begriff sie, dass das Quatsch war. Schwester Sandy oder die Klinik in der Südstadt hätten sicherlich von einem Kunstfehler gewusst. Außerdem war es nicht Fraukes Art, Fehler einzugestehen, geschweige denn, Reue dafür zu zeigen. Erst recht nicht zu ihren Ungunsten.

»Möglich. Dazu kann ich leider nichts sagen, ich kannte sie nicht.«

Oben im Haus rauschte Wasser, dann ging die Toilettenspülung. Dielen knarrten leise. »Wohnt Tereza hier?«

»Sie hat ein Zimmer unterm Dach, aber sie übernachtet nur selten bei uns.«

»Und heute bleibt sie? Vielleicht ist es dann besser, wenn ich jetzt gehe.«

»Nein, bitte.« Er griff kurz nach ihrer Hand. »Bleiben Sie noch ein bisschen. Sie sind so … erfrischend anders und ehrlich.«

Unwillkürlich wurde es Nina warm. »Können wir in den Garten gehen? Ich würde gern eine rauchen.«

Er nickte, sie drehte sich eine Zigarette, und sie gingen durch das Wohnzimmer auf die Terrasse. Der Himmel war sternenklar, und der Mond tauchte die Obstbaumwiese, die direkt an die Terrakottafliesen grenzte, in ein weißliches Licht. Das Zirpen der Grillen war laut und erinnerte sie an ein wirres Zusammenspiel kleiner, höhnischer Lachsalven.

Als könne er ihre Gedanken lesen, sagte Koswig: »Alexandra hat immer gesagt, die Grillen lachen uns aus.«

»Sie war klug. Und sensibel.«

»Mhm.«

Da sah Nina es: Glühwürmchen tanzten durch die Bäume. Eine tiefe Zufriedenheit durchströmte sie, und sie nahm Koswigs Hand in ihre.

Er drückte sie kurz und ging dann hinein.

Nina folgte ihm. Schon wieder war sie einen Schritt zu weit gegangen. Er wollte nicht getröstet werden und wünschte sich nicht mehr als einen netten Abend mit gemeinsamem Essen und Wein. Apropos Wein … »Ich dachte, Sie trinken nur Tee?«

»Niemand hat das Recht, sich aus dem Leben einfach davonzustehlen.« Koswig saß wieder an seinem Platz und fuhr fort, als habe er Ninas Frage nicht gehört. »Alex nicht, Ihre Schwester nicht. Sie hinterlassen nur Leid und Elend. Es ist allein Gottes Plan, wann jemand geht. Und wenn er ein Problem hat, muss er es, verdammt noch mal, aushalten oder lösen.« Er griff in ein Regal über sich. »Pistazien?«

»Danke, nein.« Nina hasste Pistazien, genauso wie alle Arten von Nüssen. Das war das Einzige, was sie mit Frauke gemeinsam gehabt hatte. Ihre Gedanken überschlugen sich.

Sie blickte auf ihre Pulswärmer. Erinnerte sich an das graue Tor. »Es könnte aber Gottes Plan sein, dass sich jemand umbringt.«

»Nein.«

»Sie sagen das einfach so. Es gibt genügend Menschen, die ihr Leben nicht mehr aushalten. Die nur noch aus Schmerzen bestehen. Ein Kunde von mir, zum Beispiel, dem hat der Krebs das halbe Gesicht weggefressen. Da ist nichts mehr außer einem stinkenden, blutigen Loch. Er ist bis oben hin vollgepumpt mit Morphium, und den Gestank in seinem Zimmer erträgt man kaum. Er möchte sterben, und zwar in Würde, solange das irgendwie noch geht. Und nicht erst, wenn auch sein Hals und die Stimmbänder zerfressen sind und er nicht einmal mehr mit der Welt kommunizieren kann. Ist das etwa von Gott gewollt?« Markus Ohmers Gestalt tauchte vor Ninas innerem Auge auf. Der abgemagerte Körper, die papierne Haut, sein Atem, der beim letzten Besuch gerasselt hatte, als sammle sich bereits Flüssigkeit in der Lunge. In dreizehn Tagen war sein Termin bei Dignitas. Bis dahin musste hier alles geregelt und abgeschlossen sein. »Oder eine Frau, zu der ich jede Woche gehe« – Nina hatte endlich mit Ines Klein telefonieren können, weil eine Pflegerin da gewesen war –, »die kann nur noch den Kopf bewegen. Was ist mit ihr? Was, wenn *Sie* so beschissen dran wären?«

»Ich würde es aushalten. Ich bin demütig genug. Wir dürfen nicht Gott spielen.«
»Ach nein? Aber wenn zum Beispiel ein Frühchen geboren wird und nicht allein lebensfähig ist, warum dürfen wir dann Gott spielen und es wochenlang in den Brutkasten stecken? Durchkreuzen wir damit nicht auch Gottes Plan, dass dieses Kind hätte sterben sollen? Warum ist es da selbstverständlich, Gott zu spielen, aber bei Todkranken nicht?«
»Es geht darum, Leben zu erhalten.«
»Ja, aber nur, wenn es ein würdiges Leben ist, das der Mensch auch als lebenswert empfindet und nicht als eine Qual bis zum Ende.«
»Das Zauberwort heißt Demut.«
»Wenn jemand die Wahl hat zwischen dem Tod und dem qualvollen Tod, dann sollte er den Tod wählen können. Demut, sorry, aber wenn die Verzweiflung ins Unermessliche wächst, hilft Demut einen Scheißdreck.«
»Sie sind nicht gläubig. Ich schon.«
»Ich glaube an die Liebe und den Respekt voreinander. Das treibt mich an.«
»Und das Geld.« Er trank sein Glas in einem Zug aus. »Oder trösten Sie auch gratis?«
»Es ist mein Job, ich kann nichts anderes, und ich will nichts anderes.«
»Außer Glühwürmchen beim Sex fotografieren und grüne Röcke von Asozialen nähen lassen.«
Nina sah den Arzt an, der offenbar nonstop zwischen kleinen Bösartigkeiten und Charmeoffensiven wechselte.
»Ihre Angst, ein Arschloch zu sein, ist nicht unberechtigt«, rutschte es ihr heraus.

Er lachte kurz auf.
»Aber zurück zum Thema: Ich muss von etwas leben. Ein paar Euro. Oder Zuneigung gegen Kost und Logis. Mehr nehme ich nie, und mehr brauche ich nicht.« Sie schenkte sich noch einen Schluck Wein ein und hob die Flasche. »Sie auch?« Er nickte, und sie goss die letzten Tropfen in sein Glas.
»Auf die Toten!« Koswig trank.
»Ich wollte auch schon sterben. Freiwillig.«
»Ich weiß.« Er deutete mit dem Kinn auf die Pulswärmer. »Die sind nicht crazy. Die sind ein Schutz. Schutz gegen Fragen und Blicke und gegen die Scham, hab ich recht?«
Nina blickte den Mann an, der neben ihr in der sonnengelb und bunt eingerichteten Küche saß und sie gnadenlos zu durchschauen schien.
Sein Blick, den sie erwiderte, war traurig und klug zugleich, und als er jetzt lächelte und ihr fast unmerklich und freundschaftlich zunickte, streifte sie die Pulswärmer ab. Die Wülste waren auch nach zwölf Jahren noch dick und rötlich, und man konnte die Naht erkennen, wenn man genau hinsah.
Koswig sagte nichts, und so saßen sie schweigend am Tisch und tranken Wein, zwei Menschen, die sich nach kurzer Zeit schon viel anvertraut hatten und die beide ihren Gedanken nachhingen. Nina wollte Emil Koswig gern näher sein, denn er schien zu den wenigen zu gehören, die das, was andere sagten, einfach hinnahmen und nicht darüber urteilten. Doch sie wagte nicht, seinen Kokon zu verletzen, indem sie erneut seine Hand nahm oder sich näher zu ihm setzte.
Draußen rief ein Käuzchen, und bis auf das Zirpen war es

still. Nicht einmal eine Uhr tickte. Auch der Kühlschrank brummte nicht.
Irgendwann stand Emil Koswig auf und verließ die Küche. »Ich hole uns noch eine Flasche Wein.«
»Gute Idee.« Es schien Nina wie eine Erlösung.
Als Koswig einige Minuten später zurückkam und sich der Korken mit einem leisen Ploppen aus der Flasche löste, lächelte er. »Was ist das, was wir da machen? Ein Fremd-Zudröhnen? Wein statt Amaretto und Risperidon?«
Nina musste lachen, und als der frische Wein in den Gläsern sein Bukett verströmte und Koswig eine neue Kerze angezündet hatte, klingelte sein Handy in kurzen, abgehackten Signaltönen. Nina verstand nicht, was gesprochen wurde. Sie sah nur, wie Koswigs Gesichtszüge hart wurden und seine Augen sich verengten. Dann ließ er wie in Zeitlupe die Hand sinken. Schob das Handy in die Tasche seiner Jeans. Und sackte auf der Bank zusammen.
»Was ist los?«
»Ich muss weg. Tut mir leid. Es gibt … eine neue Selbstmörderin. Sie hat sich …« Er verstummte.
»Was?« Nina beugte sich über den Tisch und packte ihn an den Schultern. »Sie hat sich was?«
Matt schüttelte er den Kopf. »Das schaffe ich nicht.«
»Ich komme mit!«
»Sie fahren nach Hause!«
»Auf keinen Fall. Das geht uns beide an. Los, wir fahren!«

# 22

An der Rampe zur Leichenanlieferung, die wie der Großteil des Gebäudekomplexes im Dunkeln lag, bremste Koswig scharf und parkte seinen schwarzen Audi Q7 in dem offenen Carport. Nina vermutete, dass er sich mit Risperidon wieder beruhigt hatte, als er vor der Abfahrt noch kurz im Bad verschwunden war. Zum Frischmachen, wie er gesagt hatte.

»Sie warten hier«, befahl er, gab ihr den Autoschlüssel, sprang aus dem Wagen und eilte die Rampe hinunter bis zum Institutskeller.

Nina wurde wütend, sprang ebenfalls aus dem Monster von Auto und rannte ihm hinterher. Doch unten fiel direkt vor ihrer Nase die rechte Seite einer zweiflügligen, breiten Tür zu, und Koswig war weg. Sie rüttelte an dem Griff. »Scheiße«, rief sie. Sie hasste es, einfach stehengelassen zu werden. Mit der flachen Hand drückte sie auf die Klingel in der Backsteinwand, doch auf das Surren im Innern reagierte niemand. Ihr wurde heiß vor Zorn, und sie trat gegen die Tür. Wie zum Hohn erklang nur ein leiser, dumpfer Schlag.

Nina sah sich um, kletterte die niedrige Mauer am Rand der Rampe hinauf auf ein Rasenstück, das vermutlich das gesamte Gebäude umgab. Sie huschte von Fenster zu Fenster und versuchte, in die Obduktionsräume zu spähen. Doch alle waren von innen mit matter Folie beklebt, und nur hinter einem der Fenster brannte Licht. Nicht einmal eine Bewegung konnte sie dort ausmachen. Dieser verfluchte Koswig mit seinem dauernden Wechsel von Trauernder-Witwer-Gehabe und Leck-mich-Egoismus machte sie noch wütender. Was fiel ihm ein, erst so vertraut mit ihr zusammenzusitzen und sie jetzt, wo es offenbar eine neue Selbstmörderin gab, die die Reihe Alex/Frauke fortsetzte, abzuservieren?

Sie lief ums Eck auf die Seite des Instituts. Dunkelheit. Stille, irgendwo das entfernte Brummen eines Generators. Die ganze Fahrt über hatte sie vergebens versucht, etwas aus ihm herauszubekommen. *Wer* sich getötet hatte. *Was* die Frau sich genau angetan, und ob sie sich auch ein Körperteil entfernt hatte. Doch Koswig hatte wortlos das Lenkrad umklammert und geradeaus in die Nacht gestarrt, wo das Licht der Scheinwerfer sich zuerst durch die Einsamkeit der Wälder gegraben hatte und später mit den Lichtern der Großstadt zu einem bunten Chaos verschmolzen war.

Ratlos blickte sie an dem Gebäude hinauf und rieb sich mit beiden Händen die nackten Oberarme. Es war nach Mitternacht, und die Luft war kühl geworden. Von dem Wein bemerkte sie nichts mehr. Auch Koswig war mit einem Mal wieder nüchtern gewesen und zum Glück sehr sicher gefahren.

Sie wollte auf die Gebäuderückseite gehen, doch ein hoher Zaun versperrte den Zugang. Über dem Klinikkomplex war der Himmel rötlich, vermutlich von den umliegenden Reklametafeln, Schnellstraßen und der Stadtautobahn.

Koswig sollte bloß nicht glauben, dass sie stundenlang in seinem Auto warten und später dankbar auf die Knie fallen würde, falls der Herr Professor ihr ein Häppchen Information vor die Stiefel warf.

Ob die Obduktion schon begonnen hatte? Ging das überhaupt so schnell? Und mitten in der Nacht? Bei Frauke hatte es mehrere Tage gedauert.
Als sie gerade wieder an der kleinen Mauer oberhalb der Rampe angekommen war, brummte dunkel ein Automotor, dann tauchten zwischen den Betonklötzen Scheinwerfer auf. Gleich darauf rollte ein großer dunkler Wagen die Rampe hinunter.
Leise, und so gut es mit den Stiefeln ging, huschte sie über das Rasenstück weiter Richtung Eingang. Am oberen Mauerrand kauerte sie sich auf den Boden und blickte zu dem Auto. Ein kleiner schlanker Mann öffnete die Heckklappe, die sich mit leisem Surren hob. Im selben Moment wurde die Szene in ein helles Licht getaucht.
Nina schluckte. Da unten stand Timo! Und er zog einen grauen Sarg aus einem Leichenwagen. Der komplett tätowierte Arm und das orangefarbene Hemd ließen keinen Zweifel zu. Mit geübten Griffen ließ er den Sarg auf ein Metallgestell gleiten und schob dieses zu der Metalltür. Die kleinen Räder schepperten über den Asphalt.
Mit Mühe unterdrückte sie einen Fluch, als Timo in seine Hosentasche griff und einen Schlüsselbund hervorzog. Er schloss auf.
Was, zum Teufel, ging hier vor sich? Was machte Timo hier? Timo, dem sie vertraut hatte und der mit Frauke befreundet gewesen war? Er hatte doch behauptet, er wisse nichts von ihrem Tod? Und jetzt arbeitete er hier? Oder war er Bestatter? Aber die Schreie und das Stöhnen während des nächtlichen Telefonats neulich …
Entschlossen sprang sie von der Mauer und stapfte zu ihm. »Was machst du hier?«

»Nina? Was machst *du* hier?« Timo stellte einen Fuß in die halb geöffnete Tür zum Institut. Innen war es dunkel.
»Du verdammter Lügner!«
»Bitte?« Er hob die Augenbrauen, und seine Haare fielen ihm in die Stirn. Im Licht der Außenbeleuchtung wirkte seine Haut fahl.
»Hältst du mich für komplett meschugge? Du arbeitest in diesem verdammten Institut hier und behauptest, du hättest von Fraukes Tod nichts gewusst! Du hast gesagt, dass …« Sie starrte auf den Sarg, der zum Berühren nahe stand. Dann begriff sie. »Du hast Frauke etwas angetan«, flüsterte sie, und bitterer Schleim sammelte sich in ihrer Kehle. »Du warst ihr Liebhaber! Also doch! Und jetzt bringst du die Nächste. Das ist die Selbstmörderin, die Koswig obduzieren soll, ist es nicht so?« Ihre Muskeln begannen zu zittern, und sie glaubte, gleich zusammenzusacken. »Die *angebliche* Selbstmörderin.«
Timo lachte und drückte die Tür vollends auf. Kühle Luft strömte aus dem Institut in die stickige Nacht. Er schob den Sarg hinein. In der Tür drehte er sich um. »Du weißt schon, dass du gerade komplette Scheiße redest, ja?«
Nina schnaubte, um die Tränen zu unterdrücken, von denen sie nicht wusste, ob es Tränen der Wut, Panik, Trauer oder alles zusammen waren. Sie hörte ein Schluchzen, erschrak, sah sich um. Erst als Timos Hand auf ihrer Schulter lag, bemerkte sie, dass sie selbst es war, die weinte.
»Sorry. War nicht böse gemeint. Aber ich muss hier mal was klarstellen. Ich arbeite nicht hier. Ich helfe nur ab und zu aus bei diversen Fahrdiensten. Ich muss von was leben. Genauso wie du. Ich …«
Grellweißes Licht erleuchtete das Institutsinnere und fiel

bis in die Tür auf Timo und den Sarg. Koswig erschien. »Sie sollten doch im Auto warten«, sagte er barsch zu Nina, und dann freundlicher: »Hallo, Herr Reichel.« Der Raum hinter Koswig war weiß gefliest, am anderen Ende stand eine weitere Tür offen, dahinter erkannte Nina eine Wand voller silberner, quadratischer Türen mit dicken Griffen. Die Kühlfächer.

»Schon an der Arbeit mit anderweitiger Kundschaft? Oder *noch* an der Arbeit?«, erwiderte Timo Koswigs Begrüßung.

»Weder noch. Ich habe nur das Fach für Frau ... wie war der Name gleich ... vorbereitet.«

»Kleefeld. Mathilde Kleefeld.«

»Bringen Sie sie rein. Tamm und Wenner werden gleich hier sein, Frau Fischer präpariert. Sie ist schon unterwegs.«

»Die Polizei tippt auf Selbstmord. Warum obduzieren Sie noch in der Nacht?«

Koswig sah zu Nina und deutete ein Nicken an. Er war jetzt freundlicher. »Weil es mir so langsam doch ein bisschen zu viel Zufall ist, wenn sich drei Frauen töten und – soweit ich das richtig verstanden habe, als mich Stefan Wenner gerade eben anrief – sich vorher verstümmeln. Wenner hat den Staatsanwalt rausgeklingelt. Wir haben das Okay.«

»Was hat sie sich denn abgeschnitten?« Timo legte den Kopf schief.

»Ein Ohr. Es lag im Waschbecken eines Heimbewohners. Das ist zumindest meine Information.«

»Heimbewohner?« Nina wollte noch mehr sagen, blickte von Timo zu Koswig und wieder zu Timo, doch die Worte in ihrem Kopf fanden nicht den Weg aus ihrem Mund. *Ein bisschen zu viel Zufall.* Ein abgeschnittenes Ohr. Koswig hatte dafür gesorgt, dass sofort obduziert wurde. Nina kam es so vor, als streiche eine Hand aus Eis über ihre Haut, und gleichzeitig durchströmte sie eine angenehme Wärme: Koswig teilte ihre Zweifel. Er half ihr. Sie war unendlich dankbar. »Wer ist Mathilde Kleefeld?«, brachte sie schließlich hervor.

»Eine Sozialarbeiterin. Leitet ein Heim für Behinderte«, sagte Timo.

»Woher weißt du das, wenn du nur Fahrdienste machst?« Sie kniff die Augen zusammen und nahm erst jetzt den scharfen Geruch nach Desinfektionsmittel wahr, der aus dem Institut drang.

»Ich habe sie gefunden. Ich kenne sie.«

»Wie bitte?«, sagte Nina, und gleichzeitig fragte Koswig: »Was für ein Heim? Wo genau gefunden? Haben Sie irgendwas am Fundort verändert? Und warum fragen Sie mich, was sie sich abgeschnitten hat? *Sie* müssten das doch sofort gesehen haben.«

»Hat Wenner Ihnen das nicht alles gesagt?« Timo klang aggressiv, Nina verstand nicht, warum. »Also: Sternenheim. Das mit Skipper. Sie wissen schon.« Er grinste schief. »Der Ausgebüxte. Deswegen bin ich ja in das Heim gefahren, um suchen zu helfen. Und nein, ich habe weder etwas angefasst noch das Ohr im Waschbecken oder wo auch immer bemerkt. Ich bin nicht einmal in das Zimmer rein, sondern hab an der Tür kehrtgemacht und sofort die Kripo angerufen.«

»Gut. Nina, bitte warten Sie im Wagen, okay?«

»Warst du Fraukes Liebhaber?«, zischte sie Richtung Timo. »Ich weiß, dass sie einen Lover hatte. Und sie hat ihn versteckt, sogar vor unseren Eltern.« Sie wurde sarkastisch. »Warum bloß? Weil er zehn Jahre jünger war und mein Vater das nie akzeptiert hätte?«

»Wer immer es auch war« – Timo blickte sie kalt an –, »*ich* war es nicht. Und jetzt verschwinde besser.«

Wie betäubt ging Nina die Rampe hinauf. Oben setzte sie sich auf die Mauer und starrte auf die Gebäude, die ihr in dem orangefarbenen Licht wie in einem Science-Fiction-Film vorkamen. Sie versuchte, ihre Gedanken zu sortieren. »Timo kannte Frauke, wie gut auch immer«, murmelte sie. »Timo kannte Mathilde Kleefeld. Timo kennt Koswig! Also kannte er wahrscheinlich auch Alexandra Koswig.« Wieder und wieder schüttelte sie den Kopf. Doch es war nicht zu leugnen: Timo war die Verbindung zwischen den toten Frauen!

# 23

*Keiner hält ihn auf! Jetzt nicht mehr! Jemand hat ihn bestohlen! Er bebt vor Zorn.*

*Skipper läuft denselben Weg, wie er ihn vor vielen Stunden schon gegangen ist. Er wird immer sicherer. Fraukes Wohnung liegt von hier aus genau sechzehn Kreuzungen entfernt. Es riecht nach Abgasen und Diesel, er ist fast an der Tankstelle, an der er rechts abbiegen muss.*

*Er hätte nicht zum Sternenheim zurückkehren sollen, nachdem er bei Fraukes Wohnung gewesen war. Nicht zurück zu Mathilde und den anderen Leuten, die ihn nicht verstehen und ihn nicht ernst nehmen. Dann wäre das alles nicht passiert. Und sein Schatz wäre noch in dem U-Boot!*

*Eigentlich wollte er nur in sein Zimmer gehen, weil die Schnittwunde in der Wange von dem vielen Wasser wieder angefangen hatte zu bluten. Er ist direkt zum Waschbecken gelaufen und hat ganz viel Klopapier darauf gepresst, so lang, bis das Papier ein feuchter Klumpen und die Wange trocken war. Dann hat er sich mit dem Messer rasiert, so, wie er es immer macht. Dieses Mal ist er nicht ausgerutscht, er ist ganz ruhig gewesen.*

*Als er später sein Zimmer verlassen hat, hat er Mathilde vor seinem Bett liegen lassen und auch das Ohr im Waschbecken nicht angerührt. Es war voller Blut. Mathildes Blut und sein eigenes. Er hatte morsen wollen.* Hilfe *und* Mathilde *und* Frauke *und* Alexandra. *Aber das wäre aufgefallen, und dann wäre er nicht mehr aus dem Heim rausgekommen.*

*Bevor er aus dem Fenster gesprungen ist und sich hinter dem Schuppen versteckt hat, hat er die* Scorpion *vom Regal genommen, den Mechanismus der Ladeklappe ausgehängt, das Metallblatt umgedreht und auf die Seitenwand gedrückt. Die Klappe war aufgesprungen. Skipper hatte das dritte Glas direkt vorn an die Luke der* Scorpion *stellen wollen. Es war bereit. Er hatte gedacht, dass sein Schatz nun um ein Stück reicher sein würde. Doch die andern Gläser waren weg gewesen! Weg! Gestohlen! Dabei hätte nur noch eines gefehlt. Er hatte den Kopf gegen die Wand geschlagen. Er würde trotzdem weitermachen. Ein Skipper gab niemals auf!*
*Er hat lange Zeit hinter dem Schuppen gelegen, in der tiefen breiten Mulde. Dort hat einmal ein Baum gestanden, den der letzte Sturm entwurzelte. Skipper hat sich darin zusammengerollt und sich nicht bewegt, so lang, bis all die Leute, die er an ihrem dumpfen, unruhigen Blubbern und den Schatten erkannt hat, wieder weg waren. Es müssen viele Stunden gewesen sein. Überall sind sie gewesen, auf der Straße, im Haus und ganz nahe bei ihm. Niemand hat ihn gefunden.*
*An der Tankstelle hält er sich die Nase zu, das Benzin und der Diesel stinken schrecklich, und er muss schnell weiter, dorthin, wo es immer so wunderbar nach See und Tang und Nuss und Lilien duftet. In Fraukes Wohnung würde er wieder zu sich kommen. Es gab dort so viele Dinge, die ihm sein Lachen zurückgeben würden!*
*Skipper biegt rechts ab, dann links, gleich kommt die Allee, in der seine Vorfreude ihn schneller gehen lässt.*
*Bald, bald würde Skipper wieder leben.*

# 24

Es dämmerte bereits, als Nina aufschreckte und blinzelte, geweckt durch eine kühle Hand auf ihrer Schulter. Sie lag in der Wiese vor dem Institut, direkt neben der kleinen Mauer und etwas abseits der Straße.

»Guten Morgen.« Koswigs Gesicht war dicht vor ihrem. Seine Augen waren dunkel umschattet, und Kinn und Wangen von Bartstoppeln bedeckt. Der Rechtsmediziner saß auf der Mauer. »Warum haben Sie nicht im Wagen gewartet? Sie hätten den Sitz zurückstellen können.«

Rasch richtete Nina sich auf. Nur wenige Sekunden, und sie war klar im Kopf. »Und? Was kam raus?« Aufgeregt fuhr sie sich mit den Fingern durch die Haare.

Er legte die Hände in seinen Schoß. Sie sahen weiß und feucht aus, als hätte er zu lang in der Badewanne gelegen. Wahrscheinlich, weil er während der Obduktion Gummihandschuhe getragen hatte. »Nichts, was Ihre These stützt.« Er klang frustriert.

»Sie haben also einen Selbstmord festgestellt?« Ein Schwarm Vögel flog zwitschernd durch eine Häuserschlucht. »Und vorher hat diese Kleefeld sich das Ohr abgeschnitten?« Nina stand auf, sprang von der Mauer und stellte sich vor ihn. »Das ist Bullshit, Herr Koswig.«

Er seufzte laut. »Ja.«

»Sie geben mir also recht?«

»Es ist Bullshit, dass wir so nicht weiterkommen. Wenner wird den Fall – wie die beiden anderen auch – zu den Akten legen. Und dann …« Er zuckte die Schultern, die sich

im fahlen Morgenlicht knöchern unter seinem fliederfarbenen Hemd abzeichneten.
Nina verschränkte die Arme. »Sie glauben also auch nicht mehr, dass es Zufall ist?« *Ein bisschen zu viel Zufall*, hatte Koswig vor der Obduktion noch gesagt. Jetzt wollte sie es von ihm hören, ganz direkt und klar. Sie wollte hören, dass auch *er* an der Selbstmordserie zweifelte.
»Die Frau wurde von Reichel im Zimmer dieses behinderten Skipper gefunden. Skipper ist vor einigen Tagen abgehauen. Haben Sie ja vorhin gehört. Die Kripo sucht jetzt nach ihm.«
»Dieser Skipper … Frauke hat sich angeblich auch um Behinderte gekümmert! Vielleicht ist das eine Verbindung! Was hat er für eine Behinderung? Vielleicht hat er ja …«
»Hört und sieht wohl kaum und ist geistig auf dem Stand eines Kleinkindes. Frau Kleefeld war anscheinend außer sich wegen seines Verschwindens. Es gab sowieso Unstimmigkeiten im Heim. Sie muss ziemlich unter Druck gestanden haben, weil sie oder eine ihrer Angestellten des Öfteren ihre Aufsichtspflicht vernachlässigt hat. Zumindest sagt Wenner das, und der hat mit den Leuten dort gesprochen.«
»Und jetzt denkt Wenner, dieser Druck reichte aus, dass Kleefeld sich umbrachte? Das glaube ich nicht!«
»Ich habe Einblutungen gefunden an den verletzten Stellen. Das und … einiges andere spricht dafür, dass die Verletzungen prämortal zugefügt wurden.«
»Vor dem Tod, meinen Sie? Wie bei Ihrer Frau und meiner Schwester?«
»Ja. Das abgetrennte Ohr weist mehrere Einschnitte auf. Es wurde nicht mit einem glatten Schnitt abgetrennt. Es wur-

de erst … probiert, wie wir dazu sagen. Bei Frauke war es auch so am Arm. Sie hatte zahlreiche Probierschnitte.«

»Sie meinen, Frauke und Mathilde Kleefeld haben noch hin und her überlegt, hach, tu ich's oder tu ich's nicht, dann geschnitten, dann wieder aufgehört, dann wieder an einer anderen Stelle weitergemacht, wo das Messer vielleicht besser durchkam und …«

»Exakt. Das Unterhautfettgewebe ist komplett in Ordnung. Außer in der Herzgegend und an der Kopfseite, wo das Ohr fehlt. Nichts ist gequetscht, nicht einmal die kleinen Gefäße sind angerissen. Die Fingernägel waren tipptopp sauber.«

»Was soll das heißen?«

»Dass es zum dritten Mal keinerlei Hinweise auf Fremdeinwirkung gibt. Im Gegenteil. Und es heißt vor allem, dass ich mich auf meine und die Arbeit meines Teams verlasse. Es kann kein Tötungsdelikt gewesen sein. Völlig ausgeschlossen!«

»Aber …« Sie setzte sich dicht neben ihn. Die Wärme seines Körpers, die sie an der Seite spürte, empfand sie in der kühlen Morgenluft als angenehm.

»Wie … wie hat sie sich eigentlich getötet, nachdem das Ohr …?«

»Sie hat sich erstochen.«

Nina würgte. »Erstochen? *Selbst*? Wir sind doch nicht in Japan und veranstalten Harakiri?«

»Wollen Sie die Details hören?«

»Nein! Bitte! Ich glaube Ihnen ja.«

»Ich kann es nicht ändern, Frau Bach.«

»Aber warum im Zimmer dieses Behinderten?«

»Da fragen Sie den Falschen. Auf jeden Fall hat er ein großes Messer, sehr scharf. Es lag neben dem Waschbecken. Daran war älteres Blut von ihm und frisches Blut von Frau Kleefeld.« Er zögerte. »Und frisches Blut von ihm. Skipper war also unbemerkt im Heim und ist dann erneut verschwunden.«

Sie blickte die Rampe hinunter zu der Metalltür, sah die Backsteinfassade des Institutes, dachte an den Leichenwagen, in dem Mathilde Kleefeld hierhergebracht worden war. »Vielleicht hat Wenner doch recht, und der Behinderte war es.«

Koswig hob kurz die Schultern. »Ich weiß nicht. Er kann in sein Zimmer gekommen und die Tote dort gefunden, dann das Messer angefasst und sich dabei selbst verletzt haben. Andererseits ... warum haut er dann ab?«

»Weil er nicht versteht? Kein Bewusstsein wie wir hat?« Das alles war ein Alptraum, ein Chaos, und irgendjemand musste das alles verursachen. »Kennen Sie Timo Reichel gut?«

»Reichel? Lassen Sie mich bloß mit dem in Ruhe! Ein kleiner Besserwisser und Schmarotzer. Hat diverse Betrügereien am Laufen.«

»Betrügereien welcher Art?« Sie musste Fraukes Hausschlüssel von Timo zurückfordern! Am besten das Schloss austauschen lassen.

»Ein kleiner Fisch. Zu glitschig, um überhaupt darüber nachzudenken.«

»Und was wird jetzt mit Alexandra und Frauke? Und mit Mathilde Kleefeld? Wir können das doch nicht einfach so hinnehmen! Wir müssen mit Wenner reden und eine Ermittlung erreichen. Wir müssen selbst recherchieren! Wir müssen eigene Beweise für eine Mordserie finden. Wir ...«

»Nina!« Er packte sie an den Schultern, wie er es schon einmal getan hatte, so fest, dass ihre Oberarme schmerzten. »Nein!«

»Bitte!«

Er fixierte sie mit seinen müden blauen Augen, schüttelte den Kopf, und sein Griff wurde lockerer.

»Warum nicht?«

»Weil es ... uns kaputt machen würde.« Er ließ sie los.

»Aber wir müssen die Wahrheit erfahren. Wir können doch nicht mit dieser ewigen Ungewissheit leben! Und ... ehrlich gesagt ... vielleicht ... Also ich glaube, dass Timo Reichel etwas damit zu tun hat.«

Koswig lachte auf. »Reichel ein Serienmörder? Er ist ein feiger Winzling!«

»Kannte er Ihre Frau?«

»Nein. Woher denn? Reichel kommt ab und zu hierher und bringt einen Toten. Wie heute Nacht. Er legt den Verstorbenen ins Kühlfach, schiebt den Umschlag mit den Leichenpapieren und dem gelben Durchschlag der Todesbescheinigung in die Halterung an der Kühlfachtür und fährt wieder weg. Meistens trifft er nicht mal jemanden, höchstens Frau Fischer oder Frau Weinmann, die ihm zeigen, welches Fach für die Leiche vorgesehen ist, wenn das vorher nicht schon telefonisch ausgemacht wurde. Reichel ist noch nie weiter als durch diese Tür« – er deutete die Rampe hinunter – »bis zu den Kühlfächern gegangen. Er kannte Alexandra nicht.«

»Woher wollen Sie das wissen? Er hat einen Schlüssel. Vielleicht hat er ... geschnüffelt.«

»Sie sehen Gespenster.«

»Mag sein.« Sie hatte keine Lust mehr auf diese ewig glei-

che Diskussion. Vielleicht deutete sie ja wirklich viel zu viel in die Dinge hinein.
Es entstand eine Pause. Dann fuhr Koswig fort: »Alle drei Frauen haben sich selbst getötet, Nina. Wenn ich vorhin auch nur den Hauch eines Hinweises auf Fremdeinwirkung gefunden hätte, ich würde Tag und Nacht auf den Beinen bleiben, um alles aufzuklären. Wir könnten noch viele Stunden weitersuchen und würden nichts finden. Die Polizei auch nicht. Und Sie erst recht nicht. Sie würden nur Ihre letzte Kraft verschwenden. Für nichts. Das wäre doch … schade.«
»Aber es *muss* einen Zusammenhang geben! Keine drei Frauen, die sich nicht kennen, töten sich selbst und schneiden sich davor Körperteile ab oder reißen sie sich heraus, und das innerhalb von einem Jahr und in derselben Stadt!«
»Wo ist der Schlüssel?«
»Was?«
»Der Autoschlüssel.«
»Ach so.« Sie wühlte in ihrer Rocktasche und gab ihn ihm.
»Sie haben recht, Nina. Es ist … ungewöhnlich. Mehr als ungewöhnlich. Mag sein, dass es etwas Verbindendes gab, was die drei Toten zu einer Selbstverstümmelung veranlasst hat. Aber getötet haben sie sich selbst.«
Sie sprang auf, inzwischen hellwach, und gestikulierte vor Koswig. »Vielleicht waren sie in einer Sekte, und da müssen sich alle nach und nach töten und ein Körperteil von sich opfern. Oder sie haben an irgendeinem von diesen perversen Selbsttötungsspielen im Internet mitgemacht …« Sie ließ die Arme sinken, weil Koswig sie nur reglos ansah. Sie fühlte sich plötzlich dumm und wieder verrückt, und die Angst vor dem grauen Tor kroch schneller in ihre Brust, als

die Sonne sich über das Flachdach des Instituts schob und in Sekunden das ganze Klinikviertel in eine gleißende Helligkeit tauchte.
»Na ja. Theorien.«
»Und wenn es so ist, wie Sie sagen«, fuhr sie fort, »dann wird es weitere Frauen geben, die sich töten. Was auch immer sie dazu getrieben hat. Und dem wollen Sie einfach phlegmatisch und feige zusehen? Sie wollen sie alle auf Ihrem Tisch haben und jedes Mal die ganzen verdammten Erinnerungen an Alexandra aushalten?« Sie war viel zu laut und viel zu aufgekratzt.
Koswig stand auch auf. »Es ist nicht mein Job, das Elend Fremder zu ergründen.«
»Wie bitte?«
»Ich muss zu Lea und mich duschen und umziehen. Um neun Uhr habe ich Sprechstunde, und es ist schon fast sechs.«
»Wie können Sie nur so kalt sein!«
»Ich schütze mich. Und das sollten Sie auch tun.« Er trat zu ihr und sah sie direkt an. »Warum wollten Sie sich damals töten?«
Die Frage traf Nina völlig unerwartet, und unwillkürlich strich sie sich mit den Daumen über die fleischigen Narben ihrer Unterarme. »Frauke hat mir meinen Freund ausgespannt. Peter. Er war meine erste Liebe, es war … wie ein Traum und das vollkommene Glück. Frauke hätte jeden haben können. Jeden. Ich wollte nur Peter.«
Koswig schloss kurz die Augen, sah Nina dann lang an, zu lang, wie sie fand.
Schließlich fragte er: »Wollen Sie mitfahren? Tereza wird uns Frühstück machen.«

»Bei der nächsten Obduktion nehmen Sie mich mit! Ich will das selbst sehen.«

»Das kann ich nicht. Ich bin nicht der Chef hier. Er toleriert keine Institutsfremden im Sektionsbereich. Aber irgendwann zeige ich Ihnen alles. Auch die Toten. Wenn Sie wollen. Aber Sie werden garantiert nicht mehr sehen als Tamm und ich und meinetwegen auch Fischer und Weinmann.«

»Wer ist Tamm?«

»Sorry, der Assistenzarzt. Also, was ist jetzt? Frühstück? Sozusagen als Fortsetzung des abrupt unterbrochenen gestrigen Abends?«

Sie biss sich auf die Oberlippe. Musterte seine bittenden Augen. Ihr wurde warm, und sie erschrak darüber.

»Die große Liebe zu verlieren, das ist wie ein kleiner Weltuntergang. Nur merkt es niemand außer man selbst. Das macht alles noch schwerer und die Einsamkeit unerträglicher. Es tut mir sehr leid.« Er schloss sie fest in die Arme, und sie spürte jeden Muskel seines durchtrainierten Körpers, roch den salzigen Schweiß seiner anstrengenden Nacht und vielleicht auch der Angst, und dann fühlte sie sein Gesicht in ihren Haaren und seine Küsse auf ihrem Kopf und den Schläfen, und er flüsterte: »Jetzt hast du mich. Eine neue Welt. Eine gute Welt.«

Für ein paar wunderbare Sekunden genoss sie diese Welt. Die Nähe, die Vertrautheit. Dann kam das Zittern. Sofort entwand sie sich ihm. »Ich kann das nicht.«

So schnell sie konnte, rannte sie davon und stieß fast mit dem Studenten aus der Cafeteria zusammen, der sein Fahrrad vor dem Haupteingang abstellte.

# 25

Koswig drückte zum dritten Mal auf *SMS senden* und hoffte auf Antwort von dieser Janine aus dem Sternenheim, als es an der Bürotür klopfte. »Ja«, stieß er wütend hervor und legte das Handy zwischen einen Stapel Papiere und die Tastatur seines Rechners. Die Knochenzeigeruhr knackte und sprang auf neun. Koswigs Hand zitterte. Wie konnte Janine ihn seit über einer Stunde einfach ignorieren?

»Guten Morgen, Herr Professor.«

»Herr Schmitt, freut mich. Setzen Sie sich.« Koswig deutete auf den Besucherstuhl. »Sie kommen wegen Ihrer Abschlussarbeit?« Der Student hatte sich bereits gesetzt, bevor Koswig den Satz zu Ende gesprochen hatte, und schlug die Beine übereinander.

»Richtig.« Schmitt lächelte sein Allerweltslächeln, und Koswig wünschte, der arrogante Kerl würde von sich aus ein brauchbares Thema vorschlagen und in drei Minuten wieder weg sein. Stattdessen fragte Schmitt: »Haben Sie schlecht geschlafen?«

»Wollen Sie über die negativen Auswirkungen von Schlafmangel auf die professionelle Studierendenberatung schreiben, oder haben Sie eine lohnende Aufgabenstellung auf Lager?«

»Also ja, schlecht geschlafen.« Er grinste. »Nichts für ungut, aber Sie sollten sich eine kräftige Tasse Tee, eine Rasur und ein frisches Hemd gönnen.«

Klugscheißer, dachte Koswig und vermied es, an sich hinab und auf sein Hemd zu sehen. Nachdem Nina ihn einfach hatte stehenlassen, war er wie aus einer Betäubung erwacht und hatte begriffen, dass auch ihre Anwesenheit ihn nicht hätte retten können. Er war ins Auto gesprungen und zum Sternenheim gerast, hatte das Gaspedal durchgedrückt und nicht darauf geachtet, ob die Ampeln auf Grün oder Rot standen und ob Menschen an den Zebrastreifen warteten oder gar schon losgingen. *Arschloch, ich!* Zu einem anderen Gedanken war er nicht mehr fähig. Im Sternenheim fand er die heulende junge Betreuerin Janine vor, außerdem eine Frau mit Trisomie, die ebenfalls in Tränen aufgelöst war, und einen Mann um die fünfzig, der in spastischen Krämpfen erstarrt war und grauenerregende Laute ausstieß. Über Mathilde konnte ihm niemand der Anwesenden etwas sagen, auch nicht über Skipper, der noch immer nicht aufgetaucht war.

Koswig ging in Skippers Zimmer. Die Kriminaltechnik hatte offensichtlich schnell und auch endgültig gearbeitet: Keine Versiegelung war an der Zimmertür angebracht, und kaum etwas schien durcheinander. Koswig blickte auf den Boden vor dem schmalen Bett. Das Blut war trocken, doch noch nicht schwarz, breitete sich um die Metallfüße des Bettes herum aus und war in die Ledersohlen der Schuhe eingedrungen, die sauber aufgereiht vor dem Heizkörper standen. Die würde Skipper wohl wegwerfen müssen. »Mathilde Kleefeld hat auf dem Boden gesessen, ursprünglich hat sie wohl mit dem Rücken am Bett gelehnt und ist nach Erschlaffen der Muskulatur zur Seite gekippt«, hatte Wenner ihm am Telefon erklärt, und Koswig war versucht gewesen, den Kommissar anzuschreien, warum er ihn, Koswig, nicht zum Leichenfundort geholt hatte.

Koswig musterte die blaue Bettwäsche, die schmutzige Rauhfasertapete. Dann griff er in das Regal und nahm das U-Boot heraus. Sanft strich er über den kalten Schiffskörper. Hinter ihm schluchzte jemand auf. Er fuhr herum. Janine. Sie hatte ihn beobachtet! Wie beiläufig wischte er sich mit dem Ärmel über das Gesicht und gab Janine seine Büronummer. »Wenn dieser Skipper auftaucht, sagen Sie mir sofort Bescheid.« Dass die Polizei das U-Boot nicht beschlagnahmt hatte, war ihm ein Rätsel. Aber es bestätigte, was er schon Nina gegenüber geäußert hatte: Für die Polizei war der Fall klar und nicht weiter untersuchungswürdig. Die Akte wäre bald geschlossen.
Zurück im Institut, hatte er eigenhändig Kleefelds ausführliches Obduktionsprotokoll geschrieben, anstatt das Tonband seiner Sekretärin zum Abtippen zu geben. Dann hatte er die toxikologischen Proben mit *eilig* beschriftet und ins Labor gebracht. Er wollte klare Ergebnisse haben, und das noch heute! Wenn er sich selbst um alles kümmerte, ging nichts verloren – und zudem war er beschäftigt und musste nicht nachdenken.
Immer wieder kehrten seine Gedanken zum Sternenheim, dem U-Boot, Skipper und Nina Bach zurück. Er war enttäuscht und wütend, dass die rothaarige Teufelin, die ihn so durcheinandergebracht hatte, einfach davongelaufen war. Wie ein Volltrottel hatte er vor der Leichenanlieferung gestanden, während die ersten Mitarbeiter gekommen waren. Er hatte es so satt! Wieder würden sie ihn bemitleiden! Er hatte nicht mehr die Coolness, dass ihm ihre Blicke und Bemerkungen egal gewesen wären. Und schuld daran war Nina Bach! Sie hatte ihn weich gemacht! Genau dort einen Spalt in seinen Panzer gerissen, wo es am meisten weh tat:

Sie hatte seine Beziehungsunfähigkeit in Frage gestellt, ihn erneut hoffen lassen – und dann enttäuscht! Unbändige Wut hatte ihn erfasst, und gleichzeitig hatte er aufgeatmet. Alles, was an Wärme und Emotionen in ihm aufzukeimen begann, konnte er sofort wieder hinter dem Panzer verschließen. Unter seiner Stahlhülle.
Schmitt räusperte sich. »Herr Professor? Habe ich etwas … Falsches gesagt?«
»Wenn Sie Rechtsmediziner werden wollen, werden auch Sie irgendwann Ihre Tage im Zombiemodus und in zerknitterter Kleidung verbringen. Das ist kein Nine-to-five-Job. Da gehen schon mal Nächte drauf!«
»Das weiß ich doch, Herr Professor.« Schmitt öffnete die Aktenmappe, die er mitgebracht hatte. »Also haben Sie die Nacht durchgearbeitet? Was gab es denn?«
Schmitts schmale Lippen widerten Koswig an – eine Mischung aus Zynismus, Arroganz und Unterwürfigkeit. Und er hasste devote Leute. »Also, Ihr besonderes Interesse?«, fragte er betont freundlich.
»Mord?«
»Mord ist keine rechtsmedizinische Disziplin.«
Schmitt lachte auf. »Sie sind ja nur selten witzig, aber der war echt gut.«
Koswigs Handy piepte zweimal kurz. Eine SMS. Er schielte zum Mobiltelefon, konnte aber den Absender nicht erkennen.
Sofort grinste Schmitt wieder. »Lassen Sie sich von mir nicht stören. Die Nachtarbeit war sicher anstrengend.« Er betonte das Wort »Arbeit.«
»Nur keine Sorge. Und jetzt Ihr Thema, ich habe nicht den ganzen Tag für Sie reserviert.«

Schmitt richtete sich kerzengerade auf. »Entschuldigung.« Er reichte Koswig ein Blatt Papier. In gerader, fast kindlicher Handschrift waren vier Textblöcke untereinander notiert. »Ich habe einige mögliche Schwerpunkte ausgewählt.«
Koswig überflog den Text. »Das sind ja alles Themen aus der Forensischen Radiologie. Das ist mein Spezialgebiet.«
»Es ist mein Lieblingsthema.«
»Was haben Sie damit zu schaffen? Wir behandeln es doch gar nicht im Studium.«
»Ich lese zu Hause weiterführende Literatur. Und ich möchte bei Ihrem nächsten Forschungsprojekt dabei sein. Bitte, Herr Professor.«
Koswig schoss der Gedanke durch den Kopf, dass Nina diesen Schmitt jetzt garantiert mit Ausdrücken wie Schließmuskel-Erweiterer oder Schleimstraßen-Produzent bedenken würde, und er musste unwillkürlich lächeln.
Schmitt lächelte zurück, wohl in dem Glauben, Koswig gebe damit seinen Segen für Schmitts Mitarbeit. »Also, ich würde dann gleich einige Bücher aus der Bibliothek ausleihen zu dem Thema, das Sie mir zuteilen.«
»Meinetwegen. Pädiatrische Vitalitätskriterien der Lunge oder Traumamorphologie des Larynx und Hyoid?«
»Letzteres.«
»Kehlkopf und Zungenbein also.« Das waren komplex gebaute und empfindliche Apparate. Koswig gab sich für ein paar Sekunden der absurden Vorstellung hin, wie Schmitts perfekt gepflegte Hände einen Frauenhals umklammerten und so fest zudrückten, dass seine Knöchel weiß wurden, wie das Zungenbein mit leisem Knacken brach und die

Subglottis am inferioren Rand des Ringknorpels die Trachea langsam zerquetschte. »Okay«, sagte er.
Schmitt stand auf und klemmte die Aktentasche unter den Arm. »Danke.« Mit einem kurzen Nicken ging er zur Tür. »Ich bestelle Ihnen noch einen Tee.« Er zwinkerte und war weg.
Sofort griff Koswig nach dem Handy. *Alles ok? Lea vermisst Papa. T.*
Koswig spürte den Stich in der Brust. Die Nachricht war nicht von Janine. Dabei wollte er unbedingt wissen, was mit Skipper los war. Er tippte: *Alles ok, EK.*
Beim Anblick des blutverschmierten Fußbodens in Skippers Zimmer und des U-Boots im Regal musste Koswig würgen. Wie eine Flut waren die Bilder über ihn hereingebrochen: Emil ist sieben Jahre alt, und sein Bruder Sebastian ist schon fast tot. Es ist ein Tag wie jeder andere, und Emil, der gelernt hat, wie ein Schatten zu leben, um seinen Vater nicht zu provozieren, spielt im Bad mit Sebastian Kapitän und Fregattenleutnant. Sein Bauchweh wird schlimmer, je näher der Abend und die Rückkehr des Vaters kommen. Die Mutter ist unten in der Küche, es riecht nach Braten, und das Geschirr klappert. Später, beim Essen, wird Emil geräuschlos das Fleisch schneiden und nicht mit dem Messer auf den Teller stoßen. Er wird geräuschlos kauen und extra leise atmen und danach auch leise pinkeln. Als er unten den Schlüssel in der Haustür hört, flüstert er Sebastian zu: »Keine Angst. Ich bin da.« Dann streicht er seinem kleinen Bruder über das struppige Haar. Schon hört er die Schritte des Vaters auf der Treppe, jeder einzelne wie ein schwerer Hammerschlag. Emil kennt den Rhythmus genau, das Zögern auf dem Treppenabsatz.

Heute hört er an der Verzögerung, dass der Vater, wie fast immer in den letzten Wochen, getrunken hat. Rasch stellt er sich hinter die Badezimmertür. Sebastian beginnt zu weinen. Das rote, zerfurchte Gesicht des Vaters erscheint an der Türkante. »Hallo, Junge.« Seine Augen sind von tausend roten Äderchen durchzogen, und vor den Bartstoppeln ekelt Emil sich. Er presst sich in die Ecke. Sebastians Weinen wird lauter. »Fresse!«, schreit der Vater zu Sebastian und sagt freundlich zu Emil: »Du sollst dich nicht verstecken, wenn ich nach Hause komme!« Emil presst die dünnen Arme an seine Seiten und starrt auf die Bodenfliesen, zählt die Rauten und klammert sich mit dem Blick an den Fugen fest, die Fugen zwischen den grünen und braunen Fliesen mit dem Schlierenmuster, in denen er jedes Mal neue Bilder entdeckt. Einen Drachen. Eine Blumenwiese. »Los, gib mir die Hand.« Der stinkende Schnapsatem trifft Emil ins Gesicht. Emil sieht einen Tiger. Der Vater greift nach Emils Hand und drückt sie. »Los, sprich mir nach: Guten Abend, lieber Vater.« Er drückt sie fester, und es knackt, und Emil presst die Lippen aufeinander und sieht auf den Tiger hinab. Der Vater drückt noch fester. »Sprich! Mir! Nach!«, und Emil flüstert: »Guten Abend, lieber Vater.« Der Vater kneift die Augen zusammen und quetscht mit einer schnellen, harten Bewegung Emils Hand. »Ich habe nichts gehört, los, lauter!« Doch Emil bleibt stumm, obwohl der Schmerz ihn fast umbringt. Er darf nicht schreien. Nicht schluchzen. Auch nicht, wenn der letzte Handknochen bricht. Sonst kommt die Mutter herauf, und er schlägt sie wieder ins Gesicht. Und wenn sie dann weint, wendet er sich zur Strafe Sebastian zu, damit die Mutter noch mehr leidet. Sie

müssen alle stumm bleiben. Sebastian ist doch noch so klein.
Dass der Vater auch ihm etwas antut, das ist Emils größter Alptraum.
Der Junge kann nicht wissen, dass der schon bald Realität wird.

# 26

Der Wäschetrockner piepste. Nina ging – barfuß und nackt unter Fraukes weißem Morgenmantel – in die Wasch- und Vorratskammer, öffnete die Frontklappe und zerrte ihre gesamten Klamotten heraus. Den Rock im dunklen Moosgrün, ein schwarzes Shirt mit spitzenverziertem Ausschnitt und frische Unterwäsche legte sie auf den Wohnzimmertisch. Den Rest packte sie in ihren Rucksack. Obenauf schnallte sie Hase. »Sorry, ich will dir nicht weh tun«, sagte sie, als sie den Gurt um den Plüschbauch festzog.

Dann ließ sie sich mit der halbvollen Amarettoflasche auf das weiche Sofa sinken. Ein Glas benutzte sie nicht, sie wollte alles so sauber hinterlassen wie möglich. Irgendjemand würde sich schließlich um die Wohnungsauflösung kümmern müssen.

Sie trank einen großen Schluck und rief Markus Ohmer an. »Störe ich? Es ist schon spät, aber ich wollte mich unbedingt noch melden.« Nur mit Mühe verstand sie ihren Kunden, der sich anhörte wie auf einem zerkratzten Tonband: »Nina! Ich freue mich so.« Er musste Luft holen, der Atem rasselte. Ob seine Frau neben ihm stand und ihm mit ihrer manikürten Hand den Telefonhörer gereicht hatte oder gar an sein Ohr hielt? »Bei was sollen Sie mich stören? Beim Sterben?« Wieder ein Rasseln. »Sie fehlen mir. Sind Sie wieder zurück?«

Tränen schossen ihr in die Augen, als sie sich das Tuch über seinem Gesicht vorstellte und das blutige Loch darunter, das in den dreizehn Tagen, in denen sie nun hier war, offenbar Richtung Rachen gewachsen war. So, wie die Ärzte es vorausgesagt hatten. Mit dem Satin-Ärmel wischte sie sich über die Augen. Verdammte Heulerei! Sie hätte nie so lang in dieser anonymen Großstadt bleiben dürfen. Ohmer brauchte sie. Ines Klein brauchte sie. Smoothie, der einsame Koch, brauchte sie. Und sie brauchte ihre Kunden. Die Stadt war ohnehin kein Ort für sie. Schon gar nicht, wenn sie sich verliebte. Ausgeschlossen. Nicht zugelassen. Nicht Teil ihres Lebensplanes. »Mein Zug geht morgen um die Mittagszeit, ich bin gegen achtzehn Uhr bei Ihnen. Passt das?«

»Immer, Nina.« Das Rasseln ging in eine Art Blubbern über.

»Ich freue mich«, sagte Nina zum ersten Mal zu Ohmer. Und sie freute sich wirklich. So wie er atmete, würde er nicht unbedingt bis zu seinem fünfzigsten Geburtstag am fünften August durchhalten. Sie würde morgen mit ihm darüber reden, ob sie ihn früher in die Schweiz zu Dignitas bringen sollte. Heute freute sie sich einfach, ihn zu sehen, bevor er diesen verdammten Planeten verlassen musste. Sie freute sich auch auf die überschaubaren Straßen der Kleinstadt, die bekannten Gesichter auf dem Marktplatz. Auf ihr Lieblingscafé mit den wackligen Stühlen und vergilbten Plakaten an den Wänden.

Das hier war eine kleine Episode. Etwas, das Schicksal war und nicht in ihrer Hand gelegen hatte. Frauke, wie auch immer sie gestorben war, wäre morgen Abend begraben und Nina in ihrem eigenen Leben zurück. Koswig würde weiterhin um Alexandra trauern, abwechselnd charmant und distanziert auftreten und seine Leichen obduzieren.

Mathilde Kleefeld würde Alex und Frauke unter die Erde folgen, und irgendwann auch Ninas Eltern. Doch all das hatte nichts mehr mit ihr zu tun. Sie gehörte nicht zu diesen Leuten. Ihr Herz gehörte anderen Menschen und Dingen. Es war nicht ihre Sache, sich um Suizide oder Morde oder was auch immer zu kümmern. Sie hasste Gewalt. Ertrug sie nicht. Sie konnte und wollte sich nicht weiter damit auseinandersetzen.

Nina streichelte Hases Ohren. Sie waren weich und sauber. Hase war alles, was sie von hier mitnehmen würde. So etwas wie eine Versöhnung. Koswig und ihre Gefühle für ihn, die Panik, die sie bei seiner Umarmung nicht mehr hatte unterdrücken können – all das blieb hier.

Nach einigen weiteren Schlucken Amaretto ging sie auf den Balkon und rauchte, und beim Anblick der rosafarbenen Dunstglocke, die über dem Betonmoloch von Stadt hing, freute sie sich umso mehr, morgen Abend wieder zu Hause zu sein.

Unter ihr ging ein Mann mit einem riesigen hellen Hund von Straßenlaterne zu Straßenlaterne. An jeder hob das Tier ein Bein.

Fast musste Nina lachen. Wie hatte Timo vor fast einer Woche zu ihr gesagt? Es sei hier nicht gut für sie. Und sie solle nach Hause fahren. Und sie hatte erwidert: »Nach Hause. Wo ist das?«

Jetzt wusste sie es.

Der Hund schnüffelte im Gestrüpp und bellte kurz, und der Mann schimpfte.

Wo und wie Timo wohl lebte? Egal. Auch der wäre ab morgen Vergangenheit.

Ein Jaulen zerriss die Nacht. Der Mann schimpfte noch

lauter und zerrte den Hund hinter sich her. Schließlich verschwanden beide zwischen den glänzenden Autodächern und Alleebäumen.

Sie ging ins Wohnzimmer zurück. Der Teppich unter ihren Füßen war weich. Ob Frauke wirklich einen Liebhaber gehabt hatte? Noch immer hatte Nina Fraukes Schlafzimmer nicht betreten. Dort hätte sie sicher Hinweise auf einen Mann gefunden.

Dann hörte sie es wieder. Das Kratzen an der Wohnungstür. Sofort zog sie den Morgenmantel enger um sich. Schaltete das Licht aus und schlich in die Diele. Stille. Hatte sie sich getäuscht? Zu viel getrunken? Aber es waren doch nur ein paar Schlucke gewesen.

Die bunten Ornamentgläser in dem kleinen Fenster der Wohnungstür leuchteten, im Treppenhaus brannte also Licht. Sie musste sich getäuscht haben. Keiner, der sie bedrohte, kam in Festbeleuchtung hierherauf. Als Schritte im Treppenhaus erklangen und fröhliche Stimmen vor ihrer Tür zu hören waren, öffnete Nina.

»Hups!« Ein älteres Paar stand fast vor ihr. Die Frau war in ein ultramarinblau changierendes Abendkleid gehüllt und presste erschrocken die Hand auf die Brust. »Haben Sie mich jetzt erschreckt.«

»Tut mir leid, ich habe Geräusche gehört und dachte … na ja.«

»Schon gut.« Der Mann trug einen Anzug. »Ist ja nichts passiert, wir wollten Sie auch nicht wecken. Wer sind Sie denn, kennen wir uns?«

»Ich bin Nina Bach. Die Schwester von Frauke Bach.«

»Ach, die Frau Doktor Bach.«

»Kannten Sie sie?«

»Wieso kannten?« Die Hand der Frau lag noch immer auf ihrer Brust, jetzt hob sie die Augenbrauen.
»Meine Schwester ist tot.«
»Um Gottes willen! Das tut mir leid! Wir haben uns kaum gekannt, aber trotzdem …« Sie blickte zu Boden.
»Ich kannte sie auch kaum«, versuchte Nina, die Situation zu entspannen. »Ich weiß nur wenig über sie. Aber ich will Sie nicht länger aufhalten, tut mir leid. Wie gesagt, ich hatte ein Geräusch gehört.« Sie musterte die Abendgarderobe der beiden. »Sie wollen sich sicher umziehen und es sich gemütlich machen.«
»Don Giovanni.« Der Mann nickte.
»Don was?«
»Giovanni! Wie waren in der Oper. Mozarts *Don Giovanni*. Hervorragende Inszenierung.«
»Ach so. Den Namen hab ich schon mal gehört. Ich steh nicht so auf klassische Musik.« Das Treppenhauslicht ging aus, und Nina tastete nach dem Schalter.
»Liebe und Begierde sind starke Triebfedern. Zweitausendundfünfundsechzig Frauen hat er erobert, der Don Giovanni. Und dann verlässt ihn das Glück, und er …«
»Das ist doch jetzt geschmacklos, Heiner«, sagte die Frau harsch und wühlte aus einer kleinen schwarzen Handtasche einen Schlüssel hervor. »An was ist Ihre Schwester denn gestorben?«
»Sie hat sich umgebracht. Aber bitte, Sie müssen das nicht weiter kommentieren oder mich bemitleiden. Ich bin okay. Morgen ist übrigens die Beerdigung, nur, falls Sie als Nachbarn …« Sie zuckte die Schultern.
»Liebeskummer?« Der Mann beugte sich vor.
Die Frau schloss die Wohnungstür auf, die vis-à-vis von

Fraukes lag und exakt gleich aussah. »Komm jetzt, Heiner, darüber spricht man nicht.«
»Warum nicht?«, fragte Nina.
Die Frau drehte sich zu ihr und öffnete und schloss den Mund. »Weil ... es gehört sich nicht, im Leben anderer herumzuwühlen. Erst recht nicht, wenn sie tot sind.«
Nina versuchte ein Lächeln. Aus der Wohnung des Paares drang der Geruch von Möbelpolitur und Rosen. Sie stellte sich in den Zimmern glänzende Tischchen mit Intarsien, Perserteppiche, viele Bücher und überall Vasen mit großblütigen hellen Sträußen vor. »Ich weiß nicht einmal, ob es in Fraukes Leben einen Mann gegeben hat.«
»Hat es«, erwiderte der Nachbar.
»Woher willst du das wissen, Heiner?« Seine Frau fuhr mit den goldberingten Fingern am Ausschnitt ihres Kleides entlang.
Heiner wandte sich an Nina. »Ich bin seit einigen Wochen in Altersteilzeit, müssen Sie wissen. Helga arbeitet noch voll. Ich verlasse das Haus morgens um zehn Uhr, und häufig habe ich da den jungen Mann getroffen. Er ist auch immer gerade aus dem Haus gegangen.« Er zwinkerte. »So gegen sechzehn Uhr kam er dann zurück. Auch da sind wir quasi ineinander reingelaufen.«
Nina schlang die Arme um ihren Oberkörper. »Junger Mann? Wie sieht er aus?«
»So groß wie Sie etwa, recht klein für einen Mann. Auffallend schlank. Und so eine moderne Frisur.«
»Dunkle Haare, die bis über die Wimpern fallen?«
»Sie kennen ihn? Ich dachte ...«
»Ich, äh ... habe in der Wohnung ein Foto gefunden«, log Nina.

»Wissen Sie, in den letzten zwei Wochen habe ich weder den Mann noch Ihre Schwester gesehen. Ich habe angenommen, sie seien verreist.«

»Am Samstag vor zwei Wochen, haben Sie da nichts von der Polizei mitbekommen? Und wie Frauke abtransportiert worden ist?«

»Wir sind abends immer bei kulturellen Veranstaltungen.«

»Und am Nachmittag? Hatte meine Schwester Besuch?«

»Warum fragen Sie das?«

»Weil ich Zweifel an einem Suizid habe.«

»Tatsächlich?« Er strich sich durch das schüttere Haar.

»Komm jetzt, Heiner.« Die Frau zupfte ihn am Ärmel. »Belästige die junge Frau nicht. Gute Nacht.« Sie nickte Nina zu.

»Gute Nacht.« Nina tapste zurück in die Wohnung und trank die Amarettoflasche aus. Timo! Er war fast jeden Tag hier gewesen! Um zehn Uhr hatte er Fraukes Wohnung verlassen und war gegen sechzehn Uhr zurückgekommen. Er hatte gelogen! Er hatte wahrscheinlich sogar hier gewohnt! Sie blickte die Treppe hinauf zur Empore, wo die Tür zum Schlafzimmer darauf wartete, geöffnet zu werden. Und wahrscheinlich hatte er sogar gewusst, dass Frauke tot war, als er mit dem Schlüssel hier hereingekommen war und ihr, Nina, dann dieses Theater vorgespielt hatte mit seiner Heulerei!

Aufgeregt rannte sie noch einmal hinaus ins Treppenhaus und klingelte bei den Nachbarn. *Mattfeld* stand auf einem golden glänzenden, verschnörkelten Namensschild, wie sie erst jetzt sah.

»Sorry, war der junge Mann wirklich so oft da? Also ich meine, auch am Wochenende?«

Heiner, der Jackett und Krawatte schon abgelegt hatte, lächelte: »Das weiß ich nicht. Aber ich habe ihn auch schon an den Wochenenden hier gesehen. Und ein oder zwei Mal hatte er einen komischen Typ dabei.«

»Komischen Typ?«

»Der hat nie gesprochen und auf keinen Gruß reagiert. Sein eines Auge sah irgendwie ... ekelhaft aus, wenn Sie verstehen. Es war wie ein vernarbter Krater.«

»Wissen Sie seinen Namen?« Augenblicklich dachte Nina an Koswigs Bericht von Skipper, in dessen Zimmer Mathilde Kleefeld gefunden worden war.

»Nein. Ich dachte, der Mann sei ein Patient. Ihre Schwester war doch Ärztin.«

»Aber sie hat keine Patienten zu Hause empfangen! Oder doch?«

»Das weiß ich wirklich nicht.«

Erschöpft und durcheinander ließ Nina sich tief in das Sofa sinken. Was hatte all das zu bedeuten? Lass die Sache ruhen, sagte sie sich, als ein schrilles Läuten sie zusammenzucken ließ! Die Wohnungsklingel. Noch nie hatte sie sie gehört. War das Heiner Mattfeld? War ihm noch etwas eingefallen? Nina blieb liegen. Sie wollte nichts mehr wissen. Nichts sehen, nichts hören, nie mehr über Frauke sprechen.

Jetzt klopfte jemand an die Wohnungstür. »Nina?«

Sie setzte sich auf. Nur in der Diele brannte Licht, sie saß im Halbdunkel.

Der Morgenmantel war zur Seite gerutscht, und sie sah auf ihre blassen Beine, ihre Scham, die Wölbung ihres Bauches und ihre kleinen Brüste. Wieder klopfte es, jetzt lauter. »Bitte, mach doch auf!«

Emil Koswig!

Für einige Sekunden schloss sie die Augen. Spürte seine Arme, roch den Oregano und den herben, aber nicht unangenehmen Schweiß. Sie sah seine langen dunklen Wimpern unter dem hellen Haar. Dann eilte sie zur Wohnungstür, raffte mit einer Hand den Morgenmantel zusammen und öffnete.

»Das war nicht nett«, sagte Emil Koswig.

»Ich wollte gerade ins Bett gehen.«

»Du hast mich einfach stehenlassen. Ich wollte dir helfen. Für dich da sein.«

»Tut mir leid. Es ist alles zu viel für mich.«

»Darf ich?« Er deutete an ihr vorbei in die Wohnung.

»Herr Koswig, ich möchte allein sein«, sagte sie und dachte: Ich bin so froh, dass du da bist.

»Warum siezt du mich?«

»Sie haben mir noch kein Du angeboten. Und ich Ihnen übrigens auch nicht.«

Er lächelte. »Du kannst ganz schön spießig sein. Aber du siehst sexy aus in dem Fummel.«

»Er gehört Frauke.«

»Das ist mir klar.« Er ging an ihr vorbei durch die Diele ins Wohnzimmer, blieb neben ihrem gepackten Rucksack stehen und blickte nach oben Richtung Badezimmer. Dann wandte er sich Nina zu, die ihm gefolgt war. »Du gibst dich so abweisend. Wie geht es dir wirklich?«

»Ich bin okay.«

»Wollen wir ›du‹ sagen? Ganz offiziell?«

»Meinetwegen.«

Was konnte sie schon verlieren in den paar Stunden, in denen sie noch hier war.

»Hast du hier sauber gemacht? Oder hast du einen Cleaner geholt?«
»Wovon hätte ich den zahlen sollen?«
Koswig sah sich um. »Ziemlich elegant alles. Wäre mir aber zu puristisch.« Er ging zu dem Kaminofen und sah sich die afrikanischen Statuen an, ohne sie zu berühren. »Die sind ja gruselig. Ich mag diese unförmigen Körper mit den riesigen Hängebrüsten nicht. Und bei den Masken schaudert es mich immer. Aber der Ofen gefällt mir.«
»Du redest, als seist du zum ersten Mal hier.«
Abrupt fuhr Koswig herum. »Das *bin* ich.«
»Ich dachte, du hast Frauke hier in der Wohnung schon untersucht? Du hast doch gesagt, es sei üblich, dass bei einem verdächtigen Todesfall der Rechtsmediziner …«
»Ach, das meinst du.« Er lachte. »Ich war nur ein paar Stunden hier. Mit diesem Tunnelblick. Mit dem sehe ich nur die Toten und Spuren. Da ist keine Zeit, irgendwelche Deko zu bewundern. Der Job hier war nicht schön.« Er kam zu ihr. »Aber es war sicher auch ein schrecklicher Job, all das Blut zu beseitigen.«
Sein Blick ruhte auf ihrem Gesicht, Nina ahnte im dunklen Zimmer seine Konturen mehr, als dass sie sie sah, und spürte umso deutlicher diese Vertrautheit und Wärme in sich, die sie so gern losgeworden wäre. Wohin sollte das führen?
»Frauke hatte ein Verhältnis mit Timo Reichel«, platzte sie heraus, um abzulenken.
Koswig trat einen Schritt zurück. »Reichel? Beim besten Willen, aber das kann ich mir nicht vorstellen.«
»Die Nachbarn haben es mir erzählt. Timo war fast jeden Tag hier.«

»Hm. Woher sollten Frauke und Reichel sich denn gekannt haben?«
»Sie waren befreundet, sagt Timo.«
Emil ballte die Faust, und Nina fragte sich, weshalb. »Das wäre aber schon ein ziemlicher Zufall. Wo haben sie sich kennengelernt?«
»In Fraukes Klinik. Ein Kumpel von Timo war bei ihr in Behandlung.« Noch während sie sprach, sagte Nina sich: Lass es! Du bist morgen weg! Es ist nicht mehr dein Ding, das zu klären!
»Okay, wenn das so war ... Nur, ganz ehrlich: Ich bin nicht wegen Reichel gekommen. Ich wollte *dich* sehen. Und ich wollte dir noch einmal sagen, dass mein Angebot gilt. Ich bin für dich da! Auch wenn ich dir nicht bei einem Beweis für Mord helfen kann, eines kann ich doch: Ich kann dich lieben und, so gut es geht, für dich sorgen und ein Stück Weg mit dir gehen. Vielleicht ja auch ein ganz langes Stück, wer weiß das schon.« Emil presste die Lippen aufeinander, als schäme er sich für seine Worte.
Die Wärme in Nina wurde zu einem heißen Prickeln. Doch sie rührte sich nicht.
»Was ist los mit dir?« Emil strich ihr über den Oberarm.
»Nichts.«
»Dann erzähl mir von diesem Nichts.«
Sie hob den Kopf. Legte ihre Hand in Emils Nacken und zog seinen Kopf zu sich herunter. Sie küsste ihn zaghaft und vermied dabei jede Berührung ihrer Zungen. Doch Koswig war gierig. Sie wusste, dass er mehr wollte. Alle Männer wollten gleich mehr. Seine Lippen wanderten zu ihrem Ohr, und sie hörte sein Flüstern: »Schalte dein Denken aus. Lass dich fallen.« Da ließ sie sich darauf ein. Als

sie nach einem langen Kuss die Augen öffnete, sah er an ihr vorbei. Augenblicklich waren ihre Zweifel wieder da, und sie schob ihn zurück.

»Was soll das?«

»Du benutzt mich«, stieß sie hervor. »Du kannst mich nicht einmal ansehen.«

»Das ist doch Quatsch.«

»Du schaust an mir vorbei und behauptest, du würdest mich lieben?«

Koswig schnaubte. »Jetzt mach mal halblang. Ja, ich liebe dich! Und genau deswegen hat mich das da« – er zeigte auf ihren prallen Rucksack – »erschreckt. Auf deinen gepackten Rucksack habe ich gerade geblickt. Und da ist mir klargeworden, dass *du mich* benutzt! Du lässt mich hier wie einen Trottel Liebeserklärungen stammeln, küsst mich, als würdest auch du etwas für mich empfinden, und dabei bist du schon fast auf und davon. Hättest du mir das noch gesagt, ja?« Seine Stimme wurde fast schrill. »Oder hätte ich wieder dagestanden wie gestern früh, zurückgelassen, ohne eine Erklärung zu bekommen, während du dich in deinem Selbstmitleid suhlst?«

»Selbstmitleid?«

»Ganz genau! Selbstmitleid. Ich Arme«, ahmte er sie nach. »Frauke hat mir vor Jahrhunderten den Freund ausgespannt.« Seine Stimme wurde höher, als er fortfuhr: »Ich Arme, ich hab seither kein Dach über dem Kopf.«

»Das habe ich nie gesagt! Das ist ungerecht!« Sie zerrte den Morgenmantel fest um ihren nackten Körper.

»Ich Arme, ich kann das nicht, mir wird alles zu viel.«

Tränen schossen Nina in die Augen.

»Glaubst du, andere müssen keine Schicksalsschläge hinnehmen?« Seine Blicke trafen sie wie Eisregen. »Meinst du, keine Frau außer dir wurde je betrogen? Denkst du, du bist die Einzige auf der Welt, die ein Geschwister verliert?«

Sie wandte sich ab. Er hatte recht. Sie übertrieb alles, das hatte auch der Arzt in der Psychiatrie damals gesagt. Sie bilde sich vieles nur ein, neige zu Dramatisierungen.

»Ich gehe«, sagte er. »Viel Glück in deinem weiteren Leben.«

»Emil, bitte«, schluchzte sie und sah ihm nach, wie er durch die Diele zur Wohnungstür ging. Doch er öffnete sie nicht. Er stand abgewandt und mit hängenden Armen da. Angeleuchtet vom Deckenspot in der Diele, wirkte er wie ein gebrochener Held in einem Theaterstück.

Es kam Nina wie eine Ewigkeit vor, ein Stillstand der Zeit, bis er sich umdrehte. »Ich möchte nicht gehen«, flüsterte er. »Und ich möchte nicht, dass du gehst.«

Sie nickte und schloss die Augen, zerrissen zwischen der Sehnsucht, auf ihn zuzustürmen, ihn an sich zu reißen, ihn hier und jetzt auf dem Boden zu nehmen, und der Panik vor dem, was all das für ihre Zukunft bedeuten würde. So stand sie einfach da, in diesem fremden Morgenmantel in dieser fremden Wohnung in dieser fremden Stadt.

Als sie seine Hand in ihrer spürte, öffnete sie die Augen. »Es tut mir leid. Wir sind beide über unsere Grenzen gegangen. Wir sind müde und erschöpft und ratlos. Das macht aggressiv.«

Er führte sie zu dem Sofa, drückte sie in die Polster und hielt dabei ihren Morgenmantel zusammen.

Nina war dankbar für diese Geste. Dankbar, dass er sie schützte und die Situation nicht ausnutzte.

Emil blickte auf die Amarettoflasche neben den Kleidern, die sie morgen auf der Beerdigung tragen wollte.
»Ich hab sie schon seit einer Woche.« Ihre Stimme klang belegt.
»Dann ist ja gut. Nina?«
»Hm?«
»Hast du Angst vor morgen?«
Sie hob kurz die Schultern. »Nein, ja, ach, ich weiß es nicht.«
»Wenn du magst, begleite ich dich zu der Beerdigung.«
Jetzt konnte sie die Tränen nicht länger zurückhalten, und bald bebte ihr ganzer Körper. Emil saß neben ihr und flüsterte irgendetwas, das sie nicht verstand. Als sie sich beruhigt hatte, sagte er: »Sei nicht traurig. Wir kriegen das alles hin.«
Sie nickte. »Ist es okay, wenn du jetzt gehst? Ich muss mich sortieren.«
Er zögerte. Dann richtete er seinen Blick auf sie, so intensiv, so voller Trauer, dass Nina wegsehen musste. »Du wirst abreisen, nicht wahr? Du bist ein Dickkopf. Du ziehst durch, was du dir vorgenommen hast. Du bist eine freie Seele.«
Das war es wieder, dieses Gefühl, dass Koswig alles über sie wusste. Sie nickte und wich seinem Blick aus.
Emil stand auf. »Ich bin um acht Uhr hier. Ich möchte wenigstens ein Mal mit dir frühstücken.« Ohne weitere Worte ging er aus der Wohnung und schloss leise die Tür hinter sich.
Nina sah auf das bunte Fensterchen, das rote und blaue Leuchten, lauschte Emils Schritten im Treppenhaus und dem kaum hörbaren Zuschlagen der Haustür. Dann star-

tete ein Automotor, und noch bevor sein Brummen in der Ferne verklungen war, war sie eingeschlafen.

Die Türglocke riss sie aus einem wirren Traum, und fast gleichzeitig schlug die Standuhr in der Diele acht Mal. »Mist, verschlafen«, murmelte sie und rief: »Ich komme!« Sie stand auf und blickte auf den Rucksack. Schlug sich entsetzt die Hand vor den Mund. Dann schrie sie.

# 27

Jetzt beruhige dich doch!« Ihre Schultern bebten, obwohl Emil neben ihr auf dem Boden kniete und sie festhielt. Er trug einen dunklen Anzug. Durch die Balkontür fiel die Morgensonne, und in dem Lichtstreifen tanzten Staubpartikel. »Das ist ein übler Scherz, Nina! Hörst du! Nichts weiter.«

Nina entwand sich ihm. Sie hatte einen sauren Geschmack im Mund, und neben ihr lag Erbrochenes auf dem hellen Teppich. »Ich gehe zur Polizei!«

»Was sollen die tun? Den Mord an einem Hasen aufklären?«

Sie presste Hase noch fester an ihre Brust.

Das Krachen, als Emil die Wohnungstür eingetreten hatte, hatte Nina nicht einmal registriert. Erst als er bei ihr gewesen war, hatte sie aufgeblickt und gesehen, dass das Schloss herausgebrochen war. Die Sicherheitskette war unbeschädigt, denn Nina hatte, nachdem Emil in der Nacht gegangen war, weder die Tür mehrmals abgeschlossen noch die Kette vorgelegt. Sie musste sofort eingeschlafen sein.

»Verstehst du denn nicht?«, stieß sie unter Tränen hervor. Wie konnte er nur so blind sein! So ignorant! Ein Heulkrampf schüttelte sie, und der Morgenmantel, den sie noch immer trug, rutschte von ihren Schultern. Nur Hase vor ihrer Brust verhinderte, dass ihr Oberkörper entblößt war. »Sieh doch!« Sie strich über das Loch, an dem einmal ein Glasauge gewesen war und aus dem jetzt weißes, wolliges Füllmaterial quoll. Sie streichelte die Vorderpfote, an der ein rechteckiges Stück Plüsch fehlte. Berührte den kurzen, glattrandigen Stoffwulst, der von Hases Ohr noch übrig war. Das abgetrennte Ohr lag unter dem Sofatisch. »Das sind die Verletzungen von Alexandra und Frauke und Kleefeld!«

Emil saß reglos da und sah sie an. Er sagte nichts.

»Und was bedeutet das?« Mit erstickter Stimme zog sie das lange Messer aus Hases Maul. »*Was*? Was soll das? Bitte, sag es mir! *Bitte!*«

Emil Koswig stand auf, packte Nina unter den Achseln und zog sie mühsam auf das Sofa. »Es bedeutet, dass dir jemand Angst einjagen möchte. Und dass ich dich ab jetzt nicht mehr aus den Augen lassen werde.«

»Du verstehst nicht! Es wird einen vierten Mord geben!« Erst jetzt sah sie die kleine Schere auf dem Sofatisch. Emil folgte ihrem Blick. Sie lag neben Ninas Kleidern, die sie für die Trauerfeier und Urnenbeisetzung bereitgelegt hatte. »Das ist meine. Ich muss sie gestern in der Kammer liegen lassen haben, weil ich dort eine neue Packung Waschmittel aufschneiden musste und …«

»Nina, ich habe keine Ahnung, was hier vor sich geht! Aber es waren keine Morde! Und wenn es *deine* Schere ist und die Wohnungstür geschlossen war …«

»Ich bin nicht verrückt!«

Sein Adamsapfel bewegte sich auf und ab. »Dann wird es vielleicht eine vierte Selbsttötung geben! Und die Nächste schneidet sich vorher die Lippen oder sonst was ab. Was auch immer die Frauen dazu treibt, und wer auch immer jetzt schon davon weiß: Es wird keinen vierten Mord geben, weil es keinen ersten und zweiten und dritten gegeben hat.«

»Das sagst du einfach so? Ein vierter Selbstmord? Du bist so … teilnahmslos.«
»Ich versuche nur, uns zu schützen.«
»Jemand treibt die Frauen in den Tod! Und die vierte Frau ist …« Ihre Stimme brach.
»Warum sollte derjenige ausgerechnet dir seine Pläne mitteilen?« Koswig presste kurz die Lippen aufeinander. »Nina, du glaubst doch nicht etwa, dass *du* die Nummer vier …«
»Ich habe niemandem etwas getan. Ich muss zur Polizei, sofort, ich …«
»Wenner wird nichts tun. Er *kann* nichts tun. Das hier« – Koswig zeigte auf Hase – »ist Sachbeschädigung.«
»Aber jemand ist deshalb eingebrochen!«
»Du kannst es versuchen. Aber du hast Wenner ja erlebt. Wenn in seinen Augen eine Sache klar ist, und das ist es hier, klappt er den Aktendeckel zu.«
Sie blinzelte die Tränen weg. »Ich will nach Hause.« Sie stand auf und griff nach ihrem Rucksack, taumelte.
Emil nahm ihn ihr ab und stellte ihn auf die andere Seite des Sofatisches. »Du musst erst mal gar nichts. In zweieinhalb Stunden ist die Beisetzung deiner Schwester. Das ist wichtig für dich. Es ist ein letzter Abschied, da sollten nicht Hass und Sorge im Vordergrund stehen. Und jetzt mache ich dir erst einmal etwas Warmes zu trinken. Was magst du? Tee? Kaffee?«
»Grog.«
»Bitte sei doch vernünftig. Ruf den Schlüsseldienst an. Schaffst du das? Dann gehst du duschen und ziehst dich an. Ich mache inzwischen Frühstück.«

Die kleine Kapelle war von einem goldenen Licht erfüllt und über und über mit weißen, großblütigen Lilien geschmückt. Auf einem Sockel in Form einer griechischen Säule thronte die Urne, um die sich weiße Seidenbänder wanden. Entlang der Wände standen große, brennende Kerzen in riesigen silbernen Kerzenhaltern. Nina saß ganz vorn, neben ihr ihre Eltern und die Pflegerin aus dem Altenheim mit der gepiercten Unterlippe. Ihre Haare waren seit Ninas Besuch von dem grellen Pink zu einem Orange umgefärbt worden. Auf der anderen Seite des Mittelganges saß Gisela Naumann, die Bestatterin, die Nina freundlich begrüßt, aber dankenswerterweise keine großen Worte gemacht hatte. Emil hatte ganz hinten bleiben wollen. Ein Fremder, der nur wegen Nina gekommen war. Und der nun sicher sehr viele Erinnerungen aushalten musste. Nina sah nicht auf und drehte sich nicht um, als der Trauerredner seine Ansprache begann. *Liebe Familie Bach, liebe Trauergäste, der Tod der lebensfrohen Frauke hat uns tief erschüttert … Lücke in Leben derer, die zurückbleiben …* Sie reagierte nicht, als direkt hinter ihr jemand schluchzte und sich gleich darauf auf der anderen Seite der Kapelle jemand schneuzte. Nina hatte ihre Hände fest verschränkt. Die ganze Zeit sah sie Hase vor sich, erinnerte sich an ihren früheren Stoffhasen, den die kleine Frauke aufgeschlitzt hatte. *Frauke Bach war eine treue Freundin, eine verantwortungsvolle Ärztin und liebevolle Tochter und Schwester. Sie hat nie aufgegeben, nach dem Guten zu suchen …* Ja, dachte Nina, um alles Gute für sich allein zu horten. Wer hatte dem Mann mit der Nickelbrille eigentlich die Informationen für seine Rede gegeben? Verübeln konnte Nina ihm seine Worte nicht, weder sie noch ihre

Eltern hatten ihn bei der Vorbereitung unterstützt. Vermutlich also Standard-Repertoire. Sie hörte nicht mehr zu, wollte all die Leute nicht sehen, die sie womöglich aus ihrer Kindheit kannte. Nachbarn, Kollegen des Vaters, die die kleine Todesanzeige in der Tageszeitung gelesen oder auf anderen Wegen von Fraukes Tod erfahren hatten.
Am Ende der Feier nahm Gisela Naumann die Urne und verließ vor Nina und ihren Eltern als Erste die Kapelle. Nina blickte fest auf den roten Sandsteinboden und Naumanns Füße in den dunklen Pumps vor ihr. Sie hatte Flüstern rechts und links des Ganges erwartet, doch niemand sagte etwas. Auch ihr Vater war still, als begreife er in seiner Demenz, dass hier etwas Trauriges vor sich ging und dass Kommentare nicht angebracht waren.
Direkt neben der zweiflügeligen Kapellentür stand Emil. Sein Gesicht war nass, und auf seiner fliederfarbenen Krawatte hatte sich ein Fleck gebildet. Er nickte Nina fast unmerklich zu, und sie dachte, dass ihm der Anzug zu groß war und er verloren wirkte. Hatte er den auch vor einem Jahr getragen, als er in der vorderen Reihe dieser Kapelle gesessen hatte? War er seit dieser Zeit so schmal geworden?
Erst auf dem Weg zwischen den Bäumen und Wiesen realisierte sie die vielen Menschen. Die Sonne stand fast senkrecht über dem Friedwald, und wie letzte Woche sangen die Vögel, und es roch nach Bärlauch. Unter der Esche war ein Loch ausgehoben worden, und als die Urne an den weißen Bändern hinuntergelassen wurde und darin verschwand, kam es Nina so vor, als sei sie auf der Beerdigung einer Unbekannten. Auf gewisse Weise war es ja auch so: Die Frauke, die hier ihre letzte Ruhestätte fand, war nicht

diejenige, die Nina gehasst hatte. Diese Frauke, die hier von so vielen beweint wurde, die gute, wohltätige Frauke, hätte sie vielleicht sogar gemocht. Aber trotz der vielen Erzählungen über sie konnte Nina sich nicht vorstellen, dass ihre Schwester sich zu einer komplett liebevollen und mitfühlenden Frau gewandelt hatte.

Nina stellte sich in den Kreis von Leuten, der sich um die Esche gebildet hatte, und sah zu, wie ihr Vater mit seinen fleckigen Händen die Schaufel hielt und helle Erde auf die Urne warf. »Rendzina ist ein flachgründiger Kalkboden. Er bildet sich bevorzugt auf karbonat- und gipsreichem Gestein.« Er wandte sich zu Nina. »Das hast du gut gemacht, Frauke! Hätte ich hier nicht vermutet.« Er kniete sich stöhnend neben das offene Grab und kratzte mit den Händen am Rand des Loches herum. »Bei diesem Bodentyp gibt es zwei Horizonte. Er gehört zur Klasse Ah-/C-Böden.« Erde rieselte in das Loch, und unter den Trauergästen erhob sich ein Tuscheln. »Wenn wir Glück haben, wird das hier irgendwann beste Schwarz- oder Braunerde und …«

»Herr Bach«, unterbrach die Pflegerin, die endlich herbeigeeilt war, »Sie haben doch schon eine Bodenprobe hier genommen.«

Er sah mit weit geöffneten Augen zu ihr auf. »Tatsächlich?«

Sie nickte und zog ihn auf die Beine. »Jetzt gehen wir ins Café, Herr Bach, einverstanden? Herrentorte. Die mögen Sie doch so gern!« Sie führte ihn über das raschelnde Laub, gebeugt ging er neben ihr. Ihre Mutter tippelte mit kleinen Schritten hinterher wie ein Hündchen. »Wer sind Sie überhaupt, und wer sind all die Leute?« Das hörte Nina ihren

Vater fragen, dann warf sie selbst Erde in das Urnengrab und wartete am Rand des Weges, bis die Trauergäste es ihr gleichgetan hatten und der Reihe nach an ihr vorbeigegangen waren, nicht ohne Nina ihr Beileid auszudrücken. Sie nahm es wortlos nickend entgegen.

»Warum haben Sie mir nichts gesagt?« Eine dunkelhäutige Frau, deren Alter alles zwischen dreißig und fünfzig Jahren sein konnte, stand vor Nina. Sie musste Ninas fragenden Blick bemerken, denn sofort ergänzte sie: »Ich bin Schwester Sandy aus der Klinik in der Südstadt. Wir haben telefoniert wegen Fraukes Arbeitszeugnisses.«

»Ach, hallo! Ich freue mich sehr!«

»Was ist Frauke zugestoßen? Warum haben Sie so getan, als lebe sie noch?«

»Ich wollte mehr über meine Schwester herausfinden«, sagte Nina wahrheitsgemäß. »Frauke hat sich selbst getötet, und es gab ... einige Unklarheiten.«

»Unklarheiten?« Sandys rotgeschminkte Lippen wirken wie Kirschsaft auf Schokolade, dachte Nina und wollte eben antworten, als Timo plötzlich neben ihr stand und sagte: »Frauke hat sich nicht umgebracht. Davon sind Nina und ich überzeugt.«

Sandy sah von Nina zu Timo und wieder zu Nina. »Das kann ich mir auch nicht vorstellen.«

»Timo, bitte lass mich allein«, sagte Nina.

Er zuckte die Schultern. »Okay, kann ich verstehen. Denkst du daran, dass wir noch ein Treffen offen haben? Wir wollten etwas trinken gehen.«

»Nina reist heute noch ab.« Emil, der ein Stück entfernt gewartet hatte, trat herbei und legte ihr eine Hand auf den Rücken.

»Hört mal, ich kann durchaus selbst antworten!« Und an Timo gewandt, sagte sie: »Wir haben kein Treffen mehr offen! Du hast mich belogen! Du warst fast jeden Tag bei Frauke. Ihr wart ein Paar. Und du hast auch Besuch mitgebracht!«
Timo zog die Augenbrauen hoch, seine Haare fielen ihm in die Stirn und verdeckten seine Augen fast ganz. »Ich habe nicht gelogen. Freunde besucht man öfter. Auch zu zweit.«
»Freunde!« Sie spuckte das Wort fast aus. »Du hast bei ihr übernachtet. Mehrmals pro Woche!«
Sandy sah betreten zu Boden, als Timo auflachte. »Sorry, Sarkasmus ist unpassend bei einer Beerdigung. Aber ich bin nicht derjenige, der es deiner Schwester besorgt hat.«
»Hau ab«, zischte Nina.
»Keine Sorge, bin schon weg. Und, hey, wenn irgendetwas ist« – er warf Sandy einen Seitenblick zu – »und wenn du dich wieder beruhigt hast, dann ruf mich an, okay?« Er ging davon.
»Tut mir echt leid«, sagte Nina zu Sandy. »Danke, dass Sie gekommen sind.«
»Nein, *mir* tut es leid.« Sandy küsste Nina auf beide Wangen. »Bleiben Sie stark.«
»Komm, Emil, lass uns in Fraukes Wohnung fahren, meine Sachen holen und nachsehen, ob der Schlüsseldienst alles erledigt hat. Ich muss zum Zug.«
»Du hast es dir also nicht anders überlegt?«
Nina blickte ein letztes Mal zurück auf das Loch unter der Esche, das ein Mitarbeiter des Friedwaldes gerade zuschüttete. Sie schloss die Augen, spürte die Sonne warm auf ihrem Gesicht und flüsterte: »Mach's gut, Frauke.«

Dann drehte sie sich um und ging Richtung Ausgang. Emil folgte ihr. »Ich verlasse die Stadt.« Sie vermied es, ihn anzusehen.

»Schade.« Schweigend gingen sie nebeneinanderher, nur ihre Schritte raschelten im Laub.

Nach einigen Minuten bogen sie auf den Hauptweg ab, an dem auch Alexandras Grab lag.

Emil nahm Ninas Hand und hielt sie fest, während sie weitergingen. Wer braucht jetzt Trost, fragte sie sich – und da sah sie Timo nicht weit von Alexandras Grab in der Wiese stehen.

Emils Händedruck wurde fester. »Beachte ihn nicht«, presste er hervor.

Sie versuchte, ihre Hand aus seiner zu lösen, doch er umklammerte sie zu fest. »Was soll das, Emil?«

»Ich möchte dich vor ihm beschützen.«

Sie blieb stehen, Emil gezwungenermaßen auch. »Was ist hier eigentlich los? Du hast gesagt, Timo kannte Alexandra nicht. Und jetzt steht er bei ihrem Grab? Und wieso musst du mich vor ihm beschützen? Vor ein paar Tagen hast du ihn noch als ›kleinen Besserwisser‹ und ›feigen Winzling‹ bezeichnet!«

Timo lächelte zu ihnen herüber, und sogar über die rund zwanzig Meter Entfernung empfand Nina sein Lächeln als bedrohlich. Wem galt es? Emil? Ihr? Ihnen beiden?

»Das ist er. Genau darum solltest du dich nicht mit ihm einlassen. Er ist ein erfolgloser kleiner Neider! Und die sind immer gefährlich.«

»Ich bin noch« – sie sah auf die Uhr, die an dem geflochtenen Lederband um ihren Hals hing – »genau eineinhalb Stunden in der Stadt. Ich brauche keinen Beschützer. Und

auch keinen Versorger. Emil, bitte, mach's nicht noch schwerer, als es schon ist.«
Er ließ ihre Hand los und sah sie kalt an. »Ich wollte es nur leichter machen für uns. Wir hätten einander beistehen können.« Seine Stimme wurde leise, und er wandte sich ab. »Ich … ich leide auch. Siehst du das denn nicht?«
»Doch. Aber ich kann dich nicht retten. Es tut mir leid.«
Er verzog den Mund zu einer weinerlichen Grimasse und ballte die Faust wie ein kleiner Junge, dem jemand sein Modellauto weggenommen hatte.
Toller Beschützer! Klar stand Emil auch unter enormer Anspannung. Aber das war kein Grund für eine emotionale Erpressung. Zumindest kam sein Verhalten als solche bei Nina an.
Timo entfernte sich von Alexandras Grab in die entgegengesetzte Richtung. Fast gelassen schlenderte er davon. Es war unheimlich.
Nina zögerte. Am besten, sie rief ein Taxi. Dann wäre sie dieses Chaos hier los und in wenigen Stunden bei Markus Ohmer. Sollten die hier doch machen, was sie wollten. Sie hatte keine Kraft und auch keine Lust mehr auf diese Spielchen.
»Nina?« Emil zog die Nase hoch, noch immer von ihr abgewandt.
Sie seufzte.
»Es tut mir leid.«
»Emil, ich kann hier nicht bleiben.«
»Ich werde dich nicht mehr bedrängen, versprochen.«
»Okay«, sagte sie.
»Fahren wir?«
Die Hitze nahm Nina fast den Atem, als sie etwa vierzig

Minuten später vor Fraukes Wohnung aus Emils klimatisiertem Audi stiegen. Der Asphalt flimmerte. Hoffentlich hatte der Typ vom Schlüsseldienst alles fertig und die neuen Schlüssel wie verabredet bei den Mattfelds von gegenüber abgegeben.

Sie stiegen die Treppen hinauf. Fraukes Wohnungstür war geschlossen, das Zylinderschloss glänzte fabrikneu. Nina klingelte bei den Mattfelds.

»Bitte sehr.« Heiner hielt vier identisch aussehende Schlüssel hoch. »Vor zehn Minuten erledigt.«

»Erst? Was haben die über drei Stunden lang hier gemacht?«

»Der Handwerker kam erst vor einer halben Stunde. War dann aber schnell fertig.« Er reichte Nina die Schlüssel. »War es sehr schlimm?«

»Nein, nein.«

»Und Sie sind ja nicht allein, wie ich sehe.« Heiner Mattfeld nickte Emil zu. »Ich kenne Sie.«

»Mich?« Emil trat zurück.

»Ja, wir haben uns schon gesehen.«

»Vielleicht gestern Abend? Oder am Samstag vor knapp zwei Wochen?«

»Nein, nein, mit der Frau Doktor. Unten am Eck im Café.«

»Da müssen Sie sich täuschen.«

Nina blickte zwischen den Männern hin und her.

»Vielleicht«, sagte Mattfeld.

»Okay, ich muss dann!«

Nina bedankte sich noch einmal, verabschiedete sich und ging mit Emil in die Wohnung.

In der Diele blieb sie stehen und stemmte die Hände in die

Hüften. »Ich weiß nicht, was hier vor sich geht, Emil. Aber ich lasse mich nicht verarschen. Timo kannte deine Frau. Du kanntest meine Schwester. Woher?«
»Nein! Ich kannte sie nicht.«
»*Woher?* Du warst doch nicht zufällig da unten mit ihr Kaffee trinken!« Der Zorn stieg heiß in ihr auf.
»Nina, ich …«
»Bist du es, der mich bedroht?« Der Zorn wurde zur Angst, denn ein schrecklicher Verdacht keimte in ihr auf. »Warum?« Ihre Stimme wurde schrill.
»Ich liebe dich! Ich bedrohe dich nicht!« Er griff nach ihren Händen.
Sie schüttelte ihn ab und eilte ins Wohnzimmer. Sie glaubte ihm kein Wort.
Er kam hinter ihr her. »Okay, gut. Ich war in dem Café. Und das sogar zwei- oder dreimal. Es ist ein sehr bekanntes Café, wie du ja vielleicht schon mitbekommen hast. Da sind manchmal Schauspieler und Maler und … ach, Scheiße, Nina! Ja, ich war dort. Aber das ist alles. Alles!«
Sie schluckte. »Warum hast du mir nie erzählt, dass du das Café kennst?«
Er schüttelte den Kopf. »Warum hätte ich das tun sollen? Meine Güte, ich gehe in viele Cafés. Weshalb …«
»Weil es nur wenige hundert Meter von hier entfernt liegt!«
»Ich verstehe dich nicht. Was hat denn das mit Fraukes Tod zu tun?«
»Du warst mit *ihr* dort.«
»Nein! Wenn sie gleichzeitig dort war, war das Zufall.«
»Okay.« Sie drehte sich ihm zu. »Du hast sicher im Institut zu tun. Ich gehe zu Fuß zum Bahnhof.«

Sie stieg die Treppe zum Bad hinauf, sie musste dringend pinkeln.
»Nina, hör doch!«, rief Emil unten, und sie knallte die Badezimmertür zu.
Da sah sie es.
Auf den Spiegel hatte jemand mit Lippenstift geschrieben: *Erkennst du nicht das Lächeln des Bösen? Du wirst die Nächste sein.*

# 28

Koswig umarmte Nina, die nackt und mit nassen Haaren am Waschbecken stand, von hinten und streichelte ihre weichen Brüste. Er selbst trug nur ein Handtuch um die Hüften.

Sie hatten bis in den späten Samstagvormittag geschlafen, gemeinsam geduscht, und er hatte nicht genug davon bekommen, seine Hände unter dem prickelnden heißen Wasser über Ninas Hals, ihre Brüste, den Bauch und ihren Po gleiten zu lassen, ihre Klitoris zu stimulieren, erst sanft, dann fordernder. Er hatte mit der Zunge ihren Mund erkundet, ihren ganzen Körper, immer wieder, wie schon in der Nacht und in den Nächten zuvor, in denen sie sich in jeder Ecke des Hauses bis zur Ekstase geliebt hatten. Und jedes Mal glaubte er, eine fremde, ihm völlig unbekannte Frau neben sich zu haben. Gleichzeitig war sie ihm unendlich nah und vertraut.

»Ich bin süchtig nach dir«, flüsterte er ihr ins Ohr, streichelte weiter ihre Brüste und sah ihr im Spiegel beim Zähneputzen zu. »Sogar wenn du Schaum vor dem Mund hast.«

Nina reagierte nicht, und sofort musste er an den Tag denken, an dem sie vor dem Waschbecken in Fraukes Wohnung gestanden hatte. Ihr Blick war starr auf den Spiegel gerichtet gewesen: Sie hatte mit einem Lippenstift gerade ein Ausrufezeichen hinter den Satz geschrieben, als er registrierte, was da stand: *Erkennst du nicht das Lächeln des Bösen? Du wirst die Nächste sein!*

Seither wohnte sie bei ihm.

»Du kommst allein zurecht mit Ohmer in der Schweiz, ja?«
»Klar«, nuschelte sie und schrubbte weiter.
Er konnte sich bis heute nicht erklären, was nach Fraukes Beerdigung mit Nina geschehen war. Er hatte nichts als eine leise Ahnung. Koswig hatte etwa fünfzehn Minuten im Wohnzimmer gewartet, dass Nina wieder von der Galerie herunterkäme. Die ganze Zeit war es totenstill in der Wohnung, nur das träge Ticken der Dielenuhr war zu hören. Dann ging er nach oben, klopfte an die Badezimmertür und drückte, als er keine Antwort erhielt, die Klinke nach unten. Die Tür war nicht verriegelt. Nachdem er die Nachricht gelesen hatte, fragte er verständnislos: »Warum schreibst du so etwas auf Fraukes Spiegel?«
Nina schüttelte heftig den Kopf. Sie war wie erstarrt, zitterte aber am ganzen Leib. Er nahm ihr den Lippenstift aus der Hand und schlang seinen Arm um ihre Taille. Als sie zusammensackte, trug er sie hinunter ins Wohnzimmer und legte sie auf das Sofa. Ihr Körper war kühl, doch die Haut feucht. Ihr Herz raste. Koswig hatte den Schock sofort erkannt. Er packte sie in eine Decke, ging nach oben und wischte die Schmiererei vom Spiegel. Als er wieder zu ihr kam, sah sie ihn an und war so blass, dass sich auf den Schläfen die Adern violett hervorhoben. Sie öffnete und schloss wortlos den Mund.
»Nina?«
Sie zitterte, versuchte zu sprechen.
»Sag mir, weshalb du das geschrieben hast.«
Da rastete sie aus. Riss die Decke von sich, und noch während sie sich aufrichtete, schlug sie wie von Sinnen mit den Fäusten auf ihn ein. Er hatte es ausgehalten, damit sie

sich abreagieren konnte. Es war die einzige und richtige Hilfe, die er ihr hatte anbieten können. Als sie sich beruhigt hatte, legte er stumm seine Arme um sie und zog sie an sich.

Sie flüsterte an seiner Brust: »Wer war das?«

Erst jetzt begriff er. Nina glaubte, jemand anderer habe den Spiegel beschriftet. Er wusste nicht, was er erwidern sollte.

Sie löste sich ein Stück von ihm und sah zu ihm hoch. »Emil, wer?«

»Ich weiß es nicht.« Was sollte er anderes sagen? Irgendetwas hatte Nina aus der Bahn geworfen, und er hatte es zu spät bemerkt. Vor der Beerdigung der zerschnittene Hase in der von innen verschlossenen Wohnung, daneben Ninas eigene Schere. Direkt danach die Sache mit dem Lippenstift. Und sie war schon einmal in der Psychiatrie gewesen.

Er lud ihr Gepäck in sein Auto und führte anschließend Nina zum Wagen. Bei sich zu Hause angekommen, richtete er ihr sein früheres Kinderzimmer her. Lüftete, saugte Staub, bezog Kissen und Bettdecke frisch und holte aus dem Garten einen bunten Strauß Blumen, den er neben ihrem Bett auf ein Tischchen stellte.

Das alles war vor genau zehn Tagen gewesen. Heute glaubte er fast, es sei zehn Jahre her. Nina bewegte sich so selbstverständlich in seinem Haus, als sei sie nie woanders gewesen, und nach zwei Tagen bei ihm war sie entspannt, als sei nie etwas passiert. Sie kochten zusammen, redeten bis in die Nacht miteinander, tranken Tee und ab und zu ein Glas Wein auf der Terrasse. Sie hörten den Grillen zu und sahen in den Sternenhimmel. Tereza versorgte Lea und zog sich ansonsten zurück.

Emil Koswig hatte in den zehn Tagen nur drei Risperidon genommen. Das war an den Abenden gewesen, nachdem er das Institut verlassen hatte und ziellos durch die Straßen um das Sternenheim gewandert war. Zuerst hatte er mit Janine und dem Nachfolger von Mathilde Kleefeld, einem ungepflegten, vollbärtigen Typ namens Hanno Möhle geredet. Koswig hatte nach Hinweisen gesucht. Nach irgendwelchen Dingen, die sich in den Tagen vor Mathilde Kleefelds Tod ereignet hatten. Neue Besucher, auffallendes Verhalten von Kleefeld oder Skipper, eventuelle Aggressionen seitens anderer Heimbewohner – all das wären Spuren gewesen, die ihn vorangebracht hätten. Doch niemandem war etwas aufgefallen, jeder schüttelte den Kopf und bedauerte, nicht helfen zu können.
Koswig rief bei Kommissar Wenner an. Aber der hatte nach dem Erhalt von Kleefelds endgültigem Obduktionsbericht die Akte an den Staatsanwalt geschickt und um Schließung des Verfahrens gebeten, was der Staatsanwalt nur zu gern veranlasst hatte. Sparte Kosten! Wozu weiter ermitteln? Weshalb weiterhin einen harmlosen Behinderten suchen, der nicht zum ersten Mal ausgebüxt und wieder aufgetaucht war?
Noch vor wenigen Tagen war Koswig sicher gewesen, irgendetwas zu entdecken. Doch seine Hoffnung schwand mit jeder Stunde, die er das Gestrüpp um das Sternenheim herum absuchte und Janine ein Taschentuch ums andere vollrotzen sah und in der er Mathildes und Skippers Zimmer durchsuchte.
Nina hatte er nichts von alledem erzählt. Er musste das allein klären, durfte ihr inneres Gleichgewicht nicht stören. Und auch nicht sein eigenes.

Die Amarettoflasche, die er Tereza für Ninas ersten Besuch in seinem Haus hatte besorgen lassen, war noch immer nicht leer. Ein gutes Zeichen. Zu gut. Wie die letzten Tage insgesamt. Sie waren so perfekt gewesen, dass das unmöglich von Dauer sein konnte. Koswig wusste genau, dass das brüchige Glück nur der Tatsache zu verdanken war, dass er mit keinem Wort die drei toten Frauen, die Sache mit dem angeblichen Überfall und dem nassen Lappen, den zerschnittenen Hasen, die Lippenstift-Schmiererei und erst recht nicht seine Spurensuche erwähnt hatte. Nina selbst schien alles, was passiert war, ausgeblendet zu haben.

Fast war er dankbar, dass sie glaubte, irgendein dubioser Unbekannter bedrohe sie und habe diesen Schwachsinn an den Spiegel geschrieben. So war sie nicht abgereist.

»Hör mal«, sagte Nina und steckte die Zahnbürste in das Glas auf der Ablage, »können wir hier nicht ein bisschen renovieren?«

Augenblicklich ließ er sie los und reichte ihr mit steifen Bewegungen Slip und BH, die auf einem Korbstuhl neben der Badewanne lagen. »Wozu?«

»Die Fliesen sind uralt und verkratzt! Sie haben sogar Risse!« Sie zog die Unterwäsche an.

»Wann fährt dein Zug zu Ohmer?«

Sie hielt in der Bewegung inne. »Um vierzehn Uhr drei, das hast du doch schon gestern und vorgestern gefragt.«

Dieser vorwurfsvolle Blick! Seine Hand ballte sich für Sekunden zur Faust. Doch er hatte sich sofort wieder unter Kontrolle, entspannte sich und lächelte. »Dann fahren wir um Viertel nach eins los.«

Nina griff nach seinem T-Shirt, das auch auf dem Korbstuhl lag, und zog es an. »Sonst überstehe ich die drei Tage nicht.«

Er starrte sie an, wie sie das Shirt mit geschmeidigen Bewegungen über den Kopf zog. Sie war Alex so ähnlich! Seine Frau hatte auch immer seine Hemden und T-Shirts angezogen, wenn sie ein paar Tage getrennt waren. Wie sie sah auch Nina unglaublich sexy darin aus, frivol und ein bisschen wie die Amelie aus dem Film.

»Was ist jetzt mit den Fliesen?« Sie schlang ihre Arme um seinen Hals. »Wenn du nein sagst, bleibe ich einfach in der Schweiz.«

Koswig schluckte hart. *Bitte, nein, tu das nicht!,* bat er stumm und sagte: »Alexandra wollte, dass wir eine Eckbadewanne einbauen und das gesamte Bad blau fliesen.«

»Und du hast alles gelassen, wie es war, weil sie sich hier das Auge herausgerissen und in das Waschbecken gelegt hat.«

Er vergrub sein Gesicht in ihren feuchten Haaren.

»Du schaffst es noch nicht, oder?«, fragte sie.

»Gib mir noch ein wenig Zeit«, murmelte er. »Wenn du nur hier bist, wird alles gut.«

Sie zogen sich beide vollends an und gingen in die Küche, wo Tereza Lea mit einem grünlichen Brei fütterte. Koswig hatte das Kindermädchen gebeten, übers Wochenende hierzubleiben. Es duftete nach grünem Tee, und Lea strahlte, als sie ihn sah, gluckste und streckte ihm ihre kleinen Ärmchen entgegen. Er drückte sie an sich und atmete tief ihren süßen Babyduft ein.

»Tee ist fertig.« Schon war Tereza draußen.

»Mein Sonnenschein!« Koswig küsste Lea.

»Sie tut mir leid.« Nina sah Tereza nach.

»Sie kann noch nicht einmal Tee kochen. Wie lang steht der hier schon? Das ist doch kein Tee! Das ist eine bittere Brühe!«

Nina schob Brötchen in den Backofen. »Du bist unfair. Sie möchte uns etwas Gutes tun, und du wertest das respektlos ab. Außerdem ist sie Leas Kindermädchen und keine Teeköchin.«

»Und du bist weder noch!«

»Ich bin auch keine Mutter für Lea. Das weißt du. Ich kann nicht so mit Kindern.«

»Hauptsache, du kannst mit mir.« Er zog sie mit dem freien Arm zu sich und küsste sie, und Lea, die er auf dem anderen Arm hielt, gluckste erneut. »Ich sorge schon für Lea und dich!«

»Nicht nötig!« Nina lachte. »Ich bin aus freien Stücken bei dir.«

»Das hoffe ich doch!« Nina faszinierte ihn mit jeder Berührung und mit jedem Gedankenaustausch, ja, allein mit ihrem puren Dasein immer mehr. Diese junge Frau, die einfach zu ihm ins Bett gekommen war, sich an ihn geschmiegt und keine Fragen gestellt hatte. Die ebenso unangepasst wie verrückt war und viel intensiver in diesem Haus lebte, als er selbst es tat. Koswig hatte nur stellvertretend für Alex hier gelebt. Und Lea zuliebe.

»Ich packe mal meinen Rucksack. Bis die Brötchen fertig sind, bin ich wieder da!«

Er blickte ihr hinterher, ihr Rock schwang bei jedem Schritt raschelnd um ihre Beine. Er konnte es nicht greifen, was ihn an sie band. Das machte ihm Sorgen. Er hatte sich auf sie eingelassen, viel zu schnell und entgegen besserem Wissen. Die Hölle wartete auf ihn. Wahrscheinlich konnte er deshalb so gemein zu ihr sein, so kalt und abweisend, ohne dabei das zu bekommen, was andere wohl als schlechtes Gewissen bezeichneten. Auch so ein Gefühl, das ihm fremd war und worunter Alexandra gelitten hatte. Zumindest hatte sie das gesagt.

Er stellte Lea auf den Boden und ließ sie nach seinem Zeigefinger greifen. Dann übte er ein paar Schritte Gehen mit ihr. In wenigen Wochen würde sie laufen können. »Und noch ein Tapser«, sagte er, als Lea schwankte. »Komm, einen winzigen Schritt noch. Für die Mama.« Im Ofen knackten die Brötchen, und es duftete nach Kindheit. Nach früher Kindheit, als seine Mutter noch Brot gebacken und der Vater noch Arbeit gehabt hatte.

Als er sich umdrehte, stand Nina in der Tür und strich sich lächelnd eine rote Haarsträhne hinters Ohr. Lea lachte, als sie sie sah. »Ihr macht das großartig.«

Erleichtert atmete er auf. Sie war offensichtlich nicht eifersüchtig. »Du tust mir so gut.«

»Und mir täte jetzt ein Frühstück gut. Und weißt du, was noch?«

»Hm?« Er setzte Lea in den Kinderhochstuhl.

»Ein Fest!«

»Ein Fest?«

Sie kam herein und schaltete den Backofen aus. »Lass uns ein paar Leute einladen, wenn ich aus Zürich zurück bin! Freunde von dir. Kollegen. Tereza.«

Er schluckte. »Gibt es etwas zu feiern?«

»Das Leben und die Liebe.«

»Du wirkst nicht wie jemand, der gern feiert.«

»O doch! Und außerdem« – sie legte eine Serviette in den Brotkorb und gab die Brötchen hinein – »gibt es noch etwas ganz Konkretes zu begießen.« Sie stellte den Korb auf den Tisch und strahlte ihn an.

Lea streckte ihre kleinen Händchen nach dem Korb aus.

Alles, bloß keine Schwangerschaft, dachte Koswig und versuchte, ein neutrales Gesicht zu machen. »Und das wäre?«

»Ich bin reich.«

Er stieß ein rauhes Lachen aus. »Reich?«

»Für meine Verhältnisse, ja. Ich war am Mittwoch beim Nachlassgericht. Frauke hat mir ihr gesamtes Vermögen vererbt. Außer ihr Auto. Aber ich habe eh keinen Führerschein.«

»Na dann, herzlichen Glückwunsch!« Sie wird gehen. Mich abweisen. Mich nicht mehr wollen. Mehr konnte er in dem Moment nicht denken.

»Reichel war auch bei der Testamentseröffnung.«

»Was?« Er fuhr herum.

»Er bekommt ihre Angeberkarosse. Ein Cabrio mit Hunderten von PS.«

»Na, dann sind wir ihn ja vielleicht bald los.« Baum oder Betonpfeiler, dachte Koswig. Das wäre nicht schlecht.

»Du bist schrecklich! Hör mal, ich bezahle die blauen Fliesen!«

»Wirklich?« Das bedeutete, dass Nina bleiben wollte. Bei ihm hier im Haus. Und das nicht nur für ein paar Tage. Er lachte. »Bist du denn schon so weit? Also, ich meine, du hast dich bedroht gefühlt und …«

»Seit ich hier bin, ist nichts mehr passiert. Ich habe keine Angst mehr.«

»Und ich habe keine Freunde mehr, die wir einladen könnten. Ich habe mich viel zu sehr abgekapselt.«

»Dann laden wir Charlotte Fischer und die andere Präpara-

torin ein, dazu deinen Chef und Tereza und die Mattfelds aus Fraukes Haus. Und warum nicht frühere Freunde? Sie werden die Pause verstehen, nach allem, was passiert ist. Freundschaften wachsen wieder, und neue entstehen. Wir könnten Wein kaufen und Pizza und Quiche für alle backen, auf der Terrasse sitzen und einfach nur fröhlich sein.«
Koswig setzte sich an den Tisch und fuhr sich durch die Haare. Was für eine absurde Vorstellung! Er hatte im ganzen Leben noch nie jemanden eingeladen. Und dann ausgerechnet Charlotte, Tereza und seinen Chef! Keine gute Idee. Erst recht nicht alle zusammen. Okay, Klaus Morrell würde ohnehin nicht kommen können. Aber Charlotte würde keine Sekunde zögern. Tereza vermutlich auch nicht.
Erwartungsvoll sah Nina ihn an und schenkte ihnen beiden Tee ein. »Komm, sag ja!«
Er würde reden müssen, Smalltalk, nicht nur Geschäftliches besprechen. Er würde ein Leben beginnen müssen, wie er es Alexandra versprochen hatte und wie er es mit Nina gerade angefangen hatte. »Ja«, sagte er und schnitt ein Brötchen auf. Das Schlimmste an Ninas Idee war jedoch, dass er sich auf das Fest freute.

# 29

Kurz nach Frankfurt wurde Markus Ohmers Atmung ungleichmäßiger.
Sein Freund Arno fuhr den gemieteten Van zügig über die A5 Richtung Süden. Nina saß hinten neben der Campingliege und hielt Ohmers Hand. Sie war kühl, trocken und rauh, fast wie die Haut eines Reptils, und das Tuch über seiner Augen- und Nasenpartie war noch zerknitterter als sonst. Durch die Scheiben fiel helles Licht. Es würde ein extrem heißer Sommertag werden. Der Geruch, den der Tumor verströmte, war auch bei halb heruntergelassenen Wagenfenstern fast unerträglich.
Noch gut vier Stunden bis Zürich.
Die Nacht hatte Nina neben Markus Ohmer in dem stickigen Raum gelegen, enger bei ihm, als sie wollte, weil das Bett so schmal war. Sie hatte ihn lang gestreichelt und ihm erzählt, was passiert war. Dass ihre Schwester gestorben war, dass sie sich verliebt hatte und dass sie dank des Erbes nun besser würde leben können, auch wenn ihr das nicht viel bedeutete. Von Fraukes Todesumständen, von Hase und der Lippenstift-Botschaft hatte sie nichts gesagt. Ob Ohmer ihr zugehört und es verstanden hatte, wusste Nina nicht. Manchmal hatte er versucht zu sprechen. Dann wieder hatte Nina geglaubt, er habe diese Welt schon verlassen. Früh um sechs Uhr war Arno gekommen. Nina war aus dem Zimmer gegangen und hatte mit ihm draußen gewartet, damit Ohmers Frau sich verabschieden konnte. Sie war nicht einmal eine Zigarettenlänge bei ihrem Mann

geblieben und dann wortlos an Nina und Arno vorbei und in den anderen Teil der Wohnung geeilt.

Ohmer drehte unruhig den Kopf hin und her.

»Wir haben es bald geschafft.« Sie strich ihm durch die Haare. »Gegen Mittag sind wir da. Am Abend kommt der Arzt. Morgen früh dann noch einmal. Dann ist der Formalkram durch, und am Dienstag dürfen Sie gehen. Genau, wie Sie es sich gewünscht haben. An Ihrem fünfzigsten Geburtstag.«

Sie glaubte, unter dem Tuch, an der Stelle seines Mundes, eine Bewegung zu erkennen. Lächelte er?

Autos zischten draußen vorbei, und als sie hinaussah, flimmerte die Luft über den sechs grauschwarzen Asphaltspuren der Autobahn.

Ob Ohmer Angst hatte? War er innerlich still, oder schrie vielleicht seine Seele, und er konnte es nur nicht mehr äußern? Sie strich ihm weiter durchs Haar, und sie schämte sich. Bei ihr lag ein Mann, der in zwei Tagen tot sein würde – und sie war glücklich. Sie berührte ihn – und wünschte sich einzig, Emil zu berühren.

Zehn Tage hatte Markus Ohmer vergebens auf Nina gewartet. Sie hatte ihn nicht angerufen nach Fraukes Beerdigung, als sie nicht in den Zug gestiegen und zu ihm gefahren war. Ihre Gedanken hatten sich einzig um die Botschaft auf dem Spiegel, den verstümmelten Hasen und das gedreht, was das bei ihr ausgelöst hatte: Übelkeit, Zittern, Schweißausbrüche. Nach dem Abklingen der körperlichen Symptome und nachdem Emil sie wie eine Marionette hatte steuern und mit nach Hause nehmen können, blieb nur Leere in ihrem Kopf und im Bauch die Angst, wieder hinter dem grauen Tor zu landen. Weder für andere

Menschen noch für sich selbst war in ihrem Denken und Fühlen Platz gewesen. Sie hatte alles ausgeblendet, was passiert war. Denn sie wollte leben. Überleben. Und Emil hatte ihr geholfen. Noch nie war jemand so fürsorglich gewesen. So einfühlsam. Und noch nie hatte sie ihre Kunden sträflich vernachlässigt. Hätte ihr Handy sie nicht an Ohmers Termin erinnert – sie hätte nicht einmal daran gedacht.

Nina erkannte sich selbst nicht wieder. Das war nicht sie. Das war – und das war das Schlimmste – eine Frauke in ihr. Das war Egoismus, Kälte.

Erst vorgestern hatte sie Ohmer endlich angerufen, und er hatte gurgelnd hervorgestoßen: »Ich freue mich immer noch.« Nina hatte gesagt, dass sie gegen zwanzig Uhr bei ihm sein würde, und hinzugefügt: »Alles wird gutgehen.« Tatsächlich musste jetzt nur noch der Züricher Arzt, mit dem Dignitas zusammenarbeitete, dem begleiteten Freitod, wie Dignitas es nannte, zustimmen. Und das vor Ort und nicht nur aufgrund der Aktenlage. Das schriftliche Gesuch, den Lebensbericht über Ohmers familiäre und persönliche Situation, zahlreiche medizinische und Laborberichte samt Prognosen und Behandlungen: All das hatte Nina schon vor Wochen in die Schweiz geschickt. Aufgrund der Unterlagen war entschieden worden, dass Ohmer zum Sterben nach Zürich reisen konnte. Als der Krebs seine Augen vollends zerstörte und das Morphium die Schmerzen nicht mehr lindern konnte, hatte Nina einen Sterbetermin vereinbart und das Hotelzimmer für zwei Nächte gebucht.

»Ich hatte Sie nicht vergessen«, sagte sie jetzt. »Ich war nur …«

Er atmete schneller.
»… von anderen Dingen vereinnahmt.«
Er nickte kaum merklich.
Die Erbschaft hatte sie hingenommen, nichts weiter. So richtig gefreut hatte sie sich nicht darüber, bestenfalls war sie erleichtert gewesen. Sie wollte sich gern einreden, dass sie nun mit Frauke versöhnt war. Doch in ihrem Hinterkopf spukte der Gedanke herum, dass die Wohnung und die Aktien nichts anderes als eine Wiedergutmachung von Frauke waren. Und käuflich war Nina nicht.
Im Rückspiegel sah sie, dass Arno immer wieder nach hinten blickte. Was er wohl dachte? Nina wusste nur, dass die Männer sich seit fast dreißig Jahren kannten. Gesehen hatte sie den dicklichen, stillen Mann mit den vielen Sommersprossen heute zum ersten Mal. Auch hatte Markus Ohmer nie von ihm erzählt.
Später, im Hotel, warteten Nina und Ohmer auf den Arzt. Arno war spazieren gegangen. »Ich kann das nicht, es tut mir leid«, hatte er gesagt. Das Zimmer war klein und schlicht, die Wände waren weiß, ebenso der schmale Schrank und der Tisch, auf dem ein kleiner Fernseher stand. »Lassen Sie die Liebe nie wieder gehen«, sagte Ohmer unvermittelt.
Nina starrte das Tuch an, das feucht war, nicht mehr nur über dem Mund wie früher, sondern in großen Flecken über dem ganzen Gesicht. Es sah aus wie marmoriert. Der offene Tumor nässte wahrscheinlich.
Irrwitzige Gedanken schossen ihr durch den Kopf: Hatte jemand Ohmer rasiert in den letzten Wochen? Wer hatte ihm die Haare gewaschen? Die Zähne geputzt? Warum sah sie keine Barthaare unter dem Tuch hervorlugen? Wer

hatte das Tuch gewechselt? Ihn angesehen? Seine Frau? Alles Dinge, über die sie nie mit ihm gesprochen hatte. Er war ein Fremder, von dem sie nichts als seinen sterbenden Körper halsabwärts kannte.
»Meine bisher einzige große Liebe, Peter, hat meine Schwester mir gestohlen«, sagte sie. »Das wird sie nun nicht mehr können.«
»Verzeihen Sie ihr.« Beim Reden blubberte es in seiner Lunge, und er schnappte nach Luft. »Ich habe meiner Frau verziehen.« Er schwieg eine kleine Ewigkeit. »Sie hat mich jahrelang betrogen. Und als ich krank wurde, hat sie mich verachtet und allein gelassen.«
Nur mit Mühe konnte Nina die Tränen zurückhalten. »Ich bin da«, sagte sie, wohl wissend, dass sie nicht einmal ansatzweise eine verlorene Partnerin ersetzen konnte.
»Verzeihen macht das Leben einfacher.« Das Reden musste ihn unendlich viel Anstrengung kosten. »Es macht das Sterben einfacher.«
Dann kam der Arzt. Nina stellte sich neben das Fenster und sah hinaus auf den tristen Parkplatz, dem auch die letzte Abendsonne nichts Ansehnliches verleihen konnte.
»Wie geht es Ihnen heute?«, fragte der Arzt Markus Ohmer.
»Ich lebe.«
»Können Sie sehen?«
»Nicht mehr.«
»Ich werde jetzt das Tuch für einen Moment von Ihrem Gesicht nehmen. Nicht erschrecken.«
Nina blickte auf die bunten Autodächer hinaus und versuchte, den Krebsgestank, diese Mischung aus Fäulnis, Eiter und Fleisch, zu ignorieren. Emil hatte gestern Mittag

am Bahnhof noch in einem fast zynischen Ton gesagt: »Da bin ich ja gespannt, ob du das aushältst.«
»Klar«, hatte sie betont cool erwidert.
»Dann obduziere ich direkt vor deiner Rückkehr noch eine hübsch verfaulte Leiche. Zwei Wochen unentdeckt in einer geschlossenen Dachwohnung gelagert. Aufgedunsen, grün und nach Ammoniak stinkend. Dann können wir guten Gewissens einen ganzen Tag zusammen duschen, sobald du zurück bist.« Nina hatte ihm den Ellbogen in die Seite gestoßen. »Du bist pervers.« »Nein, komplett durchgeknallt und ebenso verliebt.«
Ein Paar ging Hand in Hand über den Parkplatz. Nina wünschte, sie könnte jetzt mit Emil irgendwo sorglos über eine Sommerwiese streifen oder an einem plätschernden Bach sitzen und die Füße ins Wasser hängen. Sie wünschte, die Wärme des Sommers und der Liebe würde sie bis ans Ende ihres Lebens umfangen. Nie hatte sie es für möglich gehalten, nach Peter wieder jemanden lieben zu können. Doch bei Emil war es ihr gelungen. Er hatte sie im wahrsten Wortsinn an der Hand genommen und in ein Zuhause gebracht, wo sie sich geborgen fühlte. Es war, als seien alle ihre früheren Verletzungen endlich geheilt.
Das Paar stieg in einen silbernen Sportwagen.
Sorgen machte ihr nur ihr Verstand. Emil behauptete, sie habe, den Lippenstift in der Hand, im Bad gestanden und geschrieben. Aber stimmte das?
Der Sportwagen fuhr vom Parkplatz.
Sie konnte sich nicht erinnern. War wie betäubt gewesen. Sie wusste, dass sie das Ausrufezeichen geschrieben hatte. Doch warum hatte sie das getan? Am nächsten Tag war sie noch einmal in die Wohnung gefahren, um nachzusehen,

ob es ihre Schrift war. Aber der Spiegel war sauber gewesen. »Ich wollte dich schützen«, hatte Emil später gesagt, als sie ihm davon erzählt hatte.
»Vor wem?«
»Vor der Angst und vor dir selbst.«
Das Ganze war so absurd. Weder plante Nina, sich die Lippen abzuschneiden oder die Wangen zu zerstechen oder was auch immer das Messer in Hases Maul bedeuten sollte, noch hatte sie vor, sich danach zu töten. Oder wollte jemand sie töten? Aber wer? Sie zweifelte zunehmend an ihrer Wahrnehmungsfähigkeit.
»Wollen Sie wirklich und aus freiem Willen sterben?«, fragte der Arzt jetzt.
»Ja.« Ohmer klang entschlossen.
»Dann stelle ich das Rezept zu Händen von Dignitas aus. Es ist ein Barbiturat, das wissen Sie?«
Er murmelte etwas.
»Es ist nichts anderes als ein hochdosiertes Schlafmittel. Natrium-Pentobarbital. Sie werden friedlich einschlafen und dann in den Tod hinübergleiten. Morgen Vormittag komme ich noch einmal. Das Gesetz verlangt leider, dass Sie Ihren Willen zum Freitod an zwei aufeinanderfolgenden Tagen bestätigen. Ich wünsche Ihnen eine gute und schmerzfreie Nacht.«
Nina wandte sich vom Fenster ab und den beiden Männern zu. Das Tuch lag wieder über Ohmers Gesicht.

# 30

Sobald die Lautsprecheransage verklungen und der ICE, aus dem Nina ihm zugewunken hatte, zwischen dem Wirrwarr aus Gleisen, Signalzeichen und Oberleitungen verschwunden war, rannte Koswig aus dem Bahnhof und sprang in sein Auto.

Hanno Möhle, der neue Heimleiter, betrachtete ihn mitleidig. »Warum kommen Sie jeden Tag hierher? Skipper ist seit Wochen verschwunden. Die Polizei kümmert sich. Wir können nichts tun.« Bedächtig strich er durch seinen Vollbart. »Was genau suchen Sie eigentlich?«

Koswig sah den Mann an, die sonnengegerbte Haut und die braunen runden Augen. Er beneidete ihn um seine Gelassenheit.

Ja, was suchte er? Beweise, dass Skipper Nina bedrohte? Dass er ihr einen nassen Lappen ins Gesicht geschlagen hatte, den Hasen zerschnitten und den Spiegel beschmiert? Es war fast undenkbar. Jeder hier bestätigte, dass Skipper schon allein aufgrund seiner fast vollständigen Blind- und Taubheit solche Taten nie und nimmer würde ausführen können. Aber möglicherweise hatte Skipper ja einen Helfer. Oder suchte er, Koswig, hier Spuren, die doch auf ein Tötungsdelikt hinwiesen und die Wenner und seine Leute übersehen hatten? Wenn Koswig ehrlich war, wollte er nur eines: Skipper finden. Nur er konnte alles aufklären. Dass Wenner nichts mehr unternahm, wunderte ihn nicht. Unrecht war es Koswig auch nicht.

Den ganzen Sonntag und am Montag nach der Arbeit

suchte er erneut. Er fuhr zum See, wo Frauke, wie Reichel berichtet hatte, mit Skipper immer hingefahren war. Er schlich um Fraukes Wohnung, ging die Allee auf und ab, bis die Nacht die weiße Jugendstilfassade zur grauen Fläche werden ließ. Finden konnte er nichts.

In der Nacht zum Dienstag räumte er die Zeitschriften von der alten Holzkiste vor dem Fenster und setzte sich neben sie auf den Parkettboden. Noch immer glaubte er, das Zischen und Knistern der Funken zu hören, das brennende Holz und den Geruch der schmelzenden Kunststoffvorhänge zu riechen. Erst als irgendwann in der Nacht Terezas zierliche Füße über den Boden tapsten und sie neben ihm stehen blieb, blickte er hoch. Sie lächelte. Koswig stand auf. Dann ging er mit ihr in die Kammer nach oben.

# 31

Das Mehrfamilienhaus, zu dem sie nach dem zweiten Besuch des Arztes vom Hotel aus gefahren waren, war trist, grau und ohne Balkone, in einem gleichförmigen Wohnviertel ohne Grün gelegen. Die Wohnung, die Dignitas für die Sterbenden angemietet hatte, umfasste zwei Zimmer, schlicht, aber mit hellen Möbeln und Farben in Rot- und Gelbtönen ausgestattet. Am Fenster standen zwei verblühte Orchideen. Es war stickig.

Hier also würde Markus Ohmer seine letzte Reise antreten.

»Alles Gute zum Geburtstag«, flüsterte Nina, als der Freitodbegleiter von Dignitas mit einem Glas an das Bett trat. Er hatte sich als Roger Bänziger vorgestellt und war für seine mindestens sechzig Jahre recht leger in kurzem Hemd und grüner Stoffhose gekleidet. Das und seine Offenheit machten ihn Nina sympathisch. »Nennen Sie mich bitte Roger.« Ohmer saß leicht aufgerichtet an das Kissen gelehnt, Nina hockte im Schneidersitz neben ihm auf dem Bett. Sie nahm seine Hände in ihre.

Arno saß still auf einem Stuhl.

»Ich gebe Ihnen zuerst etwas für den Magen«, sagte Roger. »Danach haben wir Zeit, solange Sie wollen. Ich habe mir den ganzen Tag für Sie freigenommen. Wir können reden oder schweigen. Ganz wie Sie wollen. Und erst, wenn Sie bereit sind, trinken Sie das zweite Glas.«

»Wir brauchen ein Röhrchen«, sagte Nina. Ohmer konnte kein Glas mehr halten. Sie bekam Angst. Was, wenn er nicht einmal mehr mit dem Röhrchen trinken konnte? Er

musste das Barbiturat selbst und aus eigener Kraft zu sich nehmen. Niemand durfte es ihm einflößen. Wäre es nicht sinnvoller gewesen, einen Venenzugang zu legen, damit er nur noch an dem Plastikrädchen drehen und den Zugang freigeben musste, um die tödliche Flüssigkeit in sein Blut fließen zu lassen?
Roger steckte ein Röhrchen in das Glas, schob das Tuch ein wenig hoch und führte Ohmer das Röhrchen in den Mund. Ohmer trank. Langsam. Winzige Schlucke. Viele Pausen. Nina atmete auf. Währenddessen erklärte Roger: »Ich werde nachher filmen, Herr Ohmer. Eine kleine Videokamera steht auf einem Stativ am Fußende Ihres Bettes. Das ist Vorschrift. Damit wir nachweisen können, dass Sie freiwillig und allein getrunken haben.«
»Haben Sie Musik von Ozzy Osbourne da?« Ohmer atmete schwer, als das Glas endlich leer war. »Ich möchte noch einmal *Children Of The Grave* hören.«
Nina schluckte. Der Song war ihr Handyklingelton!
»Nein, ich hätte *Zaz* und die *Stones*. Und *Gotthard*. Das ist eine Schweizer Hardrockband. Oder *Stiller Has*. Aber ich kenne das Lied von Osbourne.« Er begann zu summen, dann intonierte er leise: »Revolution in their minds, the children start to march …«
»Das sind gute Erinnerungen«, flüsterte Ohmer, und Nina stimmte ein: »… against the world in which they have to live«, bis die Tränen ihre Stimme erstickten und auf Ohmers Hände tropften. Sie sah, dass auch Arnos Gesicht feucht geworden war.
»And all the hate that's in their hearts …«, sang Roger allein weiter, und Nina spürte eine tiefe Zuneigung zu den Menschen in diesem Zimmer, obwohl sie sie kaum kannte.

»Show the world that love is still alive, you must be brave! Or your children of today are children of the grave, yeah!«
Die Schlussverse verklangen, und Ohmer flüsterte mit erstickter Stimme: »Danke. Das war … so schön. Jetzt können Sie mir das zweite Glas bringen. Ich möchte gehen. Es ist Zeit.«

»Dann beginnen wir.« Roger schaltete die Kamera ein. »Sind Sie bereit?«

»Ja.«

Nina umfasste Ohmers Hände ganz fest, und Roger hielt das Glas mit der trüben Flüssigkeit. Nur ein Fingerbreit. »Wenn Sie das trinken, werden Sie sterben.«

Ohmer nickte. »Nina?«

»Ja?«

»Passen Sie gut auf sich auf!«

Er trank.

In wenigen Minuten war er eingeschlafen.

»Mach's gut, mein Freund«, flüsterte Arno.

Der Tod trat eine Dreiviertelstunde später ein. Roger informierte vorschriftsmäßig die Polizei. Die beiden Beamten, den Bezirksanwalt und den Rechtsmediziner, die Arno und Nina befragten, ob der Tod freiwillig gewesen sei, sich die Videoaufzeichnung ansahen, die Papiere prüften und die Leiche untersuchten, nahm sie kaum wahr.

Sie ging auf die Straße hinunter und rauchte. Arno stand neben ihr. Niemand sagte etwas.

Erst als der Bestatter den Sarg in den schwarzen Wagen schob und davonfuhr, fragte Arno: »Wie geht es Ihnen?«

»Beschissen.«

»Mir auch.« Nach einer Pause: »Was passiert jetzt mit Markus?«

»Er wird verbrannt und auf einer Bergwiese verstreut.« Sie zog so fest an der Zigarette, dass die Glut fast ihre Fingerspitzen verbrannte.
Arno wischte sich mit dem Ärmel über das Gesicht. »Typisch.«

In Frankfurt ließ Arno Nina am Bahnhof aussteigen. Sie hatten in den vielen Stunden der Rückfahrt kaum ein Wort gesprochen. Jeder war mit seinen eigenen Gedanken und Erinnerungen beschäftigt gewesen und hatte dem anderen keine Fragen gestellt. Sie umarmten einander flüchtig und wünschten sich alles Gute. Sie würden sich nie wiedersehen.
Im Zug suchte Nina sich einen Platz am Ende eines Großraumabteils. Sie setzte sich ans Fenster und blickte auf die vorbeiziehenden Wiesen und Felder, über die die späte Sonne ein feuerrotes Licht goss. Es roch nach Staub und dem Abrieb von Bremsen und Metall. Monoton fuhr der ICE Richtung Nordosten, und die Menschen um Nina und ihr Murmeln und Rascheln mit Provianttüten schienen ihr wie eine Kulisse.
Markus Ohmers Sterben hatte sie tiefer berührt, als sie es für möglich gehalten hatte. All die Distanz ihren Kunden gegenüber war zu einem Nichts zusammengeschrumpft, und sie hatte eine Nähe zu Markus Ohmer empfunden, die sie erschreckte. Wie viel Empathie brachte sie Ines Klein oder dem Koch Smoothie entgegen? War sie ihnen auch tiefer verbunden, als sie sich eingestand?
Nina lehnte den Kopf gegen die kühle Scheibe und genoss das leichte Vibrieren, das ihre Gedanken zerstreute.
Als der Zug kurz vor Mitternacht die Vorstadt durch-

schnitt, wich die Trauer der Freude auf Emil. Es waren nicht nur sein traurig-wissender Blick, nicht seine fordernden Lippen, nicht sein Gespür dafür, auch ihre geheimsten erogenen Zonen zu entdecken, was sie an ihm liebte. Es war auch sein kritisches Denken. Seine Toleranz, sie einfach sie selbst sein zu lassen und keine falschen Fragen zu stellen.

Der Zug fuhr in die lange Linkskurve. Die Häuser an den großen Straßen lagen im grellen Orange der Straßenlaternen, und in vielen Fenstern brannte noch Licht.

Dennoch: Nina konnte nicht länger schweigen. Die letzten Wochen waren wunderbar gewesen, aber es würde so nicht weitergehen können. Ihre Beziehung brauchte Worte, eine Auseinandersetzung mit dem, was beide belastete. Sie brauchten Klarheit. Über den Tod der Frauen, über das, was dieser in ihnen auslöste. Sonst würden sie bald sprachlos auseinandergehen.

Wenn sie in dieser Stadt und bei Emil bleiben wollte, musste sie die Geschichte mit Frauke zu einem Ende bringen. Und das bedeutete herauszufinden, was geschehen war. Bedrohungen hin oder her.

Der Zug verlangsamte sein Tempo, die Reisenden standen auf und hoben Koffer und Taschen aus den Gepäckfächern über den Sitzen. Als der Zug endlich hielt und die Menschen vor ihr hinausdrängten, schlug ihr Herz schneller, und die vertraute Wärme durchströmte sie. Nur noch wenige Sekunden. Sie sehnte sich nach Emils Umarmung und seinen Küssen.

Doch Emil war nicht da.

Die Menschen eilten zu den Ausgängen. Nina blieb allein zurück.

Sie kramte nach ihrem Handy. Keine Nachricht. Sie wählte seine Nummer. Mailbox. Bestimmt war er zu einem Notfall gerufen worden. Verdammt, er hätte kurz schreiben können.
Sie wartete zehn Minuten. Versuchte erneut, Emil zu erreichen. Nichts. Müde und enttäuscht ging sie den einsamen Bahnsteig entlang, gab im Bahnhofsgebäude ein paar zerrissenen Gestalten ihre Münzen und suchte den Taxistand.
Schon von dem Feldweg aus sah sie das Licht in der Küche brennen und Emils Gestalt, die sich gerade Richtung Sitzecke bewegte. Er war also da! Hoffentlich war nichts mit Lea passiert, und er hatte sie deswegen vergessen. Vielleicht bereitete er auch eine besondere Begrüßung für Nina vor. Einen kleinen Mitternachtsimbiss. Spiegelei mit Amaretto. Sie lächelte bei dieser Vorstellung.
Vor dem Haus bezahlte sie den Taxifahrer, und als er mit knirschenden Reifen wendete, rannte sie schon auf die Haustür zu, schloss auf und rief freudig: »Hey, ich bin da.«
Am Küchentisch saß Emil, den Arm um Tereza gelegt. Zwei leere Weinflaschen standen vor ihnen. Emil sah Nina an. »Schon zurück?«

# 32

»Was soll das? Es ist noch nicht einmal acht Uhr früh, und ich werde hier mit einem Anschiss begrüßt!« Koswig musterte Charlotte Fischer abfällig. »Es gehört zu den Aufgaben der Präparatorinnen, die Säle zu putzen!« Wütend deutete er auf die Fliesen hinter der Organwaage. »Und was sehe ich da? Blutspritzer! Und was ist das da?« Er zeigte auf die gegenüberliegende Wand. »Und das?« Mit der Schuhspitze klopfte er auf einen verschmierten gräulichen Fleck neben dem Edelstahlfuß des Obduktionstisches.

»Das an der Wand sind Produktionsfehler in den Fliesen. Hatten wir schon diskutiert. Mehrmals. Und das auf dem Boden« – sie funkelte ihn an und schob ihr Kinn vor – »sind wahrscheinlich Reste des Putzmittels.«

»Ich dulde keine Schlampigkeit!«

»Ich hoffe, Morrell kommt bald zurück.« Sie baute ihren Kampfpanzerkörper vor ihm auf. »Doris kann die Obduktionen heute sicher allein machen. Ich melde mich hiermit krank, Chef.« Sie ging, und Koswig sah ihr nach. Er sollte eine Risperidon nehmen. Er hatte sich gehenlassen. Aber egal. Sollte die bullige Seekuh ruhig wissen, was er wirklich von ihr dachte. Solange Skipper noch frei herumlief, war alles andere ohnehin unwichtig.

Er rief seine Sekretärin an. »Bringen Sie einen Eimer heißes Wasser und den Fliesenreiniger in Saal drei. Der Boden muss nachgereinigt werden. Außerdem Mucadont. Die Instrumente werden auch noch einmal desinfiziert.

Und zwar komplett. Handschuhe können Sie sich hier unten nehmen.«
»Aber Herr Professor, ich …«
»Das ist eine Dienstanweisung.« Er legte auf und informierte Julius Tamm und Doris Weinmann, dass die geplante Obduktion auf die Mittagszeit verschoben würde und er außer Haus sei.
Er hatte nicht damit gerechnet, dass er den Institutstag nicht schaffen würde. Der Druck und die Unfähigkeit der Leute, ihn als den künftigen Chef und kompetenten Experten zu erkennen, ärgerten ihn. Nein, sie machten ihn zornig!
Und zu alledem dieses Theater mit Nina. Er hatte sie für tolerant gehalten. Für eine, die ihn versteht. Aber sie war genau wie alle anderen. Erst baggerte sie ihn an und machte einen auf verständnisvoll, dann wurde sie besitzergreifend, und sobald sich seine Welt nicht mehr nur um sie drehte, rastete sie aus. Als hätte seine Geste, Tereza zu umarmen, irgendetwas zu bedeuten. Nichts hatte etwas zu bedeuten. Nicht mehr.
Verdammtes Leben! Verdammte Menschen!
Er schlug mit der Faust gegen die Wand und verließ den Obduktionssaal. Luft! Er brauchte Luft! Musste mit den Inlinern um den See fahren, einmal, zweimal, immer schneller, bis seine Lunge brannte und seine Gedanken eingefroren waren. Er eilte die Treppe hinauf ins Erdgeschoss, lief durch den langen kahlen Flur und verließ das Institut durch den Nebeneingang zum Carport.
An seinem Wagen lehnte mit verschränkten Armen Timo Reichel. »So schnell habe ich gar nicht mit Ihnen gerechnet, Herr Professor.«

Koswig schnaubte.
»Aber ich dachte mir schon, dass Sie heute nicht lang hierbleiben. Ziemlich viel alles, nicht wahr?«
»Kleiner Wichser«, zischte Koswig. »Was wollen Sie?«
Reichel grinste. »Einen kleinen Zuschlag?«
»Hauen Sie ab!«
Reichel ließ die Arme sinken und strich mit dem Zeigefinger über das Wagendach. »Schöner Wagen. Muss 'ne Stange Geld gekostet haben.«
»Das geht Sie einen beschissenen Dreck an«, stieß Koswig aus und sagte sich sofort: Lass dich nicht provozieren.
»Ihre Wortwahl war auch schon feiner.« Reichel schlenderte auf ihn zu. »Verdoppeln Sie.«
Koswig lachte auf.
Reichel verzog keine Miene. »Diese Smartphones sind wirklich sehr praktisch. Man kann filmen und alles gleich versenden. Ein Knopfdruck, und das Video ist sicher verwahrt.«
Der Wichser würde es nicht wagen!
»Mein YouTube-Kanal könnte neues Futter brauchen. Es wird langweilig, immer nur Filmchen meiner Ratten einzustellen.«
»Sie mieser Drecksack!«
»Das sagten Sie schon. Also: Verdoppeln Sie?«
»Nein.«
»Ich weiß zu viel, Koswig.«
»Sie wissen nichts. Gar nichts.«
»Schade für Sie. Schön für die Öffentlichkeit.« Er zuckte die Schultern. »Wie läuft es eigentlich mit Nina?«
Koswig überlegte nur Bruchteile einer Sekunde. Dann entschloss er sich, den Kerl zu ignorieren. Kein Mensch

würde diesem Winzling von Aushilfsfahrer seine Anschuldigungen glauben, und was auf den Filmen war, das konnte er in seiner Position glaubhaft begründen. Im Erklären des Unerklärlichen war er schließlich ein Meister. Er lächelte. »Nina? Wollen Sie sie bei sich aufnehmen? Ich habe sie lang genug beschützt.«

»Beschützt.« Reichel lachte auf.

»Ja, beschützt! Wie man das mit Frauen macht, die bedroht werden.« Noch während er sprach, kroch der Zorn durch seine Adern wie kochendes Pech. Keiner würde ihm etwas wegnehmen! Nicht Nina! Sie mochte sauer sein, aber die letzten Wochen waren doch anders gewesen. Liebevoll. Friedlich. Sie war ihm als Frau so nahegekommen wie bisher nur Alexandra.

»Ich bin gerührt, Koswig. Sie sind wirklich ein Frauenkenner. Kann ich von mir nicht behaupten. Macht aber nichts. Ich will ja keine Nina. Ich will nur Geld.« Reichel stellte sich vor ihn. »Trotzdem: Lassen Sie Ihre schmutzigen Finger von ihr. Sie hat etwas Besseres verdient.« Reichels Augen funkelten böse. »Echte Liebe.«

»Ich liebe Nina.«

Reichel lachte auf. »Jetzt passen Sie mal gut auf, Sie perfider Leichenschänder! Sie verdoppeln meine Zahlungen, oder ich laufe morgen bei der Kripo auf. Samt allem Material.«

Koswig spürte seinen Adamsapfel auf und ab hüpfen. Dann schlug er mit seiner Faust in Timo Reichels Gesicht. Reichel stöhnte und ging zu Boden. Wimmernd sah er zu ihm auf.

Was für ein wehleidiger Wurm! Den würde er zerquetschen! Koswig bückte sich und packte ihn hart am Kragen. »Lassen Sie sich nie wieder hier blicken!«, zischte er. »Und

wenn Sie noch einmal auf die Idee kommen, Geld zu fordern, lasse ich *Sie* auffliegen.« Er zerrte Reichel auf die Beine. »Glauben Sie etwa, ich weiß nicht, wer Nina bedroht?« Reichel spuckte ihm ins Gesicht. Aus seinem Mund lief Blut.
Am liebsten hätte Koswig erneut zugeschlagen. Aber das war unter seinem Niveau. Stattdessen griff er in die Hosentasche und wischte sich mit einem Papiertaschentuch die Spucke weg, ein zweites Taschentuch hielt er Reichel hin.
»Nicht aus Ihren dreckigen Händen«, erwiderte Reichel.
Koswig zuckte die Schultern. »Ihre Entscheidung. Sie müssen übrigens nicht zum Arzt gehen, die Lippe heilt von selbst. Gut kühlen und ein paar Tage die Fresse halten.« Dann klaubte er ein paar Pistazien aus seiner Hosentasche und bot auch Reichel welche an. »Greifen Sie zu. In manchen Dingen haben wir ja offenbar denselben Geschmack.«

# 33

Ihr Kopf war leer, und das Herz auch. Sie hätte es spüren müssen. Viel früher schon.

Nina saß barfuß auf Fraukes kleinem Balkon, der jetzt ihrer war, und rauchte. Das Tabakpäckchen, das sie in der Nacht am Bahnhof gekauft hatte, enthielt nur noch Krümel. Der Himmel war bewölkt, und die brennende Sonne der letzten Wochen war einer schweren Schwüle gewichen. Die Haut schien zu kleben, ohne dass man sich bewegte.

Es war Ninas Abschied von der Stadt.

Sie hatte sich von Emils Charme und seinem traurigen Blick blenden lassen. All seine seltsamen Anwandlungen und Gehässigkeiten ignoriert. Seine eisige Gleichgültigkeit und seinen Psychopharmaka-Konsum hatte sie mit seinem Trauma wegen Alexandra entschuldigt. Wie hatte sie nur so dumm sein können!

Nina ging in die Wohnung und öffnete eine Dose Ravioli aus Fraukes Vorratskammer. Sie hatte seit ihrem Aufbruch in Zürich nichts gegessen, und das war fast dreißig Stunden her. Hunger hatte sie nicht, im Gegenteil, ihr Magen schmerzte, und vom vielen Weinen dröhnte ihr der Kopf. Doch sie musste etwas essen, um das zu überstehen, was noch zu erledigen war.

Sie kippte die Ravioli in einen Topf und schaltete die vordere Herdplatte ein. Gleich darauf duftete die Küche nach Tomatensoße.

Hatte Emil sie je gefragt, wie es ihr wirklich ging? Die ganze Nacht hatte sie darüber gegrübelt, nachdem sie ihm

»du verdammter Lügner« an den Kopf geschleudert und das Haus verlassen hatte. Er war ihr nicht nachgelaufen, hatte auch nicht versucht, sie mit Worten aufzuhalten. Als sei sie eine Motte, die sich, vom Licht angezogen, in seine Küche verirrt und ihn beim Techtelmechtel mit Tereza gestört hatte. Tereza hatte mit weit aufgerissenen Augen dagesessen und die Lippen aufeinandergepresst. Sie wusste, dass in diesem Moment etwas in Nina zerbrochen war. Tereza war als eine der wenigen darüber informiert, dass sie mit Emil zusammen war.
Nina stellte den Topf auf einem zusammengefalteten Küchenhandtuch auf den Tisch. Sie spießte eine Ravioli auf, kaute lustlos, schluckte. Sofort wurde ihr übel. Nach der dritten Teigtasche legte sie die Gabel beiseite.
Es war wie in den Tagen, bevor sie zu Emil gezogen war. Sie verstand überhaupt nichts mehr, wollte nicht denken müssen, nichts fühlen. Nur ausblenden. Der Unterschied zu jetzt war jedoch: Sie empfand weniger. Der Schmerz war stumpfer geworden. Emil hatte sie behandelt wie irgendeinen billigen Gebrauchsgegenstand. Vögeln wollte er, dauernd vögeln. Auf der Küchenbank, auf der Terrasse zum Zirpen der Grillen, auf der Treppe zum Schlafzimmer hinauf, wenn Tereza ihren freien Tag hatte. Wie zwei ausgehungerte Kreaturen hatten sie sich verschlungen, und es hatte beiden gefallen. Zärtlich war es nicht gewesen. Warum fiel ihr das jetzt erst auf?
Was hatten sie sich eigentlich zu sagen gehabt in den letzten Wochen? Über was hatten sie geredet, während sie bei ihm gelebt hatte? Immer nur über andere. Emils kranken Chef. Eine Tote mit rätselhaften Verletzungen um beide Knie herum. Über die Farbe der Wandfliesen. Das uner-

trägliche Wetter dieses Sommers. Weinsorten. Belanglosigkeiten. Er erzählte von dem Ferienhaus in Kreta, in dem er mit Alexandra manchmal gewesen war. Von seinem Medizinstudium und den Fächern, die er dort belegt hatte. Sie berichtete von ihren Eltern, doch er ging nie darauf ein. Dann versuchte sie es mit ihrem Job und einigen Kunden, deren Namen sie jedoch nicht preisgab. Er nickte, machte Witze über den Koch Smoothie. Nina schwieg. Später wollte sie über Religion diskutieren. Wollte ergründen, was Emil wirklich glaubte. Er beendete das Thema stets mit kurzen, heftigen Küssen und Sex.

Jetzt, rückblickend betrachtet, hatte sie mit einem ganz anderen Menschen zusammengelebt als mit dem, der vorher fast schon hellsichtig und verständig gewesen war.

Was war passiert?

War es Emil zu eng geworden? War er so ein Klischeetyp, der sich nicht binden konnte und dann dieses idiotische »Ich brauche meine Freiheit« vorschob? Doch wäre er dann verheiratet gewesen? Mochte ja sein, dass Alexandras Tod ihn so erschüttert hatte, dass er zu diesem unberechenbaren Mann geworden war. Aber das rechtfertigte nicht, Nina auf diese Art zu behandeln. Er brauchte wahrlich keine Angst zu haben, ein Arschloch zu werden. Er *war* eines. Aber das war nicht länger ihr Problem.

Sie stand auf. Sie musste tun, was sie längst hätte tun sollen: sich mit dieser Wohnung und Frauke aussöhnen. Den guten Dingen in ihrem Leben Raum geben. Es war nun ihre Wohnung, kein Zuhause, denn das würde sie hier nie haben, aber ein Wert, mit dessen Erlös Nina neu beginnen konnte.

Gern hätte sie mit Markus Ohmer darüber gesprochen. Er

war ein guter Zuhörer gewesen und klug in dem, was er manchmal wie nebenbei gesagt hatte. »Verzeihen macht das Leben einfacher«, hatte er ihr mitgegeben. Und dass sie die Liebe nie wieder gehen lassen sollte. Nun ja. Sie würde mit dem Verzeihen bei Frauke anfangen. Über die Liebe würde sie später nachdenken. Viel später. Wenn überhaupt.

Sie stieg die Treppe zur Galerie hinauf. Und zum ersten Mal öffnete sie die Tür zum Schlafzimmer.

Stickige Luft schlug ihr entgegen, das Licht war dämmrig. Sie blinzelte. Durch bodenlange Vorhänge fiel ein wenig Tageslicht. Sie zog die Vorhänge zur Seite und öffnete die Fenster. Ein Doppelbett, auf dem nur eine Decke und ein Kissen lagen, stand diagonal im Raum. Eine Wand war komplett von einem verspiegelten Schiebetür-Kleiderschrank bedeckt, und neben dem Fenster stand eine kleine Kommode mit Spiegelaufsatz. Alles war in Weiß gehalten und sah teuer aus. Nur die Vorhänge und Bettwäsche waren taubenblau.

Nina schob den Kleiderschrank auf. Ein Licht ging an und beleuchtete akkurat gestapelte und aufgehängte Blusen, Hosen, Röcke und Unterwäsche. Weiß und kühle Blautöne dominierten Fraukes Kleidung. Nina strich über ein langes, altweißes Kleid. Fast wie ein Hochzeitskleid. Es war seidenweich und fiel in feinen Falten.

Sie schloss den Schrank und sah sich weiter um. Nichts, was auf einen Mann hindeutete. Kein zweites Bettzeug, kein Schlafanzug, keine Hausschuhe, keine obligatorischen Socken halb unterm Bett.

Sie setzte sich auf den Bettrand und stützte sich nach hinten ab. Im Spiegel sah sie sich an. Sie war schmaler geworden in den letzten Wochen. Ihre Wangenknochen schienen höher als sonst und die langen Finger knochiger. Ihr Haaransatz musste dringend nachgefärbt werden. Nur ihre Hüften waren breit geblieben, und ihre ohnehin kleinen Brüste hatten natürlich auch keine pralleren Rundungen bekommen. Fraukes Kleidung und Bettwäsche würde sie in ein Sozialkaufhaus bringen. Die Möbel ... da musste sie noch schauen, wer die am besten brauchen und wer sie abholen konnte. Geld würde sie für das Inventar nicht nehmen.

»Danke für das Erbe, Frauke.« Nina ließ sich auf dem Bett zurücksinken. Sie hatte plötzlich mehr als genug Geld, um viele Jahre gut leben zu können. Und das verdankte sie ausgerechnet ihrer Schwester. Etwas stach sie hart in die Rippen, als sie sich ein wenig drehte. »Autsch.« Sie tastete auf dem Laken umher, und etwas fiel zwischen die beiden Matratzen. Sie griff danach. In der Hand hielt sie eine Pistazienschale.

# 34

*Er ist geduldig. Er ist fast am Ziel, das weiß er. Alles, was ihm gehört, wird er sich zurückholen. Aber Skipper muss vorsichtig sein. Jetzt gerade ist er unvorsichtig. Denn es ist mitten am Tag, und er kauert noch immer unter dem Treppenabsatz, kaum satt von dem harten Stück Brot aus dem Müllcontainer.*
*In den letzten Tagen hat er viel beobachtet. Nachts ist er bis vor Fraukes Haus gelaufen, und tagsüber hat er sich ein paar Straßen weiter in dem stacheligen Gestrüpp neben dem Parkplatz versteckt, dort, wo die faulig und nach Tod stinkenden Container stehen, von denen jeder sich fernhält.*
*Skipper kann viele Stunden so ausharren. Bei jedem Geruch und in ein und derselben Pose, ohne ein Geräusch von sich zu geben und ohne laut zu atmen.*
*Letzte Woche, als die Sehnsucht nach ihr seine Brust in wellenförmigen Schmerzen zusammengepresst hat, hat er sich spät am Abend an der Seite des Hauses versteckt, hat eine Hand flach auf den Boden gelegt, um jede Vibration zu spüren, und hat gewartet. Als irgendwann Schritte von zwei Leuten auf das Haus zugekommen sind, hat er vorsichtig sein Versteck verlassen und ist zur Tür gehuscht. Noch bevor sie ins Schloss fallen konnte, hat er die Hand in den Spalt geschoben und ist ins Treppenhaus geschlichen. Unter dem Treppenabsatz hat er sich zusammengerollt, ganz dicht hinter den Kinderwägen und Fahrrädern. Da kann ihn niemand sehen. Auch jetzt kauert er genau dort.*

*Im Morgengrauen schleicht er immer hinaus und in das Gestrüpp hinter die Container. Am Abend wieder ins Haus zurück.*
*Letzte Nacht hat Frauke ihn endlich geweckt! Das war schön.*
*Ihre Schritte sind spät in der Nacht nur eine Armlänge über ihm die Treppe hinaufgegangen, härter und schwerer als sonst, aber sie war wahrscheinlich sehr müde. Sofort waren die Schmerzen in seiner Brust verschwunden, und er hätte jauchzen mögen, leicht und frei, wenn er es gekonnt hätte. Skipper hat es gewusst!*
*Frauke ließ ihn nicht im Stich!*
*Vielleicht ist ihr Arm noch nicht verheilt, nachdem sie die Haut für ihn herausgeschnitten hat, und sie war all die Tage, die er hier vergebens gewartet hat, in der Klinik.*
*Aber jetzt ist sie da oben und bereitet ihr gemeinsames neues Leben vor. Vielleicht hat sie die neue Haut schon abgeschnitten. Bestimmt weiß Frauke, dass jemand seine Schätze gestohlen hat und er neue Haut braucht. Sie spürt so vieles. Dann muss er noch ein neues Auge besorgen und ein Ohr. Und zum Schluss eine Zunge. Frauke wird ihm helfen. Das weiß er. Sie tut alles für ihn. Das hat sie ihm versprochen. Er liebt sie doch, und sie liebt ihn!*

# 35

Nina hatte es nicht glauben wollen. Jetzt hatte sie Gewissheit: Emil hatte Frauke gekannt. Und nicht nur das. Heiner Mattfeld, der Nachbar, hatte recht gehabt, als er ihn erkannte. Emil wollte zufällig zur selben Zeit wie Frauke in dem Café gesessen haben. Und jetzt lagen zufällig Pistazienschalen in Fraukes Bett. *Ein bisschen zu viel Zufall.* Im Küchenschrank hatte sie verschweißte Pistazienpackungen gefunden. Frauke hatte Nüsse gehasst. Wie Nina.

Emil hatte Nina belogen. Von Anfang an. Und betrogen dazu.

Sie kniete noch immer neben der WC-Schüssel, doch seit sie die drei Ravioli herausgewürgt hatte, kam nichts weiter als grünlicher Schleim. Sie zitterte. Fror. Der Betrug durch Emil wog schwerer als der durch Peter. Weil sie selbst labil gewesen war, als sie Emil kennengelernt hatte. Weil sie ihm ihre Vorgeschichte anvertraut hatte. Weil sie sich zum ersten Mal als erwachsene Frau wieder hatte emotional öffnen können, tiefer als damals als Vierzehnjährige.

Auf wackligen Beinen zog sie sich am Waschbecken hoch. Spülte den Mund aus und putzte sich die Zähne. Es half nichts. Sie fühlte sich durch und durch schmutzig und missbraucht.

Sie zog ihre Kleidung aus, die sie schon seit dem Aufbruch in Zürich trug, und warf sie in die Ecke des Badezimmers. In Fraukes Schrank suchte sie die weiteste Jeans, die sie fand. Dass Frauke überhaupt eine besessen hatte, wunderte

sie. »Proll-Fummel« und »Hippie-Look« hatte Frauke die Kleidung ihrer Schwester immer genannt.
Zu der Hose, die kaum zwickte, suchte sie eine helle, schlicht geschnittene Bluse heraus. Ein Blick in den Spiegel ließ sie den Atem anhalten. Sie sah völlig verändert aus. Sportlich und schlank, etwas älter als achtundzwanzig Jahre und fast schon seriös. Gar nicht mal schlecht. Aber nicht Nina.
Die Standuhr in der Diele schlug vier Mal, als sie ihre Tasche schulterte und die Treppe zu dem Taxi hinunterging, das sie gerufen hatte.
Zuerst besuchte sie zwei Maklerinnen. Beide würden sich die Wohnung ansehen und schätzen. Erst dann würde Nina auswählen, wer die Wohnung verkaufen sollte. Anschließend fuhr sie zum Friedwald.
Noch immer roch es nach Bärlauch, und die Vögel zwitscherten unter dem bedeckten Himmel. Über Fraukes Grab türmten sich Kränze und welke Blumen und Gebinde. Die Stoffbänder mit den Abschiedsgrüßen waren schmutzig, an einem lösten sich die goldenen Buchstaben des *Letzter Gruß*, und von einem ursprünglichen *Reinhard* war nur noch *ein ard* übrig, das *R* und das *h* lagen zwischen braunen Blütenblättern.
Nina fühlte sich fremd. Nicht wegen der Kleidung, sondern weil all ihr Groll und die stumme Ohnmacht, die sie ihrer Schwester gegenüber jahrelang empfunden hatte, verflogen waren.
»Hey, Frauke.« Sie legte die Stofftasche neben die Esche ins Gras. »Wird Zeit, aufzuräumen. Das Chaos hier würde dir nicht gefallen.«
Sie sortierte die vertrockneten Sträuße aus und trug sie zu

dem Kompost einige Bäume entfernt. Sie strich die Bänder glatt und legte sie wieder schön über die Kränze.
»Warst du Emils Geliebte?« Sie bückte sich und schob die Gestecke zusammen, die noch ansehnlich und grün waren. In einigen Wochen wäre alles weggeräumt und nichts als ein Stück Waldboden mit einer helleren, mit zartem Gras bedeckten Stelle zu sehen. Darauf ein Grabstein, den Nina aussuchen wollte. Eine Amsel hüpfte herbei.
»Ich kann es nachfühlen. Er ist charmant, er sieht gut aus, er versteht es, mit seiner traurigen Geschichte Mitgefühl zu wecken. Aber das alles gibt ihm nicht das Recht, zu betrügen.«
Der Blumenturm war jetzt nur noch halb so groß.
»Hat er dich auch betrogen? Und was ist mit Alexandra? Warum wolltest du auf demselben Friedhof bestattet werden? Kanntest du sie vielleicht sogar? Und war Mathilde Kleefeld auch eine von seinen Frauen?«
Die Amsel pickte in den Boden.
Nina richtete sich auf. Schluckte. Mathilde Kleefeld war sicher um die zwanzig Jahre älter gewesen als Emil, aber wenn sie doch mit ihm … Würde das bedeuten, dass alle seine Frauen und Geliebten tot waren? Alle außer Tereza und Nina?
Quatsch, sagte sie sich. Mach dich nicht verrückt. Nicht schon wieder diese hanebüchenen Phantasien! »Ich hab mich nicht verändert in dem Punkt«, sagte sie zu Fraukes Grab. »Ich spinne manchmal ein bisschen. In deinen Augen wahrscheinlich viel mehr als ein bisschen. Aber es macht mir nichts aus. Ich bin gern anders und sehe die Dinge eben aus anderen Perspektiven als der Rest dieser beschissenen Welt.« Nach einer Pause, in der sie nach ihrer

Tasche griff, sagte sie: »Ich möchte dir gern verzeihen. Du hast dich echt super scheiße verhalten. Trotzdem warst du kein schlechter Mensch. Das weiß ich jetzt. Irgendetwas ist passiert mit dir. Aber das dauert wohl noch ein bisschen, bis das auch bei mir angekommen ist.«

Um zehn Uhr am nächsten Morgen schloss sie die Tür zu Emils Haus auf. Terezas Škoda war nicht da, sicher war sie mit Lea unterwegs. Der Himmel hing dunkelgrau und schwer über den hohen Wiesen rund um das Haus. Gut so. Passte hervorragend zu ihrem letzten Besuch hier. Das Taxi wartete auf der Kiesfläche vor dem Haus, denn Emil hatte den ganzen Vormittag einen Termin im Gericht, darüber hatten sie noch vor Zürich gesprochen. Der vorletzte oder letzte Termin in dem Fall, der ihm so zu schaffen gemacht hatte. Ein Vater, der absichtlich sein Kind überfahren hatte.

Sie erinnerte sich noch, wie aufgelöst er ausgesehen hatte nach dem ersten Termin. Damals hatte sie im Büro auf ihn gewartet. Wie lang das her war. Emil würde nicht vor Mittag aus dem Verhandlungssaal kommen und dann wohl ohnehin direkt ins Institut fahren.

Sie schloss die Haustür, nahm den Geruch nach Oregano und Babybrei wahr, musste schlucken. All die Erinnerungen. Kurz lauschte sie in die Stille und stieg dann in den ersten Stock ins Schlafzimmer hinauf, wo ihre paar Röcke neben Emils Anzügen für Vorträge und Gerichtstermine im Schrank hingen. Rasch stopfte sie all ihre Kleidungsstücke und im Bad ihr Duschgel, die Zahnbürste, Ohrringe und Armreife in den Rucksack, der noch neben der Küche gestanden hatte, samt ihrem wenigen Gepäck aus Zürich.

Das Bett würdigte sie keines Blickes. Was dort alles passiert sein mochte, wollte sie sich nicht vorstellen. »Alexandra, Frauke, ich, Tereza, und weiß der Geier, wer noch«, sagte sie laut, als sie die Treppe hinunterging – und erstarrte. Unten stand Emil, splitternackt. »Wie wär's mit Charlotte?«, sagte er.

# 36

Es tut mir leid, Nina! Das sollte ein Scherz sein.« Emil kniete vor der letzten Treppenstufe, nackt, wie er war.

»Lass mich in Ruhe«, zischte sie und presste sich an das Geländer. Er ekelte sie an. Ein Gefühl, das ihr bisher weitgehend fremd gewesen war. So viele geschundene Körper hatte sie berührt, gevögelt, und immer war es in Ordnung gewesen. Aber Emil, theatralisch heulend, blass und dünn auf dem staubigen Boden vor ihr, ließ sie bittere Galle schmecken.

»Nina, bitte! Das ist ein Missverständnis. Hör mir zu!«

»Du verpasst deinen Gerichtstermin.«

»Der Termin ist unwichtig. Nur *du* bist wichtig! Ich habe hier auf dich gewartet. Ich habe …«

»Splitternackt? Tolle Idee.«

»Das mit Tereza hast du falsch verstanden.«

»Den Teufel habe ich! Lass mich durch!« Sie stieg zwei Stufen hinunter. Wut verdrängte den Ekel. »Du bist ein verdammter Lügner! Du erzählst mir was von Liebe und Vertrauen und von wegen ich sei so geradeheraus und all den Scheiß. Und nebenher fickst du Tereza und Charlotte, und meine Schwester hast du auch gevögelt, und was weiß ich wen noch alles!«

»Das stimmt doch nicht!« Er verschluckte sich beim Sprechen und zog sich am Geländer hoch. Sein Schwanz hing schlaff zwischen den Schamhaaren.

»Ach nein? Dann hat Frauke die Pistazien selbst in ihr

Bett gelegt?« Sie stieg noch eine Stufe hinab. »Du machst dich lächerlich.«

»Wovon redest du?«

»Lass mich durch!«

Er trat zur Seite. »Nina, ich brauche dich!«

»Zum Vögeln? Danke, dafür hast du andere.«

»Das war doch alles vor deiner Zeit!«

Nina starrte ihn an. Die blauen Augen hinter der Brille, die ihr fast grau vorkamen, die zuckenden Mundwinkel, die denen eines heulenden Kleinkinds glichen. Die knochigen Schlüsselbeine, die Brust, fast unbehaart. »Du widerst mich an!« Rasch ging sie an ihm vorbei Richtung Haustür, glaubte, er würde sie am Arm packen, doch er rührte sich nicht.

»Du hättest dich doch nie auf mich eingelassen, wenn ich dir von Frauke erzählt hätte. Du hast Frauke gehasst!«

Sie fuhr herum. »Erinnerst du dich an unser erstes Treffen in der Cafeteria im Institut? ›Ihre Schwester ist eine Fremde für mich, Frau Bach, eine *Fremde*‹, hast du gesagt. Und jetzt erzähl mir nicht, dass du schon damals etwas von mir wolltest.« Sie ging einen Schritt auf ihn zu. »Oder doch? War dir dein Vorrat fürs Bett ausgegangen?«

»Nina, ich hatte mit Frauke eine Affäre. Nichts weiter. Es war keine … Liebe. So wie es das bei dir ist.«

»Und mit Tereza auch, ja? Und was ist mit Charlotte? Hast du's mit der gleich im Institut getrieben?«

»Terezas Bruder hatte einen Unfall. Sie hat einen Anruf bekommen und saß weinend in der Küche, als ich nach Hause kam. Ich habe mich zu ihr gesetzt und … ach verdammt. Ich wollte sie trösten. Aber ich bin da nicht so gut drin wie du.«

Sie schnaubte. »Trösten! So wie du mich getröstet hast?«
Er legte den Kopf in den Nacken und schloss die Augen. Nina kam sich vor wie in einem schlechten Theaterstück. Als er sie wieder ansah, war er ernst, und da war wieder diese Trauer, die sie ganz zu Beginn, als sie sich kennenlernten, bereits wahrgenommen hatte. »Nina«, begann er, ging dann ein paar Schritte zur Garderobe und zog sich einen dünnen Mantel an, der ihm bis zu den Oberschenkeln reichte. »Entschuldige, dass ich hier so herumlaufe. Ich habe nicht wirklich geglaubt, dich je wiederzusehen.« Und leise: »Aber ich habe es gehofft.« Er kam direkt zu ihr und sah sie an. Schüttelte den Kopf.
Nina schluckte. Sie hatte ihn nie näher bei Tereza gesehen als an dem Küchentisch. Und was war da schon gewesen? Sie hatten sich berührt, er hatte den Arm um sie gelegt. Ja, und? Wenn sie wirklich wegen ihres Bruders …
»Warum machst du mir Vorwürfe wegen einer längst vergangenen Affäre? Ausgerechnet du? Wo du jeden Tag mit wildfremden Männern und auch Frauen herummachst!«
»Der Unterschied ist, dass ich es nie verheimlicht habe. Und dass es mein Job ist.«
»Bleib bei mir. Ich bezahle dich, Geld ist mir egal. Aber bleibe hier und bleibe meine Nina. Und nur meine Nina, nicht auch die von anderen.«
»Du willst meine Liebe kaufen? So viel Scheißgeld hat nicht mal der Herr Professor.«
Er deutete mit dem Kinn auf Fraukes Bluse und Jeans, und als er sprach, spürte sie seinen warmen Atem auf den Wangen, so nah waren sie sich. »Steht dir gut.«
Sie biss sich auf die Oberlippe. Hatte sie ihm unrecht getan? »Hast du um Frauke getrauert?«

»Natürlich.«
»Warst du noch mit ihr … zusammen, als sie starb?«
»Ja.«
»Warum hast du behauptet, sie sei eine Fremde für dich?«
»Weil sie es war. Sie war distanziert und undurchschaubar.«
»Da bist du der Erste, der so über sie redet. Alle anderen fanden sie toll und witzig und herzlich. Warum hat sie eigentlich ihren Job aufgegeben?«
»Weil sie sich mit sozial Schwachen beschäftigen wollte.« Seine Schultern hingen herab. »Ich habe das nicht verstanden. Es hat irgendwie nicht zu ihr gepasst.«
»Und wovon wollte sie leben?«
Er schüttelte den Kopf. »Wir haben nie über Geld gesprochen.«
»Hat sie mich nie erwähnt?«
»Ehrlich gesagt, nein.«
Endlich! Endlich jemand, der bestätigte, wie Frauke wirklich war. »Ich habe ihr verziehen«, sagte Nina.
Sein Blick suchte ihren. »Das ist gut.«
Lang sagte keiner etwas. Dann fragte Nina: »Sag mal, Alexandra und Frauke, die Selbstmorde … du musst doch verrückt geworden sein!«
»Das bin ich auch. Weißt du, wie viele Nächte ich gegrübelt und geweint habe? Ich bin nachts ins Institut gefahren und hab die Leichen wieder und wieder untersucht. Schon bei Alex war das so. Auch bei Frauke.« Er senkte den Kopf. »Ich weiß nicht, wie viele Risperidon ich in der Zeit geschluckt habe. Ich wollte das alles nicht mehr sehen, nicht wahrhaben, ich …«
»Und Kleefeld? Hattest du mit der auch was?«

»Nein. Ich habe sie ja nicht mal gekannt.«
»Ich muss das erst einmal irgendwie in meinen Kopf kriegen.«
»Bitte, glaube mir! Ich hatte einen Grund, dich zu mir zu holen! Ich musste doch auf dich aufpassen! Ich liebe dich!«
»Jemand tötet zwei Frauen, die dir nahe sind. Jemand bedroht mich. Und jetzt?« Galle, immer wieder Galle.
»Ich bin bei dir!«
»Hast du Feinde?« Wenn jemand seine Freundinnen tötete, dann vielleicht aus Rache? Und Mathilde war ein Versehen?
Er zuckte die Schultern. »Hunderte wahrscheinlich. In meiner Position … Es gibt genug Leute, die mir vorwerfen, ich hätte zum Beispiel ihre Vaterschaftsgutachten gefälscht und sie müssten nun ungerechtfertigt ein halbes Vermögen an Alimenten bezahlen. Oder so Irre, die dementieren, dass die Oma im Heim mit dem Kissen erstickt wurde, und dann unterstellen, ich gönne ihnen das Erbe nicht. Eine andere Frau ruft bis heute immer wieder an und sagt, ich müsse mich getäuscht haben. Es sei nicht ihr Mann, der am Spielplatz die Kinder betatscht habe und, von einem Unbekannten an die Rutsche gefesselt, mit Benzin übergossen und angezündet wurde.«
Fast schämte Nina sich. »Und dann komme ich mit den Vorwürfen, du hättest etwas übersehen.«
»Ja. Und außerdem liegt mein Chef im Sterben. Die Konkurrenz ist groß. Viele wollen seine Position.«
»Du auch.« Es war eine Feststellung, keine Frage.
»Es wäre schön, ja.«
»Du glaubst also auch, dass es Morde waren und nicht

Selbstmorde? Du hast doch schon vor Wochen von zu vielen Zufällen gesprochen.«

Er holte tief Luft. »Ehrlich gesagt … ich weiß es nicht mehr. Aber ich halte es für möglich.«

»Kann Timo Reichel es gewesen sein? Er hat Kleefeld gekannt. Frauke auch. Und Alex vielleicht. Was habt ihr überhaupt miteinander? Warum hasst ihr euch?«

»Reichel hat mich beobachtet. Nach Alex' Tod war ich komplett neben der Spur. Ich bin jede Nacht im Institut gewesen, habe sogar mal vor den Kühlfächern geschlafen. Einmal habe ich es nicht mehr ausgehalten und Alex' Leichnam – oder was von ihr übrig war – schreiend aus dem Fach gezerrt. Wie ein Verrückter. Ich habe sie in Saal eins geschoben und das Obduktionswerkzeug bereitgelegt. Ich wollte ihre Überreste Millimeter für Millimeter zerschneiden, um etwas zu finden, was mir Klarheit verschafft. Ich war wie besessen davon! Stattdessen habe ich sie auf den Mund geküsst. Ich habe die öl- und blutverkrusteten Haare gestreichelt und die leere Augenhöhle berührt. Immer wieder.«

Nina würgte.

»Sie war so kalt. Ich wollte ihr etwas von meiner Wärme abgeben. Als ich mich beruhigt hatte, habe ich die Brust- und Bauchnaht wieder aufgetrennt, die Charlotte Fischer genäht hatte. Groteskerweise war ihrem Oberkörper nicht viel passiert. Und dann habe ich …«

Sie widerstand dem Impuls, Emil zu berühren. Sie wartete ab, bis er weitersprach.

»… ich habe das Auge aus dem Brustkorb, wo wir es hineingelegt hatten, wieder herausgeholt und wollte es ihr einsetzen. Es ging nicht.«

»Und Timo hat das gesehen.«

»Er muss schon eine ganze Weile in der Tür gestanden haben. Er hat in der Nacht eine Tote gebracht. Er kam in den Kühlraum und muss das Licht gesehen haben, vielleicht auch draußen schon mein Auto, keine Ahnung. Jedenfalls erpresst er mich jetzt damit.«

»Wie bitte?«

»Du hast ganz richtig gehört. Ich sagte dir doch: ein kleiner unbedeutender Scheißer. Er ist keiner, der andere tötet. Der hat doch gar nicht die Eier dazu. Der will nur Geld.«

»Ist es denn strafbar, seine eigene Frau noch einmal aufzuschneiden?«

»Strafbar oder nicht, es ist nicht gut. Rein vom Gesetz her würde nichts passieren, ich habe immerhin ein wissenschaftliches Interesse an der Aufklärung des Todes. Aber du weißt ja selbst, wie schnell man die Arschkarte hat, sobald so etwas an die Öffentlichkeit dringt. *Durchgeknallter Rechtsmediziner schlitzt im Keller des Instituts nachts den Leichnam der eigenen Ehefrau auf.* Stell dir nur eine solche Schlagzeile vor. Da bist du geliefert. Egal, ob die Wahrheit oder Schwachsinn in dem Artikel steht. Also habe ich gezahlt. Ich will meinen Frieden haben.«

»Verdammte Hacke.«

Er lachte auf. »Das ist meine Nina.« Dann wurde er ernst. »Ich muss zum Gericht. Der Termin ist auf den Nachmittag verlegt worden. Hätte ich dir gleich sagen können, aber ich war so überrascht, dass du plötzlich hier warst. Ich hatte dich nicht hereinkommen hören.«

»Mein Taxi steht draußen.«

»Du gehst? Aber wir sind doch jetzt wieder gut miteinander und …«

»Ich rufe dich an.« Das alles ging zu schnell und war zu viel.

»Du kannst hier warten.«
Sie schüttelte den Kopf.
»Bitte lass uns am Abend reden. Sagen wir, um achtzehn Uhr hier?«
Nina betrachtete ihn lang, und als er seine Hand auf ihre Schulter legte, war es wieder da, dieses Gefühl des Vertrauten und der Nähe. Was er sagte, klang plausibel. »Okay.«

# 37

Entsetzt blieb er stehen, die Hand an dem Krawattenknoten, den er eben lockern wollte.

»Hey, was ist das denn?« Nina saß im Schneidersitz auf dem Parkett und wollte eben den Deckel der großen Holzkiste, die er als Zeitschriftenablage benutzte, öffnen. Sie trug wieder einen ihrer grünen Röcke, und ihre Haare glänzten im Abendlicht, das durch die Terrassentür hereinfiel.

Er lief zu ihr. »Finger weg!«

»Schon gut, schon gut.«

Er schlug auf den Deckel. Wie hatte er nur vergessen können, die Kiste zu verschließen! »Tut mir leid, dass ich zu spät bin. Das hätte heute nicht passieren dürfen. Bist du schon lang hier?« Er stellte die Kiste in den Schrank zu seinen alten Vinylplatten und den Lehrbüchern aus seiner Studienzeit und warf die Zeitschriften auf den Sofatisch.

»Zehn Minuten.« Sie stand auf. »Was ist das für ein geheimnisvolles Ding?«

Er schloss die Kiste ab und küsste sie auf die Wange. »Eine Box mit Kindheitserinnerungen darin. Was man eben so sammelt als Junge.«

»Ach so.«

Er löste die Krawatte, die ihn fast erwürgte, und nahm ihre Hand in seine. Sie war warm, ein wenig breiter als Terezas und auch rauher. »Ist es okay, wenn ich mich schnell umziehe? Ich bin gleich bei dir.«

»Schade. Der Anzug steht dir.« Sie sah ihn an, und er

schöpfte Hoffnung, dass doch alles wieder gut werden würde.

»Du stehst auf Anzüge? Und das sagst du mir erst jetzt?«

»Je nachdem, was drinsteckt.«

»In dem Fall …« Er nahm ihre zweite Hand, doch sie entzog sich ihm sofort.

»Zieh dich um, ich weiß, dass du dich sonst nicht wohl fühlst.«

»Danke.« Er eilte aus dem Wohnzimmer und die Treppe hinauf und wäre fast mit Tereza zusammengestoßen, die, Lea auf dem Arm, herunterkam. Beide blieben stehen und sahen sich einige Augenblicke wortlos an.

»Hallo«, sagte er dann. »Ist mit Lea alles in Ordnung?«

»Sicher.«

Er wollte seine Tochter gern küssen, seiner kleinen Maus zeigen, wie wertvoll sie ihm war. Doch noch während er überlegte, ob er diese Nähe zu Tereza riskieren konnte, hörte er Nina in den Flur kommen. »Und was haben Sie vorbereitet?«, fragte er Tereza laut.

»Bekommt sie Kartoffelpüree mit warme Ei und Milch verquirlt. Ist tschechische Rezept.«

»Wunderbar.« Er drückte sich an ihr vorbei, lief die letzten Stufen hinauf und rief von oben: »Und falls etwas davon übrig ist, essen Nina und ich es.« Das war deutlich. Das musste genügen.

Im Schlafzimmer riss er sich den Anzug vom Leib, schlüpfte in eine Baumwollhose und einen dünnen blauen Pullover und rannte wieder hinunter. Tereza war mit Lea allein in der Küche. Gott sei Dank.

»Sie können nach Hause gehen.«

Tereza blickte ihn an.

»Haben Sie verstanden?«
»Ich hatte gestern freie Abend. Gestern war Mittwoch.«
»Dann haben Sie diese Woche zwei freie Abende. Sie erhalten den vollen Lohn, keine Sorge.«
»Sorge nicht um mich.« Sie stellte Lea auf den Boden und hielt ihre Händchen fest. Lea gluckste und tapste auf Koswig zu, Tereza führte sie. Glückliches kleines Leben, dachte Koswig. Sie merkt nichts von all der Anspannung. Oder doch? Er ging in die Hocke, und als Tereza direkt vor ihm stand, streckte er die Arme aus, und Lea ließ sich hineinfallen. Sie duftete so herrlich süß und unschuldig, und ihre Haut war weich wie Seide. In den letzten Wochen hatte ihr Haar einen dunkleren Farbton angenommen. Der helle Flaum war zu einem dichten, schokoladebraunen Schopf geworden, und Leas Augen hatten schon jetzt das Blaugrün von Alexandras Augen. Es waren schöne Augen gewesen. Die schönsten, die Koswig je gesehen hatte. Klarer als das Meer um Kreta. Er fuhr mit der Nase durch Leas Haar. »Ich hab dich lieb«, flüsterte er in ihr Ohr, und sie lachte ihr helles Kinderlachen.
»Du bist wie zwei Menschen«, sagte plötzlich Nina hinter ihm. Tereza war weg.
Koswig stand auf, setzte Lea auf seine rechte Hüfte und hielt sie mit dem Arm fest. »Vater und Liebhaber?«
»Vater und launischer Liebhaber?«
»Eher emotional unberechenbar.« Er lachte, obwohl ihm überhaupt nicht danach zumute war. »Hast du Hunger?«, fragte er rasch.
»Geht so.«
»Soll ich uns Spiegelei machen?«
»Okay.«

»Nimmst du sie?« Schon reichte er Lea an Nina weiter, ging zum Herd und griff nach dem flachen Topf mit Leas Kartoffelbrei. Er gab etwas davon in eine kleine Plastikschüssel und prüfte mit den Lippen die Temperatur. »Kannst du sie füttern?« Mit einem leisen Klappern stellte er die Schüssel samt einem Löffel auf den Küchentisch, und während Nina seine Tochter fütterte, schlug er vier Eier in eine Pfanne und wärmte zwei Teller unter heißem Wasser vor. Wenn er schon kein Gourmet-Menü bieten konnte, dann wenigstens warme Teller.

»Was hast du empfunden, als du Frauke obduziert hast?«, fragte Nina, als er die Spiegeleier aus der Pfanne auf die Teller rutschen ließ.

Zuerst erschrak er über die Frage. Doch dann war er froh darüber. Denn da war sie wieder: die Nina, die er anfangs unmöglich und dann liebenswert gefunden hatte. Die neugierige unkonventionelle Nina mit all ihrer Energie und mit ihren direkten Fragen. Die rothaarige kleine Teufelin.

»Ich stand unter Schock. Als Wenner mich am Abend des Leichenfundes anrief und mir die Adresse nannte … da wusste ich sofort, dass es Frauke war. Ich bin wie ein Roboter gewesen. Einschalten, Aufgabe automatisch erledigen, ausschalten. Erst nach deinem Besuch und nach der Obduktion kamen dann die Wut und die Trauer. Die Fassungslosigkeit.«

»Hat Frauke von Alexandra gewusst? Und wie sie starb?«

»Natürlich.«

»Sie hat ihr Grab im selben Friedwald gewählt.«

»Frauke hat mich geliebt.« Er stellte die Teller auf den Tisch.

»Was?«

»Das hat sie gesagt. Immer wieder. Und ich habe mich geschämt, weil sie für mich eher eine Affäre war.«

»Du hättest es ihr sagen müssen!«

Er blickte zu Boden. Dann holte er einen Laib Brot aus dem Brotkasten und Besteck aus der Schublade und legte auch das auf den Tisch. »Was meinst du, was ich die ganze Zeit dachte? Genau das. Dass ich's ihr hätte sagen müssen.«

Nina setzte Lea in den Hochstuhl und sah ihn lang an, bis er glaubte, ihr Blick aus den schwarzen Augen müsse direkt in seine dunkle Seele dringen und seinen Abgrund entdecken. »Du weißt, dass ich für dich anders empfinde«, sagte er.

Sie antwortete nicht, aß ihr Spiegelei und gab Lea noch zwei Löffel Brei. Dann fragte sie mitten in die Stille, die nur durch Leas fröhliches Glucksen und Koswigs »Ja, mein Mäuschen« unterbrochen wurde: »Wie war der Termin bei Gericht?«

Er hatte gehofft, sie würde nicht danach fragen. »Schrecklich.« Sofort ballte sich seine Hand zur Faust, jeder Finger schmerzte. Doch er beruhigte sich schnell wieder. Er holte seinen Laptop und stellte ihn zwischen die leeren Teller auf den Tisch. »Komm.« Er klopfte neben sich auf die Bank und klappte den Rechner auf. »Ich zeige dir etwas.« Koswig öffnete den Ordner mit den Polizei- und Obduktionsfotos des toten Jungen und drehte den Laptop so weit zu Nina, dass Lea nicht auf den Monitor sehen konnte. Das Kind, vom Vater mit dem Auto überrollt. Mit voller Absicht, wie Koswig in seinem Gutachten und in seiner heutigen Aussage noch einmal betont hatte. Er war sich sicher, dass er recht hatte mit seiner Interpretation. Er vergrößerte das Bild des blutigen Bündels, dessen Arme und Beine wie abgeknickte Äste nach einem Sturm vom Körper abstanden. Er klickte zu den zertrümmerten Rippen mit Einspießung, zu der Schädelbasisquerfraktur, der gebrochenen Wirbelsäule. Zu den Organrupturen im Bauchbereich. Nina sagte kein Wort. Bei der Nahaufnahme der Oberschenkelhaut mit dem Reifenprofil des väterlichen Pkws hob sie den Blick und fragte: »Hast du auch Bilder von Frauke?«

Statt einer Antwort öffnete er einen zweiten Bilderordner und zeigte ihr die Aufnahmen des Badezimmers mit Frauke in dem Blutwasser und mit dem Gestell zum Abpräparieren der Haut. Er zoomte das buttergelbe Rechteck an Fraukes Unterarm heran, wo die Haut fehlte, dann die klaffende Weichteildurchtrennung in der Handgelenksbeuge.

»Macht dir das nicht aus?«, fragte er Nina, nachdem sie auch auf diese Fotos nicht reagierte.

»Sie konnte alles besser«, sagte sie und zeigte auf den Schnitt an Fraukes Handgelenk.

Koswig sah Nina an. Aus ihren Augenwinkeln lösten sich Tränen, und die Wimperntusche verlief zu schwarzen Flecken unter ihren Augen. Vorsichtig griff er nach ihren Händen, zog ihr die Pulswärmer aus und strich mit den Fingerspitzen erst über die Narbe am linken Handgelenk, dann über die kleinere am rechten. »In dem Fall bin ich froh, dass nicht du die Bessere warst.« Er küsste ihre Handgelenke. »Frauke kannte die professionelle Schnitttechnik.« Er klickte einige Bilder weiter. »Invagination ausgeschlossen, siehst du?« Er zoomte die Speichenschlagader heran, und die Pinzetten, die die quer und nur teildurchtrennte Arterie für das Foto auseinanderhielten.

Über Ninas Nasenwurzel entstand eine senkrechte Falte. Sie schien eher konzentriert als angeekelt oder schockiert. »Ich habe das schon Kommissar Wenner erklärt. Wenn Frauke das Blutgefäß komplett durchtrennt hätte, dann hätten die Arterienstümpfe sich eingestülpt und möglicherweise verhindert, dass sie verblutet.«

»Du meinst, sie hat das so genau berechnet? Geht das überhaupt?«

»Wenn man geschickt ist, ja.« Er klickte zum butterfarbenen Rechteck zurück. »Das da auch. Die abpräparierte Haut, so was macht man nicht zufällig.«

»Es ist gut, dass ich das alles sehe.« Dann deutete sie auf eine Großaufnahme der Narbe an Fraukes linker Schläfe. »Das war übrigens ich.«

»Du? Die sanfte, liebevolle Nina?«

»Ich bin weder das eine noch das andere. Nicht nur, jedenfalls.«

»Was ist passiert damals? War das wegen … Wie hieß er noch? Ralf? Paul?«

»Peter.«

»Peter, genau. War es wegen ihm?« Er stupste Lea mit der Nase an. Sie lachte laut.

»Ich habe sie miteinander im Bett erwischt. Das war das Ende meiner Welt. Der Anfang meiner Hölle. Ich bin ausgerastet. Habe mit den Fäusten auf sie eingeschlagen, dann mit einem ihrer Highheels. Es hat gekracht, und das Blut hat das Laken dunkel gefärbt. Hinterher bin ich in mein Zimmer gegangen und habe mich tagelang eingeschlossen. Ich dachte, ich muss an dem Schmerz in der Brust sterben. Niemand hat mit mir geredet in dieser Zeit. Peter hatte mich durch eine andere ersetzt. Meine Familie hatte mich nicht beachtet. Ich habe sie alle gehört, wie sie im Haus weiter ihren Alltag lebten. Türen gingen auf und zu, die Toilettenspülung rauschte, abends las der Nachrichtensprecher im Fernsehen seinen Text ab. Ich war direkt neben ihnen und doch nicht da. Jede Bindung, die ich versucht hatte aufzubauen, jedes bisschen Liebe, das ich gegeben habe, war vergebens gewesen. Niemand wollte mich.«

Koswig betrachtete gedankenversunken die Fotos, klickte weiter, wie er es schon Hunderte Male getan hatte. Es war Suizid! Eindeutig. Jedes Tröpfchen Blut, jeder Millimeter Haut, sämtliche Einblutungen waren klar. Er hatte nichts übersehen.

»... das Messer«, sagte Nina gerade, als er den Laptop schloss. »Und dann habe ich geschnitten. Eineinhalb Jahre habe ich gehofft, dass Peter sich wenigstens entschuldigt. Oder etwas erklärt. Aber er ist mir ausgewichen. In den Pausen hat er sich zu anderen auf den Schulhof gestellt, so dass ich ihn nicht ansprechen konnte. Anrufe hat er verweigert. Er wurde immer ungreifbarer, fast ein Phantom für mich. Meine Gedanken kreisten nur noch um ihn, um die Erinnerungen, um seine Berührungen und den Schmerz meiner Seele. Es war wie ein Nebel, der mich einhüllte und der immer dichter wurde, bis er mir die Luft zum Atmen nahm.«

Er legte die Hände auf den Laptop. Er war warm. Koswig sollte etwas sagen. Doch sein eigener Abgrund war zu tief, um passende Worte an Nina richten zu können.

»Mein Vater hat mich gefunden. Das hat zumindest die Ärztin hinterher behauptet. Ich war einige Tage in der Unfallchirurgie. Als die Wunden verheilt waren, hat mein Vater mich abgeholt. Auf dem Rücksitz des Autos stand ein Koffer. Meine Mutter saß auf dem Beifahrersitz und begrüßte mich nicht einmal. Ich habe das Leder der Sitze und das Benzin gerochen. Mein Vater trug seine beschissene beigefarbene Trachtenjacke. Ich habe seine knochigen Hände auf dem Lenkrad gesehen und den Regen gehört, der auf das Autodach und die Windschutzscheibe prasselte. Mitbekommen habe ich kaum etwas, alles schien verschwommen, ich weiß gar nicht, ob ich geheult habe oder ob ich noch unter Medikamenten stand. Die Reifen haben auf der Straße geschmatzt, und die alten Scheibenwischer haben monoton geknackt und den Staub der Straße auf der Scheibe verschmiert. ›Wir brauchen neue Wischerblätter.‹ Das war der einzige Satz, der während der Fahrt gesprochen wurde. Er kam von meiner Mutter. Und dann … war da das graue Tor.«

»Graues Tor?«

»Die Jugendpsychiatrie. Sie haben mich dort abgeladen, gerade so, wie irgendein Arschloch ein Haustier aussetzt.«

Jetzt wandte Koswig sich Nina zu. Nun kam offenbar der spannendere Teil. »Und dann?«

»Ich war vierzehn Jahre alt. Ich … ach komm, lass uns über etwas anderes reden. Ich kann ohnehin nicht viel darüber erzählen. Die Zeit dort fehlt zu großen Teilen.«

»Wie meinst du das?«

»Dass ich mich an vieles nicht erinnere. Da ist nur Leere im Kopf. Und diese Schreie und das Stöhnen, das über die Flure hallte und unter meiner Tür hindurch in mein Zimmer gekrochen ist. Ich habe mir immer vorgestellt, dass diese Laute aus allen Zimmern über das blaue Linoleum im Flur kriechen, alle zu mir, dass sie sich vor meiner Tür vereinen und dann hereinkommen, um direkt vor mir zu einer ohrenbetäubenden Kakophonie zu werden und mich vollends verrückt zu machen.«

»Das klingt, als hättest du keine professionelle Behandlung erhalten. Was war das für eine Klinik?«, fragte er und dachte: Oder warst du tatsächlich psychisch schwer krank? Crazy, sozusagen?

»Ein renommiertes Haus.«

Laut lachte er auf. »Renommiert sagt überhaupt nichts über die Qualität der Behandlung. Es ist alles ein Sumpf.«

»Der Psychiater meinte, ich hätte mir vieles nur eingebildet.«

»Glaubst du das auch?«

»Natürlich nicht, auch wenn ich manchmal unsicher bin und mir das Angst macht.« Sie sah ihn mit ihren dunklen Augen an. »Was denkst du, Emil? Bilde ich mir Dinge ein?«

»Ehrlich gesagt: Ich halte es für möglich, ja.«

»Der Spiegel und die Botschaft. ›Erkennst du nicht das Lächeln des Bösen? Du wirst die Nächste sein.‹ Du meinst, ich habe das selbst geschrieben?«

»Liebst du mich eigentlich?«

»Was?«

»Das war eine einfache, klare Frage. Liebst du mich?«

Sie öffnete leicht den Mund, schloss ihn wieder. »Das ist jetzt aber ein abrupter Themenwechsel. Ich vertraue dir hier gerade meine schlimmste Zeit an, und du ...«

»Also nein.«

»Nein! Also ich meine, ja, ich liebe dich, aber ...«

»Dann bleib hier. Bei mir. Für immer. Ich habe dir schon gesagt, dass ich dich bezahle. Ich will, dass du mir gehörst. Nur mir!«

»Emil, ich gehöre niemandem!«

Er stand auf. »Jaja, Nina, der Freigeist. Die unabhängige starke Nina.« Seine Stimme wurde laut.

»Emil, was soll das? Warum bist du immer so … launisch? Warum muss jedes unserer Treffen so enden?«

»Weil ich dich nicht mehr hergeben will.« Er beugte sich zu ihr hinunter. »Verstehst du?« Fest legte er seine Hände um ihren Hinterkopf, zog sie ein Stück zu sich herauf und küsste sie hart auf den Mund.

Nina wich zurück. »Hör auf!«

»Hör auf, hör auf«, äffte er sie nach, und im selben Moment wusste er, dass es falsch gewesen war, sie so zu bedrängen. Niemand würde bei ihm bleiben. Keine wollte ihn für immer. Es gab kein normales Leben für ihn. »Entschuldige.« Rasch ging er aus der Küche und hinauf ins Bad. Dort kniete er sich auf den Boden neben der Tür und betrachtete die Muster in den marmorierten Fliesen. Die Wolken, den schlanken Baum, die Blumen, den Drachen und den Tiger, die ihn als Kind so oft gerettet hatten. Die ihm aber nicht geholfen hatten, als der Vater die Gelenke seiner rechten Hand gebrochen hatte. »Hallo, Junge«, drängte sich die Stimme des Vaters in Koswigs Kopf, »du sollst dich nicht verstecken, wenn ich nach Hause komme!« Er wollte aufstehen, doch er zitterte zu sehr. »Los, gib mir die Hand.« Koswig roch den Schnaps, der nicht da war, und in seinem Kopf dröhnte es: »Los, sprich mir nach: Guten Abend, lieber Vater.« Koswig kauerte sich zusammen und flüsterte: »Guten Abend, lieber Vater.« Er streckte die Hand nach oben und wartete auf den Schmerz, der ihm den Atem nehmen würde, doch stattdessen strich jemand über seinen Rücken.

»Was ist mit dir, Emil? Was redest du? Und mit wem?«
Er sah sie an. Sie hockte sich neben ihn, und er suchte in der Umarmung mit ihr Halt.
»Von welchem Vater redest du?«
Seine Gedanken rasten. Vater. Kinder. Schmerzen. Tod. Was sollte er sagen?
»Der Gerichtstermin? Hat er dich so mitgenommen?«
»Ja«, flüsterte er, dankbar für diese Rettung.
»Wie ging die Verhandlung aus?«
»Drei Jahre«, sagte er leise. »Drei lächerliche Scheißjahre für ein ganzes Kinderleben.«

# 38

Nina klappte die letzte Umzugskiste zu, richtete sich auf und wischte sich den Schweiß von der Stirn. »So.« Sie schob den Karton vor die Schlafzimmertür und wuchtete ihn dann die Treppe ins Wohnzimmer hinunter. Dort stapelte sie ihn neben den anderen Umzugskisten, die Emil ihr gebracht hatte. Sie waren voller Bücher, Geschirr und all den afrikanischen Statuen und Bildern, die Frauke aus ihrem Elternhaus mitgenommen oder gekauft hatte. Erinnerungen, die Nina entschlossen eingepackt und die Kisten sorgfältig verschlossen hatte.
Die leeren Bücherregale waren staubig, und die Küche sah ohne die Tassen, Teller und Schüsseln in den verglasten Hängeschränken ungemütlich aus.
Nur Arbeitszimmer und Bad hatte Nina noch nicht angetastet.
Sie öffnete die Balkontür. Es war Mittagszeit, ein Dienstag, und der Sommer hatte sich nicht mehr zurückgewagt. Dichte Wolken hingen über der Stadt, die grau in grau vor ihr lag. Kein Sommer mehr, aber auch noch kein bunter Herbst. Sie zündete sich eine Zigarette an und trat barfuß auf die hübschen gelben Balkonfliesen hinaus.
Bis zum Freitagabend wollte sie mit Ausräumen fertig sein. Für den Samstag hatte sie über einen Aushang an Emils Institut zwei Studenten angeheuert, die Fraukes Möbel ins Sozialkaufhaus fahren würden. Ebenso den Großteil der Kleidung, vor allem die eleganten Sachen.
Zwölf Säcke voller Altkleidung hatte sie in die Diele ge-

stellt. Die wären heute Nachmittag dran. Sie würde sie in den Park bringen und den Frauen geben, die hinter dem Brunnen bei dem Pavillon übernachteten. Pro Kleidungsstück würde sie einen Euro verlangen. Nicht, weil sie das Geld brauchte, sondern um den Frauen nicht ihre Würde zu nehmen. Das Geld konnte sie dann in der Innenstadt einem Obdachlosen geben.
Die Jeans und die Bluse, die sie bereits getragen hatte, würde sie behalten.
Nina lehnte sich mit dem Rücken an die Hauswand und schloss die Augen. Sie fühlte sich rauh und überraschend warm an unter ihrem schwarzen, tief ausgeschnittenen Baumwoll-Shirt. Viel wärmer als der Boden unter ihren Füßen.
»Hey«, rief eine Stimme von unten.
Sie reagierte nicht.
»Nina!«
Jetzt öffnete sie die Augen, löste sich von der Wand und trat einen Schritt vor, so dass sie über das Metallgeländer blicken konnte. Unten stand neben einem grünen Lieferwagen Timo. Verdammt. Was wollte der denn hier!
»Darf ich raufkommen?« Er sah zu ihr hoch, und sie musste an den ersten Tag denken, als sie mit der Statue in der Hand auf der Galerie und Timo mit den Bierflaschen unten im Wohnzimmer gestanden hatte. Allerdings sah sein Gesicht heute dicker aus, auch etwas dunkler.
»Hau ab!« Timo erpresste Emil! Hatte ihn beobachtet, als er am Boden zerstört war, und wollte jetzt Kapital daraus schlagen. Sie wollte nichts mehr mit Timo Reichel zu tun haben!
»Ich komme hoch.«

Nina beugte sich über das Geländer. Warum redete Timo so komisch? »Erpresser!«, schrie sie.
Er überquerte die Straße und verschwand unter ihr im Eingang.
Rasch drückte sie die Zigarette aus und lief in die Diele. Er konnte nicht herein. Das Schloss war ausgetauscht worden. Sie hörte ihn das Treppenhaus heraufkommen. Und dann stand er vor der Tür. Sie sah seinen Schatten vor dem kleinen Fensterchen mit dem bunten Ornamentglas, im selben Moment ging die Wohnungstür der Mattfelds auf, und das Ehepaar trat plaudernd heraus.
»Sieh an, sieh an, das ist ja schön«, sagte Mattfeld. »Sie helfen der Schwester von Frau Doktor Bach, ja?«
Nina drückte das Ohr an die Tür.
»Klar, Frauke war eine Freundin, dann isses ihre Schwester auch.« Timo lispelte stark.
»Und ich dachte, Sie seien ihr Liebhaber gewesen.« Mattfeld lachte. »So eine schöne Frau findet ja leicht einen Jüngeren. Oh, Entschuldigung, das war pietätlos. Aber was ist eigentlich mit *Ihnen* passiert?«
»Gestürzt.«
»Und« – Mattfelds Stimme wurde leiser, und Nina musste die Luft anhalten, um ihn verstehen zu können – »Sie waren wirklich nicht Frau Doktor Bachs … na ja, Sie wissen schon, Romeo, und sie Ihre Julia?«
»Wirklich nicht. Ich muss jetzt echt, tschüss.«
Die Haustürklingel schrillte direkt über Nina, vor Schreck zuckte sie zusammen und stieß mit einem Knie hart gegen die Tür. »Verflucht.«
»Da wartet wohl schon jemand«, sagte Mattfeld draußen, dann entfernten seine und die Schritte seiner Frau sich.

Nina riss die Tür auf und sagte extra laut: »Wenn du mich auch nur anfasst …« Dann verstummte sie. Timos Gesicht war dick und blau, ein Auge wegen der Schwellung kaum noch zu sehen, und seine Unterlippe glich einer aufgeplatzten Bratwurst. »Was ist …?«

»Das war dein Professor.«

Sie holte tief Luft. »Weil du ihn erpresst, ja?«

Timo senkte den Kopf. »So ähnlich.«

Was hatte Koswig gesagt? Ein kleiner Schmarotzer? Ein Besserwisser? Auf jeden Fall kein Serienmörder. Emil hatte wohl recht. Ein brutaler Verbrecher würde sich kaum so zurichten lassen. »Was war los?«

»Kann ich reinkommen?«

»Du kannst mir helfen.« Sie öffnete die Tür und deutete auf die Kisten und Säcke. »Du hast ein Auto da.«

»Stadtgärtnerei. Ist voller Erde und Pflanzen.«

Sie gingen hinein, und Nina schloss die Tür hinter ihnen.

»Aushilfsjob. Wie immer. Fahrdienst.« Er sah sie an. »Können wir wieder Freunde sein?« Timo sank auf eine der Umzugskisten.

»Zuerst einmal erklärst du mir einige Dinge.« Sie blieb stehen und stemmte die Hände in die Hüften. »Erstens: Was war das für eine Nummer auf dem Friedhof?«

Er zuckte die Schultern. »Ich wollte dir Angst machen. Dir zeigen, dass ich etwas weiß, was du auch wissen solltest. Über Koswig.« Timo sprach undeutlich und lispelte stark.

»Scheiße, Timo, das hättest du mir doch auch direkt sagen können. Sag mir die Wahrheit.«

»Wozu? Du bist doch verblendet von dem Kerl. Du würdest kein Wort glauben.« Er wies auf seine Lippe.

»Was nicht glauben?«
»Er ist ein Leichenschänder!«
Nina lachte auf. »Weil er seine Frau nachts allein aus dem Kühlfach geholt hat? Weil er sie noch einmal aufgeschnitten und angefasst hat?«
Er blickte sie erstaunt an. »Du weißt es?«
»Er verheimlicht mir nichts.« Jedenfalls hoffte sie das. Sie wollte es so. Es musste ganz einfach so sein. Emil und sie, das musste absolutes gegenseitiges Vertrauen sein.
»Dann weißt du auch, was er sonst noch so treibt, wenn er nachts im Institut ist? Mit Frauke zum Beispiel? Und mit anderen ... Selbstmörderinnen?«
»Er sucht die Wahrheit. Und wenn du mir jetzt dieses idiotische Märchen vom perversen Rechtsmediziner erzählen willst, der jedes Klischee einer strunzdummen Fernsehserie erfüllt und ...«
»Nina!« Er fuhr hoch und packte sie an den Schultern. »Nina!« Sein zerschundenes Gesicht war direkt vor ihrem, und sie konnte den leicht metallenen Geruch der feuchten, aufgeplatzten Lippe riechen. »Koswig ist kein guter Mensch!«
»Du wiederholst dich.« Sie schob seine Hände von ihren Schultern. »Ich kenne ihn besser.«
»Er schändet die Toten!«
»Bitte, verschone mich.«
Timo keuchte. Sein Blick wanderte zu Hase, der noch immer einohrig und einäugig auf dem Sofa saß, das Messer, das in seinem Maul gesteckt hatte, auf dem Schoß. Nina hatte sich noch nicht entschieden, was sie mit ihm machen wollte. »Was hat er dir eigentlich über Frauke erzählt?«
Sie ging ein paar Schritte, blieb dann stehen und sah seine

schmale Gestalt über die Kistenstapel hinweg an. »Er hatte eine Affäre mit ihr.«
Timo zögerte. Dann sagte er: »Aber sie nicht mit ihm.«
»Wie meinst du das?«
»Frauke hat ihn geliebt. Wirklich geliebt.« Timos Gesicht schien beim Reden noch mehr zu schmerzen.
»Er hat ihr nie Liebe geschworen oder eine Ehe versprochen.«
Er lachte bitter auf. »Bist du da so sicher?«
»Ja!« Alles das hatte Emil ihr erzählt. Genau so, wie Timo es nun berichtete.
»Warum, um Gottes willen, nimmst du ihn so vehement in Schutz?«
»Ich liebe ihn.«
Lang sah er sie schweigend an. Seine Schultern hingen herab. Er wirkte müde.
Zwischen ihnen war nur das, was von Frauke noch greifbar war: Kleider, Bücher, Geschirr und ein paar moderne Bilder.
Dann sagte Timo leise: »Du bist genau wie Frauke. Stur und schön. Und blind für das Böse.«
»Emil ist nicht böse.« Timos Angriffe gegen Emil weckten Wut in Nina. »Emil ist anders. Er hat seine eigene Geschichte. Nur weil du die nicht begreifst, musst du ihn nicht verurteilen.«
»Er ist eine perverse Missgeburt.«
»Du beleidigst den Mann, den ich liebe. Das lasse ich nicht zu.«
»Denk nach, Nina!«
Sie biss sich auf die Oberlippe. Steckte vielleicht doch ein Funken Wahrheit in Timos Anschuldigungen?

»Du bist erwachsen, Nina. Du musst wissen, was du tust.«
»Ich bleibe bei ihm.«
Er nickte. Und flüsterte. »Verrückt, naiv, mutig – ich weiß nicht, was ich dazu sagen soll. Du musst noch verblendeter als Frauke sein. Denn sie hat nicht ahnen können, was auf sie zukommt. Aber du weißt es, denn ich sage es dir. Auch wenn du das sicher nicht hören willst. Und behaupte jetzt nicht, du hättest nicht selbst schon gemerkt, wie Koswig drauf ist.«
»Was auf mich zukommt?« Nina kniff die Augen zusammen. Mit jedem von Timos Worten wuchsen ihre Wut – und ihre Zweifel an Emil.
»Mit Koswig. Mit seinen Perversitäten. Seinem krankhaften Lügen.«
Sie schluckte, sah Tereza neben ihm auf der Küchenbank sitzen. »Willst du dich an ihm rächen? Weil er dich verprügelt hat?«
»Trenn dich von ihm.«
Nina kam um die Kisten herum. »Du verdammter Hurensohn! Lass mich in Ruhe. Warum willst du mein Glück kaputt machen?« Sie eilte in die Diele und riss die Wohnungstür auf. »Los, raus!«
Er kam ihr nach. »Lass dich da nicht reinziehen. Er tut dir nicht gut.«
»Du kleiner bösartiger Neider! Woher, verdammt, weißt du, was mir guttut?« Ihre Stimme hallte durch das Treppenhaus. Es war ihr egal.
»Triff dich nicht mehr mit ihm!«
Nina fiel erst jetzt auf, dass er wieder normal sprach. Seine Erregung ließ ihn den Schmerz wohl vergessen. »Hau ab, ich will dich *nie* wieder sehen!«

Timo ging an ihr vorbei ins Treppenhaus. Auf den ersten Stufen drehte er sich noch einmal um: »Du wirst die Nächste sein.«

Sie erstarrte. *Du wirst die Nächste sein!* Die Worte, die am Morgen nach Fraukes Beerdigung auf dem Spiegel gestanden hatten. Nicht sie selbst hatte das geschrieben in irgendeinem Wahn, wie Emil vermutete. Timo war es gewesen! Das Treppenhaus begann, sich zu drehen, und sie glaubte, die Wände würden sich auf sie zuschieben. Also doch! Sie hatte es die ganze Zeit gewusst. Timo! Die Bilder von der Beerdigung flackerten in ihrem Kopf auf. Der Weg zur Kapelle. Die Blumen in der Kapelle, die Menschen. Der Weg aus der Kapelle hinaus. Und Timo, der wie aus dem Nichts neben ihr und Schwester Sandy steht. Hatte sie ihn vor dieser Begegnung bei der Beerdigung gesehen? In der Kapelle? Oder vor der Kapelle? Nein! Er war hier in der Wohnung gewesen. Wie schon am Abend vorher! Er hatte einen Schlüssel gehabt, und am Morgen war die Tür kaputt gewesen. Er konnte jederzeit die Wohnung betreten. Timo Reichel war nicht nur ein feiger Winzling, wie Emil sagte, er ... Sie hielt sich am Türrahmen fest. »Du warst es!«, flüsterte sie heiser. »Du hast ... Hase verstümmelt und den Spiegel ...«

»Hase, Hase«, sagte Timo. »Frauke hat sich so große Mühe gegeben, dass er genauso aussieht wie dein Hase früher. Zu schade, dass du nicht verstehst.« Dann lief er mit schnellen Schritten die Treppe hinunter, und gleich darauf schlug unten die Haustür zu.

Wie lang sie dagestanden hatte, konnte Nina später nicht sagen. Sie wusste nur, dass sie in die Wohnung taumelte, Hase und das Messer packte und dann rannte und rannte

und rannte, barfuß durch die Allee, vorbei an dem Café am Eck und weiter die Straßen des Viertels entlang bis zu der Tankstelle, später über die Brücke über den Fluss, vorbei am Park und entlang der vierspurigen Einfallstraße, bis sie mit brennender Kehle, nassgeschwitzt und mit feuchten Haaren vor der Sicherheitsschleuse des Polizeipräsidiums stand. Im Arm hielt sie Hase und das Messer. »Ich muss zu Kommissar Wenner«, keuchte sie vor der Glaskabine eines uniformierten Beamten.
Er zog die Augenbrauen hoch und drückte einen roten Knopf im Innern der Kabine.

# 39

Verweint stolperte Nina durch den Flur, die nackten Füße platschten auf den Boden, und sie ahnte die verwunderten und abfälligen Blicke, die ihr folgten. Einige Türen von Emils Büro entfernt stand der Student aus der Cafeteria und las einen Aushang. Sie machte einen Bogen um ihn und öffnete, ohne zu klopfen, Emils Bürotür. »Ich muss dich sprechen.«

Emil sah vom Schreibtisch auf. »Nina.« In seiner Stimme lag Ärger. »Was machst du hier! Und wie kannst du in diesem Zustand …« Er sprang auf und schloss die Bürotür. Drehte sich um und verschränkte die Arme vor der Brust. Seine Brille saß etwas zu tief. »Also?«

»Timo hat … er ist …« Sie schluchzte. »Er hat Hase verstümmelt und den Spiegel beschmiert, und Wenner …« Ihr ganzer Körper bebte. Sie schlang ihre Arme um ihren Oberkörper. »Warum glaubt mir niemand?«

Emil senkte den Kopf ein wenig, und sein Blick über den Brillenrand hinweg schien sie zu durchbohren. Das Zittern wurde stärker. Was hatte sie falsch gemacht? Warum nahm Emil sie nicht in die Arme und hielt sie fest? Nicht einmal kurz?

»Reichel ist was? Und was ist mit Wenner?« Sachlich. Lieblos.

»Timo ist es, der mich bedroht. Er hat Hase zerschnitten und diesen … diesen Scheiß auf den Spiegel geschrieben.«

»Aha. Und warum?«

»Er wollte mich … vor dir warnen.«

Emil ließ die Arme sinken und lachte. »So etwas habe ich mir fast gedacht. Reichel ist wirklich ein mieser kleiner Scheißkerl.« Er ging ein paar Schritte zwischen dem Schreibtisch und dem Regal mit den medizinischen Fachbüchern auf und ab. »Nina, ich weiß, dass es Gründe gibt, mir nicht zu trauen. Und vermutlich hat Frauke diesem Reichel erzählt, dass ich … Probleme hatte, mit dem Tod von Alexandra umzugehen. Dass ich deswegen noch nicht bereit war, Frauke zu lieben. Reichel nutzt das aus und überträgt das jetzt auf uns.«
Sie schluckte die Tränen hinunter. Betrachtete den großen, schlanken Mann, der sie angeblich liebte und der sie barfuß, abgekämpft und verweint stehenließ und nichts tat, außer sich selbst zu rechtfertigen.
Die Bürotür ging auf, und Charlotte Fischer streckte den Kopf herein. Ihre hochgezogenen Augenbrauen und der zuckende Mundwinkel sagten alles. Nina musste das Bild eines ausgesetzten, verwahrlosten Tieres abgeben. Und genauso fühlte sie sich auch: schmutzig, durchgefroren, heimatlos und ungeliebt.
»Frau Fischer«, sagte Emil, »gibt es etwas Besonderes?«
»Ich … nein.« Sie blickte zu Nina. »Kann ich helfen?«
»Sie ist okay.« Emil legte kurz eine Hand auf Ninas Schulter. Sie war eiskalt. »Frau Bach will nur noch einige Details zum Tod ihrer Schwester klären.«
Nina verkrampfte sich innerlich. Er redete über sie wie über eine entfernte Bekannte. »Nein, Emil, ich bin nicht okay«, erwiderte sie.
Charlottes Blick ging zwischen ihnen hin und her. »Also, ich wollte nur fragen, ob ich nächste Woche Urlaub haben kann. Nur zwei Tage, weil …«

»Jaja, können Sie.« Emil gab der Präparatorin ein Handzeichen zu gehen.
Fischer schloss von außen die Tür.
»Du blamierst mich – in diesen abgerissenen Klamotten und mit deiner Heulerei!«
Nina verstand nicht. Sie brauchte Hilfe! Er liebte sie! Und sie liebte ihn! »Timo ist ein Mörder! Und du sorgst dich darum, dass ich dich blamiere?« Ihre Stimme wurde schrill. »Er will auch mich töten!«
»Nina, bitte, schrei hier nicht herum.« Jetzt endlich legte er den Arm um sie. Aber es war eine herablassende, keine liebevolle Geste. »Vielleicht solltest du doch mit einem meiner Kollegen sprechen.«
»Was? Welchem Kollegen?«
»Nur als Stütze.«
»Von was, verdammt, redest du? Ich will mit *dir* reden!«
»Ich bin kein Psychiater, mein Schatz.« Er zog seinen Arm zurück.
Es war, als hätte jemand sie in einen großen Eisschrank gestellt. Vor nicht einmal einer Stunde hatte sie Kommissar Wenner anvertraut, was sie über Timo wusste. Hatte ihm Hase und das Messer übergeben, nachdem zwei Beamte aus dem Gebäude gestürmt waren, sie beim Pförtnerhäuschen gepackt und in einen Warteraum eskortiert hatten. Reglos hatte Wenner ihr zugehört, hatte zwei-, dreimal genickt und dann die Visitenkarte eines Psychiaters über seinen glänzenden Schreibtisch geschoben. »Wir arbeiten schon lang mit Dr. Gebauer zusammen. Er ist ein guter Mann. Sie müssen sich nicht fürchten.« Und jetzt Emil!
Nina würgte. »Nein.« Mehr brachte sie nicht heraus, und

sie war nicht einmal sicher, ob das Nein überhaupt den Weg aus ihrer Kehle gefunden hatte.
»Du brauchst Hilfe, Nina. Reichel ist kein Mörder. Er ist ein kleiner Erpresser, nichts weiter. Das habe ich dir doch schon einmal erklärt.«
»Aber er hat …«
»Ja?«
Er hat gesagt, dass du Leichen schändest, wollte sie den Satz vollenden, verstummte aber.
Wieder legte er einen Arm um sie, doch sie entzog sich ihm.
»Jetzt beruhige dich mal.«
Sie taumelte zur Bürotür. »Nein«, schluchzte sie, ohne ihn noch einmal anzusehen, »ich beruhige mich nicht. Da läuft ein Killer herum, der mich töten will und nicht einmal ein Geheimnis daraus macht, und Wenner und du wollt mich in die Klapse stecken!«
»Fahr nach Hause, Nina«, hörte sie ihn wie aus weiter Ferne sagen. »Ich habe Schmitt versprochen, nachher noch das Thema seiner Abschlussarbeit mit ihm durchzugehen. Wir reden heute Abend.«

# 40

Seit zwei Tagen war sie nicht nach Hause gekommen. Was, verdammt, hatte er falsch gemacht? Durfte er nicht einmal sagen, dass sie ihn blamierte? Wie sie da ins Institut gekommen war: barfuß, schmutzig und mit schminke- und rotzverschmiertem Gesicht, als sei sie gerade unter einer Brücke hervorgekrochen! Eine obdachlose Schlampe! Dabei hatte sie doch jetzt ein Zuhause bei ihm!
Aber nein, sie zog es vor, ihr altes Scheißleben zu leben, und wenn das nicht klappte, heulend bei ihm anzukriechen. Und das im Institut!
Koswig schlug auf das Lenkrad. Zum hundertsten Mal beugte er sich zur Seite und blickte durch die Scheibe an der Fassade mit den verschnörkelten Simsen hinauf. Wartete, dass Nina auf den kleinen Balkon trat und rauchte. »Verfluchte Teufelin. Verfluchter Reichel.« Seine Fingernägel bohrten sich in die weiche Ummantelung des Lenkrades. Und sie faselte etwas von Liebe. Sah so Liebe aus? Immer wieder abzuhauen? Mit Krüppeln und Pennern zu vögeln? Nina war nicht besser als der Rest der Frauen. Nicht besser als Tereza mit ihrem leidenden Blick und ihrem nervigen Gewimmer, wenn er nach dem Sex ihre Kammer verließ und ihr das Geld auf die Kommode legte. Nicht besser als Charlotte, das fette Walross mit dem idiotischen Augenaufschlag.
Die Leute hatten recht, er war ein Arschloch. Promisk, schlief mit anderen Frauen. Er nahm Antipsychotika. Aber er hatte seine Gründe. Echte Gründe. Wichtige

Gründe. Er brauchte das. Er musste seine Leere füllen. Die Leere, an der die Welt die Schuld trug. Sex und Medikamente waren seine Überlebensstrategie. Aber deswegen war er kein schlechter Mensch. Nina dagegen vögelte gegen Geld. Hinterhältige Hure, die ihn gelockt und fallenlassen hatte. Falsche Schlange, die immer wieder angekrochen kam und so tat, als habe sie Mitgefühl. Ihn ausfragte und tröstete, obwohl sie genau wusste, dass er gerade so etwas wie Normalität brauchte. Heilige Hure, die er nicht loslassen konnte. Die wie alle anderen gehen würde. Ihr Herz woanders verlieren. Einen anderen mehr lieben als ihn.

Er würde erneut allein bleiben.

Er hasste sein Leben.

Schwer atmend ließ er den Kopf auf das Lenkrad sinken. Tränen des Zorns und der Enttäuschung sammelten sich hinter seinen Lidern. Er öffnete das Handschuhfach und nahm eine Risperidon heraus. Schluckte sie trocken hinunter.

Bevor er später, in der Dunkelheit, ausstieg, nahm er eine zweite Tablette.

Kaum jemand war in den letzten Stunden vorbeigekommen. Niemand hatte ihn gesehen, und als er im Licht der Straßenlaternen die kleine Allee überquerte und die Haustür aufschloss, fühlte er sich besser. Stärker. Gewappnet für seinen neuen Versuch, Nina seine Liebe verständlich zu machen.

Im Treppenhaus schaltete er kein Licht ein. Stieg Stufe für Stufe hinauf, darauf bedacht, keine Geräusche zu machen. Hinter einer Wohnungstür im ersten Stock lief ein Fernseher, weiter oben lachte jemand, und es roch orientalisch nach gebratenem Gemüse, Curry und Kreuzkümmel. Vor Ninas Wohnungstür blieb er stehen und legte die Hand auf das bunte Fensterchen. Kein Licht. Keine Geräusche. Er klopfte. »Nina?«

Stille.

»Nina?«

Er wollte nicht lauter klopfen oder erneut rufen. Dieser Mattfeld hatte ihm schon genügend Probleme bereitet. Alter Spanner. Koswig schloss die Tür auf.

Dass jemand eingebrochen war und Nina ein neues Schloss hatte einbauen lassen, war ein Segen gewesen. So hatte er nun ganz offiziell einen Schlüssel. Wie sich das für Liebespaare gehörte.

Er trat in die dunkle Diele und zog leise die Wohnungstür hinter sich zu. »Nina? Bist du da?«

Außer dem rhythmischen Klacken des Standuhr-Pendels war nichts zu hören. Er ging ins Wohnzimmer. Schwach fiel das rötliche Licht der nie schlafenden Stadt durch die Fenster. In der Mitte des Zimmers stapelten sich die fertig gepackten Umzugskisten, die er besorgt und hierhergefahren hatte.

Er schlich in der Wohnung umher, und allmählich gewöhnten seine Augen sich an das fahle Licht. Die Einbauküche war ausgeräumt, nur eine Gabel, ein Löffel, eine Tasse und ein Topf standen noch auf der Ablagefläche der Spüle. Leise öffnete er den Hängeschrank, in dem Frauke immer Pistazien für ihn aufbewahrt hatte. Auch leer.

Auf Zehenspitzen ging er zurück ins Wohnzimmer und die Treppe zur Galerie hinauf. Die Tür zum Schlafzimmer war angelehnt. Da hörte er das Atmen.

Er schob die Tür auf. Die blauen Vorhänge waren nur halb

zugezogen. Das Bett stand diagonal im Raum, die Bettwäsche war blau. Nichts hatte sich seit seinem letzten Besuch bei Frauke verändert. Und es roch noch immer leicht blumig nach ihr und ihren Hunderten Kosmetikutensilien. Koswig blickte auf Ninas Körper, der sich unter der dünnen Decke abzeichnete. Vorn lugte Ninas roter Haarschopf hervor. Wie oft hatte er mit ihr geschlafen? Sie angefasst, langsam ausgezogen oder ihr den Rock heruntergerissen, weil er nicht schnell genug in sie eindringen konnte? Wie oft hatte er ihr Seufzen gehört, leise oder lustvoll laut, hatte sie bis zur Ekstase getrieben? Er wusste es nicht. Und jetzt lag sie still und friedlich da. So nah und doch unendlich weit entfernt.
Er setzt sich auf den Bettrand. »Nina«, flüsterte er. Als sie nicht reagierte, strich er über die Decke.
Sie streckte sich ein wenig, drehte sich grummelnd um und schlief weiter. Einfach so!
Koswig wurde wütend. »Wach auf!«
Wieder drehte sie sich, dieses Mal schneller. Dann fuhr sie hoch, riss die Augen auf und klammerte sich an der Decke fest. »Bist du wahnsinnig?« Sie keuchte.
»Nein. Ich wollte dich sehen. Du bist nicht nach Hause gekommen.«
»Lass mich in Ruhe! Ich will dich nicht sehen.«
Er streckte die Hand nach ihr aus, doch sie rutschte von ihm weg.
»Fass mich nicht an!« Sie atmete laut. »Wie kannst du es wagen, mitten in der Nacht hier aufzukreuzen und mich zu Tode zu erschrecken!«
»Ich wollte dich nicht beunruhigen, tut mir leid.«
»Geh!«

»Nein.«
Sie rutschte noch ein Stück weg. »Du willst mich in die Psychiatrie stecken. Du glaubst mir nicht. Du schämst dich für mich. Was willst du überhaupt noch von mir? Geh endlich!«
»Wir gehen zusammen.«
»Den Teufel tun wir!«
»Das werden wir ja sehen.« Zu seinem Schrecken begann sie zu weinen. Das war nicht gut. Sie sollte Angst bekommen, sich ärgern, mit ihm streiten. Aber nicht heulen. Er blickte zur Seite.
»Warum bist du so gemein zu mir?«, fragte sie mit erstickter Stimme. »Du sagtest, du liebst mich. Aber das stimmt nicht.«
Koswig stand auf und ging zum Fenster. Alles war so vertraut: die Dächer und Fabrikschlote am ewig rötlichen Nachthorizont, der weiche Stoff der Vorhänge, die er berührte, der Lilienduft, die Worte.
»Hast du ein Kindheitstrauma?«, hörte er Nina flüstern.
Es traf ihn wie ein Skalpell im Herzen. Seine Faust umfasste den Vorhang, und seine Finger schmerzten wie in der Nacht, als sein Vater ihm jeden Knöchel der Hand gebrochen hatte. Nach einer Pause drehte er sich zu ihr um. Die Haare fielen ihr ins Gesicht, und das viel zu große T-Shirt war von ihrer linken Schulter gerutscht.
»Du bist mir unheimlich.« Mehr wusste er nicht zu erwidern.
»Ich denke nur mit. Du hast so extrem auf dieses Urteil reagiert und erzählst nie etwas aus deiner Kindheit. Man muss nur eins und eins zusammenzählen.«
»Und das ergibt zwei. Zwei Kinder. Brüder.«

»Und wo ist dein Bruder?«

»Tot.« Wieder blickte er hinaus auf die bunten Dächer und Balkons. In der Ferne rasten die Autos über die Autobahn wie winzige Leuchtpunkte. »Ich habe mir immer gewünscht, dass mein Vater Sebastian und mich ein Mal in den Arm nehmen würde. Das war meine größte Sehnsucht. Seinen Arm um meine Schultern zu spüren. Mit ihm Fußball zu spielen. Ihn stolz auf mich zu sehen. Aber er war nie da. Und wenn er kam, dann …« Koswig verstummte.

»Warum ist dein Bruder tot?«

»Er starb bei einem Unfall in meinem Elternhaus. Im Badezimmer ist ein Brand ausgebrochen. Das Letzte, was ich von ihm gesehen habe, waren Männer in weißen Kitteln und in Uniformen, zuckendes Blaulicht, alles war Chaos. Und dann haben sie ihn hinausgetragen. Ein schwarzes, verkohltes Stück Fleisch. Es hat gerochen wie …«

Eine Pause entstand. Dann sagte sie leise: »Deshalb hast du das Bad nie renoviert! Weil dein Bruder dort gestorben ist! Die rußigen Balken und die aufgeplatzten Fliesen! Jetzt verstehe ich. Und dann lag da das Auge von Alexandra! Wie kannst du dort überhaupt nur einen einzigen Tag leben?«

»Ich lebe ja nicht.«

»Und was ist mit deinen Eltern? Waren die nicht da an dem Tag? Und was ist jetzt mit ihnen?«

»Es war Nacht. Und doch, sie waren da.«

»Ja, und?«

»Meine Mutter lief in Panik aus dem Haus und schrie um Hilfe, aber jemand anders hatte den Brand wohl schon bemerkt, denn die Feuerwehr und Notärzte trafen kurz darauf ein. Sie starb ein paar Jahre später als gebrochene Frau. Mein Vater hat etwas länger gelebt. Er kam bei einem Autounfall ums Leben.«

»Und ihr habt nach dem Tod deines Bruders weiter in diesem Haus gewohnt?«

Er schüttelte den Kopf. »Nur meine Mutter. Mein Vater ist ... ausgezogen. Ich kam in ein Heim.«

»Ein Heim? Aber warum denn?«

»Das Jugendamt hat es meinen Eltern nicht zugetraut, mich zu versorgen.« Er drehte sich zu ihr. »Verstehst du jetzt? Ich bin kein einfacher Mensch. Ich kann das nicht vergessen. Es kommt immer wieder hoch.« Er wischte sich mit dem Handrücken den Rotz unter der Nase ab. Er musste ein verabscheuungswürdiges Bild des Jammers abgeben.

»Und wie sind deine Eltern damit klargekommen?«

»Gar nicht.«

Sie fragte nicht weiter, und er war froh und sagte: »Ich wollte Sebastian retten. Ich war ganz allein damit. Er war mein Bruder. Er war drei Jahre alt!«

»Warum haben deine Eltern ihn nicht zu retten versucht? Warum nur du?«

»Meine Mutter hat sofort erkannt, dass wir Hilfe brauchen, und rannte hinaus.«

»Und dein Vater?«

»War besoffen.«

Nina schwieg.

»Er hatte uns monatelang vorgespielt, morgens zur Arbeit zu gehen. Dabei ist er den ganzen Tag im Gasthaus gesessen. Hat sich geschämt, dass der Meister der Schreinerei ihn entlassen hat, weil es nun eine vollautomatisierte Säge gab, die ohne Lohn und zwölfmal so schnell seine Arbeit erledigte. Nach der Nacht wurde es nicht besser. Nur, dass er daheimsaß und sich volllaufen ließ.« Koswig stand noch immer am Fenster und blickte auf die Stadt. Dann spürte er, wie sie ihre Hand in seine schob. Er atmete auf. Sie war noch da. Bei ihm. Nina war an seiner Seite. Ein bisschen Leere weniger.

# 41

*Er ist hier gewesen! Hier!*

*Skipper kniet auf dem Steinboden unter der Treppe und zittert. Er friert. Er ist wütend. Er ist enttäuscht. Versteht nicht, was vor sich geht. Was macht er hier? Wie kommt* er *hierher? Was will er von Frauke? Frauke gehört* Skipper!

*Er schlägt den Kopf gegen die Wand.* Kurz, kurz, lang, kurz. Kurz, lang, kurz. *Immer fester, dann ein letztes Mal,* kurz. *Frauke!*

*Schmerzen spürt er keine. Nicht äußerlich. Auch der Hunger ist nicht mehr schlimm. Er hat sich an den Müll gewöhnt, den er aus den Containern klaubt, um satt zu werden. Aber der andere Schmerz, der frisst ihn von innen auf. Während er hier wartet und sie nicht kommt, sitzt er reglos da wie ein Stein. Er fühlt sich kalt und leblos.*

*Er weiß nicht, was sie tut, wenn sie da oben ist. Seit Tagen ist sie nicht mehr heruntergekommen. Und jetzt ist* er *bei ihr!*

*Warum?*

*Er hat gedacht, sie bereite ihr gemeinsames Leben vor. Ihres und Skippers!*

*Als er zwischen den Stunden nach Mitternacht und Sonnenaufgang hinaufschlich und seine Nase an den Türspalt presste, glaubte er, ein fremder Geruch habe sich in Fraukes Welt gemischt. Hier durften nur Frauke und Timo sein. Timo, der immer gut zu ihm war. Timo, der ihm bei allem half. Der ihn nie verraten hatte, wenn er bei der Rückfahrt ins Sternenheim vor lauter Aufregung ganz viel Spucke im Mund hatte und mit seiner gesunden Hand zwischen sei-*

*nen Beinen rieb. Bei Alexandra war ihm das nie passiert. Wenn Mathilde davon erfahren hätte, hätte er nie wieder zu Frauke fahren dürfen. Aber nun kann sie ihm nichts mehr verbieten. Endlich!*

*Skipper erhebt sich schwer vom Boden, schlägt mit dem Kopf von unten gegen die untersten Treppenstufen, hält sich erschrocken die Hand auf den Kopf und geht die ersten Stufen hinauf, leise, ganz leise. Frauke fehlt ihm. Er vermisst sie. Sie fehlt ihm mehr als ein gesunder Körper.*

*Schwer atmend nimmt er eine Stufe nach der anderen. Er liebt sie, und sie liebt ihn. An der Tür presst er seine Nase an das kleine Fenster. Es ist kühl. Es riecht nach See und Tang. Nach Wasserlilien und nach Nuss! Nuss riecht er selten. Nuss riecht nach* ihm!

*Mit der Nase stupst er das Fensterchen an.* Kurz, kurz, lang, kurz. Kurz, lang, kurz … *ganz leise, ganz zärtlich.*

*Irgendwo geht eine Wohnungstür auf und zu. Er hört es dumpf wie ein Blubbern unter Wasser. Er will zum See. Er will mit Frauke auf dem Steg sitzen und die Sonne auf seinem Gesicht spüren. Er will sie riechen und seinen Kopf in ihren Schoß legen. Dahin, wo es so gut riecht.*

*Seine Mutter hat auch geduftet. Er weiß nicht mehr viel über sie. Nicht, wie sie aussieht, nicht, wie ihre Stimme klingt. Aber er erinnert sich an ihren zarten Geruch und ihre weiche Haut, wenn sie ihn geküsst hat. Wie Blumen auf der Wiese neben dem See, bei dem er als Kind gewohnt hat, hat sie gerochen. Aber das ist nur kurz gewesen. Dann ist er ins Sternenheim gezogen. Seine Mutter hat auch ganz weiche Haare gehabt. Manchmal hat er sich morgens schlafend gestellt, bis sie bei ihm war und ihn gestreichelt hat. Dann konnte er ihren Duft besser riechen.*

*Einmal, als er mit Frauke am See war, hat er sie gefragt, wie die Stimme einer Mutter klingt. Es hat lang gedauert, bis sie verstand, was er wissen wollte. Sie muss morsen lernen! Er hat die Hand an ihren Hals gelegt, um die Antwort besser verstehen zu können: »Sanft wie die kleinen Wellen, wenn sie sich hier an den Holzbohlen des Stegs brechen.« Frauke war manchmal so seltsam in ihrer Sprache. Aber das gefällt ihm. Sie haben sich auf dem Steg nebeneinander auf den Bauch gelegt und sind bis ganz nach vorn gerobbt, so weit, dass ihre Arme frei über das letzte Brett hinabhingen. Frauke hat seine Hand genommen und sie an dem dicken, glitschigen Rundholz hinabgeführt bis zum Wasser. Dann hat sie seine Hand festgehalten und direkt neben seinem besseren Ohr gefragt: »Spürst du das?« Er hat ihre Worte dumpf gehört und sie vollständig am Vibrieren ihres Körpers erkannt. So dicht hatten sie dort nebeneinandergelegen. Dann hat sie gesagt: »Ich hoffe, du spürst es, auch wenn du mich nicht verstehen kannst, Sebastian.« Doch Skipper hat alles verstanden. Und er hat zwischen seinen Beinen die Härte gefühlt, die auf die warmen Holzplanken presste.*

*Als Kind hat er auch am See gelegen, Seite an Seite mit der Mutter und anderen Kindern. Er hat sein U-Boot in den See gesetzt, und sie haben es an einer Schnur festgebunden, damit es nicht verlorengeht. Damals hat er alles gesehen und ganz klar gehört, er hat gelacht und geredet, und er hat beide Hände benutzen können. Mit Frauke hat er sich gefühlt wie damals. Mit Frauke kann er lachen.*

*Nachdem Skipper verbrannt ist, hat er das Leben vermisst. Jetzt hasst er es.*

# 42

Die folgenden Wochen waren ein vorsichtiges Wiederannähern. In der Zeit, als die Luft kühler und die Tage kürzer wurden, wuchs die Wärme zwischen Nina und Emil, und wann immer es möglich war, traf sich Nina mit ihm nahe dem Institut, und sie spazierten um den fast schon herbstlichen See und genossen den Duft des feuchten Bodens und das Gold und Rot der Blätter.

Es war eine Zeit des Friedens.

Dass Emils Kollegen nichts von ihrer Beziehung wussten, machte es für Emil einfacher. Er musste nichts erklären, nicht rechtfertigen, weshalb er schon ein Jahr nach Alexandras Tod mit der Angehörigen eines Opfers, die noch dazu keinen festen Wohnsitz hatte, zusammenlebte.

Fraukes Wohnung hatte Nina längst leer geräumt, und immer wieder meldeten sich Kaufinteressenten bei der Maklerin. Seltsamerweise konnte Nina sich noch nicht entscheiden, die Wohnung endgültig abzugeben. Doch es war gut so, und eines Tages würden Käufer kommen, bei denen sie dann ja sagen würde und bei denen sie Fraukes ehemaliges Zuhause in guten Händen wusste.

Die Tage waren ausgefüllt und die Nächte liebevoll und sanft. Die anfängliche Ekstase war einer tieferen Liebe gewichen. Fast immer schliefen Nina und Emil Arm in Arm ein, egal, ob sie vorher Sex gehabt hatten oder nicht.

Nina war glücklich.

Nur manchmal sorgte sie sich und zweifelte daran, dass ihre langen Gespräche und ihre Offenheit Emil wirklich halfen, mit dem Verlust seiner Familie irgendwann abschließen zu können. Seit seinem Geständnis, dass er einen Bruder verloren hatte, war er ausgeglichen und befreit von seinen Launen. Kein böses Wort war gefallen, keinerlei Aggression aufgetaucht.

Doch in manchen Nächten schien ihn alles mit doppelter Wucht einzuholen.

In Nächten wie heute.

Nina lag im Bett neben Emil. Sie waren einander zugewandt, er schlief auf der Seite liegend, und durch das Fenster fiel das Mondlicht auf sein schmales Gesicht. Er hatte beide Hände unter seine Wange geschoben, wie so oft. Er atmete ruhig, und auch von draußen war nichts zu hören, kein Knacken im Garten, kein Ruf eines nächtlichen Vogels, kein Windhauch. Stille pur. Doch im silbrigen Licht erkannte Nina die Schweißtropfen auf Emils Stirn. Sie wusste, was passieren würde. Aufwecken wollte sie ihn nicht. Jedes Mal hatte sie die Hoffnung, dass es irgendwann aufhörte und er allein in den Schlaf zurückfand, wenn er wie jetzt unruhig wurde, sich umdrehte, sich dann hin- und herwarf, erst leise wimmerte und später ein paar klägliche Schreie ausstieß. Dabei zog er die Knie bis zum Bauch hoch, ballte die Fäuste, und sein ganzes Gesicht glänzte nach kurzer Zeit nass. Erst dann legte sie sachte ihre Hand auf seinen Arm, streichelte sein Gesicht und holte ihn mit leisen Worten vorsichtig in die Realität zurück.

Mit großen Augen sah er sie an. Er sagte nichts, atmete heftig. Umarmte sie kurz und hart. Stand auf und verließ das Schlafzimmer. Dann hörte sie ihn viele Stunden im Badezimmer am anderen Ende des Flurs auf und ab gehen.

Hörte, wie er gegen die Wand klopfte. Wenn es still wurde, ging sie hinüber und half ihm vom Boden auf, wo er an die Wanne gelehnt saß.

»Siehst du den Tiger?«, hatte er neulich zu ihr gesagt und auf die rautenförmigen Fliesen bei der Badezimmertür gezeigt. »Er beschützt mich.«

Hand in Hand gingen sie ins Schlafzimmer zurück und schliefen weiter.

Bei Sonnenaufgang war es, als sei die Nacht wie bei einem ganz normalen Paar verlaufen.

Am Abend kam Emil spät nach Hause. »Was war los?«, fragte sie, weil er kaum sprach.

»Morrells Frau hat angerufen, und ich bin noch zu ihm in die Klinik gefahren.«

»Geht's ihm schlechter?«

Er nickte. »Sozusagen.«

Sie aßen zu Abend, und in der folgenden Nacht war Emil ungewöhnlich ruhig. Sein Atmen war kaum zu hören.

»Emil?«, flüsterte sie.

Die Leuchtziffern des Radioweckers zeigten *03:48*.

»Hm?«

Offenbar war er auch wach. »Du bist so still.«

»Schlaf, Nina. Es ist alles gut.«

»Ist es wegen Morrell?«

Statt zu antworten, begann er zu lachen.

Sie setzte sich auf. Nur ein schmaler silbriger Lichtstreifen fiel durch den Vorhang auf den Boden.

Sein Lachen wurde lauter.

Nina schaltete die Nachttischlampe ein, und ihre Betthälfte lag in einem warmen Licht.

Emil lag auf dem Rücken, lachte und lachte, und zunächst

glaubte Nina, sie höre falsch und er weine wieder, doch dann richtete auch er sich auf und sah sie an. Er strahlte. Nun musste auch sie lachen. »Was ist? Was macht dich so glücklich?«

»Morrell ist tot.«

Sie öffnete und schloss den Mund. Das erste Mal in all den friedvollen Wochen bohrte sich der Stachel des Zweifels wieder in ihr Herz. Etwas stimmte nicht mit Emil. Etwas, das sie nie begreifen würde und es vielleicht auch gar nicht wollte.

Ihr gemeinsames Leben war anfangs wie eine Explosion gewesen. Wie zwei einsame Glühwürmchen waren sie aufeinandergetroffen, hatten aus ersten Funken in Sekunden ein Feuer entfacht, und das Feuer hatte gelodert. Sie hatten sich dabei beide verbrannt, waren auseinandergestoben und wieder aufeinander zugetrieben. Hatten sich endlich gegenseitig gewärmt. Doch jetzt? Verglühten sie im Kosmos der Einsamkeit, in gegenseitigem Nichtverstehen?

Ihr wurde schlecht, als Emil aufstand und sich, nur mit einer hellen kurzen Hose bekleidet, mitten ins Zimmer stellte und sagte: »Freu dich mit mir! Verstehst du denn nicht, Nina? Er ist *tot!* Ich bin Institutsdirektor!« Seine Augen glänzten gespenstisch.

Nina zog die Decke bis zum Hals hinauf.

»Jetzt können wir feiern! Das Fest am Wochenende kommt gerade richtig. Hast du nicht gestern noch Obst und Getreideähren gekauft? Du wolltest doch traditionell dekorieren!«

Die Übelkeit kroch bis in ihren Mund, und sie presste die Lippen aufeinander vor Angst, sie müsse sich übergeben. Emil setzte sich zu ihr auf den Bettrand. »Na ja, du hast ja

recht mit deiner Zurückhaltung. Wir sollten das Fest verschieben. Sieht sicher nicht gut aus im Institut.«
Ihre Lippen bebten. Sie hatte Angst. Vor seinen Worten, vor seinem Blick. Der Blick, in dem sie in diesem Moment nichts als Irrsinn zu sehen glaubte. Nina wusste nur nicht, ob sie es war, die in dieser Nacht durchdrehte, oder Emil.

## 43

Nina strich mit den Fingern die Längsrillen der Honigmelone nach. Schwer und duftend war die Frucht, prall und frisch. Ihr Goldgelb passte perfekt zu den Küchenfronten. Am Samstag hätte sie – zusammen mit dem üppigen Korb voller Äpfel, Bananen, Kiwis, mit der Schale Trauben und der Ananas – die Gäste empfangen sollen. Dazu hätte Nina den Sekt gereicht, der schon im Kühlschrank lag. Fünf Flaschen 2009er *Montfort Pinot Brut*. Emil und sie hatten ihn gemeinsam ausgesucht. Er hatte Champagner vorgeschlagen, doch Nina hatte für das exklusive Understatement plädiert. Nicht übertreiben. Nachdem sie noch zwei Kisten trockenen Rotwein ausgesucht und bei dem kleinen Weinhändler am Stadtrand alles ins Auto geladen hatten, waren sie in die Innenstadt gefahren, hatten achtzehn Sektflöten gekauft und anschließend in einem modernen Café gesessen, herumgealbert und sich ausgemalt, wie der Abend werden würde. Sie hatten spekuliert, ob Charlotte Fischer wieder ein Geschenk in Knochenform mitbringen würde. Ob die Sekretärin des Instituts auch im privaten Umfeld mit dem neuen Toxikologen flirten würde. Nur über Tereza redeten sie nicht.

Emil war zufrieden gewesen, hatte glücklich und ausgeglichen gewirkt.

Schade um das Obst, dachte sie und überlegte, ob sie alles einpacken und damit in den Park gehen sollte. Der Mann mit der getigerten Katze, mit dem sie an ihrem ersten Abend in der Stadt zwei Tetrapaks klebrigen Wein getrun-

ken hatte, die abgerissen aussehende Frau, die sie später kennengelernt und die einige von Fraukes Kleidungsstücken übernommen hatte … Es gab viele, mit denen sie gern ein spontanes Picknick veranstaltet hätte. Wenn es nur nicht seit Stunden regnen würde. Wenigstens passte das Grau und Nass, das der Oktober mit sich brachte, zu ihrer Gemütslage. Die Dunkelheit und der innere Nebel umfingen sie wieder. Und niemand konnte ihr helfen. Der Einzige, dem sie sich anvertraut hatte, nämlich Emil, war selbst labil. Er konnte sie nicht auffangen, nicht halten. Jede seiner extremen Stimmungen riss Nina mit. Das Auf und Ab und seine Unberechenbarkeit raubten ihr die letzte Kraft und das Vertrauen in eine gemeinsame Zukunft.
Und dennoch: Wenn sie wie jetzt allein zu Hause war und er bald kommen musste, sehnte sie sich mit jeder Faser ihres Herzens nach ihm. Weil sie verstand, *warum* er so geworden war.
Sie nahm eine Flasche Amaretto vom Küchenregal über der Eckbank, lehnte sich an die Spüle und trank. »Weg, Nebel, weg«, murmelte sie, wohl wissend, dass Alkohol weder gegen Geister noch gegen Trauer half. Maximal ein paar Stunden. Danach wäre alles noch schlimmer.
In ihrer Erinnerung gab es wieder Lücken. Wenn sie heute versuchte, sich an das erste Zusammentreffen mit Emil zu erinnern, war da nur ein leerer Fleck. Sie wusste, es war im Institut gewesen. Der Tag, an dem sie Frauke dort im Abschiedsraum besucht hatte. Doch Emils damaliger Gesichtsausdruck, seine Gestik und Mimik waren wie ausgelöscht. Dabei erinnerte sie sich normalerweise so gut wie kaum jemand an genau diese Dinge. Die letzten zwei Monate kamen ihr vor, als sei sie auf einer Fernreise. Ein Le-

ben in drei Tagen oder so ähnlich. Und die einzelnen Stationen zerfielen wie eine schlecht gedrehte Zigarette aus viel zu trockenem Tabak. Nur der Tod von Markus Ohmer war reál und nah. Die drei toten Frauen schienen unendlich weit entfernt, sogar Fraukes Tod war wie eine Kulisse, die man hin- und herschieben, wegnehmen oder betrachten konnte. Sie näherte sich dem grauen Tor. Und sie wusste nicht, wie sie den Weg dorthin verlangsamen oder verlassen konnte.

Sie ließ den Kopf auf die Brust sinken. Der Amaretto machte sie angenehm schwindelig und hielt die Realität fern. Sie trank weiter und genoss das Wabern in ihrem Kopf. Später musste sie noch weg, aber das würde sie hinkriegen.

»Prost.«

Sie sah hoch. Vor ihr stand Emil, einen Strauß roter Rosen und zarter weißer Blumen in der Hand.

»Ist etwas passiert? Du hast seit Wochen kaum getrunken und jetzt …«

»Nein, nein.« Sie hob die Flasche. »Prost.«

»Wo ist Lea?«

»Mit Tereza am See.«

»Bei dem Wetter? Es gießt und ist eiskalt!«

»Sie sind mit dem Auto gefahren und wollten nur den Tropfen auf der Seeoberfläche beim Tanzen zusehen. Durch die Scheiben.«

Er zog die Augenbrauen hoch. Dann lachte er. »War das deine Idee? So crazy kannst nur du sein.«

Sie nickte. »Emil?«

»Lass uns einen schönen Abend zusammen verbringen. Ich habe eine Überraschung für dich!« Er streckte ihr die Blumen entgegen.

Sie nahm sie nicht. »Das geht nicht, ich muss noch weg.«
»Wie bitte?« Er warf den Strauß auf die Abtropffläche neben dem Spülbecken. »Gehst du etwa wieder … arbeiten? Vögelst du wieder mit Krüppeln und Halbtoten?«
»Nein.« Auch wenn sie das bald wieder tun würde. Aber diese Diskussion wollte sie nicht mehr führen. »Ich muss in die Wohnung. Es gibt endlich Interessenten, an die ich wohl verkaufe. Du weißt, dass ich mich schwertue damit.«
»Aber warum? Du hast eine Maklerin, die sich die Leute anschaut und sie bequatscht. Du musst nicht dauernd zu den Besichtigungsterminen.«
»Ich will aber.«
»Und *ich* will, dass du hierbleibst!« Er griff an Nina vorbei nach den Blumen und trat vor sie. »Du siehst so schön aus, Nina. Du bist das Beste, was mir nach all meinen Verlusten im Leben passieren konnte. Du bist sanft und eigensinnig und tolerant und … ach, verdammt! Nina! Lass uns heiraten!« Er drückte ihr die Blumen in die Hand, nahm eine Flasche Sekt aus dem Kühlschrank und riss das Aluminium um den Korken herum ab. »Wir geben auf dem Fest unsere Verlobung bekannt! Alles passt perfekt! Wir müssen nichts verschieben.«
Nina starrte ihn sprachlos an, die Blumen an die Brust gepresst. »Aber die Leute wissen nicht einmal, dass wir ein Paar sind und …«
»Heißt es nicht, man soll die Feste feiern, wie sie fallen?« Er nickte zu dem Weidenkorb mit dem Obst und löste die Verdrahtung, die den Korken hielt. »Und der heutige Abend gehört nur uns! Dir und mir und unserer Liebe, und wir trinken diese Flasche« – er drehte mit der einen Hand am Korken – »auf unsere Zukunft!«

Mit lautem *Plopp* löste sich der Korken, Schaum quoll aus der Flasche und lief über Emils Hand. Er sah Nina an, sein Mund lachte, doch seine Augen hatten denselben starren, fast irren Ausdruck wie in der vergangenen Nacht, als er ihr von Morrells Tod erzählt hatte. Mit der freien Hand nahm er zwei Sektflöten aus dem Karton, der noch auf der Arbeitsplatte im Eck stand.

»Wir werden als Hochzeitsreise nach Paris fahren, wenn du magst. Oder nach Jamaika oder auf die Seychellen! Ach, es ist ganz egal. Wenn du nur bei mir bist.«

Nina wollte etwas sagen, doch sie brachte kein Wort heraus. Heiraten.

In die Ferne reisen. Oder in die Stadt der Liebe. Sie fühlte ihr Herz gegen ihre Rippen schlagen vor Aufregung. Sie würden Hand in Hand die Prachtboulevards entlangflanieren, Boutiquen und Parfümerien besuchen, knutschend in einem kleinen Café sitzen und sich Croissants teilen. Sie würden sich nachts auf dem Eiffelturm ewige Liebe schwören, den Akkordeonspielern lauschen, die Gerüche der vielen Menschen, staubigen Straßen und Restaurants in sich aufsaugen, die Treppen und Terrassen des Montmartre erklimmen und sich oben vor der Sacré-Cœur in Kreide porträtieren lassen.

Sie würden in Emils Haus leben, er ginge zur Arbeit, und Nina würde mit Tereza zu Hause sitzen. Sie wären wie ein echtes Ehepaar für immer zusammen. Sie würde nie wieder mit den Außenseitern lachen und ihre Grenzen ausloten. Niemals mehr die dankbaren Augen der Schwachen sehen. Dafür wäre sie eine neue Mutter für Lea.

All das wäre Emils und Ninas Leben.

Aber all das war nicht sie.

»Ich kann nicht heiraten.« Sie blickte auf die Rosen. Dann flüsterte sie: »Es liegt nicht an dir.«
Ausdruckslos sah Emil sie an. Nina erwartete Aggression, oder dass er vor ihr zusammensinken und theatralisch betteln würde, sie möge es sich anders überlegen. Doch er drehte sich einfach um und verließ die Küche, stieg die Treppe hinauf, ging dann im Badezimmer hin und her wie in den schlimmen Nächten. Als es nach einer kleinen Ewigkeit still wurde, wusste sie, dass er mit der Hand die Fugen der Fliesen entlangfuhr. Oder auf dem Boden saß, an die Badewanne gelehnt, und auf die Fliesenmuster starrte: auf den Tiger, den Drachen, die Blumen und Bäume.
Draußen trommelte der Regen gegen die Fensterscheiben. Sie holte eine Vase aus dem Hochschrank, gab Wasser und die Blumen hinein und stellte sie auf den Küchentisch. Auf einen Zettel schrieb sie: *Ich liebe dich trotzdem*, und legte ihn neben die Vase.
Dann nahm sie ihre bunte Tasche, schlüpfte in ihre Stiefel und eine Regenjacke und verließ leise das Haus.

Fraukes Wohnung empfing Nina groß und unpersönlich. Ihre Schritte hallten in den leeren Räumen wider, und die regennassen Stiefel hinterließen Abdrücke auf dem Parkett. Trotz der Regenjacke war ihre Kleidung durchnässt und klebte kalt auf ihrer Haut. Das Licht der nackten Glühbirnen blendete sie, doch es war wenigstens hell, und die Kaufinteressenten würden einen ehrlichen Eindruck bekommen.
Sie sah auf die Uhr, die um ihren Hals hing. Noch eine knappe Stunde bis zu dem vereinbarten Termin.

Nina zog die Stiefel aus, ging auf und ab, und schließlich holte sie aus dem Badezimmer die letzte Rolle WC-Papier, die noch in der Halterung war, und wischte die Wasserflecken notdürftig auf. Mit dem vollgesogenen, schmutzigen Papier ging sie wieder nach oben und spülte es in der Toilette hinunter. Mit dem Duschgel, das noch in der Dusche stand, wusch sie sich die Hände und trocknete sie an dem letzten kleinen Gästehandtuch ab. Dann setzte sie sich auf den heruntergeklappten Klodeckel und blickte auf die Badewanne. Sie hatte sie nie benutzt. Stellte sich immer und immer wieder vor, wie Frauke darin gelegen hatte, und malte sich aus, was wohl passiert war. Wie Timo Reichel, der noch immer frei herumlief, Hand an sie legte …

So grauenhaft jede Version des Geschehens war: Nina hatte sich erst durch Fraukes Tod mit ihr versöhnen können. Hatte ein wenig Frieden in ihre eigene Vergangenheit gebracht.

Wenn sie in wenigen Stunden die Wohnungstür zum letzten Mal schließen würde, würde sie ihren Traum verwirklichen: Menschen helfen, die nicht das Geld hatten, sie zu bezahlen. Sie würde wieder Richtung Südwesten fahren und sich in ihrer Heimat in der Kleinstadt ein kleines Zimmer mieten. Irgendetwas in der Art.

Ihre Gedanken gingen zu Emils Haus. Dort saß er jetzt, vermutlich noch im Badezimmer, dem Raum, in dem sein Bruder gestorben war und Alexandras Auge gelegen hatte. Und sie saß in dem Badezimmer, in dem ihre Schwester den Tod gefunden hatte. Von hier aus würde sie direkt zum Bahnhof gehen. Und Emil und diese Stadt nie wiedersehen.

# 44

*Er hat geschlafen. Er hat geträumt, mitten am Tag! Skipper richtet sich unter den Treppen auf. Ihm ist schwindelig von dem Traum, und er will die Bilderfetzen verdrängen, weil er genau weiß, was sonst passiert. Er presst die Stirn gegen die kühle Wand.* Du darfst am Tag nicht hier einschlafen! *Es ist unvorsichtig.*

*Er muss die Traumbilder ausblenden. Wenn er das nicht schafft, erlebt er den Unfall noch einmal. Skipper bekommt kaum Luft, wenn er daran denkt.*

*Er muss husten. Bestimmt hallt es im ganzen Treppenhaus wider. Er muss handeln. Sofort. Die Bilder müssen weg! Frauke muss ihm helfen, und wehe, wenn sie es nicht tut …*

*Er ist ganz still und lauscht dem dumpfen Rauschen in seinem Kopf, und als er kein Nebengeräusch ausmachen kann, geht er los.*

*Das Treppenhausgeländer ist glatt und warm. Seine gesunde Hand kennt jeden Zentimeter, jede Unebenheit, jede winzige Rille. In den vernarbten Fingerstümpfen der anderen Hand hat er kein Gefühl. Frauke hat einmal gesagt, dass das Geländer aus einem Edelholz ist, aber er hat vergessen, welche Sorte.*

*Nach dem ersten Treppenabsatz kommt die Stelle, an der immer wieder Splitter abstehen. Frauke hat sich furchtbar darüber aufgeregt, weil er sich die Hand daran verletzt hat. Als Skipper jetzt daran denkt, wie Frauke mit ihren glatten, scharfen Fingernägeln den Splitter herausgezogen hat, lächelt er. Er beschleunigt seine Schritte die Stufen hinauf, was nicht einfach ist mit den großen Gummistiefeln an den Füßen. »Du hilfst mir jetzt«, will er sagen, doch es klingt so, als habe er Murmeln im Mund, die aneinanderstoßen.*

*Je näher er Frauke kommt, desto wärmer wird ihm. Wie sie damals die Salbe in die Wunde an der Hand einmassiert hat … genauso wie seine Mutter es immer getan hat.*

*Mathilde hat einmal unter dem Fenster des Sternenheims gesagt, sie sei froh, dass Skipper von dem schrecklichen Unfall nichts mitbekommen hat und dass sein dreijähriges Kindergehirn das Trauma ausgeblendet und ihn in eine tiefe Bewusstlosigkeit hatte fallen lassen.*

*Mathilde hat keine Ahnung gehabt!*

*Er keucht, als er die Treppe vollends hinaufläuft. Gleich ist er bei ihr! »Lass mich endlich zu dir«, will er schreien, doch stattdessen kracht seine Faust mit aller Wucht gegen die Wohnungstür. Einmal, zweimal.*

*Die Tür springt auf.*

# 45

Nina schloss die Balkontür und das Küchenfenster, drehte die Sicherungen heraus und prüfte, ob die Heizkörper alle ausgeschaltet waren. Die Kaufinteressenten, ein sympathisches Ehepaar mittleren Alters, hatten sich sofort in die Wohnung verliebt. Dass Frauke hier gestorben war – was Nina nicht hatte verheimlichen wollen –, hatte sie nicht gestört, und noch vor Ort hatten sie mit der Maklerin einen Vorvertrag gemacht und die Wohnung reserviert.

Nina ging ein letztes Mal ins Badezimmer. Sie mochte keine Zugtoiletten. Sie pinkelte, und als sie spülte, glaubte sie, einen Schlag zu hören. Beachtung schenkte sie ihm nicht. Sie wusch sich die Hände mit dem Wasserlilien-Duschgel, ließ es zusammen mit dem Gästehandtuch zurück und ging über die Galerie und die Treppe ins untere Stockwerk hinunter.

Sie fühlte sich wieder frei und freute sich auf die Rückfahrt. Während der knapp sechs Stunden konnte sie schlafen, und wenn sie in ihrer vertrauten Umgebung aussteigen und Ines Klein und Smoothie besuchen würde, wäre ihr Kopf auch wieder klar. Die halbe Flasche Amaretto bei Emil hätte sie sich sparen sollen. Das war's nicht wert, dass ihr davon übel war. Aber Hauptsache, sie hatte nun den Absprung geschafft.

Ihre Sachen würde er garantiert bald wegwerfen. Und das Fest würde er komplett absagen. Sicherlich würde ihm eine plausible Erklärung einfallen. So wie er immer alles erklären konnte – jede Lüge, jedes Verhalten. Gern hätte sie Hase mitgenommen, auch wenn er zerschnitten war. Doch der verstaubte vermutlich in Wenners Asservatenkammer.

Erst in der Diele bemerkte sie die angelehnte Wohnungstür. Und bevor sie sich wundern konnte, legte jemand von hinten den Arm um ihren Hals und drückte ihr fast die Kehle ein. Sie japste, wollte den fremden Arm wegzerren, doch der Angreifer war stärker, der Arm hart und muskulös. So wie Timos Arme. Sie trat nach hinten, roch Gummi und Imprägnierspray, wand sich, aber der Alkohol lähmte sie. Da packte der Fremde ihren rechten Arm und schlug ihren Ellbogen hart gegen die Wand. Sie schrie auf, der Schmerz schoss bis in die Schulter und die Fingerspitzen. Automatisch griff Nina mit der linken Hand an den rechten Ellbogen, doch da riss der Fremde schon ihren Kopf an den Haaren nach hinten, und ein weiterer Schmerz explodierte in ihrem Nacken. Sie fiel rittlings zu Boden und schlug mit dem Kopf irgendwo auf.

Die Wände, eine Fratze über ihr, alles drehte sich, schneller und immer schneller, und dann tanzten kleine leuchtende Punkte vor ihren Augen, und sie dachte, Glühwürmchen im Oktober, wo kommen die her! Sie wollte den Mann fragen, wollte auch seinen Namen wissen, doch als sie die Fragen formulierte, hüllte ein Flimmern sie ein. Sie sah Lichtreflexe und hörte ein Schaben und Klirren und wusste, dass sie sich am Rand einer Bewusstlosigkeit befand. Und dass nun das kommen würde, was sie nicht mehr geglaubt hatte: Sie würde die Nächste sein! Sie wartete auf einen scharfen Schmerz im Gesicht, an den Lippen, im Mund. Die letzte Verletzung von Hase! Das Messer in seinem Maul! Sie sehnte sich nach der erlösenden Schwärze, schloss die Augen, ließ die Schmerzen und das Entsetzen zu, zitterte und schluckte und glaubte, dass ihr Herzschlag die leere Wohnung mit seinem Widerhall ausfüllen musste, während ihr Arm zu brennen schien. Dann fiel sie, fiel und fiel in großen kreisenden Bewegungen, drehte sich rhythmisch zu ihrem Herzschlag, eine Ewigkeit lang, und mit jeder kleiner werdenden Drehung wartete sie auf den Aufprall. Als er kam, bliebt ihr der Atem weg. Doch nicht sie war auf etwas gefallen. Etwas lag auf ihr wie Blei, presste sie auf den Boden und umklammerte sie. Sie roch Müll und sauren Atem. Riss die Augen auf. Wollte wenigstens wissen, wie Timo sie tötete. Wollte ihn fragen, warum. Doch es war nicht Timo. Ihr eigener Schrei ließ sie endlich in die erlösende Schwärze gleiten.

# 46

»Hallo, Frau Bach.«

Die Stimme kam ihr vage bekannt vor. Sie blinzelte, und sofort war der Höllenschmerz in ihrem Arm und Nacken wieder da.

Sie atmete schnell, viel zu schnell, versuchte, klar zu denken. Sie lag auf einem Parkettboden, den Kopf auf einer Türschwelle. Es war in Fraukes, nein, in ihrer, nein, in der quasi verkauften Wohnung. Vor der Vorratskammer.

Neben ihr stand ein Paar dunkle Lackschuhe. Sie hob den Blick. Schwarze Jeans. Dünne lange Beine. Ein kleiner Kopf, aber das lag sicher an der Perspektive von hier unten. Blonde Haare. Brille. Kein Zweifel: Es war Emil!

»Ich soll Sie untersuchen.«

Hektisch blickte sie sich um, doch ihr verletzter Nacken verhinderte größere Bewegungen. Das Monster war fort. In der Tür zur Küche stand Kommissar Wenner, wie immer mit ziegelroter Krawatte und im Jackett. Neben ihm eine dickliche Frau in schwarzer Hose, hellblauer Bluse und dunkler Schirmmütze, auf der ein großer goldener Stern prangte. »Die Nachbarn haben uns verständigt«, sagte sie. Ihre Stimme klang blechern. »Angeblich haben Sie in der Wohnung randaliert und geschrien.«

»Ich wurde überfallen!«

»Von wem? Kannten Sie die Person?«

Ihre Lippen bebten. Sie blickte hinauf zu Wenner, Emil und der Polizistin. Fühlte sich wie ein Wurm am Boden. »Es … es war ein Monster! Eine hässliche Fratze.«

»Sie meinen, der Täter war maskiert?«
Sie schüttelte den Kopf. »Nein, er war … es war … echt.«
Wenner und Emil sahen sich kurz an. Dann ging Emil in die Hocke. »Dann wollen wir mal.« Er öffnete seine große schwarze Tasche. Nahm eine Kamera, drei Glasröhrchen und Papiertüten aus dem Koffer. »Verletzungsmuster, DNA, Sperma … jedem Pröbchen sein Röhrchen.«
Nina krümmte sich zusammen.
Emil riss eine Papiertüte auf und holte ein langes Wattestäbchen heraus, tupfte damit über eine Wunde an ihrer Hand. Ihr Kopf fühlte sich an wie eine geplatzte Melone, und der Arm war so geschwollen, als müsse er die gesamte Diele ausfüllen.
»Sie müssen keine Angst haben. Es tut nicht weh.«
»Warum *du?* Du bist Leichendoc. Und warum siezt du mich?«
»Die Untersuchung lebender Opfer gehört zu den Aufgaben eines Rechtsmediziners.« Er legte seine kalte Hand auf ihre Schulter. »Das habe ich Ihnen doch erzählt, als Sie einmal weinend bei mir waren. Erinnern Sie sich nicht?« Er packte das Wattestäbchen in eines der Röhrchen. »Haben Sie Schmerzen?« Er nahm ihre Hand und schnitt ihre Fingernägel ab.
»Was soll das?« Tränen schossen ihr ins Gesicht.
»Heißt das ja?«
»Das Monster hat meinen Arm gebrochen!« Sie schluckte gegen die Tränen an. »Natürlich habe ich Schmerzen! Was geht hier vor?«
Emil schnitt ihr das langärmlige Shirt samt BH vom Leib, kalt glitt die Schere von ihrem Hals bis zum Nabel hinab. Sie erstarrte.

Dann richtete Emil das Objektiv der Kamera auf sie, fotografierte ihr Gesicht und den Arm, und jedes *Klick* war wie ein Faustschlag in Ninas Magen. Sie verstand nichts mehr. Noch vor ein paar Stunden wollte dieser Mann sie heiraten! Jetzt kannte er sie kaum.

»Ist das deine Rache? Weil ich deinen Antrag abgelehnt habe?«

Emil steckte die Kamera in eine kleine Tasche und griff wieder zu seinen Arztutensilien. Wenner grinste ihn halbherzig an, und Emil zuckte die Schultern.

Mühsam schob Nina ihren Oberkörper an der Wand hinauf, bis sie saß. Sie legte einen Arm vor ihre nackten Brüste und zog die Beine hoch. Sie durfte nicht auf dem Boden liegen, ausgeliefert und klein.

»Ziehen Sie bitte Rock und Slip aus.«

»Wie bitte?«

»Ich muss eine Probe aus der Vagina entnehmen und eventuelle Spermaspuren sichern.«

»Ich wurde nicht vergewaltigt!«

Emil seufzte. »Frau Bach, bitte. Es ist nur zu Ihrer eigenen Sicherheit.«

Sie presste die angewinkelten Beine zusammen, umklammerte sie trotz der unerträglichen Schmerzen mit beiden Armen und presste das Kinn auf die Knie. »Nein.« Ekel kroch in ihr hoch, Ekel vor Emil und seinen Händen, die jetzt mit einem silbernen runden Ding auf sie zukamen. »Dazu hast du kein Recht!«, schrie sie. »Geh weg!« Sie drückte sich fest an die Wand, rutschte zur Seite, und Emil kam ihr nach. »Jetzt machen Sie schon!«

Die Polizistin trat zu ihnen. »Herr Koswig, ist das nicht ein bisschen …«

Er fuhr herum und sah zu ihr hoch. »Sind Sie Medizinerin?«
»Natürlich nicht, ich …«
»Wie lang machen Sie diesen Job schon?«
»Darüber bin ich Ihnen keine Rechenschaft schuldig.«
»Gut! Gute Antwort!« Er nickte anerkennend und lächelte dabei wie auf Knopfdruck. Als er weitersprach, klang seine Stimme wie Metall auf Stein, und das Lächeln wich Bosheit. »Und ich bin Ihnen keine Rechenschaft über *meinen* Job schuldig.«
»Aber die Untersuchung müsste in einer Praxis oder Klinik …«
»Wollen Sie noch mehr Zeit verlieren? Am besten so viel, bis alle Spuren verloren sind? Oder soll Frau Bach sich vorher noch duschen untenherum, ja?«
Die Polizistin schnaufte. »Das geht so nicht, wenn Frau Bach …«
»Herr Koswig weiß schon, was er tut«, warf Wenner ein und nickte Emil zu. »Wenn bei Zeitverlust Spuren verlorengehen, müssen wir die Proben hier vor Ort entnehmen.«
Nina schloss die Augen. Sie zitterte am ganzen Körper, und als Emil das kalte Metallding in sie hineinschob, wusste sie nicht mehr, welcher Schmerz an welcher Körperstelle der grausamste war.

# 47

Es war gigantisch! Ein Blick bis in die Wälder jenseits der Stadt, wo die ersten Sonnenstrahlen über die Silhouette der Baumkronen flimmerten, Mahagoniregale bis unter die Decke, Parkettboden und ein neuer Vierundzwanzig-Zoll-Monitor auf einem fünf Quadratmeter großen Schreibtisch! Endlich das, was seiner Kompetenz und seinem Denken entsprach.

Koswig saß in dem neuen Bürostuhl mit Wippmechanik und strich über die Holzmaserung der Schreibtischplatte. Direktor Koswig. Das klang hervorragend!

Überhaupt war alles hervorragend. Die Kontrolle, die er bei geöffneter Bürotür nun über die verglasten Toxikologie- und DNA-Labore hatte. Eine nur ihm zugeteilte Sekretärin. Jemand, der sich um Nina kümmerte.

Das Schicksal meinte es gut mit ihm. Erst dieser nasse Lappen, den jemand Nina ins Gesicht geschleudert hatte. Dann Hase, dann der Spruch auf dem Spiegel. Und jetzt der Überfall. Jedes Mal, wenn sie wieder zickig wurde und ihn garantiert verlassen wollte, sorgte jemand dafür, dass sie in der Stadt blieb.

Er unterdrückte ein Lachen.

Und dieses Monster, von dem Nina geredet hatte, oder besser: gelallt! Ihre Amarettofahne hatte er fast bis vor die Wohnungstür riechen können. Aber am besten war Wenners Gesichtsausdruck gewesen, als Nina stotternd und heulend von einem einäugigen blubbernden Ungetüm gefaselt hatte, das sie erst misshandelt und dann mit seinem

Körpergewicht zu ersticken versucht hatte. Koswig musste sich alle Mühe geben, angesichts ihrer offensichtlichen Wahnvorstellungen ebenfalls irritiert und mitleidig dreinzublicken. Wenner und er waren sich einig gewesen, als er Nina und die Polizisten verlassen hatte: Nina war völlig durchgeknallt. Crazy. Zumindest Wenner war jetzt überzeugt davon.

Er stand auf und blickte in den frühen Morgen hinaus. Irgendwo da draußen, zwischen fahlen Betonklötzen, Teer, grünen Parks und alten Bauten trieb Nina sich jetzt herum. Die Nacht hatte sie vermutlich in einem dunklen Hinterhof oder einem Park verbracht. Wenner hatte ihr gesagt, sie müsse heute noch einmal in die Polizeidirektion kommen. Natürlich würde sie das nicht tun. Er kannte sie gut genug. Er legte die Hand an die Fensterscheibe. Sie war kalt und glatt wie sein Herz.

Er musste Nina finden und zur Vernunft bringen!

Mit der Hand strich er auf dem Glas hin und her. Sie wurde zur Faust. Nina wollte nicht mehr mit ihm zusammen sein. »Geh weg!«, hatte sie schon wieder gesagt! Sie wollte ihn in den Abgrund stoßen!

Für ein paar Sekunden stellte er sich vor, wie er seine Faust mit gigantischer Wucht gegen die Fensterfront schlug, wie das Glas in Millionen Splitter zerbarst, ein glitzernder Kristallregen hinunterfiel und Nina, die vor dem Institut sehnsüchtig auf ihn wartete, unter sich begrub. Natürlich war das hier Sicherheitsglas. Und natürlich würde Nina nach der, nun ja, etwas ruppigen Untersuchung kaum vor Liebe vergehen und sich dort unten nach ihm verzehren. Doch die Phantasie gefiel ihm.

Aber er wollte Nina zurückhaben. Ganz für sich! Schließlich hatte er alles für sie getan! Sie zog ihn jedoch hinab in die Schwärze und seine eigene Unberechenbarkeit. In seinen Hass.

Koswig setzte sich wieder an den Schreibtisch und fuhr den Rechner hoch. Er schrieb das Gutachten für die gestrige Untersuchung. Es war klar und frei von Widersprüchen. Anschließend verließ er das Büro, ging beschwingt den Flur entlang, in dem es immer leicht nach Zitronenreiniger roch, und fuhr mit dem Auto zum See. Schließlich konnte er jetzt kommen und gehen, wann er wollte. Sollten Charlotte, Weinmann, Tamm und die anderen Assis die Arbeit heute allein machen. Der Direktor war mit wichtigen Dingen beschäftigt.

Er parkte abseits vom Ufer neben den Segelbooten, die zum Überwintern auf den Trailern lagen. Er zog die Inliner an und fuhr mehrere Runden langsam um den See. Dabei suchte er mit dem Blick jedes Gestrüpp ab, sah in jeden Seitenweg, in das Schilf und zwischen die blühenden Rohrkolben, deren Blätter wie scharfe grüne Schwerter aufragten. Es roch nach Algen und Erde, nach Herbst und Kindheit. Schließlich zog er die Inliner am Anfang des Stegs aus und lief in Socken über das Holz bis zum Wasser. Bäuchlings legte er sich auf den Steg, den Kopf über dem Wasser. Unter ihm kräuselte sich sein Gesicht in den dunkelgrünen Wellen, die ein leichter Herbstwind über den See schob. Er dachte daran, wie sie als Kinder ihren Zerrbildern die Zunge herausgestreckt und dabei gelacht hatten, bis ihnen die Bäuche weh taten.

Koswig musste das Bad renovieren. Eine neue, große Badewanne einbauen. Alles blau fliesen. Die Vergangenheit ausrotten. Den Tod seines Bruders besiegen.

## 48

Stefan Wenner nahm das Fax aus dem piepsenden Gerät. *Institut für Rechtsmedizin, Prof. Dr. Emil Koswig, Institutsdirektor*, stand als Absender darauf.

»Hast du's also geschafft, du karrieregeiler Weißkittel«, murmelte er und ließ sich auf seinen ächzenden Bürostuhl fallen. Was gestern in den Rechtsmediziner gefahren war, war ihm ein Rätsel. Koswig hatte sich unmöglich verhalten bei der Untersuchung. Nur Mist erzählt. Dass er Morrells Stelle übernommen hatte, hatte er dagegen nicht erwähnt.

Die Sache mit Nina Bach war mehr als grenzwertig gewesen.

Er las das Fax. *Bericht über die Untersuchung der Frau Nina Bach, geboren …* Wenner nickte. Das Ergebnis war klar und deckte sich mit dem, was er dachte – spätestens, seit Bach neulich samt diesem Ungetüm von zerschnittenem Plüschhasen, barfuß, total verdreckt und verheult hier hereingestolpert war: Nina Bach war nicht zurechnungsfähig.

Die Verletzungen hatte sie sich laut Bericht selbst zugefügt, und bis auf den gebrochenen Arm und eine Platzwunde am Hinterkopf war ihr nichts passiert. Der Nacken war leicht gezerrt. Sexueller Missbrauch wurde ausgeschlossen. Sie war alkoholisiert gewesen. Koswigs Fazit lautete: *Die Befunde und das Verhalten des Opfers legen eine schwere psychotische Störung nahe, die sich in Übertreibungen, Halluzinationen und fehlender Distanz (zum*

*Beispiel duzte sie die Anwesenden) manifestiert. Zu vermuten ist eine längere Krankengeschichte, die gegebenenfalls zu klären wäre. Nina Bach hat diesbezüglich bereits Andeutungen gemacht, und sie hat einen Psychiatrieaufenthalt hinter sich. Ihre Psychose ist vermutlich durch das traumatisierende Erlebnis des Todes der Schwester erneut ausgelöst worden. Aus medizinischer Sicht ist die Einweisung in eine psychiatrische Klinik angeraten.*

Wenner fuhr sich mit der Hand durch die Bürstenhaare. Las das Fax ein zweites Mal. Er lehnte sich zurück und ging in Gedanken alles noch einmal durch, angefangen beim ersten Auftauchen Nina Bachs in dem Abschiedsraum bis zu dem Moment, als er, Wenner, sie nach dem Vaginalabstrich durch Koswig ins Krankenhaus gefahren hatte. Er lockerte seinen Krawattenknoten.

Dann rief er den Staatsanwalt an.

# 49

Koswig schlüpfte in eine grüne OP-Hose und ein OP-Hemd, band sich die Plastikschürze um, rückte seine Brille gerade und schritt in Saal drei. »Guten Morgen, meine Herrschaften und die Damen.« Er lächelte die rund zehn Studentinnen und Studenten an, die sich um die beiden Obduktionstische versammelt hatten.
Unter ihnen war Schmitt. Was wollte der hier? Das war was fürs fünfte klinische Semester. Nicht für jemanden, der schon an der Abschlussarbeit schrieb. Kleiner Streber. Er nickte ihm zu. »Willkommen zum Praktikum Rechtsmedizin.«
Charlotte Fischer und Doris Weinmann hatten zwei Leichen bereitgelegt, beide männlich und, so schätzte Koswig, weit über fünfzig. Schmitt trat an den linken Stahltisch heran und zog mit geschmeidigen Bewegungen ein Paar Latexhandschuhe über.
Julius Tamm war ebenfalls da, um eine Gruppe zu betreuen. Vier Stunden, dann wäre er hier draußen, dachte Koswig. Könnte zum See fahren und auf Sebastian warten. Alles andere war geregelt.
Er trat an den ersten Toten heran, bei dem Doris Weinmann und der Assistenzarzt standen, nahm ein Skalpell vom Organschneidetisch und blickte in die Gesichter der jungen Leute. Unbehagen, Ekel, Neugier – alles war darin zu lesen. Nur Schmitt schaute gelangweilt umher. Koswig reichte ihm das Skalpell. »Wollen Sie den jungen Kollegen zeigen, was Sie schon können?«

Eine dunkelhaarige Studentin kicherte.
Schmitt nahm das Skalpell, trat neben den Toten, dessen Haut wie dünnes, faltiges Leder aussah und auch so roch, und zog einen tiefen Schnitt von Schulter zu Schulter, direkt oberhalb der spärlichen Brustbehaarung. Koswig blickte auf die Wundränder. Das wenige Blut, das herausquoll. Er sah Schmitts absolut ruhige Hand in den Latexhandschuhen. Schmitt schnitt vom Brustbein zum Schambein hinab. Koswig sah die eine verfluchte Leiche aus seinem eigenen Praktikum vor sich, sah seine eigene ruhige Hand damals und versuchte, sie jetzt nicht zur Faust zu ballen. »Erklären Sie, was Sie tun, Herr Schmitt. Das muss man als Rechtsmediziner können.« Rasch ging er zu dem anderen Tisch und kümmerte sich um die Studenten, während Schmitt mit fast monotoner Stimme zu seinen Erklärungen ansetzte.
Die zweite Leiche, die von Charlotte betreut wurde, war bereits grünlich verfärbt, vor allem im rechten Unterbauchbereich. Er zeigte darauf. »Sulfhömoglobinbildung. Was sagt Ihnen das?«
»Fäulnis in oberflächlichen Körperpartien unter Beteiligung von Sauerstoff?«, fragte ein kleiner, dicklicher Student unsicher und fuhr hektisch fort: »Aber ist das nicht viel, ähm, wichtiger?« Er zeigte auf Gesicht, Hals und oberen Brustbereich des Toten, das von einem dichten roten Spinnennetz überzogen schien.
»Was ist das Ihrer Ansicht nach?«
Der Student zuckte die Schultern.
»War meine Vorlesung so öde?«
Alle schwiegen. Am Nebentisch dozierte Schmitt weiter.
»Das ist ein Durchschlagen des Venennetzes«, erklärte

Koswig. »Entsteht durch Hämolyse in den subkutanen Venen.«
»Ekelhaft.«
»Seien Sie froh, dass die Gasdunsung nicht noch weiter fortgeschritten ist, *das* wäre eklig.« Koswig beugte sich zu dem kleinen Dicken vor. »Dann würde der Fäulnisgasdruck eine Protrusion der Zunge verursachen. Sie wissen, was das ist? Es käme vielleicht zum Kotaustritt, und vor Ihnen läge ein aufgeblähter Toter mit hübschen Fäulnisblasen, der obendrein noch wunderbar knistert, wenn Sie ihn bewegen oder anfassen. Und das Gehirn wäre weich und zerfließlich, wie es so schön heißt.« Er griff nach der Schädelsäge. »Mag jemand?«
Er drückte auf den Knopf, und das kleine runde Sägeblatt surrte.
Charlotte warf ihm einen bösen Blick zu. Der Student wich zurück.
Koswig stoppte die Säge und lachte, er konnte nicht anders. Die Erleichterung darüber, dass Nina ihn nun nicht mehr ins Chaos stürzen und er Sebastian bald wiedersehen würde, war einfach zu groß. Er wurde übermütig. Albern. So kannte man ihn hier nicht. Er musste aufpassen.
»Können wir die Säge haben?«, rief Schmitt vom anderen Tisch herüber und zog die Gesichtshaut des Toten von der Stirn bis zum Hals hinab, bis der Schädel blank und blutig dalag.
Schmitt wird ein guter Rechtsmediziner, dachte Koswig. Trotzdem ist er mir zuwider. Wahrscheinlich, weil er zu viel von mir selbst hat. Die Ruhe. Die Distanz zum Tod. Die Kälte. Er reichte Schmitt die Schädelsäge, und als sich die scharfen Sägeblattzähne kreischend in den Stirnkno-

chen fraßen, war es Koswig, als stände er selbst als Praktikant am Tisch.
Damals.
Als völlig überraschend die verfluchte Leiche vor ihm gelegen hatte. Derjenige, den er längst gern selbst getötet hätte, wäre dieser Abschaum von Mensch nicht all die Jahre im Knast gewesen. Derjenige, dem er dann auf dem Seziertisch das Skalpell zwischen die Rippen jagen wollte, den er mit Knochenmeißel, Hammer, Schädelspalter und allem, was greifbar war, zerstückeln wollte. Stattdessen hatte er ihn mit ruhiger Hand, und ohne mit der Wimper zu zucken, obduziert, so professionell, als hätte er sein junges Leben lang noch nie etwas anderes getan. Sein Vater. Kaum aus dem Gefängnis entlassen, war er besoffen mit dem Auto in einen entgegenkommenden Lkw gerast. Zwei Komma eins Promille hatte die toxikologische Untersuchung ergeben. Exakt den Wert, den der Vater auch in der Nacht gehabt hatte, als der Brand ausgebrochen war. In der Nacht, die Sebastian getötet und Emils und die Seele seiner Mutter zerstört hatte.
Seit dieser Nacht hat Koswig keinen Raum mehr in sich, in dem er etwas spürt. Die Nachbarn geben dem kleinen Emil viele Wochen lang Kekse und Kuchen, bieten ihm Kakao an und sagen, alles werde wieder gut. Doch er weiß schon damals, mit sieben Jahren, dass nichts je wieder gut werden wird. Sebastian tot, der Vater hinter Gittern, die Mutter stumm und blass und mit strähnigen Haaren am Küchentisch, tage- und nächtelang. Niemand kümmert sich um Emil. Bis die Frau vom Jugendamt kommt. Die Mutter sieht kaum auf, als Emil mit der Frau das Haus verlässt. Im Heim hat Emil zu essen und zu trinken und

stets ein frisches Bett. Doch er zieht sich zurück. Meidet die anderen Kinder und Betreuer. Manchmal geht er nach der Schule heimlich zum Haus der Mutter. Eigentlich darf er das nicht. So läuft er den ganzen langen Weg durch kleine Straßen und im Gebüsch um den See, bis er endlich zu Hause ist. Doch die Mutter redet nicht mit ihm. Sie wird immer dünner und blasser, die Wangenknochen in ihrem Gesicht zeichnen sich scharf unter den eingefallenen Augen ab. Dann geht Emil in sein Zimmer nach oben. Er schaut das U-Boot an, das er einige Tage nach dem Brand aus dem kalten, rußgetränkten Wasser in der Badewanne gezogen hat. Es ist von der Hitze deformiert, und an einigen Stellen splittert der Lack ab. Bei manchen Besuchen betrachtet er die gesprungenen Fliesen im Bad, fährt mit dem Finger die Fugen entlang und murmelt Entschuldigungen an seinen Bruder, den er nicht hat retten können. Einmal fragt er die Mutter, wo Sebastian beerdigt sei. Doch sie sieht ihn nur mit diesem leeren Blick an und murmelt: »Ich habe uns zerstört. Wir sind alle tot. Ich bin schuld. Ich habe erst geredet, als es zu spät war.«
»Aber Mama, ich hab dich lieb«, sagt Emil, und sie flüstert: »Geh weg!«
»Mama!«
Dann schreit sie: »Geh weg!«
Einige Wochen später sieht der Briefträger sie durch das Küchenfenster tot auf dem Boden liegen. Sie war verhungert. Danach geht Emil nicht mehr in das Haus. Auch trifft er sich nicht mit Schulkameraden, und im Heim meidet er die gemeinsamen Abendessen. Er streift durch die Stadt oder bleibt in seinem Zimmer und lernt. Es kümmert keinen. Niemand ist da, der ihn ärgert oder hasst oder sich

über ihn lustig macht. Emil wird einfach unsichtbar. Für die ganze Welt.

»Wir sind dann so weit.« Schmitts Stimme holte Koswig in die Gegenwart zurück. Der Student reichte ihm die Schädelsäge. Auf dem Organschneidetisch in Schmitts Gruppe lag das Gehirn des Toten. Ein Gebilde wie aus unzähligen glänzenden, weißen und roten, ineinander verschlungenen Würmern.

»Gut gemacht«, brachte Koswig mit bemühter Anerkennung hervor, und die Studenten begannen, durcheinanderzureden.

Später hoben Charlotte und Doris Weinmann mit Julius Tamms Hilfe die beiden Toten auf die Leichenkarren und schoben sie unter dem vertrauten metallischen Scheppern zu den Kühlfächern hinaus.

»Rest in peace«, murmelte Koswig, »und du, verfluchter Vater, auch.«

# 50

Züge fuhren ein. Züge fuhren ab. Türen öffneten sich und spuckten Menschen, Koffer und Reisetaschen aus, Männer, Frauen, Kinder strömten an ihr vorbei, hektisch und rücksichtslos, die Kofferrollen klackerten auf dem Bahnsteig. Der Geruch nach Gummi, Staub und Metall, den Nina normalerweise mochte, ließ sie würgen, und die Lautsprecherdurchsagen verstärkten ihre Kopfschmerzen. Die genähte Wunde an ihrem Hinterkopf pulsierte.

Sie wusste nicht, wie lang sie schon auf dem Drahtsessel saß, der eher einer Schale glich und mit zwei weiteren Sesseln verbunden war. Typisch Bahnhof. Neben ihr stand einer dieser riesigen Mülleimer, in dessen verschiedenen Abteilungen immer alles andere landete als das, was darauf stand: Papier, Plastik, Restmüll. Wie viel Zeit war vergangen, seit sie in den Bahnhof gestolpert war? Eine Stunde? Ein Tag?

Nina hatte nichts bei sich außer ihrer bunten Tasche, darin das Handy, dessen Akku fast leer war, und das Ledersäckchen mit ein wenig Kleingeld. Ihr rechter Arm war von den Fingern bis zur Schulter geschient. Sie hatte Schmerzen zwischen den Beinen und im Unterleib. Sie trug den moosgrünen Rock, den sie getragen hatte, als das Monster über sie hergefallen war. Dazu das Hemd des Krankenhauses, weil Emil ihr Shirt bei der Untersuchung zerschnitten hatte. Beim Gedanken daran musste sie sich fast übergeben, fing an zu würgen, doch es kam nicht einmal mehr Schleim. Alles, was in ihrem Magen gewesen war, lag

bereits getrocknet vor ihr auf den Betonplatten. Sie war leer. Einfach leer. Sie konnte sich noch nicht einmal schmutzig und verletzt fühlen, obwohl sie das war – bis ins Mark und bis in den letzten Winkel ihrer Seele.
Die Leute machten einen Bogen um sie. Niemand fragte, ob er helfen könne. Ob alles in Ordnung sei. Warum sie hier mit einem kaputten Arm in einem dünnen Krankenhemd saß und sich vor und zurück wiegte. Spinnerin, Betrunkene. Nina wusste genau, was in den Köpfen der Leute vor sich ging.
Einfach in irgendeinen Zug einsteigen. Das war ihr Plan gewesen, als sie die Beine über den Rand des Krankenhausbettes geschoben, Rock und Stiefel angezogen hatte und zum Haupteingang hinausmarschiert war, als sei es das Selbstverständlichste auf der Welt. Die Nachtschwester hatte hinter der großen Glasscheibe ihres Dienstzimmers telefoniert und nichts gemerkt. Ob Nina gesucht wurde? Doch wozu? Von wem? Sie hatte weder etwas angestellt, noch war sie lebensgefährlich verletzt.
Sie erinnerte sich kaum, wie sie hierhergelaufen und auf die Bank gesunken war. Seither saß sie hier. Konnte nicht aufstehen, nichts denken, nichts fühlen.
Als ihr Handy klingelte, reagierte sie zunächst nicht. Erst als Ozzy Osbourne zum dritten Mal *Revolution in their minds* sang, dachte sie daran, wie sie in Markus Ohmers Sterbezimmer gesungen und geweint hatten, und sie hörte seine letzten Worte: »Passen Sie gut auf sich auf.«
Sie kramte das Handy aus der Tasche, und als sie sich dabei zur Seite drehte, zog der Schmerz erneut durch ihren Unterleib. Im Krankenhaus hatte der Arzt gesagt, das sei nur eine stressbedingte Verkrampfung und keinesfalls durch

einen Kollegen verursacht. Nina wusste es besser. »Hallo, hier Nina.«
»Frau Bach?«
Sie konnte die Stimme erst nicht einordnen, und als der Mann weiterredete, ging das Gespräch im Lärm der quietschenden Bremsen eines einfahrenden ICE unter. »Moment«, schrie sie, und der Luftzug blies ihr die Haare in die Augen. Als das weiße Ungetüm wieder abgefahren war, fragte sie: »Sind Sie noch dran?«
»Ja. Haben Sie mich vorhin verstanden?«
Es war Wenner! Sie suchen mich, dachte sie, und dass der Bulle längst gehört hatte, wo sie sich aufhielt. Scheiß drauf. Sie hatte nichts mehr zu verlieren. Sie verstand die Welt nicht, und die Welt verstand Nina nicht. Sie gehörte nicht zur Gesellschaft und lebte fernab von dem, was sie in Emil glaubte, wiedergefunden zu haben. Lassen Sie die Liebe nie wieder gehen, hatte Ohmer gesagt. Ha! Wenn es denn Liebe gewesen wäre. »Sorry, können Sie es wiederholen?«
»Frau Bach, ich war heute Nachmittag im Krankenhaus. Erinnern Sie sich, dass ich Sie dorthin gefahren habe?«
Sie murmelte ein Ja.
»Vorhin wollte ich mit Ihnen sprechen, aber die Stationsschwester sagte mir, dass Sie die Klinik heute Nacht verlassen haben.«
Sie blickte wortlos auf die Kotze und die dreckigen, plattgetretenen Kaugummis um sich herum.
»Aber zuerst möchte ich mich entschuldigen.«
»Warum?«
»Nach dem Überfall durch das … nun ja, Monster, da habe ich noch einmal die Spurensicherung in die Wohnung Ihrer Schwester geschickt.«

»In meine Wohnung.«
»Ja, natürlich.«
Wieder fuhr ein Zug ein, und sie mussten das Gespräch für einige Minuten unterbrechen.
Dann sagte Wenner: »Ich habe Ihnen unrecht getan. Ich dachte, Sie hätten all diese Sachen mit der Drohung auf dem Spiegel und mit dem Hasen erfunden.«
»Jeder denkt das. Mir scheißegal.«
»Sie haben es nicht erfunden.«
»Was?«
Wenner zögerte. Sie hörte ihn atmen und stellte sich vor, wie er in dem Büro mit der Ziegelsteinwand saß, die ziegelsteinfarbene Krawatte etwas zu eng um den dicken Hals gebunden und in dem quietschenden Bürostuhl zurückgelehnt. Dann sagte er: »Die Spurensicherung hat Fingerabdrücke und DNA an dem Messer gefunden, das der Hase im Maul hatte. Dieselben Spuren waren auf der Schere und dem Lippenstift, den Sie mir gebracht hatten.«
»DNA? So schnell? Professor Koswig hat mir mal erzählt, das dauere so lang, bis da …«
»Ich habe diesbezüglich diverse Möglichkeiten.«
»Und was heißt das?«
»Jemand bedroht Sie tatsächlich. Und wir müssen das mehr als ernst nehmen.«
»Wer?«
»Der Mann heißt Timo Reichel. Sie hatten ihn bereits verdächtigt.«
Timo. Also doch. Von wegen nur ein kleiner Erpresser. »Aber überfallen hat er mich nicht. Das war ein Monster, ich *weiß* es!« Sie schluchzte auf.
»Wir … sind da noch dran. Die Proben, die Professor

Koswig am Abend des Überfalls genommen hat, weisen keine Fremd-DNA auf. Es ist nur Ihre eigene und die von Reichel gefunden worden.« Wieder zögerte Wenner, bevor er sagte: »Kennen Sie Reichel?«
»Er hat sich als ein Freund Fraukes vorgestellt. Er war zweimal zu Besuch, als ich dort gewohnt habe. Er hatte einen Schlüssel zur Wohnung, aber ich habe das Schloss auswechseln lassen, weil die Tür aufgebrochen worden war. Jetzt kann er nicht mehr rein.«
»Gibt es irgendeinen Grund, weshalb er Ihnen das antut?«
»Keine Ahnung.«
»Wissen Sie, wo Reichel sich derzeit aufhält?«
»Er soll mich in Ruhe lassen!«
»Frau Bach, Sie sind am Bahnhof. Ist es der Hauptbahnhof?«
»Ja.«
»Bitte bleiben Sie einfach, wo Sie sind, ich schicke Ihnen eine Kollegin. Reichel ist vorbestraft.«
»Wegen was?«
»Wo genau sind Sie? Würde er Sie finden, wenn er zum Bahnhof käme?«
Erschrocken sah sie sich um. Ihr Herz pochte schneller, und die Übelkeit verstärkte sich. »Ich denke schon. Ich sitze am Bahnsteig unter der linken Kuppel. Fast am Ende des Daches. Gleis zwei.«
»Wir beeilen uns.«

# 51

*Alles ist nass. Es riecht nach Algen und Tang und Rinde, und von seinem regennassen Haar tropft es in seinen Nacken. Das Hemd, das er in den Müllcontainern gefunden und angezogen hat, weil seine eigenen Kleider zerrissen und steif vom Dreck waren, klebt kalt auf seiner Haut. Er hebt den Kopf. Saugt die Luft stoßweise ein. Sie ist kühl. Es wird Herbst. Im Sternenheim hat er immer die Beete mit Mulch abdecken müssen, damit die Rhododendren und Rosen nicht erfrieren. Mathilde hat ihn kontrolliert. Im Garten und überall. Er hat es nicht gemocht. Weder, wie sie ihn angefasst hat, als sei er ihr eigenes Kind, noch, wie sie zu seinem Zimmer geschlichen ist, wenn Besuch bei Skipper war.*

*Er stößt mit dem Fuß gegen etwas Hartes, hat sich nicht auf den Weg konzentriert. Jetzt ist er von dem verwaschenen hellgrauen Band – der Weg zum See – abgekommen. Er tastet nach dem harten Ding. Ein Rad. Er lässt beide Hände über das Rad nach oben gleiten. Die Fingerstümpfe seiner zerstörten Hand schmerzen bei jeder Berührung der kalten Metallrohre, die er ertastet. Dann glatte, saubere Flächen. Es sind Boote, die schon aus dem Wasser gezogen worden waren und hier auf den Sommer im nächsten Jahr warten.*

*Im nächsten Jahr würde es Skipper nicht mehr geben.*

*Es ist so lang her, dass er mit Frauke hier gewesen ist.*

*Skipper geht weiter, findet den Weg wieder und läuft, bis der Weg sich gabelt und nach links zum Steg führt. Am*

*Ende des Stegs kniet er sich hin. Das Holz ist glitschig, und als er die Hand nach unten streckt, fühlt er die scharfkantigen Häuschen der Seeschnecken, die sich dicht an dicht an den Bohlen festgesaugt haben. Wie winzige umgekippte Kanus sehen sie aus, das weiß er aus seiner Kindheit. Ihr Kiel ist scharf.*

*Wasser.*

*Skipper liebt Wasser. Heute wird es ihm helfen, zu sterben. Er legt sich auf den Bauch und spürt die Vibration der Wellen, die im selben Rhythmus wie vor Jahrzehnten gegen die Bohlen schlagen. Auf seinen Rücken prasselt der Regen. Im Frühjahr hat er Frauke genau hier von seiner Kindheit und den Ausflügen an den See erzählt, indem er ihre Hand genommen und ihren Zeigefinger wie einen Stift zum Zeichnen auf dem Steg benutzt hat. Manchmal hat er auch selbst gestikuliert und mit den Händen Boote und Wellen in die Luft gemalt. Frauke hatte ihn verstanden. Sie hat Skipper immer verstanden.*

*Und doch hatte sie einen anderen genommen.* Ihn! *Emil! Ausgerechnet! Er ist in ihrer Wohnung gewesen. Mehrmals!*

*Und ihn, den Skipper, hat Frauke verstoßen und zurückgewiesen. Ihn nicht mehr zu sich gelassen. Dabei wollte er doch nur bei ihr sein, Lilien und Nuss und Algen und auch ihre Scham riechen. Aber als er vor einigen Tagen bei ihr war und sich auf sie gelegt hat, fast verrückt vor Glück, sie nach so langer Zeit wiederzuhaben, hat sie geschrien! Immer weiter und weiter. Dumpf hat er ihre Angst bis in die tiefste Tiefe seines Herzens gefühlt, aber er hat es nicht verstanden. Sie ist auch so anders gewesen. Sie hat nach Wasserlilien geduftet, vor allem ihre Hände, mit denen sie ihn wegstoßen wollte. Aber sie ist runder gewesen, sie hat zugenommen, und ihre Haare waren struppiger, und die Haut war rauher. Bestimmt ging es ihr nicht gut! Sie hat sich aufgebäumt und ihn abgeworfen, und er hat alle Kraft zusammennehmen müssen, um sie niederzudrücken. Doch Frauke hat nicht aufgegeben, sondern noch lauter geschrien und dann nach ihm geschlagen! Irgendwann hat er verstanden. Sie liebte ihn nicht mehr. Sie wollte ihn nicht mehr. Und sie hat ihm auch keine Haut mehr geschenkt. Aber das war sowieso unwichtig geworden. Er braucht keine Haut mehr. Auch kein Auge, kein Ohr und keine Zunge.*

*Er streicht fest über die Schnecken, und einige Häuschen zerbrechen. Bestimmt knackt es da unter dem Wasser, und er ist froh, dass er nicht hören muss, wie er die Schnecken quält. Er zerquetscht Schnecke für Schnecke, und seine Fingerkuppen sind zerschnitten von den scharfen Kanten. Immer wieder steckt er den Finger ganz tief in den Mund, betupft den vernarbten Stumpf seiner Zunge mit der Mischung aus Blut und schleimigem Schneckensekret.*

*An seinem letzten glücklichen Tag mit Frauke haben sie Schiffe beobachtet. Frauke hat ihm erklärt, was sie sah. Sie hat es mit den Fingern auf seinen Rücken gemalt, der von der Sonne ganz warm war. Sie hat ihm an diesem Tag auch gesagt, dass er bald nicht mehr ins Sternenheim muss, wo alle stöhnen und sabbern. Ihr Mund war ganz nah an seinem gewesen, und er hat ihre Lippen gespürt, weich und zart. Seine Hand hat auf ihrem Bauch gelegen, und er hat alles verstanden. Sie hat gesagt, er darf bei ihr bleiben, für immer. Sie hat gelogen.*

*Warum?*

*Warum hat sie ihn verlassen?*

*Er hätte Frauke so gern einmal die* Scorpion *gezeigt. Aber sie ist nie im Sternenheim gewesen. Timo hat ihn morgens abgeholt, zu Frauke gebracht und am Abend wieder zurückgefahren. Jeden Tag. Nur nicht an den Wochenenden. Er hätte Frauke auch seine Schätze gezeigt, die jemand aus der* Scorpion *gestohlen hat. Sie hätte gesehen, wie gut er ihre Haut hütete.*

*Nachdem er verstanden hat, dass Frauke ihn nicht mehr liebt, ist er das Treppenhaus hinuntergestolpert. Alles war kalt. Der Handlauf, die Sohlen seiner Gummistiefel, Fraukes Herz. Er hat schreien wollen, hat fest gepresst, damit aus seiner Lunge ein Schrei kommt. Frauke, Frauke! Alle sollten es hören! Er hat gegen das Geländer geschlagen.* Kurz, kurz, lang, kurz. Kurz, lang, kurz … *Frauke. Doch in seinen Ohren hat es nur so geklungen, als tropften seine Tränen wie leise, höhnische Gluckser auf die Stufen.*

*Dann hat er das Haus verlassen. Für immer.*

*Er kann nicht mehr. Er hat so lang gekämpft. Vergebens.*

*Er drückt mit aller Kraft auf die letzten Schneckenhäuschen.*

*Jetzt ist er ganz ruhig.*

*Er schließt die Augen, und die grauen Schlieren und Flecke, die er sein Leben lang gesehen hat, versinken im Schwarz. Er spürt, wie zwischen den kalten Regentropfen warme Tränen aus seinem Auge hervorquellen. Nicht heulen, sagt er sich. Der Kapitän eines U-Bootes darf nicht weinen. Der Kommandant der* Scorpion *geht furchtlos in den Tod!*

*Er lässt sich über den Steg in das Wasser fallen.*

# 52

Die Zeit bestand aus kleinen Stücken. Fetzen. Hier ein heller Moment. Sekunden der Hoffnung. Dort die hohlen Stunden, in denen sie auf dem Stuhl oder dem Boden der Zelle saß, weder weinen noch schreien noch hoffen konnte. In ihrem Kopf schwebten dumpf die Bilder durcheinander: Die Arme der Uniformierten, die sie am Bahnhof packen, Emils hasserfüllter Blick, als er ihr das Metallding unten reinschiebt, die Fratze über ihr und der Moment, als das Monster sie ersticken will. Ohmers feuchtes Tuch. Der verschmierte Spiegel, Hase, das Messer, Frauke und Peter im Bett ineinander verschlungen. Der Hals ihrer Mutter, ganz schief von den vielen Halsketten und Klunkern.

Die Zeitstücke zogen wie Glühwürmchen vorüber, kurz und hell, dann verschwanden sie, und es bestand keine Verbindung zwischen ihnen.

Es gab keine Kontinuität mehr. Keine Tiefe. Nur noch Tabletten und Ärzte und das Wissen, dass sie gefangen war. Das graue Tor war aufgegangen. Wenners Leute hatten sie vom Bahnhof hierhergebracht. Sie hatte sich nicht gewehrt.

Die Gitterstäbe vor ihrem Fenster waren silbergrau und verschmolzen mit dem Himmel zu einer konturlosen Novembernacht. Die Nächte waren ein wenig besser als die Tage. Sie konnte den Mond beobachten und sich durch seine Phasen einigermaßen orientieren. Heute war er voll und stand wie ein zersplitterter weißer Teller über dem schwarzen Horizont. Die Bäume schwankten im Herbststurm und wischten mit ihren Wipfeln immer wieder über den Teller. Wenn sie das Fenster aufmachte, raschelte das Laub im Park, als liefe sie mit ihren langen Röcken frei durch die Welt. Sie hatten ihr alles weggenommen. Sie trug Baumwollhosen und ein weites Oberteil ohne Bündchen und Gummizug.

Die Tage hatten alle dasselbe Gesicht. Aufstehen, unter Aufsicht Tabletten nehmen, Frühstück, Gespräche mit einem Weißkittel, unter Aufsicht Tabletten nehmen, spazieren im eingezäunten Park, Mittagessen, Gruppengespräch, Abendbrot im Saal, unter Aufsicht Tabletten nehmen, zu Bett gehen.

Sie war wie ein gefangenes Tier. Der Wille gebrochen.

Als sie sich in den ersten Tagen mit einem Arm an den Stäben hochgezogen und voller Sehnsucht nach Freiheit ihr Gesicht gegen die kalten Gitterstäbe gepresst hatte, waren die Blätter der Parkbäume gelb gewesen und der Rasen saftig grün. Jetzt war alles braun. Nur selten schnitten noch Sonnenstrahlen durch das Grau. Wenn Wolkenfetzen über die Baumwipfel jagten, stellte Nina sich vor, dass sie ihre Flügel ausbreitete und mitflog.

Dabei schaffte sie es noch nicht einmal, aufrecht in dem kleinen weißen Raum auf und ab zu gehen. Ihre Füße schleiften über den Boden, so betäubt war sie von den Medikamenten und ihrer eigenen Gleichgültigkeit.

Sie beobachtete den Mond mit seinem Scherbenmuster, der langsam aus dem kleinen Sichtfeld ihres Zellenfensters wanderte.

Hätte sie nur ein paar Scherben. Oder ein Messer. Wie damals. Es war das Messer aus der Küche gewesen, mit dem

ihre Mutter das Fleisch geschnitten hatte. Viel zu groß, doch scharf. Damals hatte sie nicht nur ihr Handgelenk verletzt. Nein, sie hatte die Zeit zerteilt. In eine Vergangenheit ohne Zukunft und eine Zukunft ohne Vergangenheit. Jetzt verschwamm alles. Nina hatte kein Gefühl mehr dafür, was gestern war und was heute ist und wo sie morgen sein wollte. Alles, was sie ahnte, war, dass sie Emil noch immer liebte und ihn dennoch verachtete. Dass ihre traumlosen, bleiernen Nächte nie wieder enden würden.
Sie lehnte den Kopf gegen die gepolsterte Wand ihrer Zelle. Dämmerte vor sich hin, in diesen verhassten Zwischenräumen zwischen Bewusstsein und Phantasie, bis das erste Licht durch das Fenster fiel, bis sie blinzelte und den Pfleger mit der Tablettenbox neben sich stehen sah.
»Guten Morgen, Frau Bach.« Er war immer gut gelaunt. »Einmal bunter Cocktail und dann auf in den Frühstücksraum. Kaffee und Croissants. Danach reden Sie mit Doktor Köhler. Wilfried wird Ihnen helfen. Er ist ein Guter.«
Er reichte ihr ein Glas mit gelbem Saft und die Tabletten. Sie trank. Am liebsten würde sie nur trinken. Ihr Hals war immer trocken.
Noch lieber aber wollte sie sterben.

# 53

Der Schweiß lief ihm in Bächen über die Stirn.
Natürlich bezahlte er die Handwerker. Koswig schleppte trotzdem mit, trug einen Karton nach dem andern die verstaubte Treppe hinauf und im ersten Stock durch den mit Folie ausgelegten Flur. Der kleine Mann mit den hässlichen Bartstoppeln, der offenbar der Chef war, grinste.
Koswig interessierte das nicht. Er *musste* selbst Hand anlegen. Es war sein Wunsch. Seine Pflicht. Das, was er längst hätte tun sollen.
Er stellte einen Karton auf den neuen, trockenen Estrich des Badezimmers.
Die letzten Wochen hatte er das ganze Haus geputzt, säckeweise Müll hinausgetragen, Ninas Klamotten verbrannt und jeden grünen Fussel, den er irgendwo gefunden hatte, weggesaugt. Hinterher hatte er sogar die Staubsaugerbeutel getauscht, damit nichts von ihr in seinem Haus blieb. In der Küche hatte er den Korb mit der stinkenden, schon fast zerfließenden Honigmelone, die faulen Äpfel und Kiwis gepackt und auf einen großen Haufen im hinteren Eck des zugewucherten Gartens geworfen. *Fest!* Wie hatte er jemals in Erwägung ziehen können, ein Fest mit Nina und anderen feiern zu können? Sie hatte nichts von ihm verstanden! Nur gut, dass er nie jemanden eingeladen hatte, auch wenn er das behauptet hatte. Heilige und Hure, die er für ihr nacktes Leben liebte und hasste. Endlich war sie sicher! Vor Reichels Bedrohungen, vor ihren eigenen Hal-

luzinationen und vor ihm, Koswig. Oder eher umgekehrt: Er war vor ihr sicher.
Ninas DNA-Proben, die er bei dem Überfall durch das angebliche Monster genommen hatte, waren im nächsten Mülleimer gelandet. Samt allen Spuren von Sebastian und all den kaputten und kranken Typen, die einen Fick oder sonst was bei ihr gekauft hatten. Die Laborergebnisse waren genau so, wie Koswig es gewollt hatte: keinerlei Fremd-DNA. Nina war also ganz allein gewesen in der Wohnung, hatte niemanden gekratzt, um sich zu wehren, niemanden verletzt.
Koswig lächelte. Nur sich selbst natürlich. Alles andere war laut Befunden ausgeschlossen.
Er riss einen Karton auf. Die Wandfliesen waren von einem leuchtenden Blau, so intensiv wie das Meer vor Kreta. Er befühlte die glänzende Oberfläche.
»Griechische Manufaktur«, sagte der Kleine mit dem Stoppelbart und setzte sich auf die neue Eckbadewanne, die noch ohne Schürze zwischen den Backsteinwänden auf dem Estrich stand.
»Runter«, zischte Koswig.
»Schon gut, die ist stabil.« Er klopfte auf den Rand. »Bei dem Preis.« Er schüttete ein weißes Pulver in einen Eimer Wasser und rührte mit einer Kelle darin. »Wenn Sie dann rausgehen, können wir anfangen.«
Koswig ging nach unten, füllte den Wasserkocher, gab drei Messerspitzen grünen Tee in ein Tee-Ei, goss das abgekühlte Wasser auf, wartetet zwei Minuten und setzte sich an den Tisch.
Während seiner Putzaktion hatte er auch den letzten Amaretto und die fünf Flaschen *Montfort Pinot Brut* in

die Toilette geschüttet und die leeren Flaschen samt den achtzehn Sektflöten in einen Altglascontainer geworfen.
Er trank von dem Tee. Er war köstlich. Er erdete ihn. Gab ihm Kraft für das, was er seit Wochen täglich im Institut managte. Alles in Gedanken an seinen Bruder.
In den Jahren nach dem Brand war der leere Raum in Emil größer geworden. Die Fingerknochen sind ganz gut geheilt und schmerzen nur noch, wenn er die Finger zur Faust ballt.
Dann spürt er sich. Merkt, dass er noch lebt.
An manchen Tagen streift Emil umher und sucht etwas zu essen, denn die Suppe im Heim und die vielen Kinder, die durcheinanderreden und lachen, hält er nicht aus. Fast genau fünf Jahre nach Sebastians Tod streicht ihm in einer Kneipe, in der er öfter einmal ein paar Reste ergattert, eine Frau übers Haar und schiebt ihm ihren duftenden Teller voll Pommes frites hin. »Setz dich.«
Er verschlingt die köstlichen gelben Pommes und ein Steak und trinkt die Cola, die sie ihm bestellt.
Die Frau hat langes helles Haar und Sommersprossen und ist ungefähr so alt, wie seine Mutter es jetzt wäre. Seine Mutter ist jetzt schon fast drei Jahre tot. Die Frau unterhält sich mit einer Freundin, während Emil isst. Die Freundin ist nicht so hübsch und hat zerzaustes dunkles Haar, aber eine Stimme wie die Eisverkäuferin vom See. Sie sagt zu der blonden Frau: »Sebastian hat schon wieder den ganzen Tag in der Wanne gesessen. Ich konnte ihn nicht davon abbringen. Und er hat Bärenkräfte. Ich kriege ihn nicht aus der Wanne raus.«
»Armer Wicht«, erwidert die andere.
Emil hört auf zu kauen und starrt die Dunkelhaarige an.

»Was ist?« Die Blonde stupst ihn an. »Iss weiter, dir hängen ja Pommes aus dem Mund wie der Kuh die Grashalme.«
Die Frauen lachen.
Als sie gehen, folgt Emil ihnen. Sie steigen auf Fahrräder, winken ihm zum Abschied, und als sie von dem gekiesten Platz mit den Biertischen und roten Sonnenschirmen wegfahren, rennt er los, rennt und rennt, bis es ihn zerreißt und seine Lunge zu tausend Fetzen explodiert. Er sackt zusammen. Als er wieder aufschaut, blickt er eine Auffahrt entlang. Da macht sein Herz einen Sprung: Am Ende der Auffahrt steht ein riesiges Haus mit altrosa Fassade. Risse ziehen sich vom Dachfirst herab – und enden genau über zwei Fahrrädern, die neben einer bogenförmigen Eingangstür lehnen.
Von da an kommt Emil jeden Tag nach der Schule hierher. Die blonde Frau bringt ihm ein Sandwich heraus, und eines Tages fragt sie: »Hast du kein Zuhause?« Er erklärt, dass seine Mama tot und der Papa weggezogen sei. Da holt sie ihn herein. »Ich bin Mathilde«, sagt sie. »Wenn du niemanden hast, dann iss einfach mit uns zu Mittag. Ein Maul mehr oder weniger bekommen wir auch noch satt.«
Emil verhält sich ruhig und stellt kaum Fragen. Allerdings sieht er nie welche von den »anderen Mäulern«, die Mathilde erwähnt hat. Aber er hört seltsame Rufe und manchmal ein Stöhnen. Und einmal schreit jemand. Da endlich nimmt er allen Mut zusammen. »Wer wohnt hier noch? Was sind das für Geräusche?«
Mathilde lächelt. »Ich dachte schon, du willst das nie wissen.« Sie sitzen in der Küche an einem großen hölzernen Tisch und essen Suppe und warmes weißes Brot, daneben ist der Herd, der die halbe Küche einnimmt und auf dem

riesige Töpfe stehen. Der Boden sieht aus wie ein Schachbrett. »Hier wohnen Anna und Fred, Harald, Ulli und Sebastian. Sie sind … anders als wir. Sie brauchen Betreuung. Verstehst du?«

»Warum?«

»Anna, zum Beispiel, ist Autistin. Sie kann nicht so wie du und ich mit anderen reden und spielen. Sie lebt in einer eigenen Welt. Fred ist spastisch gelähmt. Er kann nicht gehen und nicht richtig greifen und hat Probleme beim Sprechen und Schlucken.«

»Und Sebastian?« Er sieht sie an. Ihre Augen sind riesig und grün.

Mathilde zögert. »Sebastian ist erst acht Jahre alt. Alle anderen sind schon fast erwachsen. Er hatte einen Unfall. Er ist fast verbrannt.«

»Ich will mit ihm spielen!« Emil legt den Suppenlöffel weg. Er ist ganz aufgeregt.

Mathilde streicht ihm über das Haar. »Ich glaube nicht, dass das gut für dich wäre.«

»Warum nicht?« Er springt auf. »Wenn er das einzige Kind ist, freut er sich bestimmt, wenn ich da bin.«

»Du bist ein guter Junge. Aber Sebastian spielt nicht. Er sitzt einfach da. Er sieht und hört nichts und kann nicht sprechen.«

Emil schluckt. Dann wird ihm schlecht. Er erbricht sich auf den Schachbrettboden. »Ich will aber mit ihm spielen«, würgt er hervor. Dann weint er und weint und weint und schaut auf Mathildes Rücken, die einen Eimer und einen Lappen holt, sich hinkniet und alles aufwischt.

Einige Wochen später nimmt sie Emil bei der Hand und geht mit ihm durch die große Halle. Vor Sebastians Zim-

mertür bleiben sie stehen. Sie streicht ihm übers Haar und schließt auf.
Bei der Erinnerung an den Moment, in dem er seinen Bruder wiedergesehen hatte, musste Koswig die Teetasse abstellen, so sehr zitterte er. Obwohl die Tasse schon halbleer war, verschüttete er den Tee auf den Unterteller. Über ihm im Bad klopfte und schabte es. Er stand auf, eilte die Treppe zu den Fliesenlegern nach oben und sagte dem Kleinen mit dem Stoppelbart, dass er am Abend zurück sei, dass aber das Kindermädchen mit seiner Tochter jeden Moment kommen müsse. Sie würde sich dann um einen Kaffee für die Handwerker kümmern.
Fünfundzwanzig Minuten später parkte er vor der Leichenanlieferung, schloss die schwere Metalltür auf, eilte an den Kühlfächern, den Obduktionssälen und dem Heizungsraum vorbei durch den Institutskeller. Bevor er die letzte Tür öffnete und durch den langen Gang weiterlief, nahm er einen frischen Eimer aus einem der Vorratsräume mit. Der Gang wurde nur von wenigen Baustellenleuchten erhellt. Dicke und dünne Rohre liefen an der Decke entlang, und es roch muffig. Am Ende lag die Kammer mit den Gewebeproben, die älter als fünf Jahre waren. Die neueren Proben wurden in einem Raum neben den Obduktionssälen gelagert. Hinter der Tür, vor der er nun stand, drängten sich auf deckenhohen Regalen die braunen Halblitergefäße aneinander. Gefüllt mit Formalin, schwammen darin mundgroße Stücke menschlicher Herzen und Gehirne, Leberscheibchen, Milz- und Nierenproben, Stücke von Därmen und Gebärmüttern und der eine oder andere komplette Blinddarm.
In den vierzehneinhalb Jahren, in denen Koswig hier

Facharzt war, war es erst ein Mal vorgekommen, dass alte Asservate benötigt wurden. Alle sechs Monate wurden diejenigen, die die Lagerzeit von fünf Jahren überschritten hatten, von der kleinen Kammer bei den Sälen hierhergebracht. Ansonsten verirrte sich nie jemand in diesen Bereich des Instituts.

Das Klopfen und Stöhnen hörte er, noch bevor er den Schlüssel in das Schloss stecken konnte. Jetzt wusste er, was er sehen würde, wenn die Tür aufging. Als Kind im Sternenheim hatte er selbst nach Mathildes Vorbereitung nicht einmal die Phantasie dazu aufgebracht.

Mathildes Schlüssel quietscht im Schloss von Sebastians Zimmertür. »Er sieht nicht schön aus«, sagt sie. Dann geht die Tür auf, voller Vorfreude läuft Emil sofort hinein – und bleibt entsetzt stehen. Seine Finger schmerzen, und nur das Faustballen hilft ihm, wieder zu sich zu finden und sich nicht umzudrehen und aus dem Heim zu rennen. In einer Ecke neben einem schmalen Metallbett sitzt eine Gestalt. Sie sieht aus wie eines der glitschigen Seeungeheuer aus Emils erstem Kinderbuch. Die Gestalt rührt sich nicht, und Emil hofft, es sei eine Puppe und Sebastian habe sich versteckt. Dann zucken die kurzen Finger, die aussehen wie zerknittertes rosa Seidenpapier. Der Unterarm ist dünn und dunkelrot und noch zerknitterter als die Finger. Auch das Gesicht ist rot, hat aber weiße Schlieren dazwischen, und Emil denkt an die Bilder von Mondkratern, die sie im Geografieunterricht angesehen haben. Zwischen den Kratern am Kopf sitzt ein Auge. Dort, wo das zweite sein soll, ist eine Delle, die wie Hunderte übereinandergelegter Spinnennetze aussieht und grüngrau schimmert. Das Lid am vorhandenen Auge sieht aus wie von einer unsichtbaren Hand hochgezogen, der trübe, bläuliche Augapfel ist zur Seite verdreht. Es gibt keine Wimpern und keine Augenbrauen. Haare hat das Seeungeheuer nur wenige, und die sitzen alle an einer handtellergroßen Stelle des Kopfes. Auch hat das Ungeheuer nur ein Ohr. An Stelle des zweiten klafft ein Loch von der Größe eines Bleistiftdurchmessers und mit einem dicken Hautwulst darum herum. Die Unterlippe ist geschwollen.

»Aber ich wollte zu Sebastian!«, ruft Emil, nachdem er eine kleine Ewigkeit auf das Ungeheuer gestarrt hat.

»Das ist Sebastian.« Mathilde geht in die Hocke und umarmt Emil ganz fest. »Glaubst du mir jetzt, dass er nicht spielen will?«

Emil schlingt seine Arme um Mathildes Nacken. Sebastian war tot! Tot, tot, tot! Das hat Emil immer gedacht, bis er Mathilde getroffen hat. Er hat nach dem Brand auch einen Polizisten, der mit ihm über den Vater und die Mutter reden wollte, nach Sebastian gefragt. Und später die Frau vom Jugendamt. Er hat sich gefragt, warum nie jemand Sebastian erwähnt hat. Aber die Erwachsenen haben nur gelächelt oder ihm die Hand auf den Kopf gelegt und gesagt: »Darüber reden wir, wenn du älter bist.« Jetzt versteht er. Sie haben sich nicht getraut, ihm zu sagen, dass Sebastian ein hässliches Seeungeheuer geworden ist.

Einige Tage später bittet er Mathilde, allein zu Sebastian gehen zu dürfen. Sie seufzt. »Ich weiß nicht, was du dir davon versprichst, aber wenn du meinst, dann geh.« Sie gibt ihm den Schlüssel.

Emil zieht den kleinen Kinderstuhl heran, der an einem niedrigen Tisch steht, und setzt sich nicht weit von Sebastians Ecke entfernt hin. Er versucht, sich das fröhliche

Lachen seines Bruders in Erinnerung zu rufen. Sebastian mit Eistüte in den kleinen Fingern. Sebastian mit Buntstiften. Sebastian brummend mit dem U-Boot. Es gelingt ihm nicht. »Sebastian«, flüstert er. Nichts passiert. »Sebastian!« Emil spricht lauter. Ruft. Schreit schließlich. Keine Reaktion.

So vergehen die Wochen. Schweigend oder sprechend, in der Hoffnung, Sebastian bemerke ihn doch, sitzt Emil auf dem kleinen Stuhl, Sebastian im Eck. Zweimal in der Woche kommt die dunkelhaarige Frau, die mit Mathilde in der Kneipe war, hebt Sebastian hoch und trägt ihn in den Waschraum. Dort badet sie den Jungen, und er gibt dabei das Brummen von sich, das Emil nur zu gut kennt. Das U-Boot! Sebastian braucht die *Scorpion*, denkt Emil. Aber nicht die halb verbrannte, verbeulte *Scorpion*. Sondern eine neue, schöne! Er muss wieder leben, ich muss ihm helfen! Ich muss Medizin studieren, sicher kann ich ihm helfen! Die Forschung geht doch voran!

So reift der Wunsch in ihm, Arzt zu werden. Für Sebastian. Als während des Medizinstudiums der Vater auf seinem Obduktionstisch landet, weiß er es noch besser: Er würde Rechtsmediziner werden.

Weil er es kann.

Weil er die nötige Distanz hat.

Und diverse Möglichkeiten.

Am nächsten Tag setzt sich Emil zu Sebastian in das Eck. Erst zögert er noch. Dann stupst er ihn mit dem Zeigefinger am Arm an. *Kurz, lang, lang, kurz, kurz, kurz, lang, kurz, kurz. E, M, I, L.*

Das Morsen hatten die Kinder immer am Küchentisch beim Mittagessen geübt. Die Mutter hatte darüber gelacht.

Sebastian, der unbedingt Kapitän werden wollte, hatte schnell gelernt.
Sebastians Atem geht schneller, er stößt Luft durch die vernarbte Nase aus. Emil stupst erneut. Es ist der Tag, an dem Sebastian beginnt, aus seinem Kokon der Einsamkeit zu schlüpfen. Mathilde ist außer sich, tanzt durch die Halle und singt, und nun empfängt sie Emil jeden Tag mit Schüsseln voller Schokoladeneis. Als Sebastian eines Tages zurückstupst und sie sich damit verständigen, wiederholt sie stundenlang: »Du bist ein Engel, Emil! Du bist ein Engel.«
Nach den Sommerferien bringt Emil das neue U-Boot mit. Es ist das gleiche Modell wie die verrußte, verbeulte *Scorpion*. Um das Geld zu verdienen, hat er sechs Wochen lang jeden Tag zehn Stunden Äpfel bei den umliegenden Bauern gepflückt. Im Sternenheim nennen sie Sebastian jetzt Skipper. Er und sein U-Boot sind unzertrennlich.
Jetzt wurde Sebastians Klopfen in der Gewebeprobenkammer lauter. Koswig öffnete die Tür. Da stand er, der Skipper, im flackernden Licht der Neonröhre. Breitbeinig und stark. So groß wie Koswig und mindestens fünfzehn Kilo schwerer. Er blubberte vor sich hin. Dicke Spinnweben hingen von der Decke. Es stank erbärmlich nach Exkrementen. Dann schlug Skipper gegen den Türrahmen. *Kurz, kurz, lang, kurz. Kurz, lang, kurz.* Immer schneller. *Kurz. Frauke.* Dabei lief sein Gesicht, dessen Narben im Lauf der Jahre von einem Tiefrot zu einem Hellrosa geworden waren, dunkel an.
Frauke, Frauke! Koswigs Hand ballte sich zur Faust! Immer nur Frauke!
Er schob sich an Sebastian vorbei und hob den Eimer mit

dessen Urin und Kot vom Boden hoch. Sebastian hatte den Deckel nicht daraufgesetzt. Koswig stellte den frischen Eimer hin. »Warum hast du das getan? Warum hast du Nina überfallen? Verdammter Idiot! Jetzt musst du hier in dieser Scheiße ausharren! Ich kann dich nicht rauslassen, bis alles fertig ist! Was, wenn die Polizei dich aufgreift?«

*Kurz, kurz, lang, kurz. Kurz, lang, kurz ...*

»Hör auf!«

Sebastian brummte. Dann schlug er Emil hart ins Gesicht.

»Hör auf!« Emils Stimme überschlug sich beinahe, seine Wange schmerzte.

*Frauke*, hieb Sebastian mit der Faust auf Emil ein. Der packte seinen Unterarm und hielt ihn fest. *Frauke, Frauke!* Jetzt waren andere Dinge wichtig! *Auge*, tippte Koswig grob auf Sebastians Arm. Dann: *Haut. Ohr.*

*Gestohlen*, boxte Sebastian zurück.

*Deine Schätze sind bei mir. Auch das Ohr.*

Sebastian gluckste. *Gerettet?*

*Ja, gerettet.*

*Zunge*, morste Sebastian.

*Ich habe keine Zunge.*

*Zunge!*

Koswig schluckte. *Ich versuche es. Versprochen.*

*Frauke, Frauke!*

»Hör endlich auf!«

Sebastian zuckte zusammen und wimmerte.

Da klingelte Koswigs Handy. Irritiert zog er das Mobiltelefon aus seiner Hosentasche. Er hätte nicht gedacht, dass er hier unten Empfang hatte.

Sebastian wimmerte.

Koswig zog ihn mit einem Arm an sich und hielt ihn fest. Das Handy in der freien Hand, nahm er das Gespräch an.

»Ja?«

»Ich wollte mich nach Nina erkundigen.«

»Wer will das?« Die Nummer war unterdrückt gewesen.

»Ein Geschäftspartner.«

Sebastian presste sein Gesicht an Koswigs Schulter. Koswig strich über seinen Rücken, auch er war vernarbt und fühlte sich an, als habe er harte Schnüre und Kügelchen unter der Haut. »Reichel!«

»Volltreffer, Herr Direktor.«

»Unser Geschäftsverhältnis ist beendet.«

»Nicht, dass ich wüsste.«

»Die Polizei sucht Sie. Sie haben Nina bedroht und sind seither verschwunden.«

»Tatsächlich.« Reichel lachte.

»Ihre DNA wurde an dem Hasen, dem Messer und dem Lippenstift gefunden, mit dem Sie auf dem Spiegel herumgeschmiert haben.«

»Sie arbeiten wegen *mir* mit der Polizei zusammen?« Reichel lachte schallend. Abrupt hörte er auf damit. »Wo ist Nina?«

»Haben Sie sie noch nicht genug gequält?«

Sebastian wand sich aus Koswigs Arm und brummte ungeduldig.

»Darin bin nicht *ich* der Meister. Nina ist hoffentlich in Sicherheit und liegt nicht mit irgendwelchen fehlenden Körperteilen in Ihrem Kühlfach.«

»Mit Ihrer kranken Phantasie könnten Sie Nina glatt Gesellschaft leisten.«

»Gern. Wenn Sie mir sagen, wo?«

»Lesen Sie keine Zeitung? Obdachlose behauptet, von einem Monster überfallen worden zu sein?«
Einige Sekunden war nur ein leises Rauschen in der Leitung zu hören. Dann sagte Reichel: »Nina ist wieder durchgedreht? Wollen Sie das damit sagen?«
»Exakt. Und sie ist in den besten Händen.«
»Sie haben sie in die Klapse gesteckt!«
»Kollege Köhler kümmert sich persönlich um sie.«
»Sie sind so erbärmlich, Koswig!«
Er zog einen Mundwinkel nach oben. Jetzt hatte er Reichel. Der kleine Scheißer war einfach zu emotional. Kein Profi wie Koswig selbst.
Sebastian wiegte seinen Oberkörper vor und zurück.
»Nina ist suizidgefährdet, Reichel. Sie hat es schon einmal versucht. Wussten Sie das nicht? Angeblich war Frauke daran schuld. Und jetzt denkt sie, dass alle anderen Selbstmörderinnen von *Ihnen* getötet wurden. Erkennen Sie das Schema nicht?«
»Schema? Ist Nina bei dem Überfall verletzt worden?«
»Sie hat sich selbst verletzt. Es gab keinen Überfall. Ich habe sie untersucht, nachdem die Polizei mich zum Tatort gerufen hatte.«
Sebastian stieß einen hohlen Laut aus. Sofort zog Koswig ihn wieder an sich.
»Warum haben Sie Nina bedroht, Reichel?«
»Weil ich böse bin.« Er lachte hämisch. »Nichts weiter. Kein frustrierter Frauenheld und kein infamer Leichenschänder wie Sie und erst recht kein karrieregeiler Egozentriker, der sich jahrelang ins OP-Hemd pisst vor Angst, nicht Direktor zu werden.«
Sebastian zuckte.

»Apropos Direktor«, fuhr Reichel fort. »Das käme ja angesichts Ihres Aufstiegs nun wirklich nicht gut mit Ihren nächtlichen ... Aktionen, nicht wahr? Die nächste Rate ist fällig. Und dieses Mal pünktlich! Stellen Sie sich nur vor, wenn die Polizei mich kriegt und den Film bei mir findet.«

Koswigs Hand lag auf Sebastians Kopf, strich viel zu fest über das wenige dünne Haar, das in dem schwachen Licht fettig glänzte. Er sah seinen Bruder an. Blickte in die Kammer mit den braunen Flaschen. Auf den Eimer mit den Exkrementen. Auge, Haut, Ohr. Und eine Zunge. Sebastians Existenz war unwürdig, erst recht hier unten. Zeit, das alles zu beenden. »Okay. Aber danach ist Schluss. Endgültig. Haben wir uns verstanden?«

»Zehntausend.«

»Fünf.«

Pause. »Siebeneinhalb. Wann?«

»Morgen. Dreiundzwanzig Uhr im Institut. Vor dem Kühlraum.« Koswig drückte so fest auf das rote Hörersymbol, dass das Handydisplay knackte.

*Frauke*, tippte Sebastian.

*Frauke ist tot.* Fast prügelte er auf Sebastian ein.

Sein Bruder stand wie auf Knopfdruck still. Dann zitterte er. Aus seinem deformierten Auge liefen Tränen. Er sackte zusammen, und der langgezogene, krampfartige Laut, der aus Sebastians Kehle drang und die Kammer durchströmte wie waberndes Gift, ließ Koswig würgen.

*Aber du lebst*, klopfte er auf Sebastians Rücken. *Ich habe dich aus diesem verdammten Feuer und aus diesem verfluchten See gezerrt. Jetzt tust du endlich einmal etwas für mich und hörst mit dem verfluchten Theater auf! Wir ma-*

*chen alles so, wie wir es besprochen haben. Ich besorge alles, was du noch brauchst.*

Koswig schlug die Tür zu der Kammer zu und lehnte sich von außen dagegen. Hinter ihm wimmerte Sebastian. Er konnte die Erinnerung nicht mehr ausblenden. Den Tag vor dem Brand, der dem kleinen Emil die Liebesfähigkeit und die Seele geraubt hatte. Die ihn in den Augen anderer unberechenbar gemacht hatte. Gewissenlos. Kalt.

Sie sind den ganzen Nachmittag am See gewesen, und jetzt malt Sebastian am Küchentisch mit Filzstiften bunte Striche und Kreise auf Emils Gips. Sie lachen. Die Hand, die der Vater zerquetscht hat, tut kaum noch weh. Die Mutter kocht Kartoffelpüree mit Steinpilzsoße, und als sie fertig ist, legen die Jungen die Stifte weg, schaufeln sich Püree auf die Teller und drücken mit den Esslöffeln tiefe Löcher hinein, damit die Soße wie ein See in einem Krater liegt. Nebenher üben sie morsen. Sebastian kann bereits vier Buchstaben. Mit dem Löffel klopft er auf den Tellerrand. *E, M, I* und *L. Kurz, lang lang, kurz, kurz, kurz, lang, kurz, kurz.*

Später spielen sie im Badezimmer. Die Mutter hat eine Plastiktüte über Emils Hand gestülpt und festgeklebt und die Jungs auf die Haarschöpfe geküsst. Es hat gekitzelt, und sie sind Richtung Treppe gelaufen. »Aber nur, bis der Papa von der Arbeit kommt«, hat die Mutter noch gerufen. »Er soll sich nicht wieder über uns ärgern müssen.«

Emil lässt das Wasser in die Badewanne einlaufen, und Sebastian geht in sein Zimmer und holt das U-Boot. Er hält es im Arm wie ein Schmusetier. Sie spielen Kapitän und Leutnant. Sebastian sitzt in der Wanne und schiebt das Boot hin und her. Er ist der Kommandant.

Dann steht der Vater in der Tür. Sie haben ihn nicht gehört. »Habbich das nich' verboten!« Er stinkt nach Alkohol.

Für den Bruchteil einer Sekunde ist es ganz still, nur das leise Plätschern des Wassers, das an den schwarzen Bootsbauch schwappt, ist zu hören. Dann schlägt der Vater zu. Brutal wie noch nie. Emil ist zuerst dran. Als er mit ihm fertig ist, schwankt der Vater zur Badewanne. Sebastian hebt das U-Boot hoch wie ein Schutzschild. Doch es hilft ihm nicht. Als Sebastian irgendwann still ist, zieht der Vater seinen nackten Körper an den Haaren aus der Badewanne und schüttelt ihn. »Sag guten Abend, lieber Vater«, schreit der Vater Sebastian an. Doch der reagiert nicht mehr. »Sag es!« Der Vater schleudert Sebastian zu Boden. Emil hört ein Wimmern und begreift, dass er das selbst ist. Aus seinem Mund läuft etwas Bräunliches auf den Boden, bestimmt die Soße, und wird eins mit den braunen Schlierenmustern der Fliesen. Da sieht er den Tiger und hört ein leises Stöhnen. Sebastian lebt! Er zieht sich mit der gesunden Hand an der Tür hoch, rutscht aber in dem Erbrochenen aus.

Im selben Moment explodiert sein Bauch, und er sieht den großen dunklen Schuh des Vaters vor seinem Unterleib. Der Vater tritt zu. Noch einmal. Und wieder. Und wieder.

Als Emil zu sich kommt, riecht es so intensiv nach Blut, dass das ganze Badezimmer voll sein muss. Dann hört er das Klicken und riecht den Zigarettenrauch. Er öffnet die Augen. Direkt vor ihm liegen rote Brocken. Er krümmt sich noch mehr. Es sind Stücke von Sebastians Zunge, und aus Sebastians Mund fließt ein nicht enden wollender

Blutstrom. Eines seiner Augen quillt aus der Höhle und hängt blutig an ein paar Sehnen.
»Sag guten Abend, lieber Vater!« Dem Vater hängt die Zigarette im Mundwinkel, als er sich schwankend herabbeugt. Er reißt die Handtücher von den Haken und wirft sie auf Sebastian, rollt eine Rolle Klopapier ab, legt es auf das leblose Bündel und zündet es an.
Da stürzt die Mutter ins Bad, sie schreit und schreit und schreit und greift nach Emils Gipshand, zerrt den Jungen über den Boden. Emil reißt sich von der Mutter los, rappelt sich auf, macht ein paar Schritte auf Sebastian zu. Doch die Flammen sind schon zu groß, züngeln um den Bruder herum, lecken an den Vorhängen bis an die Zimmerdecke hinauf. Die Mutter hört nicht auf zu schreien, und als Emil sich umdreht, prügelt der Vater sie aus dem Bad, er sieht sie von hinten in ihrem knielangen Rock und der blauen Bluse mit den weißen Tupfen Richtung Treppe schwanken. »Hilfe«, brüllt sie, »warum hilft mir denn niemand, meine Kinder, meine Kinder!« Die Haare sind hochgesteckt. Der Vater läuft ihr lallend hinterher, schlägt weiter auf sie ein.
Emil dreht das Wasser im Waschbecken auf, schaufelt mit den Händen und den Zahnputzbechern Wasser auf das brennende Bündel, doch die Flammen werden dichter, und der Qualm brennt in seinen Augen, er sieht kaum noch etwas. Es knistert und knackt, Emil hustet, und plötzlich fasst er Mut und packt den brennenden Haufen und wirft ihn in die Badewanne. Es zischt, der Qualm wird noch dichter. Bei dem Gestank nach verbranntem Fleisch übergibt Emil sich erneut. Er hebt das Bündel wieder aus der Badewanne und reißt das Fenster auf. Unten

läuft seine Mutter über den Hof, sie ruft um Hilfe, stolpert und fällt und läuft zwischen hohem Gras weiter auf den Feldweg, während hinter Emil die Flammen höherschlagen. In der Ferne ist die Polizeisirene zu hören.

Dann sind da nur noch zuckendes Blaulicht, Männer in dicken grauen Anzügen und mit Helmen, mit Schläuchen und einer Trage, auf die sie Sebastian samt den schwarzen, triefenden Fetzen legen und wegbringen. Eine fremde Frau legt den Arm um Emil und führt ihn zu einem Krankenwagen. Jemand gibt ihm eine Tablette und ein Glas Wasser, wischt mit feuchten Tüchern über sein Gesicht und schickt ihn dann zum Vater, der weinend neben dem Haus zwischen den Blumenbeeten sitzt. Noch im Morgengrauen nehmen zwei Polizisten den Vater mit, nachdem sie lang mit der Mutter allein im Wohnzimmer gewesen waren.

Koswig löste sich von der Tür der Gewebeprobenkammer. Sebastian heulte noch immer. Sie würden büßen. Alle, die ihm Böses wollten. Alle, die sich Sebastian oder ihm in den Weg stellten.

Er, Professor Emil Koswig, war der Herr über den Tod.

Timo stand hinter dem Kiosk neben dem Plattenbau und grinste. Er schob das gestohlene Handy in die Tasche der ebenfalls geklauten Lederjacke. Eigentlich befasste er sich nicht mehr mit Kleinkram wie Diebstahl. Doch er konnte nicht in seine Wohnung drei Hochhäuser weiter. Er hatte Wenner, der ihn schon einmal festgenommen hatte, gleich bemerkt, als dieser vor kurzem unten bei den Fahrradständern herumlungerte und dann zwei Uniformierte Richtung Eingang geschickt hatte. Timo war über die Brandlei-

ter geflohen. Sie hatten das mit dem Hasen und dem Spiegel herausgefunden, so viel war klar.
Jetzt war er beruhigt. Seine Verkleidung hatte noch besser funktioniert als gehofft. Der dick gepolsterte Overall und die hässliche graue Maske verhinderten tatsächlich, dass er Spuren hinterließ. Nicht einmal der großkotzige Koswig hatte was gefunden. Und Nina hatte ihn für ein Monster gehalten. Sie hatte wirklich Phantasie! Aber egal. Jetzt wusste er endlich, wo sie war. Und er wusste auch, dass Skipper bei Koswig war. Nur er gab dieses gurgelnde Brummen von sich. Timo hatte es sofort erkannt. Koswig und Skipper! Jetzt passte alles.
»Tschakka«, sagte Timo laut und schlenderte über den Betonplatz zwischen den trostlosen Bauten. Jetzt würde er seinen Job zu Ende bringen.

# 54

Der Nebel war jetzt überall. Draußen, in ihrem Zimmer, in ihrem Innern. Jenseits der Gitter trug der Wind einzelne Blätter durch die Luft. Das Fenster öffnete sie nur noch selten.

Doktor Köhler arbeitete jeden Tag mit ihr. Er gab sich Mühe. Mit seinem kurzen, graumelierten Haar und seiner breiten Nase erinnerte der Psychiater sie an einen Koalabären – doch sah sie nichts als einen Feind in ihm. Einen, der sie gefangen hielt.

Sie hatte aufgegeben. Resigniert. Keine Zigaretten seit Monaten. Kein Alkohol. Auch das Handy hatten sie ihr weggenommen. Es gab nicht einmal mehr die kleinen Zeitstückchen, die sie irgendwann vielleicht wieder hätte zusammenfügen können.

Nina lag auf dem Bett und starrte auf das filigrane Muster an der weißen Zellendecke. Es kam vom durchbrochenen Stoffschirm der Nachttischlampe, die seit gestern durchgehend brannte.

Gestern nämlich hatte ihr Doktor Köhler erklärt, weshalb sie hier war. Emil war es gewesen. *Er* hatte sie einweisen lassen. Emil und Kommissar Wenner.

»Er ist ein Widerling!«, hatte sie dem Psychiater ins Gesicht geschrien. »Er hat mich gequält und misshandelt. Er hat mich betrogen! Warum hat er …« Ihre Stimme hatte versagt.

»Er hat Sie nicht gequält, Nina. Der Kollege hat Sie in Anwesenheit mehrerer Polizisten untersucht und festgestellt, dass Sie sich die Verletzungen selbst zugefügt haben. Sie haben auch immer wieder von einem Monster geredet.«

»Aber wenn es so war!«

»Es gibt in der Realität keine Monster, Nina. Aber es gibt sie in unserer, nun ja, etwas durcheinandergeratenen Wahrnehmung.«

Nina war tiefer in den Sessel in seinem Sprechzimmer gesunken. »Sie glauben, ich bin verrückt«, hatte sie geflüstert. »Einmal Psychiatriekandidatin, immer Psychiatriekandidatin.«

»Das wird schon wieder. Seien Sie zuversichtlich.« Er hatte gelächelt. »Sie haben morgen Geburtstag. Wünschen Sie sich etwas von uns?«

»Freiheit«, hatte sie gesagt und gedacht: den Cocktail, den Markus Ohmer hatte trinken dürfen.

Eine dicke schwarze Fliege flog brummend an der Zellendecke entlang.

Timo hatte sie bedroht. Ein Monster hatte sie fast getötet. Emil hatte sie gequält und einweisen lassen. Köhler stopfte sie mit Medikamenten und idiotischen Sprüchen voll.

Die Fliege blieb am Rand des gemusterten Schattens sitzen. Rieb zwei Beinchen aneinander. Krabbelte weiter.

Als sie schon fast eingeschlafen war, hörte Nina das vertraute Schlüsselklappern, und die Zellentür ging auf. Sie wandte den Kopf Richtung Tür. Verschwommen sah sie den Pfleger mit der Medikamentenbox. Sie schloss die Augen. Hatte keine Lust mehr auf Pillen. »Alles Gute zum Geburtstag, Nina.«

Sie riss die Augen auf.

»Wir machen einen kleinen Ausflug.« Timo grinste.

# 55

*Er sitzt reglos in der Ecke auf dem nackten Betonboden. So, wie er Woche für Woche, Nacht für Nacht und später auch Tag für Tag auf dem Steinboden in Fraukes Treppenhaus unter den Stufen im Eck gesessen hat. Die Regalbretter drücken in seinen Rücken. Emil hat das Licht ausgemacht, und es ist tiefschwarz um ihn. Kein Dunkelgrau oder Hellgrau dringt durch sein immer etwas offenes Auge. Im Arm hält er das U-Boot.*

*Emil hat es ihm heute früh gebracht. Er hat gesagt, alles werde gut. Aber er hat gelogen. Das Boot ist nämlich nicht seine* Scorpion! *Der Schließmechanismus der Luke funktioniert einwandfrei, und die Kante an der Luke ist nicht so scharf wie bei der echten* Scorpion. *Ein Skipper lässt sich nicht so leicht täuschen! Emil behauptet auch, dass Frauke tot sei. Das sagt er nur, weil er sie jetzt ganz allein für sich haben will.*

*Er schlägt das U-Boot auf den Boden.*

*Es hat viele Dellen, das kann er spüren, und die Oberfläche fühlt sich an wie Staub, den jemand mit dickflüssigem Öl festgeklebt hat. Wenn er an dem Boot riecht, riecht er kein Sternenheim und keine Reste vom Duft der Haut. Er riecht Feuer. Asche. Ruß. Dann muss er schneller atmen. Er glaubt, dass sein Arm wieder brennt und sein Ohr auch und dass der Vater ihm die Zunge aus dem Mund schneidet.*

*Skipper schlägt den Hinterkopf gegen das Regal.*

*Vor sich sieht er das, was er in seinem Leben als Letztes gesehen hat: die riesigen Hände, die mit der Rasierklinge auf ihn zukamen, im Hintergrund Emil, der zusammengekrümmt auf dem Badezimmerboden lag und weinte. Dabei hatte Sebastian doch Emils Gips so schön bemalt, damit er sich freuen sollte. So bunt! Dann barsten Sebastians Kiefergelenke, und die Klinge durchtrennte einen Teil seiner Zunge, fuhr erneut durch sie hindurch, noch einmal, immer wieder. Er würgte, spuckte und erbrach, um nicht zu ersticken.*

*Wieder schlägt er seinen Kopf gegen das Regal. Er hustet auch jetzt, würgt bei dieser Erinnerung, würgt und würgt und schlägt um sich, weg, Vater, weg, lass mich, bitte, bitte, er wirft den Kopf hin und her, fleht und weint und schlägt um sich, seine Fäuste krachen gegen die Regale. Er kommt mühsam auf die Beine und taumelt wie von Sinnen umher, stößt überall an. Da trommelt etwas auf seinen Rücken, und er begreift, dass all die runden Plastikbehälter herausfallen. Er versucht, sie aufzufangen, will sie halten, kniet sich hin und robbt auf dem Boden umher. Er tastet nach ihnen, und plötzlich wird seine Hand nass, und er hält kleine glitschige Stücke zwischen den Fingern. Die Behälter sind aufgeplatzt!*

*Er atmet schneller. Es riecht hier genau so, wie es in seinen Gläsern gerochen hat! Es ist die böse Flüssigkeit, die auch den Geruch von Alexandras Auge und den Duft von Fraukes Haut kaputt gemacht hat. Bestimmt hat Emil auch das Ohr in diese Flüssigkeit gelegt, und es riecht jetzt nicht mehr nach Mathilde. Er dreht eines der glitschigen Stücke in seiner Hand. Riecht daran. Greift nach einem zweiten fleischigen Stück. Es sind die Stücke seiner Zunge! Ganz bestimmt!*

*Aber so kann Emil sie nicht einsetzen! Er muss sie erst wie-*

*der zusammennähen! Skipper versteht nicht. Wo ist Emil überhaupt? Warum war er seit Stunden nicht mehr hier? Sie haben ihn verlassen! Alle! Die Mutter und Alexandra und Frauke und Emil. Auch Emil! Warum hat er ihn überhaupt aus dem See gezogen? Warum? Warum? Warum hat er ihn nicht sterben lassen? Er hasst Emil.*
*Emil hat gesagt, er sei beschäftigt, und Skipper solle so lange mit der* Scorpion *spielen. Er hat behauptet, er müsse etwas vorbereiten und brauche Skippers Schätze dafür. Aber warum ist dann die Zunge hier?*
*Skipper schlägt mit seinen Fäusten auf den Boden, zerquetscht ein paar der glitschigen Stücke, benutzt dazu seine Fingerstummel, bis sie so weh tun, als seien sie frisch verbrannt.*
*Emil muss ihn gesund machen! Er hat es versprochen! Er hat versprochen, dass er ihn operiert!*
*Wenn Emil ihn operiert hat, wird der Skipper sich Frauke zurückholen. Dann kann er wieder sehen und hören und sprechen und sie mit zwei Händen überall anfassen. Viel liebevoller als Emil.*
*Bis zu der Operation muss er brav bleiben und so tun, als sei alles gut zwischen Emil und ihm.*
*Er legt ein Stück seiner Zunge an seine Lippe. Doch es riecht nicht nach Skipper. Auch nicht nach einem anderen Menschen. Nur nach dieser Flüssigkeit. Er wirft es zu Boden. Wälzt sich darin auf dem nassen Beton, voller Verzweiflung.*
*Skipper will schreien und weinen, er will leben und tot sein. Da sieht er dunkles Grau um sich. Ein Schatten ist über ihm.*
*Dann nimmt Emil Skippers Hand.*

# 56

Nina presste sich an die Beifahrertür des Krankenwagens, die Timo verriegelt hatte. Sie zitterte vor Angst und Kälte, und ihre Schulter schlug bei jeder Erschütterung, die der Wagen von der schlecht asphaltierten Straße übertrug, hart gegen die Scheibe. Sie bemühte sich, draußen im Dunkel etwas zu erkennen. Doch alles war wie schwarzer Nebel, ihr Kopf wie ein vollgesogener Wattebausch. Sie drehte sich vorsichtig Richtung Fahrersitz.

Timo starrte in die Finsternis hinaus. Seine Hände ragten aus den etwas zu langen Ärmeln des weißen Kittels und lagen fest auf dem Lenkrad. Sie waren schmal und gepflegt. Passten nicht zu dem, was er getan hatte.

Seit er sie aus ihrer Zelle durch den Klinikflur geführt und ihr vorher zugeflüstert hatte, dass sie auf der Stelle sterben würde, wenn sie auch nur den Versuch unternehme, jemandem ein Zeichen zu geben, hatten sie kein Wort gewechselt. Das Skalpell, das er vor ihren Augen hin und her gedreht und dann in seinen Ärmel geschoben hatte, hatte Nina bestätigt, was sie ohnehin vermutete und was Wenner ihr später bestätigt hatte: Timo war nicht nur ein Erpresser, sondern auch ein Mörder. Sie verstand zwar nicht, was ihn antrieb und weshalb er noch immer nicht gefasst worden war, aber das war nicht mehr wichtig. *Du wirst die Nächste sein.* In der Ferne sah sie die Lichter einer Stadt, winzig und dicht gedrängt.

Der Krankenwagen rumpelte stärker und wurde langsamer. Es roch nach Chemikalien und Plastik, ähnlich wie in dem Raum der Psychiatrie, in dem die Gruppensitzungen stattfanden.

Sie versuchte, die Augen ganz zu öffnen und klar zu denken. Die toten Frauen. Emil, der von Timo erpresst wurde. Emil, der Nina belogen, betrogen und zum Schluss wie ein Stück Dreck behandelt hatte. Und jetzt entführte Timo sie aus der Psychiatrie, in die Emil sie gesteckt hatte. Das alles ergab keinen Sinn. Timos Gesicht lag im Schatten, sie konnte seine Miene nicht erkennen. »Hat Emil dich geschickt?«, brachte sie schließlich hervor. Ihre Stimme klang belegt und rauh.

Er lachte auf. »Sozusagen.«

»Was habt ihr vor?« Die Angst kroch kühl in ihre Brust.

Timo schnaufte. »Was Koswig vorhat, weiß ich nicht. Ich will nur deine Sicherheit.«

»Du ... du hast mich bedroht! Du warst das mit dem nassen Lappen an der Tür und mit dem Geschmiere im Bad und mit Hase und, und ...«

Er wandte sich ihr kurz zu, und für eine Sekunde glaubte sie, einen Geist neben sich zu haben. Einen Geist mit schmalen Augen und wirrem, zu langem Haar. »Bist du selbst darauf gekommen?«

»Die Polizei hat deine Spuren gefunden. Du bist ein Mörder.«

»Sie suchen mich seit Wochen. Dummerweise am falschen Ort.«

»Warum, Timo?« Die Angst breitete sich von ihrer Brust bis in den Unterleib und die Kehle aus und kroch weiter in ihren Kopf. Wenigstens verdrängte sie Ninas Benommenheit. »Und warum das mit den Körperteilen? *Warum?* Was machst du damit?«

Timo drosselte das Tempo, und als ein Wald in Sichtweite kam, bog er auf einen Feldweg ab. Dann hielt er an, schaltete das Licht aus und stellte den Motor ab. Finsternis hüllte sie ein. Nina ahnte Wiesen und Felder, abgeerntete Äcker und Getreidestoppeln. Nur die Wipfel der Bäume konnte sie als schmale Kontur ausmachen.
Timo atmete laut. »Du willst wissen, warum?«
Sie nickte, doch im Dunkeln sah er sie nicht. Dennoch sprach er weiter: »Warum hast du die Stadt nicht verlassen, als noch Zeit dazu war?«
Sobald er weiterfährt, dachte sie, springe ich aus dem Auto und renne in den Wald. Irgendwann komme ich in einen Ort und kann die Polizei anrufen. »Wirst du mich töten, nur weil ich noch in der Stadt bin?« Sie suchte mit der rechten Hand an der Türinnenseite nach dem Türöffner. Irgendein Hebel musste doch da sein! Ihr Arm schmerzte noch immer, doch sie konnte ihn gut bewegen. »Was für ein Körperteil wirst du mir abschneiden?«
»Was glaubst du denn? Hase hatte ein Messer im Maul.«
Sie ertastete etwas Glattes, Waagrechtes. Schloss die Finger darum. »Meine Lippen? Meine Zunge?« Sie riss mit aller Kraft den Hebel zu sich und sah schon die Tür aufspringen, doch nichts als ein hohles Klacken erklang.
»Ich will dich nicht noch mal suchen müssen«, sagte Timo. »Kindersicherung.«
Tränen schossen ihr in die Augen. »Was machst du mit den Körperteilen?«
»Nina« – Timos Stimme klang jetzt weicher und tiefer –, »du glaubst doch nicht wirklich, dass *ich* mit Organen …«
»Aber die Polizei …«
»Wenner ist ein Idiot! Er übersieht das Offensichtliche.«

Sie versuchte, die Tränen zurückzuhalten. Es gelang ihr nicht.

»Nina, ich war das mit dem nassen Lappen und dem Spiegel und dem Hasen, ja. Weil ich dir Angst einjagen und dich aus der Stadt vertreiben wollte. Aber ich habe weder Koswigs Frau noch Frauke oder Mathilde etwas angetan.«

Mathilde! Er kannte sie also doch! »Hast du auch dieses … Monster geschickt?«

»Das dich überfallen hat?« Timo beugte sich zu ihr, und sie roch seinen schalen Atem. »Wie viele von diesen Scheißpillen haben sie dir eingeflößt? Das war eine Maske, Nina. Eine *Maske!*«

Sie presste sich noch dichter an die Beifahrertür. »Warum wolltest du mich aus der Stadt haben?«

»Koswig hat schon Frauke unglücklich gemacht. Er ist ein Widerling und krankhafter Lügner.«

»Das Monster hatte nur ein Auge und ein Ohr, die Haut war vernarbt und …« Erst jetzt, als sie es aussprach, erkannte sie es. Auge! Haut! Ohr! Und es hatte nicht gesprochen, sondern nur geblubbert. Ihm fehlte wahrscheinlich die Zunge! Es …

Timos Hände packten sie an den Schultern. »Was sagst du da? Bist du sicher?«

Sie verkrampfte sich am ganzen Körper.

Er schüttelte sie. »Du redest von Skipper!«

»Er wollte mich töten!«

»Das ist der Behinderte, den Frauke betreut hat. Der verschwunden ist! Er wohnt im Sternenheim, Mathilde Kleefeld war seine Betreuerin.«

»*Er* hat … er nimmt die Körperteile, die bei ihm zerstört sind! *Er* hat …«

»Skipper? Wohl kaum. Allein ist er völlig hilflos.«

»Ist er nicht!«

Er ließ sie los. »Nina, *ich* habe …«

»Was?« Sie zitterte noch immer. »Wir haben dich beide überfallen.«

Nina wurde es schwindelig. Sie starrte an die Stelle, wo er saß und wo nur Dunkelheit war.

Da lachte Timo los. »Skipper! Ich war lang genug der Idiot! Jetzt werde ich alles beenden.« *Lang genug der Idiot. Wir haben dich beide überfallen.* Timo hatte Skipper geholfen! Er hatte die Körperteile für ihn gesammelt! Und jetzt wollte er Nina töten. Vermutlich hätte er das längst getan, wenn der Nachbar den Lärm bei dem Überfall nicht gehört und die Polizei gerufen hätte.

»Du wirst mich töten«, flüsterte sie.

»Zuerst zu Koswig.« Timo startete den Motor, und die Scheinwerfer warfen grelle Streifen auf den Feldweg und die Wiesenränder. Timos Unterkiefer war vorgeschoben. »Wir haben eine Verabredung.«

# 57

Sebastians Auge zuckte hin und her, als Koswig die OP-Leuchte über dem Stahltisch einschaltete und das LED-Licht jedes Detail seines geschundenen Körpers in ein weißes Gleißen tauchte. Widerstandslos hatte sein kleiner Bruder sich in Saal zwei führen, die Spritze mit dem Schmerz- und Schlafmittel injizieren und die Verweilkanüle legen lassen. Jetzt war Sebastian ruhig und die Augenbewegung nur ein Reflex. Keine Spur mehr von seinem verzweifelten Wimmern, mit dem er sich in den Gewebeproben gewälzt und die er über seine Lippen gerieben hatte.
Koswigs Hände, die in Latexhandschuhen steckten, zitterten nicht, als er das Rädchen an dem dünnen Schlauch etwas aufdrehte, damit der Cocktail aus Ketamin, Fentanyl und Atracurium gleichmäßig in Sebastians Vene floss. Hypnotikum, Analgetikum und ein Muskelrelaxanz. Es war ein Risiko, ohne Kollegen und ohne Überwachungsmaschinen für die Herz-Lungen-Funkion zu operieren. Es musste schnell gehen. Koswig schob den dünnen Beatmungsschlauch in Sebastians Mund, führte ihn vorbei an Zungenstumpf, Kehlkopf und Stimmbändern bis in die Luftröhre.
Die drei Gläser standen neben der Organwaage, und als Sebastian tief schlief, legte Koswig Alexandras Auge, Fraukes Haut und Mathildes Ohr, das er aus dem obduzierten Körper genommen und bei sich zu Hause aufbewahrt hatte, auf den Organschneidetisch. Es war zwanzig Minuten nach neun. Er hatte eine Stunde und vierzig Minuten Zeit für den

ersten Teil der OP. Auge, Ohr und Haut. Dann würde die Zunge an der Reihe sein. Reichel wäre pünktlich. Das wusste er.

Er nahm das Skalpell zur Hand. »Ich liebe dich«, flüsterte er Sebastian zu und schnitt die vernarbte Haut über der leeren Augenhöhle auf.

Als Alexandras Auge in Sebastians Augenhöhle saß, war es fast dreiundzwanzig Uhr. Er hatte viel zu lang gebraucht. Seine Hand ballte sich zur Faust. *Durchatmen!* Tausche die Reihenfolge. Auge, Zunge, Ohr, Haut. Ja, so kann es gelingen! Selbst wenn ein Auge natürlich nicht so einfach transplantierbar ist. Erst recht nicht unter diesen Bedingungen. Auch nicht eine Zunge. Oder ein Ohr. Aber ich bin gut! Ich, Professor Doktor Koswig, Institutsdirektor, bin der Beste!

Er riss eine Verbandspackung auf und prüfte Sebastians Puls. »Jetzt hast du ein blaugrünes und ein blaues Auge«, sagte er und wickelte den dicken Verband um Sebastians Kopf und über beide Augen.

Nina hatte ihm tatsächlich geglaubt, dass er damals, als Reichel ihn gefilmt hatte, das Auge wieder in Alexandras Körper hatte einsetzen wollen. Sie war so naiv. Wie sie all seinen Erklärungen gelauscht hatte. Ihre betroffenen Blicke. Ihr Entsetzen, als er ihr die Story aufgetischt hatte, wie er Alex aus dem Kühlfach gezerrt, auf die Reste ihres zerstörten Mundes geküsst und die Augenhöhle berührt hatte. Dumme Nina. Geliebte Nina! Gehasster Bruder. Geliebter Bruder.

»Das war's, Koswig.«

Emil fuhr herum. Dann lächelte er.

# 58

»Du rührst dich keinen Millimeter von hier weg.« Timo zeigte ihr im Licht der Straßenlaterne, das in den Wagen fiel, noch einmal das Skalpell. Dann zog er den weißen Kittel aus, verriegelte von außen die Türen des Krankenwagens und lief die Rampe hinab.

»Fick dich!« Nina griff nach irgendeinem Metallblock schräg hinter ihr, schlug die Scheibe ein und kletterte durch das Fenster hinaus. Dabei blieb sie an den Scherben hängen und schnitt sich die Seite auf. Sie ignorierte die Wunde und rannte hinter Timo her die Rampe hinunter. Er war bereits im Institut verschwunden, und in letzter Sekunde huschte auch sie durch die Tür, bevor diese vollends zuschlug. Sofort hüllten schwaches Licht und kalte Luft sie ein. Die Fliesen waren eiskalt unter ihren nackten Füßen.

Das Licht kam vom Ende des Flurs, es drang unter einer geschlossenen Tür hervor.

Noch nie war sie so froh gewesen, eine Hose und keinen Rock zu tragen. Das Shirt war zerrissen, ein wenig Blut sickerte aus ihrer Seite.

Ohne Handy konnte sie keine Hilfe rufen. Sie hätte es sich nie wegnehmen lassen dürfen von diesen verdammten Weißkitteln! Emil hatte sie im Stich gelassen und gequält, doch Timo durfte ihn nicht einfach erstechen!

Sie setzte Fuß vor Fuß, tastete sich an der Wand entlang weiter Richtung der Tür, unter der der Lichtstreifen zu sehen war. Kaum wagte sie zu atmen.

Kurz vor der Tür blieb sie stehen. Es war still. Wo war Timo? Wo Emil? Ihre Stirn und Achselhöhlen wurden feucht von Schweiß, obwohl sie fror.
Da flog die Tür auf, das Licht ergoss sich bis fast zu Nina. Timo trat in den Obduktionssaal. Er musste ganz nah bei Nina im Flur gewartet haben, bevor er die Tür aufgerissen hatte. Im Saal stand Emil in grüner OP-Kleidung.
»Das war's, Koswig.« Hinter dem Rücken hielt Timo das Skalpell.
Für eine Sekunde starrten sich die Männer an wie zwei Schlangen kurz vor dem tödlichen Biss. Doch Emil lächelte. »Pünktlich, Herr Reichel. Sehr schön.«
Ninas Herz schlug so laut, dass sie dachte, es müsse bis in den Saal zu hören sein. Dann sprang sie aus der Dunkelheit heraus, trat Timo in den Rücken, der nach vorn fiel, und schrie: »Vorsicht, Emil! Er will dich töten!« Noch als sie auf Emil zulief, registrierte sie das vernarbte Monster auf dem Obduktionstisch, um die Augen einen dunkelroten Verband und im Mund einen Schlauch. Ein Tropfständer, blutige Skalpelle, Reste von Fäden. Zeit, zu überlegen, blieb nicht. Emil griff hart nach ihr, riss sie herum, so dass sie Timo ansah, und legte ihr von hinten den Arm um den Hals. Sie strampelte, bekam keine Luft, sein Arm drückte ihre Kehle zusammen, der Schmerz jagte bis in die Wirbelsäule.
Timo hatte sich aufgerappelt und kam mit dem Skalpell näher. »Lassen Sie Nina los!« Seine Augen waren Schlitze.
Emil lachte direkt neben ihrem Ohr, und sein Atem war heiß, als er raunte: »Wie kommst du eigentlich hierher, Schatz?«
Sie röchelte.

Timo war nur noch wenige Schritte entfernt. »Lassen Sie sie gehen.«
»Kommen Sie nur näher, Reichel«, sagte Emil.
Dann ließ er Nina los, sie sackte zu Boden, schlug hart auf. Emil griff neben das Monster und stürzte sich auf Timo. Als Nina sich mühsam aufsetzte, ragte etwas Langes, Silbernes aus Timos Bauch, und Timos Skalpell fiel klirrend neben Nina auf die Fliesen. Timo blickte an sich hinunter, blieb jedoch stehen, schwankte nur etwas, und um die Einstichstelle herum färbte sich der hellgraue Pullover dunkelrot. Dann fiel er seitlich auf Nina.
»Keine Sorge.« Emil beugte sich zu den beiden herab. »So ein kleiner Bauchstich bringt keinen um.« Er riss Timo an den Haaren hoch und schleifte ihn in die Ecke neben ein Abzugsrohr. Timos Stöhnen traf Nina bis ins Mark. »Ich wollte deine Zunge«, sagte Emil zu ihm. »Aber du hast Glück!« Schon stand er bei Nina und packte auch sie bei den Haaren.
»Was hast du mit diesem … Monster zu tun?«, stammelte Nina. »Was geht hier vor?« Noch während sie sprach und Emil sie auf die Knie zerrte, griff sie nach Timos Skalpell und zog es durch Emils Kehle. Emil schrie auf. Griff sich an den Hals.
Nina roch das Blut, sprang auf und rannte Richtung Tür, drehte sich panisch noch einmal um. Was sie sah, brannte sich ihr wie ein glühendes Eisen ein: Emil riss den Verband vom Kopf des Monsters, wickelte ihn sich selbst um den Hals und wankte auf sie zu. Sie rannte, ihre Füße klatschten auf dem Boden.
Nicht Timo war der Mörder! Emil war es!
Links die Kühlfächer. Vor ihr der Ausgang! Sie zog die

schwere Metalltür auf, Emil kam näher, Nina rannte die Rampe hinauf. Sie musste Emil stoppen! Timo retten! Keuchend blickte sie sich oben um, erwartete Emil hinter sich, doch niemand kam. Sie sah rechts und links die Straße entlang. Die Polizei konnte sie nicht anrufen. Wenner sowieso nicht. Kein Mensch weit und breit, kein verdammter Spaziergänger, nicht mal ein Hund. Einfach irgendwo klingeln? In den zerrissenen Klamotten der Klapse und mit blutverschmierter Kleidung? »Verdammte Hacke«, stieß sie aus, und die Tränen liefen ihr übers Gesicht. Dann hatte sie eine Idee. Sie rannte zu dem Krankenwagen, zerschnitt sich die Füße in den Scherben, zog sich an der Beifahrertür zu dem kaputten Fenster hoch und kletterte hinein. Da! Ein schwarzer kleiner Kasten mit weißen Tasten. Ein Funkgerät! Sie zerrte es aus der Halterung und kauerte sich in den Fußraum des Beifahrersitzes, falls Emil doch noch kommen und sie suchen würde. Im Display erschienen Zahlen und Buchstaben und *CODE eingeben*. Scheiße! Nina unterdrückte die Tränen. Tippte mit zitternden Fingern auf dem Gerät herum, doch nichts passierte. Schließlich warf sie es zu Boden, und es baumelte an dem geringelten Kabel vor ihr. Dann fiel ihr Blick auf Timos Arztkittel auf dem Fahrersitz. Sie zog ihn zu sich herunter. Und hätte vor Freude heulen können: In der Tasche steckten ein Notfallpiepser – und sein Handy. Noch immer zitternd, wählte sie Emils Festnetzanschluss. Diese vertraute Nummer, die ihr einmal viel bedeutet hatte.
Es klingelte. Einmal. Zweimal. *Geh ran, verdammt!* Dreimal. Nach dem sechsten Klingeln meldete sich eine verschlafene Stimme. »Hallo?«
»Tereza?«

»Wer ist da?«
»Nina. Nina Bach.«
»Herr Koswig nicht zu Hause.«
»Ich weiß.« Fieberhaft überlegte sie. Sie durfte keinesfalls durchgeknallt klingen. Emil hatte dem Kindermädchen vielleicht erzählt, dass Nina in der Psychiatrie saß. Hatte nicht Terezas Bruder einen Unfall gehabt, während sie mit Markus Ohmer in der Schweiz war? Emil und Tereza am Küchentisch ... »Wie geht es Ihrem Bruder?«
»Bruder?«
Kiesel und Schmutz drückten von der Fußmatte in ihre Knie. Ihre Fußsohlen brannten, und auch das Funkgerät war blutig. Beim Hineinklettern ins Auto hatte sie sich wohl die Hände zerschnitten. Schmerz empfand sie kaum.
»Ist er ... tot?«
»Von wem sprechen Sie?«
»Sie haben keinen Bruder.« Es war keine Frage. Es war Erkenntnis.
»Ich habe Schwester, geht ihr gut. Warum fragen Sie?«
»Tereza, ich ... Sie müssen mir helfen!« Kein Bruder. Keine Trostszene. Eine klassische Betrugsszene. »Ich weiß, dass Sie Herrn Koswig mögen«, begann sie, doch bevor sie weitersprechen konnte, sagte Tereza bereits: »Er hat uns beide belogen. Mir er hat gesagt, Frau Bach krank und in Psychiatrie und jetzt ich sei seine Liebe. Und Ihnen er hat gesagt, ich sei nur Kindermädchen. Aber beides falsch. Ich habe gute Menschenkenntnis. Sie nicht krank.«
Nina schluchzte vor Erleichterung kurz auf. »Hören Sie, Emil ist dabei, einer dritten Person etwas noch viel Schlimmeres als uns anzutun. Wir müssen ihn aufhalten.«
»Was soll ich tun?«

Nina erklärte es ihr.

Danach lief sie die Rampe wieder hinunter. Sie musste Timo helfen! Doch die Metalltür war zu. Sie hatte nicht daran gedacht, als sie vorhin geflohen war.

Sie rannte wieder nach oben, stieg wie vor vielen Monaten schon einmal über das Mäuerchen und eilte über das schmale Rasenstück zu den ebenerdigen Fenstern. Nur hinter einem brannte Licht, aber wie letztes Mal konnte sie wegen der aufgeklebten Folie nicht hineinsehen. Sie hob einen großen Stein auf und warf ihn mit voller Wucht durch das Glas in den Obduktionssaal.

Noch bevor das laute Splittern verklungen war, sah sie unten, neben Timo auf dem Boden kniend, Emil. Er schob ihm gerade eine Zange in den Mund. Timos Augen waren aufgerissen. In der anderen Hand hielt Emil ein Skalpell. Kurz blickte er hoch – irritiert, verrückt, durchgeknallt. Der Verband um seinen Hals löste sich. Doch allzu schwer schien er nicht verletzt zu sein. Denn er sagte mit kaum verzerrter Stimme: »Nina, mein Schatz. Ich hätte so gern deine Zunge gehabt.« Er lächelte.

Es war das Lächeln des Bösen.

# 59

Beim ersten Schnitt in Reichels glitschige Zunge klingelte Koswigs Handy. Es war der Klingelton, den er für Tereza programmiert hatte. Sie wagte es, ihn mitten in der Nacht zu stören! Das konnte nichts Gutes bedeuten. Koswig nahm Skalpell und Zange aus Reichels Mund und legte sie beiseite. Reichel wälzte sich röchelnd zur Seite. Eine Blutfontäne ergoss sich über die Fliesen.

»Tereza?«

»Lea«, sagte sie weinerlich.

»Was heißt Lea?« Dummes Weib!

»Kriegt nicht gut Luft.«

»Was?« Reichels Blut bahnte sich in den Fugen einen Weg bis zur Wand.

»Atmet nicht gut, und Gesicht ist bisschen blau.«

»Fahren Sie sofort in die Klinik mit ihr«, schrie er, außer sich vor Angst um seine Tochter. *Lea, Lea!*

»Geht mein Auto nicht.«

»Dann rufen Sie ein Taxi, verflucht noch mal. Nein, den Notarzt!«

»Habe schon alles angerufen. Alle Taxi belegt wegen späte Fußballspiel und zwei Konzerte, und Zentralen sagen, ich muss eine Stunde warten mindestens. Und Notarzt braucht so lang wie Sie, und ich dachte …«

»Scheiße«, schrie er, sah zu Sebastian, sah zu Reichel, sprang auf und drehte den Tropf mit Sebastians Narkotikum zu. Aus dem Handtuchspender riss er einen dicken Packen Papiertücher und stopfte sie Reichel in den Mund.

Der Wurm winselte.
»Wir machen später weiter.« Er zog das Seziermesser aus Reichels Bauch und legte einen Druckverband an. »Nicht bewegen.« Dann steckte er die Haut und das Ohr zurück in die Formalingläser.
»Haben Sie einen Ihrer beschissenen Lieferwägen dabei?«
Reichel nickte schwach.
»Schlüssel!«
Reichel griff in seine Hosentasche und gab ihn ihm.
»Was für ein Wagen? Wo steht er?« *Lea, Lea! Sebastian!*
Reichel beugte sich vor und fuchtelte mit den Armen.
»Wo?« Koswig schlug ihm ins Gesicht.
Reichel deutete Richtung Haupteingang.
Koswig rannte hinaus, fuhr den Krankenwagen die Rampe hinab und parkte direkt vor der Leichenanlieferung. Sehr praktisch! Hatte Reichel ausnahmsweise einmal etwas gut gemacht. Er riss die Trage aus dem Wagen, in dessen Innerem es dunkel blieb, klappte das Rollgestell aus und schob es in den Saal. Sebastian bewegte den Kopf. Er atmete viel zu schnell und zu flach. Koswig wurde übel.
»Aufstehen, los«, zischte er Reichel zu. »Sie fahren. Ich passe auf Skipper auf.«
Er fasste Sebastian unter den Schulterblättern und hob ihn vorsichtig an. Dann zog er den Oberkörper vom Seziertisch auf die Trage, schob die Hände unter sein Gesäß und wuchtete ihn vollends hinüber. Die beiden Gläser stellte er an das Kopfende.
Sein Bruder wimmerte und versuchte, sich an das frische Auge zu fassen.
*Nein!* Koswig schlug mit der Faust auf Sebastians Schulter. *Ruhig! Atme!*

Koswig hastete zu Reichel, half ihm auf und legte dessen Hände auf die Trage. »Zum Abstützen.« Der Wurm durfte nicht schlappmachen. »Ein Fluchtversuch, und Sie sind tot.«

Reichel hing halb auf der Trage, während Koswig schob.

*Lea, Lea!*

»Nina holen wir später«, sagte er und griff sich an den Verband an seinem Hals. Das würde er überstehen. Er musste es später nähen. »Am besten rufen wir gleich Wenner an. Damit sie wieder in Doktor Köhlers Obhut kommt. Taucht hier einfach auf, wirft Steine durchs Fenster und geht mit Skalpellen auf mich los! Das wird dem Kommissar gar nicht gefallen!«

Timo gab erstickte Laute von sich, als Koswig die Tür zur Rampe öffnete, hart mit der Trage dagegenstieß, sie hinaus- und scheppernd in den Krankenwagen schob. Dann verfrachtete er Reichel auf den Fahrersitz, riss das Kabel des Funkgerätes aus der Anschlussbox und schlug das Gerät mehrmals auf den Asphalt. In seinem Zustand würde Reichel kaum telefonieren können. Aber sicher war sicher.

# 60

*Um ihn ist alles schwarz. Der Schmerz hämmert durch sein Auge bis in den Hinterkopf. Es schaukelt. Ja, natürlich! Jetzt fällt es ihm wieder ein. Er taucht in der* Scorpion *hinunter in den See. Die letzte Reise. Bis auf den Grund. Ihm ist übel, sein Magen tut weh. Das ist nicht gut. Und dieser Schmerz hinter der Stirn … etwas ist schiefgegangen! Er will an seinen Kopf fassen, doch etwas hält ihn fest. Dann spürt er das harte Klopfen auf seiner Schulter:* Nein!

*Emil! Wieso ist Emil in der* Scorpion*? Skipper will mit seinem Bruder morsen, aber seine Gliedmaßen sind so schwer, als lägen sie schon unter den Wassermassen begraben.*

*Das Schaukeln hört nicht auf. Dann ruckelt es hart.*

*Da merkt er, dass er gar nicht in der* Scorpion *ist. Es ist nämlich genauso wie in der Nacht, als das Wasser heiß geworden ist. Als der Vater ihm die Zunge zerschnitten und die Augen eingedrückt hat, eines ist kaputtgegangen, und das Feuer hat seine Finger und die Haut und das Ohr zerstört. Und dann haben Männer ihn in ein Auto gelegt und sind mit ihm weggefahren, es hat geschaukelt, und er ist nie wieder nach Hause gekommen. Skipper ist damals nicht ohnmächtig gewesen. Er war wach. Die ganze Zeit über, bis die Männer ihn aus dem Auto wieder herausgetragen haben. Dann verliert sich seine Erinnerung für lange Zeit. So lang, bis Emil ihn an den Arm getippt hat. Erst hat Sebastian es nicht geglaubt, er hat gedacht, es sei wieder einer dieser Träume, die ihn verfolgen und die sein Le-*

*ben bestimmen. Aber dieses Mal war Emil wirklich da gewesen. Im Sternenheim.*
*Wieder will er an sein Gesicht fassen, den Schmerz aufhalten.* Nein!, *klopft es wieder auf Sebastians Schulter.* Ruhig!
*Da fällt es ihm ein. Emil hat ihn operiert! Er hat ihm das Auge und die Haut und das Ohr gezeigt und ihm eine Spritze gegeben. Er hat gesagt, die Zunge komme, wenn er schliefe!*
*Sein Herz schlägt schneller vor Freude! Ich kann sprechen, denkt er und dass er Frauke jetzt sagen kann, dass sie keine Angst vor ihm haben muss! »Frauke«, sagt er. Doch alles ist wie immer. Kein Wort kommt aus seinem Mund. Und warum kann er nicht sehen? Emil hat ihm Alexandras Auge versprochen! Sie hat es gespendet, um ihm zu helfen! So wie Frauke die Haut! Und Mathilde das Ohr! Das hat Emil gesagt!*
*Er atmet schneller. Emil hat ihn schon wieder belogen! Er hat ihn gar nicht operiert! Er wird nicht lachen und sprechen und Frauke ansehen können! Dabei will er ihr doch noch so vieles erzählen, was ihn bewegt und wie glücklich er ist, wenn sie einfach nur zusammensitzen oder mit dem Boot über den See fahren. Sie hat extra ihren Beruf aufgegeben, um nur für ihn da zu sein. Sie hat auch gesagt, dass sie mit Emil darüber gesprochen hat und Emil sich freue.*
*Die Wut breitet sich heiß in seinem Bauch aus, kriecht in seine Arme und Beine und brennt. Er wirft sich hin und her, doch etwas hält ihn auf der harten Unterlage fest. Dann sticht ihn etwas in den Arm, und er wird müde.*
*Pochende Stille bleibt zurück, seine Gliedmaßen werden noch schwerer. Stille und Dunkelheit sind das Einzige, was ihn umfängt. Dabei wollte er doch Liebe.*

*So muss es sein, wenn ein U-Boot sinkt. So haben die Seeleute auf der* Scorpion *ihre letzten Minuten erlebt. Finster und still sind sie in den Tod gesunken. Ein letztes Schaukeln, dann ein Ruck, das Boot liegt auf dem Grund.*

*Als er glaubt zu sterben, spürt er den kalten Luftzug. Was ist das? Es gibt keinen Luftzug unter Wasser! Dann riecht er es. Die fauligen Äpfel in der Wiese, die Kräuter, mit denen die Mama gekocht hat. Oregano und Thymian. Sie wachsen bei dem Baum, wo im Sommer seine Schaukel hängt!*

*Da erkennt er: Er ist dort, wo das Wasser heiß geworden ist.*

*Skipper will schreien. Laufen. Sterben. Er will nicht an diesen Ort zurück. Es ist der Ort des Bösen!*

# 61

Koswig prüfte noch einmal Sebastians Puls. Alles gut. Er sprang hinten aus dem Krankenwagen, lief zur Fahrertür und riss Reichel vom Sitz. »Mitkommen.«
Reichel strauchelte. Ein mit Blut vollgesogenes Papiertuchknäuel fiel aus seinem Mund auf den Kies, den das Licht aus der Fahrerkabine schwach beleuchtete.
Koswig schleifte Reichel ins Haus. »Tereza!« Er zerrte den Wurm die Treppe hoch, stieß ihn ins Bad und verschloss von außen die Tür.
»Herr Koswig?« Tereza stand einige Meter entfernt im Flur vor seinem Schlafzimmer. Sie weinte.
Koswig stürmte zu ihr und schüttelte sie. »Wo ist Lea?«
Ihre Augen fixierten den Verband um seinen Hals. »O Gott, was …?«
»Wo ist Lea?« Seine Finger bohrten sich in ihre weichen Oberarme.
Tereza wies zu der angelehnten Tür.
Er stürmte ins Schlafzimmer, seine Brust war eng vor Angst, und weil kein Licht brannte, stolperte er über den kleinen Teppich vor dem Bett und fiel. Auf Knien suchte er nach dem Schalter der Nachttischlampe, fand ihn, und gleich darauf sah er Leas kleinen Körper im gelblichen Licht auf seinem Kopfkissen liegen.
Er heulte auf, griff nach ihr – und im selben Moment fing sie lauthals an zu schreien. Ihr Gesicht war rosig wie immer.
Der Hass kam wie auf Knopfdruck.

Eiskalt.
Berechnend.
Wie in Zeitlupe stand er auf. Die Tschechenschlampe hatte ihn belogen! Lea war kerngesund. Er wankte Richtung Tür – doch die war verschlossen. Er trat dagegen, mit voller Wucht. Einmal. Zweimal. Es knackte. Lea schrie lauter. Dreimal. Das Holz brach. Er trat erneut zu, bis er hindurchpasste. Aus seinem Hals sickerte Blut. Er blickte den Flur entlang.
Wo war Tereza? Schritt für Schritt stieg Koswig die Treppe hinunter. Auch im Erdgeschoss war sie nicht. Er ging hinaus auf den Kiesplatz. Die kalte Luft tat gut! Rechts stand der Krankenwagen, die Türen noch immer offen und die Fahrerkabine erhellt, links Terezas Škoda. Koswig lief zu Sebastian, strich über seine Wange »Ich bin gleich so weit«, und griff ein Seziermesser aus seiner Instrumententasche. Die Reifen des Škoda waren weich wie das Fett eines adipösen Toten. Dann lief er mit der Tasche mit Medikamenten, Verbandszeug und den Gläsern ins Haus zurück und schloss das Badezimmer auf.
Nebenan schrie Lea noch immer.
Reichel lag auf dem Boden. Seine Bauchwunde blutete wieder. Schade um die neuen Fliesen und seine Plackerei mit dem Putzen. Das Haus hätte Sebastian glanzvoll empfangen sollen. »Reichel?« Koswig wickelte sich einen frischen Verband um den Hals.
Reichel gurgelte. Krümmte sich zusammen. Koswig bückte sich und griff nach seinen Haaren. Sie rutschten ihm aus der Hand, und Reichels Kopf schlug auf den Boden. Es klang, als sei eine überreife Frucht aufgeplatzt. Also packte er Reichel unter den Armen, hievte ihn in die Badewan-

ne, streifte sich Latexhandschuhe über und zog dem kleinen Scheißer die restlichen Papierhandtücher aus dem Mund.
Ein Gestank aus Blut und Erbrochenem schlug Koswig entgegen. »Wie ekelhaft.« Er rümpfte die Nase und schob die Zange in Reichels Mund.

## 62

»Tu es nicht!«, rief Nina.

Emil drehte sich zu ihr, wendete sich aber sofort wieder der Badewanne zu. Der Raum war von neuen Deckenlichtern hell ausgeleuchtet.

»Du Irre! Wo kommst du her?« Er kniete vor einer neuen, blau gefliesten Eckbadewanne, in der Timo lag. Mit einer Zange zog Emil ihm die blutende Zunge aus dem Mund. »Hast du nicht eben noch mit Steinen vor dem Institut herumgeworfen?« Er klang gelassen, als frage er, ob sie daran gedacht habe, die Brötchen fürs Frühstück aus dem Gefrierfach zu nehmen.

Um Ninas Kehle schloss sich eine unsichtbare, eiskalte Hand. Die ganze Fahrt hatte sie hinten in dem Krankenwagen gekauert, ganz nahe bei Emils Füßen. Nachdem sie die Scheibe des Institutes eingeschlagen hatte, zerschlug sie dort mit einem weiteren Stein die Innenlichter. Zu atmen hatte sie kaum gewagt, doch Emil war komplett auf das Monster fixiert gewesen. »Lass Timo los, sonst töte ich dich!«

Emil lachte, ohne sie anzusehen, ganz auf sein perfides Werk konzentriert. »Mit was? Mit deinem Teufelsblick?« Er hantierte mit dem Skalpell und der Zange herum. »Du kannst ja noch nicht mal mit einem Skalpell töten. Zu mehr als ein paar Kratzerchen schaffst du es nicht.« Er deutete auf seinen Hals.

In Timos Augen stand blankes Entsetzen, und seine gurgelnden Schreie jagten Nina Gänsehaut über den ganzen

Körper. Sie musste Emil aufhalten! Zur Vernunft bringen!
»Du … du hast renoviert«, stammelte sie.
»Gefällt es dir?«
»Es ist … Alexandra wäre glücklich!«
»Alexandra!« Er schnitt ruckartig in Timos Mund, gleichzeitig machte Timo eine harte Kopfbewegung nach unten, und Emil fluchte. Die Zange war abgerutscht.
»Was hast du vor?«
»Sebastian ein anständiges Leben schenken.«
»Warum ihm? Weil er Fraukes Schützling war?«
»Du kapierst noch immer nichts. Sebastian ist mein Bruder. *Verstehst du?* Keiner nimmt ihn mir weg! Weder Alexandra noch Frauke oder Mathilde!«
Timo stöhnte, und Emil stieß ihm die Zange mit voller Wucht gegen den geschlossenen Mund. »Maul auf.«
»Bruder? Wegnehmen?«
»Sie waren besessen von diesem vermeintlich dummen Krüppel! Alexandra war die Erste. ›Wir müssen deinen Bruder zu uns holen, Emil.‹« Seine Stimme wurde schrill, als er seine tote Frau nachahmte »›Er darf nicht in dem Heim bleiben, das ist unwürdig.‹ *Unwürdig!* Sie hatte ja keine Ahnung! Sebastian bekam die beste Pflege der Welt.«
»Aber ich verstehe nicht. Warum hätte er nicht bei euch …«
»Er ist hier gestorben. In *diesem* Badezimmer! Er ist kein Mensch mehr. Er hasst dieses Haus! Aber ich musste hierher zurück! Ich muss hier leben, ich muss das aushalten, um mich zu spüren. Alexandra wollte es nicht. Zu abgelegen, zu alt. Sie hat behauptet, sie würde hier draußen in der Einsamkeit das Leben einer Toten führen. Schließlich hat sie doch eingewilligt, aber ich musste ihr versprechen, Sebastian hierherzuholen. Wir hatten uns hier verabredet,

draußen vor dem Haus. Letztes Jahr im Sommer. Wir wollten in Ruhe über unser Leben hier sprechen.«

»Sie war depressiv und wollte über ihr Leben sprechen? In Ruhe?«

»Du bist so naiv, Nina. *Ich* hatte die Idee, ihr eine postnatale Depression anzuhängen. Schon Wochen vorher habe ich es allen erzählt. Dann ihr Suizid ...« Er lächelte.

»Sie war gar nicht ...« Nina begann zu verstehen.

»Sie war frustriert. Wegen mir. Weil ich angeblich ein gefühlloser Lügner war. Aber die Depression ist *meine* Erfindung.« Er lachte auf. »Grillen. Es war alles voller Grillen. Und Käfer. Alexandra fand das romantisch. Das hat ihr als Einziges gefallen hier draußen. Was findet ihr Weiber nur immer so romantisch an dem Gezirpe?«

»Und weil ihr euch nicht einig wurdet, hast du sie getötet.«

»Sie hätte nie nachgegeben. Das hatte ich schon seit Wochen geahnt und alles vorbereitet. Alexandra war an dem Tag bereits in dem verfallenen Haus, als ich kam. Ich war zu früh da, habe sie überrascht. Ich hatte gehofft, sie überlegt es sich anders mit Sebastian. Aber das hat sie nicht. Im Gegenteil. Du hättest sie hören sollen. Sie hat nur noch Sebastian im Kopf gehabt. Wie die Monate vorher schon. Ich war nichts mehr für sie. Nur noch Mittel zum Zweck. ›Du kümmerst dich um ihn‹, ›du holst ihn hierher‹, ›versprich mir dies, versprich mir das‹. Ich habe zu ihr gesagt: ›Du liebst ihn sehr, oder?‹« Seine Stimme war ein leises Krächzen und sein Blick hohl.

»Und was hat sie geantwortet?«

»›Wie man einen solchen Menschen eben lieben kann.‹ Wir wären zu viert hierhergezogen, und dann hätte Alexandra mich verlassen. Sie war innerlich schon weg. Sie hätte für Sebastian und Lea gelebt, und ich wäre abgeschrieben gewesen. Also habe ich ihr das Wasser gegeben. Es war ein heißer Tag, achtunddreißig Grad im Schatten. Der heißeste Tag des Sommers. Es war ein gutes Wasser. Sie musste doch ihre Migränetabletten schlucken. Immer und überall hat sie die dabeigehabt.« Er lachte laut auf, während Timo stöhnte. »Sie war so gierig auf das Wasser.«

»Was war darin?«

»Flunitrazepam.«

»Was ist das?«

»Rohypnol, ein Benzodiazepin.«

»Hat sie das nicht geschmeckt?« Wo blieb Tereza nur? Sie musste ihr helfen!

Er schüttelte den Kopf. »Und die blaue Warnfarbe hatte ich im Labor extrahiert.«

»Und als sie betäubt war, hast du ihr das Auge herausgerissen.« Das Auge! Es war hier im Bad gefunden worden. Und vorhin im Obduktionssaal ... Das Monster ... Etwas Bitteres stieg von Ninas Magen in ihre Speiseröhre.

»Richtig! Und dann habe ich sie auf die Schienen gelegt. Körperzerstörung ist eine feine Todesursache!«

»Und die toxikologischen Proben? Sagtest du nicht, dass immer ...«

Er winkte ab. »Proben kann man vertauschen.«

»Das Auge. Und Fraukes Haut. Mathildes Ohr ... ist das eine perverse Wiedergutmachung für Sebastians Unfall?« Das bittere Zeug erreichte ihren Mund. »Aber was können die Frauen dafür?«

»Sie hätten sich nicht einmischen dürfen! Sie haben mich belogen und ausgenutzt. Genau wie du!«

»Du hast ihre Körperteile abgeschnitten und sie getötet, weil sie deinem Bruder etwas Gutes tun wollten! Du bist … krank!« Sie erbrach sich auf die Türschwelle.

»Sie wollten mir Böses! Wiesen mich zurück. Sie haben mich seelisch missbraucht! Frauke hat sogar ihre Arbeit aufgegeben für Sebastian. Mich gab es gar nicht mehr. So wie es mich für meine Mutter nicht mehr gab, nicht für meinen Vater, die Kinder im Heim …«

»Hat Frauke … hat sie sehr gelitten?«

»Wo denkst du hin! Ich mochte sie schließlich!« Emil faselte etwas von Betäubungsmitteln und wie er aus einem Organschneidetisch die Vorrichtung zum einhändigen Einspannen und Abpräparieren der Haut gebaut hatte. »Ich hatte fast Spaß dabei. Und Wenners Volltrottel haben nichts gemerkt. Ich bin gut, weißt du!« Emil zog an Timos Zunge und stach mit dem Skalpell hinein. Timos Wimmern war das Schrecklichste, was Nina je gehört hatte. »Ob die auch taugt?« Emil stach erneut in Timos Zunge. Dann drehte er sich zu Nina, ohne von Timo abzulassen. »Frauke war noch schlimmer als Alexandra. Sebastian war ihr Lebensinhalt geworden. Sogar an dem Abend, als ich zu ihr kam und sie sich schon verführerisch in der Wanne gerekelt hat, fing sie noch damit an. Kannst du dir das vorstellen? Ich knie mit Champagner neben der Wanne, reiche ihr ein Glas und küsse sie, und sie sagt, ohne mich anzusehen: ›Sebastian ist heute allein zum Bäcker gegangen. Er schafft das. Bald lebt er für immer hier.‹ Ich war mal wieder nicht vorhanden!« Emils Stimme wurde schrill. »Das unsichtbare Arschloch der Welt. Ein Nichts.«

Verrückt, er war komplett verrückt! Nina musste sich mit einer Hand am Türrahmen abstützen. »Und … in dem

Champagnerglas war dieses Flunidingszeug? Du hast wie bei deiner Frau die Proben im Labor vertauscht?«

»Natürlich. Frauke hat geschlafen wie ein Engel. Viel tiefer, als wenn ich das Lokalanästhetikum verwendet hätte, das unsere Toxikologen in der Probe gefunden haben.« Seine Augen schienen Nina wie Irrlichter. »Alle wollten nur Sebastians Bestes! Dass er lebt. Dass es ihm bessergeht. Das hat mich auf die Idee gebracht, ihm ihre Körperteile zu schenken.«

»Du hast sie was? Ihm … geschenkt?«

»Das U-Boot. Ich habe Sebastian gesagt, dass seine Freundinnen zu ihm halten und ihm jede ein Geschenk machen. Er war so glücklich.« Er redete plötzlich viel zu schnell auf Nina ein, während aus Timos Mund Blut quoll und seine Haut zusehends weißer wurde. Nina blickte wie betäubt auf die Szene, wartete auf Tereza und die Polizei und hörte Emils wirre Geschichte von zwei Brüdern und dem brutalen Vater, von dem verbrannten und dem neuen U-Boot mit den Gläsern darin, von der verhungerten Mutter, von Emils Leben im Heim und dem Sternenheim und von dem Morsen, mit dem Emil und Sebastian sich dreißig Jahre lang verständigt hatten. Emil erzählte, wie er Mathilde Kleefeld in einer Kneipe kennengelernt und seinen totgeglaubten Bruder wiedergefunden hatte. Dass Kleefeld bis zum Schluss nur Emils Vornamen gekannt und nicht gewusst hatte, dass er Sebastians Bruder war.

»Timo hat dich beim Organestehlen erwischt«, folgerte Nina schließlich.

»Ja.«

»Aber warum Mathilde? Sie hat Skipper fünfunddreißig Jahre lang betreut und ihn wahrscheinlich gemocht. Ihr

wart kein Paar, sie hätte dich gar nicht verlassen können!«
*Tereza, beeile dich!*
»Sie hat ihn entkommen lassen. Sie war nicht mehr verantwortungsbewusst. Sebastian war verschwunden, wie du weißt. Ich bin ins Sternenheim gefahren. Du hättest sie hören sollen. ›Er ist wie ein Kind für mich, ich bin am Boden zerstört, ich liebe ihn wie meinen Sohn‹ und so weiter. Da bin ich ausgetickt. Es war nicht geplant. Wir standen in Sebastians Zimmer. Das ist dumm gelaufen. Er hätte verdächtigt werden können. Ich musste die Gläser aus dem U-Boot mitnehmen, bevor die Polizei kam.«
Er hielt ein Glas hoch, in dem etwas schwamm. »Von Frauke.« Er nahm ein anderes Glas. »Mathildes Ohr.«
Nina würgte. »Und was … willst du damit?« Sie wusste es längst. Doch sie musste Zeit gewinnen. *Tereza!*
»Er muss wieder leben, sehen und hören und reden und …«
»Aber er lebt! Er ist nicht dumm! Er hat mich überfallen! Hast *du* ihn auf mich gehetzt? Um mich dann für verrückt erklären zu lassen? Überfallen von einem Monster! Oder« – Nina blickte zu Timo – »hast du ihn geschickt? Arbeitet ihr zusammen?«
Timo schüttelte schwach den Kopf.
»Sebastian hat nur Frauke gesucht«, sagte Emil. »Er mag sie. Er mag sie mehr, als gut ist.«
»Weiß er nicht, dass sie tot ist?«
»Inzwischen schon. Aber ich habe ihn nicht zu dir geschickt. Er ist von sich aus gekommen.«
Ihre Unterlippe bebte. Timo lag wie ein sterbender großer Fisch in der Badewanne und atmete nur noch schwach. Ein schwacher Laut drang aus seinem Mund.
»Ah, Reichel«, sagte Emil, als habe er Timo ganz verges-

sen. Dann stieß er ihm zum dritten Mal die Zange in den Mund. Timo schrie nicht mehr, und Emil sagte lächelnd zu Nina: »Deine Zunge wäre die Krönung gewesen. Aber ich konnte dich nicht töten. Ich mag dich wirklich zu sehr.«
»Du hast die perfekten Suizide vorgetäuscht«, flüsterte sie.
»Ich bin crazy, Nina. Total durchgeknallt. Du hattest recht. Und das Schlimme ist, dass ich es weiß. Nähe macht mich krank! Und Zurückweisung treibt den Hass in mir an. Ich kann nichts dagegen tun. Ich bin nicht berechenbar, Nina. Ich habe es versucht, hundertmal, immer wieder. Aber ich habe es nicht im Griff.« Seine Stimme wurde weinerlich. So, wie sie ihn schon oft erlebt hatte. »Ich ekle mich manchmal vor mir selbst. Nach Alexandras Tod habe ich mich nicht gut gefühlt. Auch wenn du denkst, ich könne nichts fühlen. Ein bisschen geht manchmal noch. Bei Frauke war es dann leichter, und Mathilde war mir sowieso egal. Es war richtig, was ich getan habe. Es ist gut so.«
Nina starrte den Mann an, den sie einmal geliebt und dem sie vertraut hatte.
»Ich musste dich wegschaffen, Nina. Zu deiner eigenen Sicherheit. Keiner hat dich je so liebevoll gevögelt wie ich. Das weißt du doch, nicht wahr? Ich will dir nicht weh tun! Aber jetzt bist du wieder da. Du solltest fliehen! Los, hau ab! Hau ab!« Er schrie.
Nina zögerte. Trat einen Schritt nach hinten. Ginge sie weg, wäre Timo tot. Bliebe sie, dann …
Und schon stürzte er nach vorn, packte Nina an den Fesseln, und sie fiel zu Boden. Er kniete auf allen vieren über ihr, packte ihre Handgelenke und presste sie über ihrem Kopf zu Boden. Sein saurer Atem streifte ihr Gesicht. »Du hättest Sebastian auch geholfen, wenn du von ihm gewusst

hättest! Du erst recht! Du hättest das größte Theater veranstaltet und ihn am Ende noch gevögelt! Deswegen habe ich dir nie etwas von ihm erzählt.«

Die Fliesen drückten kalt in ihren Rücken, und Emils Haare standen wirr ab, als er sich dicht über sie beugte. »Warum bist du zurückgekommen? Verdammte Teufelin!« Seine Stimme wurde weich. »Ein letzter Zungenkuss, mein Schatz. Genieße ihn!« Und schon bohrte seine Zunge sich in ihren Mund, und gleich darauf spürte Nina kaltes Metall statt Emils Zunge an ihrer eigenen. Sie schmeckte Blut, als Emil die Zange zusammendrückte, schrie und wartete auf den Schmerz, der ihr das Bewusstsein rauben und sie sterben lassen würde.

Da hörte sie Schritte. Endlich! Tereza und die Polizei! Doch es war das Monster. Sebastian! Seine eine Augenhöhle war mit Stichen gesäumt, und aus den Nähten lief Blut. Das andere, trübe Auge zuckte hin und her. Sebastian schnüffelte, dann warf er sich auf Emil und Nina. Vibrierende dumpfe Schreie erfüllten das Badezimmer, als Sebastian Emil von Nina schob, Emils Kopf packte und gegen die Wanne schlug. Einmal, zweimal, es knackte, und Nina wusste nicht, ob es die Fliesen oder Emils Schädel waren.

»Sebastian«, flüsterte Emil, als er an der Wannenschürze hinabrutschte. Stöhnend tippte er seinen Bruder an, dann sank sein Arm herab.

Nina kam auf die Beine, riss alle Schränkchen auf, fand Handtücher und presste mit zitternden Händen eines in Timos Mund. Sie hatte keine Ahnung, ob das half.

Da hörte sie das leise *Klick* hinter sich. Sah Emils Hand, das Feuerzeug, die kleine, orangefarbene Flamme, die Hand-

tücher, das rote Züngeln, die lodernden Handtücher. Im selben Moment packte Sebastian sie. Er presste sie so hart an sich, dass sie zu ersticken glaubte. Er blubberte, ihre Kleider fingen Feuer, und beißender Qualm hüllte sie ein. Emil faselte vor sich hin. »Sebastian, Sebastian, Mama, hilf mir, geh weg, sag guten Abend, lieber Vater.«
Da stieß Sebastian einen grauenerregenden Schrei aus.

## Sechs Wochen später

Bleibt das so?« Nina umarmte Timo fest, als er aus dem Ferrari California T stieg.

Timo hob seine Reisetasche vom Beifahrersitz. »Hab ich Vorteile bei dir, wenn ich sprechbehindert bleibe?« Seine »s« klangen wie ein englisches »th«.

»Im Lispeln wirst du langsam Meister. Fährt er gut?« Nina strich über den metallicroten Lack.

»Du hättest den Führerschein machen sollen. Dann hättest du ihn geerbt.«

»Nie und nimmer.« Sie hakte sich bei ihm unter und führte ihn ans Ende des matschigen Parkplatzes. »Du warst Sebastians Chauffeur. Das war Frauke wichtig. Also solltest *du* das Auto bekommen.«

Der Schnee, den die Adventstage gebracht hatten, schmolz, doch vereinzelt fielen Schneeflocken in die Abenddämmerung. In den Vorgärten der umliegenden Häuser standen weihnachtlich geschmückte Tannen, und hinter den Fenstern brannte fast überall Licht.

»Heimelig bei dir«, sagte Timo, als sie ihn in den verbeulten Campingbus mit den platten Reifen bugsierte. »Deiner?«

»Klar.« Sie hatte sechshundert Euro dafür bezahlt. Ein Bett, ein Tisch, ein Dach über dem Kopf. Sie war glücklich. »Darf noch bis Ende Januar hier stehenbleiben. Kaffee?«

»Hast du 'n Bier?«

Sie grinste, zündete ein paar Kerzen an und stellte zwei Bierdosen auf den Campingtisch. »Bisschen eng hier.« Das

Bett und die Bank an der Längswand stießen aneinander, und bis zu dem winzigen Kühlschrank vorn waren es nur zwei Schritte. Sie stießen an und tranken, und in den nächsten Minuten sprach keiner. Verlegen musterten sie einander. Dann sagten beide wie aus einem Mund: »Ich wollte …«, und fingen an zu lachen.

»Was wolltest du?« Nina war erleichtert. Nachdem sie vor gut vier Wochen aus der Klinik entlassen worden und abgereist war, hatte Timo noch immer in der chirurgischen Abteilung gelegen. Ihre Brandwunden waren gut geheilt, es würde kaum etwas zurückbleiben. Wenner und mindestens zwanzig Mann waren nur Augenblicke, nachdem Sebastian Emil getötet hatte, eingetroffen und hatten alle vier Leute aus dem brennenden Bad geborgen. Tereza hatte Lea aus dem Schlafzimmer gerettet. Das Haus selbst war, bis etwa zwanzig Minuten später die Feuerwehr eingetroffen war, bereits ausgebrannt. Dieses Mal würde es niemand mehr herrichten.

Seither hatten Nina und Timo sich einige SMS geschickt. Sie hatte sich nach seinem und er sich nach ihrem Befinden erkundigt, und beider Antwort hatte stets *Okay* oder *Alles gut* gelautet, bis Nina ihn gefragt hatte, ob er über Weihnachten zu ihr kommen wolle. Sekunden später hatte *Unbedingt* auf dem Handydisplay gestanden.

Timo packte seine Reisetasche aus und warf Pullover, Unterwäsche, Socken, Kulturbeutel – und ein in Packpapier gewickeltes Päckchen auf das Bett. »Ich hatte kein Geschenkband, tut mir leid.« Er schob es über den Tisch zu ihr. »Ich hoffe, er passt.«

Sie riss das Papier auf. Ein tannengrüner langer Rock kam zum Vorschein. Der Stoff glänzte, und am Saum war eine

schwarze Borte mit kleinen hellgrünen Punkten aufgenäht. »Wow!« Sie küsste Timo auf die Wange.
»Frauke wollte dir schon einen schenken, als sie im Frühsommer dachte, dass du kommst. Ich hatte es dir erzählt. Aber wir wussten deine Größe nicht.« Er trank einen großen Schluck Bier und lehnte sich zurück. »Er hat einen Gummizug. Ich bin nicht so der Frauen- und Klamottenkenner, aber …« Timo zuckte verlegen die Schultern.
Nina quetschte sich hinter der Bank hervor und stellte sich auf die einzige halbwegs freie Stelle zwischen Tür und Campingtisch. »Augen zu.« Rasch zog sie den alten Rock aus und den neuen an. »Fertig.«
Timo öffnete die Augen. Dann grinste er. »Als ich dich das erste Mal gesehen habe, dachte ich echt, ich spinn. Wie du da auf der Galerie gestanden hast in dem langen Rock und diese Afro-Statue über dem Kopf hieltest! Und dazu diese dicken bunten Socken an den Füßen, und das mitten im Sommer. Das war echt … schräg. Aber jetzt … du siehst toll aus, Nina.«
»Du hast mich gerettet.« Sie strich über den Stoff. Er fiel weich bis zu ihren Knöcheln und fühlte sich teuer an.
»Ich hab dir brutal den Arm gebrochen. Ich hab dich bedroht. Ich hab dich in Panik versetzt.«
»Das war scheiße, stimmt.«
»Frauke konnte ich auch nicht retten. Ich dachte, Koswig sei einfach irgend so ein Perversling, der Körperteile klaut und sich daran aufgeilt. Und ich wusste, dass Frauke nicht glücklich ist mit ihm. Aber dass er ein Mörder und Sebastian sein Bruder ist … ich hab das erst viel zu spät geahnt. Als Frauke tot war, dachte ich, sie hätte sich wegen ihm umgebracht. Weil er sie überhaupt nicht wahrgenommen

und mies behandelt hat. Also hab ich Koswig unter Druck gesetzt und mehr Geld verlangt. Gleichzeitig wollte ich dich vor demselben Schicksal schützen. Aber du hättest mir nie geglaubt, du warst so verknallt in Koswig!« Er presste die Lippen aufeinander. »Es tut mir so leid.«
Sie sah ihn an. Noch nie war ihr aufgefallen, was für ein schönes Profil er hatte: eine leicht nach innen geschwungene Stirn und eine gerade Nase über vollen Lippen und einem kantigen Kinn. Sein Haar war länger als im Sommer, und es war zu einem Zopf gebunden. Er sah älter aus als Anfang zwanzig. Es stand ihm gut.
»Arbeitest du wieder?«
»Im Frühjahr such ich mir 'n Job. Noch hab ich ja Geld.«
»Erpresser!«
Sie lachten.
»Ich hab Wenner den Film gegeben. Willst du meine Kopie sehen? Wie Koswig die Leichenteile aus den zugenähten Toten schneidet und ...«
»Timo!«
»Sorry. Denkst du noch an ihn?«
»Klar.« Sie holte noch zwei Dosen Bier und setzte sich im Schneidersitz auf das Bett. »Komm.« Sie klopfte neben sich, und er setzte sich zu ihr.
»Und liebst du ihn noch?«
»Nein. Ich trauere um die Liebe, aber das hat nichts mit ihm zu tun. Er war im Grunde eine arme Seele. Aber trotzdem böse. Ich versuche zu verzeihen, aber das ist nicht so einfach.«
»Und die Liebe?«
»Ist irgendwie nichts für mich. Ich mag zu viele, und ich hab den falschen Job für eine feste Beziehung.«

»Du arbeitest genauso wie vorher? Aber du hast Geld!«
»Die Wohnung? Das dauert noch ein paar Wochen, bis die Kohle kommt. Sonst hätte ich auch einen neuen Bus kaufen können. Aber abgesehen davon: Ich mach meinen Job gern.« Sie biss sich auf die Oberlippe. »Warst du bei Emils Beerdigung? Ich habe es in der Zeitung verfolgt, die war ja erst vor zwei Wochen. Die Leiche wurde ewig nicht freigegeben.«
»Ja. Waren ein Haufen Leute von der Uni da. Wichtige Typen mit wichtigen Reden, aber ohne eine Träne. Und ein paar Studenten. Die meisten wissen wohl nicht recht, was wirklich passiert ist.«
»Doch, alle wissen es. Und alle sind Voyeure und wollen sehen, wie ein Serienmörder beerdigt wird.«
»Vielleicht.«
»Du hattest von Anfang an recht. Emil war böse und ein krankhafter Lügner. Meinst du, die Geschichte mit seinen Eltern und der Nacht im Bad stimmt?«
»Das ist vermutlich das Einzige, was wahr ist. Deswegen ist er wohl so ein kaputter Typ geworden.«
»Ist Emil … ist er in dem Friedwald beigesetzt, wo Alexandra und Frauke liegen?« Die Vorstellung machte ihr Angst.
»Nein. In der Stadt. Ich vermute, er hat nicht so schnell mit seinem Tod gerechnet und auch keine Vorsorge oder so getroffen.«
»Frauke hatte alles geregelt.«
Er sah sie an. »Das war Koswigs Idee, das hat Frauke mir noch gesagt. Und aus Liebe und Loyalität zu ihm hat sie den Friedwald ausgesucht. Sie hat mal gesagt, falls ihr was passiere, müsse er nur *einen* Friedhof besuchen.«

Sie trank fast die ganze Dose in einem Zug aus. »Klar, so ein Bestattungsvorsorgevertrag und eine Patientenverfügung haben einen Suizid glaubwürdiger gemacht.«
Nach einer Pause sagte Timo: »Nur einer ist heulend an Koswigs Grab gestanden. Ihm hat es wohl wirklich leidgetan. So ein Sunnyboy.«
»Schmitt. Ein Student. Ein Schleimer. Hat seine Abschlussarbeit bei Emil geschrieben. Ich glaube, dem tut's nur um die leid. Timo?«
»Hm?«
»War Sebastian auf der Beerdigung? Und Tereza?«
»Tereza war mit Lea da. Tereza wollte wohl, dass Lea später sagen kann: Ich habe meinen Vater auf seinem letzten Weg begleitet.«
»Einen Vater, der die Mutter und zwei weitere Frauen getötet hat.«
»Was wird aus Lea?«
»Ich nehme an, sie kommt in ein Heim.«
»Wie Emil und Sebastian.«
»Wo ist Sebastian?«
»Im Sternenheim. Nina …« Er sprach leise, und sie sah seinen Adamsapfel auf und ab hüpfen. »Du und ich sind die einzigen Menschen der Welt, die alles gesehen haben. Nur wir wissen, dass Sebastian Emils Schädel zertrümmert hat. Du hast Wenner auch nichts gesagt, das weiß ich, denn sonst säße Sebastian in der Geschlossenen.«
Sie nickte. Dachte an die stundenlangen Befragungen und wie sie immer nur gesagt hatte, sie könne sich an nichts erinnern, sie sei vollgepumpt mit Medikamenten gewesen.
»Wir lassen das so, Nina. Bitte.«
»Unter einer Bedingung.«

»Und die wäre?«
»Du reparierst mir den Bus.«
»Wie bitte?«
Sie unterdrückte ein Lachen.
»Erpresserin.«
»Warum bist du vorbestraft? Wenner hat mir das gesagt.«
Er winkte ab. »Ich hatte eine Scheißzeit. Schule geschmissen, kein Job, keine Wohnung. Da hab ich geklaut, weil ich schlichtweg nichts zu fressen hatte. Der Fuzzi von dem türkischen Laden, dem ich ein paar Fladenbrote und Käse geklaut hatte, hat sich meine Adresse aufgeschrieben, als die Bullen mich mitgenommen haben. Ein paar Wochen später hat er mir einen Job angeboten. Gemüse ausfahren und so. Nach und nach hab ich andere Fahrdienste gemacht. Für einen Cousin des Gemüsehändlers, der wiederum einen Bestatter kannte. Dessen Schwägerin war mit einer Praktikantin vom Sternenheim bekannt, so bin ich da gelandet. Wie so was eben läuft. Auf einmal hatte ich lauter kleine Fahrjobs. Eines Tages hat sich Sebastian verletzt, ich hab ihn samt der völlig aufgelösten Mathilde in die Klinik Südstadt gefahren. Frauke hatte Dienst. Mathilde hat Koswig verständigt. So haben sich alle kennengelernt. Später bin ich dann Sebastians Chauffeur geworden.«
»Cool. Mich hat auch jemand angerufen. Vom Sternenheim. Die haben mir dort eine Stelle angeboten.«
»Bei uns oben?«
»Jepp.«
Timo sprang auf dem Bett herum wie auf einem Trampolin. »Hey, super! Du hast natürlich zugesagt! Du kommst zurück!« Seine Augen funkelten im Kerzenschein.

»Nein.«
Draußen war es mittlerweile dunkel.
Er setzte sich wieder. »Schade.«
»Ich mag die Schwachen und Außenseiter, die niemanden haben, nicht einmal ein Heim.«
»Ich bin behindert!« Er streckte ihr die Zunge heraus. »Ich buche dich für ein Jahr. Das ist eine super Verwendung von Koswigs Geld.«
»Wenn Wenner das wüsste.« Sie kicherte.
»Untersteh dich!«
»Du richtest meinen Bus her?«
»Du hast keinen Führerschein. Was willst du damit?«
»Führerschein kann man machen. Und bis das so weit ist, fährst eben du.«
»Du willst mich als Fahrer anstellen?«
»Ich will, dass du mein Geschäftspartner wirst. Du und ich, wir haben Geld für mehrere Jahre. Wir könnten so viel Gutes bewirken. Auch für diejenigen, die uns nicht bezahlen können.«
»Ich soll … Kranke und Asoziale vögeln?«
Sie lachte. »Du machst nur das, was du willst. Händchenhalten. Einkaufen. Mit den Leuten spazieren gehen. Vorlesen. Den Rest erledige ich.«
Er kletterte vom Bett. »Was ist zu reparieren?«
»Spinner!«
»Passt doch. Zwei Irre, die mit einem Bus durchs Land gurken und fremde Krüppel streicheln.«
»Die Zärtlichen. So könnten wir uns nennen. Und wir machen es nur dann gratis, wenn wirklich kein Geld da ist.«
»Und wenn wir bei Sebastian sind, legen wir einen Zusatztag für ihn ein.«

»Er glaubt immer noch, ich sei Frauke.«
»Er ist glücklich, dass er Frauke wiedergefunden hat.«
»Lassen wir ihm sein Glück und besuchen ihn so oft wie möglich.«
Timo zog sie vom Bett hoch und schloss sie fest in die Arme. »Die Welt braucht mehr Ninas.«
»Nein, die Welt braucht mehr Gerechtigkeit und Respekt und weniger Armut. Damit keine Ninas mehr nötig sind.«
»Und bis dahin sind wir da.«

# Freunde, Helfer und Ideen

Alle Personen und die Handlung sind Produkte meiner literarisch-kriminellen Phantasie! Dennoch hat die Idee zu diesem Thriller – wie jedes Buch – verschiedene Inspirationsquellen: Obduktionen und Kremationsleichenschauen, die ich zur Recherche seit vielen Jahren immer wieder besuche. Medienberichte. Meine Sammlung skurriler Todesanzeigen. Menschen, denen ich zum Beispiel im Café, in der Schlange an der Supermarktkasse oder an der Hotellobby begegne – und bei denen sofort eine komplette Geschichte in meinem Kopf entsteht. Sei es aufgrund ihrer Kleidung, ihres Verhaltens oder ihrer Art zu sprechen. Manchmal beruht der Kern eines Buches auch auf den Gesprächen mit meinen Freunden und Helfern. Sie berichten immer wieder von Schicksalen, die an Tragik, Grausamkeit oder auch Glück kaum zu überbieten sind.

Diesen Freunden und Helfern gehört mein großer Dank:

PD Dr. med. Markus Große Perdekamp, Oberarzt am Institut für Rechtsmedizin Freiburg. Sie haben mir die längste E-Mail geschrieben, die ich je erhalten habe: umgerechnet genau 21 Buchseiten. Vielleicht machen wir ein Fachbuch daraus: »Vom einfachen bis zum sekundären erweiterten Suizid: Know-how für rechtsmedizinisch planlose Kriminalschriftsteller und andere Nervensägen.«

Mit Ihnen Zugüberfahrungen, das Herausreißen von Augen und andere Befunde zu sezieren, war mir ein mörderisches Vergnügen!

Kriminalhauptkommissar Karl-Heinz-Schmid, Kriminalpolizeidirektion Freiburg. Dich hat's bei diesem Thriller nicht so schlimm erwischt. Theoretisch. Denn die Polizei ist weniger involviert als in meiner Krimiserie um Hauptkommissar Moritz Ehrlinspiel und sein Team. Praktisch aber warst Du wieder jederzeit für mich da. Hast gegengelesen, Tipps gegeben und wertvolle Kontakte zu anderen Fachleuten hergestellt. Du bist gleich doppelt »Freund und Helfer« – und das genau seit fünfundzwanzig Jahren. Das sollten wir feiern.

Jörg Menten, Anästhesist und Notarzt. Du bist nicht nur für meine Wehwehchen da, sondern weißt auch stets, wie meine Figuren zu verarzten sind, welche Pillendosis sie lahmlegt oder wie sie heldenhaft Krankenwägen stehlen, die Funkgeräte aber nicht bedienen können. Und wenn ich so an Deine Rezepte für noch raffiniertere Szenen denke und daran, wie Du Ideen weiterspinnst, bleibt nur zu sagen: Zeit, dass Du 'nen Krimi schreibst!

Dr. phil. nat. Wilfried Köhler, Biologe und Psychiater, früherer Chefarzt und Ärztlicher Direktor des Bürgerhospitals Frankfurt. Es waren viele Treppenstufen, die ich bis zu Ihnen hinauf erklimmen musste. Hölzern und knarzend. Doch was Sie dann – inklusive Panoramablick – über Soziopathen, Selbst- und Fremdwahrnehmung, über pathologisches Lügen und Traumata durch Misshandlungen erzählt haben, hat jeden Schritt zu einem kleinen Freudensprung gemacht. An dem Koalabären bin ich übrigens unschuldig! Ehrlich! Die wahre Täterin ist eh bekannt ☺

Meine Erstleser. Ihr habt während des Schreibens mitgelesen, nachgehakt und gut und gerne kritisiert. Danke von Herzen: Christina Striewski – keine denkt und diskutiert mit einer solchen Leidenschaft wie Du mit mir und nimmt sich so viel Zeit für detaillierte und fundierte Kritik. Sandra Nagel vom *Buchlädel* in Wörth – Du bist die Thriller Queen per se! Dr. Jörg Friedrich, Christine Topol und Diana Geiß – danke für ehrliches Feedback und die Zeit, die Ihr Nina, Emil Koswig, dem Skipper & Co. geschenkt habt!

Meine Anerkennung gilt außerdem:

Meinem Lektor Dr. Peter Hammans vom Droemer Knaur Verlag. Deine herzliche Art und stete Unterstützung sind Motivation und Freude für mich.

Ilse Wagner, Redakteurin. Wie immer gnadenlos, doch zweifelsfrei begnadet, schnell und mit Humor: Der Redaktion unseres dritten gemeinsamen Projekts folgen hoffentlich noch einige weitere!

Fehler, die Sie, liebe Leserinnen und Leser, vielleicht finden, habe ich ganz allein gemacht. Sei es, weil ich während mancher Obduktion meiner anderen Leidenschaft – dem Fotografieren – nachgegeben und zu viele Chipkarten statt Notizbücher gefüllt habe. Sei es, weil Erklärungen, die ich im Kühlraum und im Krematorium erhalten durfte, in meinem Gehirn eingefroren oder zu Asche zerbröselt sind. Oder weil ich wider besseres Wissen einen Sachverhalt abgewandelt habe.

*Petra Busch, im November 2014*
www.petra-busch.de

Petra Buschs
packende Kriminalromane
im Knaur Taschenbuch

## Zeig mir den Tod

Der Schauspieler Günther Assmann glaubt sich vor dem internationalen Durchbruch. Hinter den Kulissen hat er viel dafür getan: intrigiert, gelogen, betrogen. Als kurz vor der entscheidenden Premiere seine Kinder Marius und Rebecca verschwinden, zerbricht die schöne Welt von Schein und Sein – und ein perfides Spiel beginnt.

Judith Merchant

# Die Lügen jener Nacht

Roman

Als sie zur Hochzeit ihrer Studienfreundin geladen wird, ist Mimi zunächst skeptisch – hat sie doch den Kontakt lange sträflich vernachlässigt. Doch unerwartet herzlich wird sie im alten Freundinnenkreis aufgenommen, und spätestens nach der Junggesellinnenparty im nächtlichen Schwimmbad ist es, als sei sie nie fort gewesen. Am nächsten Morgen aber bringt ein entsetzlicher Vorfall alles ins Wanken, und langsam beschleicht Mimi ein furchtbarer Verdacht: Hat man sie nur zur Hochzeit eingeladen, um ihr einen Mord in die Schuhe zu schieben?

KNAUR

Ein mitreißender Kriminalroman
über das neue Südafrika

Michèle Rowe

# Kap der Lügen

Kriminalroman

Das Revier von Detective Persephone »Persy« Jonas, einer Schwarzen, die sich nach oben gearbeitet hat, ist ein hartes Pflaster. Sie ermittelt auf den Straßen der Noordhoek-Township südlich von Kapstadt, in der sie selbst aufgewachsen ist. Als die Leiche eines Lehrers am Strand angespült wird, gerät sie in einen Fall, der tief in ihr früheres Leben reicht …

Ausgezeichnet mit dem *Debut Dagger* der
britischen Crime Writers' Association

KNAUR